6

Kalevipoeg

Friedrich Reinhold

Kreutzwald

Kalevipoeg (Estonian)
Copyright © JiaHu Books 2013
First Published in Great Britain in 2013 by Jiahu Books – part
of Richardson-Prachai Solutions Ltd, 34 Egerton Gate, Milton
Keynes, MK5 7HH
ISBN: 978-1-909669-11-6
A CIP catalogue record for this book is available from the
British Library
Visit us at: **jiahubooks.co.uk**

2

SOOVITUSEKS 5

SISSEJUHATUSEKS 5

ESIMENE LUGU 10

TEINE LUGU 24

KOLMAS LUGU 36

NELJAS LUGU 54

VIIES LUGU 60

KUUES LUGU 72

SEITSMES LUGU 87

KAHEKSAS LUGU 100

ÜHEKSAS LUGU 114

KÜMNES LUGU 129

ÜHETEISTKÜMNES LUGU 144

KAHETEISTKÜMNES LUGU 159

KOLMETEISTKÜMNES LUGU 175

NELJATEISTKÜMNES LUGU 191

VIIETEISTKÜMNES LUGU 207

KUUETEISTKÜMNES LUGU 221

SEITSMETEISTKÜMNES LUGU 239

KAHEKSATEISTKÜMNES LUGU 252

ÜHEKSATEISTKÜMNES LUGU 267

KAHEKÜMNES LUGU 283

SOOVITUSEKS

Laena mulle
kannelt, Vanemuine!
Kaunis lugu mõlgub meeles,
Muistse põlve pärandusest
Ihkan laulu ilmutada.
Ärgake, hallid muistsed
hääled!
Sõudke salasõnumida,
Parema päevade pajatust
Armsamate aegade ilust!
Tule sa, lauliktarga tütar!
Jõua Endla järve' esta!
Pikalt ju hõbedases peeglis
Siidihiukseid silitasid.
Võtkem tõe voli, vanad
varjud!
Näitkem kadunud nägusid,
Vahvate meeste ja nõidade,
Kalevite käikisida!
Lennakem lustil lõuna' asse,
Paari sammu põhja poole,
Kus neid kasve kanarbikus,
Võsu õitseb võõral väljal!
Mis mina kodunurmelt
noppind,
Kaugelt võõral väljal künnud,
Mis mulle toonud tuulehoogu,
Lained lustil veeretanud;
Mis mina kaua kaisus

kannud,
Põues peidussa pidanud,
Mis mina kaljul kotkapesas
Ammust aega hellalt haudund:
Seda ma lauluna lõksutelen
Võõraste kuulijate kõrva;
Armsamad kevadised kaimud
Varisenud mulla alla,
Kuhu mu lusti lõõritusi,
Kurvastuse kukutusi,
Ihkava meele igatsusi
Koolja kuulmesse ei kosta.
Üksinda, lindu, laulan ma
lusti,
Kukun üksi kurba kägu,
Häälitsen üksi igatsusi,
Kuni närtsin nurmedella.

SISSEJUHATUSEKS

Lehvi muistseid mälestusi,
Kalevite kuulutusi
Kalmukünkast kerkimaie,
Udu-aurust paisumaie,
Hämarikust ärkamaie,
Kanarbikust kasvamaie,
Samblasoosta suitsemaie,
Kus need varjud vaikusella,
Pikad piinad peitusella,
Kurnatused kaane alla
Põrmu põues põõnutavad,
Uku hõlmassa uinuvad,

5

Maarja rüpessa magavad!
Päike neid ei paistemaie,
Kägu kuldne kukkumaie,
Pesilindu pettemaie
Enam pääse mätta alla.
Kuu aga kumab kõrge'elta,
Tähte silmad taeva servast
Valgust varjuvalvajalle,
Kuma kujukudujalle,
Kes neid rahurüüdidesse,
Varjuvaipaje mähivad -
Kooljate koja katavad,
Magajaida matavad.
   Tuleb hoogsalt tuuletuhin,
Kostab kaugelt laintekohin:
Toogu tulles tervisida,
Kuulutagu kallimaida
Unustusse uinund asju,
Mõttest läinud mälestusi,
Mis ehk ehavalgel välgub,
Videviku vilul vilgub,
Keerleb kaste kerkimisel,
Hüpleb udu hõlma alla:
Seal need vaimuäbarikud
Hämarasse ärka'avad,
Sagarasse seltsinevad,
Parves eha palistusel,
Ööde vilul õilmekarva
Mälestusi mängitavad,
Kuldast kuuldu keerutavad.
   Vaata mängi, vennikene,
Näe sa keerdu, neitsikene,

Nõua sõudeid, sõbrakene,
Sõnasõudeid laulikulle,
Mis kui koidul kiirustelles,
Päeva piiril pilutatud
Usin unenägu kaob;
Lõokene lõõritelles,
Künnilindu lõksatelles,
Kulla kägu kukutelles
Öö ja õnned metsa viib.
   Kiirest kaovad meie päevad,
Tuhatnelja elu tunnid
Ruttes Kalmu küngastelle,
Lendes rahulepikusse,
Kolletava kooljasängi.
Kaduval ei kodupaika,
Rändajal ei rahurüngast
Põrmupõlvesta pärida.
Tuuletuhin tuiskas vile
Laane ladvul laulemaie,
Piki puida puhumaie,
Mööda metsi möirgamaie;
Sundis suvel sõudevaida
Lehekesi lehvimaie,
Käskis kaske kahiseda,
Haava lehti argelikult
Vargaküüsil vabiseda,
Röövli kohkel kabiseda.
Õhu helid, õrnad hääled,
Panid parmu põrisema,
Pihulase pirisema,
Verevenna virisema,
Sitika sirisemaie.

SISSEJUHATUSEKS

Liblik üksi, lustilindu,
Tallab tuulta salamahti.
    Kõiges kuuleb targa kõrva,
Mõisteliku õrna meeli
Lustilugu, leinanuttu,
Kiusatuse kiljatusi,
Kuuleb kõiges muistset kõnet,
Märkab muistseid mõistatusi,
Salasõna sõlmitusi.
    Rõõm ja mure
kaksikvennad,
Kaksiklapsed looduskojas,
Kõnnivad käsi käessa,
Rändavad sammu sammussa;
Ü k s neid isa sünnitanud,
Ema ü k s neid imetanud,
Ü h e s kätkis kiigutanud.
    Ehapuna kena palgeid
Pilverünkad palistavad,
Palistavad kullakarva,
Silitavad siidinarma:
Poeg, kas tunned pilve põues
Sala peitelikku sisu?
Pikse välgud, müristused,
Rabisevad raheterad,
Lume paksud puistatused,
Äikese ähvardused
Magasivad pilve rüpes,
Petteliku põue peidus.
    Kas sa tunned kulmukastet,
Langevada laugevetta?
Rõõmu silmapilgu ilu,

Viletsuse õhtuvilu
Silmapisar sigitamas,
Kulmukaste kosutamas.
Kerkib süda kõrgemalle,
Murrab mure meelekesta:
Varmalt veereb silmavesi,
Kiirest kukub kulmukaste
Tõusu, langust tähendama.
    Laulik, luues lugusida,
Veerevaida värssisida,
Võtab pihu võltsivallast,
Tüki teise tõsitalust,
Kolmandama kuulukülast,
Laenab lisa meelelaekast,
Mõttemõisa magasista.
Näitab kuju kulla nägu,
Kõne kaunis tõekarva,
Tõekarva, tarka arvu,
Siis on laulik osav looja,
Laitemata sõnaseadja.
    Kuulin Mardust kiljatamas,
Laane nurgas nuttemassa,
Metsa kaisus kaebamassa.
Mis ta kisa kihutanud,
Nutuhäälta äratanud,
Kaebamista kasvatanud,
Ohkamista oimutanud?
Mardus leinab langu verda,
Langu verda, häda härda,
Piinatuse pisaraida,
Kurnatuse kustutusi:
Mis on taevas tarretanud,

7

Pilvi pilul palistanud.
Ohukate katab kaugelt,
Murevaipa matab musta,
Peidab pilve pimedasse
Lauliku päevaterada.
    Vaimuvarjud udupilves,
Kaste hõlma kergitusel,
Argsel sammul astudessa
Näitvad verist võitlemist,
Mässamiste mõõgamängi,
Tapja tapperi tantsisid,
Sõjaaegse surma suitsu,
Näljapõlve närtsimisi,
Katku kurnatuse jälgi,
Toovad kurbi teadusida,
Ohupäevist ohkamisi,
Piinatuse pisaraida.
    Isamaa ilu hoieldes,
Võõraste vastu võideldes
Varisesid vaprad vallad,
Kolletasid kihelkonnad
Muistse põlve mulla alla.
Nende piina pigistused,
Nende vaeva väsimused,
Muistsed kallid mälestused
Kostku meile kustumata!
    Taevas, Vanataadi talus,
Taaralaste targas seltsis
Istusivad kanged mehed,
Võõrsil vahvad võidumehed
Tulepaistel pajatelles
Ennemuistseid ilmumisi.

Kalevipoeg, kangelane,
Kuulus meesi kuninglikku,
Istus nende keske'ella,
Kuulas käsipõsekilla
Laulikute lugusida,
Kandlelööja kiitusida,
Miska tema tegusida,
Jumekaida juhtumisi,
Ilmas ilmund imesida,
Tugevaida toimetusi,
Mis ta elupõlves teinud,
Enne surma sobitanud -
Mahajäänud jälgi mööda,
Järeljäänud riisme rajal
Tulepaistel pajatati,
Kuldakeelil kuulutati.
    Küll saan sõnu seadlemaie,
Kuldalõnga ketramaie,
Hõbeheideid korrutama,
Vaskivärtnaid veeretama,
Kui hakkan kuuldusid kuduma,
Nägusida näitamaie,
Tegusida tunnistama,
Lugusida lahutama.
    Vaata! laanes puie peidus,
Puie peidus, põõsa varjus,
Lepa leinahõlma alla,
Kurbuskase katte alla
Seisab seitse kalmuküngast,
Seitse sammeldanud sängi -
Seitse küngast, servad lagund -,
Kel ei kasva kohendajat,

Sõbralikku seadijada,
Valvsail silmil vahtisida,
Õrnal armul kaitsejaida.
Üks on sängi hädaohtu,
Teine sängi orjakütkes,
Kolmas sängi sõjakurnas,
Neljas sängi näljapiinas,
Viies sängi viletspõlves,
Kuues sängi katkusurmas,
Seitsmes taudi tappesängi.
See' p see Eesti muistne põli
Enne meie päevasida.
Juhtud õnne juhatusel,
Haldijate häälitsusel,
Mardus' kutse meelitusel
Sina seitsme künka juurde,
Sammeldanud sängidelle:
Istuta, poeg, isa iluks,
Isa iluks põõsakene,
Ema iluks õnnelille,
Orjavitsa õele iluks,
Visnapuuda venna iluks,
Toomingas tuttava õnneks!
Tipi taimed targal kombel,
Pista juured mulla põue,
Sibli hästi sügavalle,
Et nad kaunist kasvamaie,
Õigel ajal õitsemaie
Läheksid rüngaste rõõmuks,
Uinusängidelle iluks,
Murupinnale toeksi,
Magajate mälestuseks!

Mis seal uinub muru
hõlmas,
Vaikses põrmu rüpes puhkab?
Muru hõlma, mulla rüppe,
Põrmu põue peitevasse
Maeti meie mälestused,
Muistse põlve pärandused,
Muistse õnne õilmekesed,
Muistse sõna sünnitused,
Muistse laulu lunastused.
Aja emalikus kaisus
Varjab unustuse vaipa,
Katab kavaluse kuube,
Sõgedate sõnasõba:
Mis seal katkud kooletanud,
Piinapihid pigistanud,
Möllav mõõka magatanud,
Surmasängi suigutanud,
Udu hõlma uinutanud.
Ükskord, kui ma noor veel
olin,
Noor veel olin, norgus seisin,
Kergel jalal karjas käisin,
Vainul kurni veeretasin,
Külakiigel õõtsutasin,
Uinusin ma une ikkes,
Õitseliste tule paistel
Põõsa varjul puhkamaie,
Jaanilinna ligidalle.
Vaat! mis imelikud ilud,
Kogemata kuldsed kujud
Ärkasivad unenäoksi

9

Suikuvalle silma ette,
Vaimu vaateväravaile:
    Vaprad mehed, vanad targad,
Lustilised laululoojad,
Kulla kandle kõlksutajad,
Kenad käharpeaga piigad
Kargasivad kesköö pidul
Kalmukünkaist kõpsatelles
Udu varjus hüppamaie;
Astusivad argsel sammul,
Argsel sammul, kergel kannal
Libisedes ligemalle,
Tähendasid salatähil,
Pilgutasid silmapilul:
Uinuta meid magamaie!
    Uinuge, unustud loomad,
Puhake, kolletand kujud!
Uinuge kuldasta unda,
Kuni teid paremal päeval
Kenama hommiku koitu
Taara toas äratab uuest!
    Noored mehed, meeste pojad,
Viru- ja Järvamaa võsud,
Harju armsamad õed,
Pärnu paremad piigad,
Lääne lähemad langud,
Kuulge, oh kuulge mu kõnet!
Kaugema päevade kujud,
Varema aegade varjud,
Endine õnni ja ilu,

Muistene kurbus ja mure,
Muistene kuldane kõne,
Muistene lauliku lugu
Meelta minul mõlgutamas,
Palgeida paisutamas.
Kuulge juttusid jumekaid,
Kalevite kuulutusi,
Alevite avaldusi,
Olevite ilmutusi,
Sulevite sünnitusi,
Mis mulle puistand pihlakasta,
Tulnud teised toomingasta,
Taara tamme tüvikusta,
Vanasti sõlmitud sõnasta,
Vanasti juurdunud jutusta,
Vanemuinese vöösta,
Juta hiuksesalkudesta!
    Mis sealt riismeid riisusin,
Jälilt kokku koristasin -
Laululõngaksi ketrasin,
Lõuendiksi lõksutasin,
Kalevi kangaksi kudusin.

ESIMENE LUGU

Kalevi tulek, Salme ja
Linda, Pulmad

Sõua, laulik, lausa suuga,
Sõua laululaevakesta,
Pajataja paadikesta -
Sõua neid sinna kalda'ale,
Kuhu kotkad kuldasõnu,

Kaarnad hõbekuulutusi,
Luiged vakseid lunastusi
Vanast ajast varistanud,
Muistepäevist pillutanud!
Teatage, linnud targad,
Vilistage, vete lained,
Avaldage, tuuled armsad:
Kus see Kalevite kätki,
Kange meeste kodupaika,
Vikerlaste varjuvalda?
Laula, laulik, miks ei laula,
Miks ei, kulda, kuulutele?
  Mis ma kukun, kurba lindu,
Mis ma laulan, närtsind nokka?
Noorus närtsinud nõmmessa,
Kolletanud kanarbikku,
Leinakase lehtedesse.
  Enne, kui õnnes hõiskasin,
Päeva paistel a'asin pilli,
Hõbedasi laululõimi
Kuldakangaksi kudusin,
Nägin mõnda naljakada,
Salalikke sündimisi,
Imelikke ilmutusi.
  Tuule-ema tõstis tiiba,
Marumemme murdis metsa,
Sundis laineid sõitemaie,
Merel laial mängimaie,
Puistas pilved põgenema,
Põgenema Pikse pakku.
  Vaadeldes rõõmurünkalta
Päikese palge peale,

Mõtlin muistseid mälestusi,
Vanal ajal sündind asju.
  Jooske, jõed, jõudsamasti,
Tulge, künkad, tunnistama,
Metsad, märku andemaie,
Salud, sala sõnaldama!
  Lausa tõuseb laulu ilu
Kui see päike pilve paisust,
Ajab meele ärkamaie,
Mõtted lustil mõlkumaie.
  Kaugelt näen koda
kasvamas,
Kalevite kaljulinna,
Tammed müüridel toeksi,
Kaljurahnud seina katteks,
Toomingad toa tagana.
  Minu kõrva kostab kohin
Langevatest merelaintest,
Kõikumata kaljukünkaist,
Mis jäid marust murdemata,
Tuulehoosta tuiskamata,
Vihmaveesta veeremata.
  Sahakeme sõnasida
Vanajutu jälgedelle,
Raudse põlve radadelle!
  Muiste leiti Kalevalas
Kange meeste kasusida
Mitmes külas kasvamassa,
Mitmes talus tõusemassa,
Mis kui Taaralaste taimed,
Võidulaste võsukesed
Sureliku eide sülest

11

Siia ilma siginenud.
Vanaisa kuulsad pojad,
Targa nõude nõtkutajad,
Targa tööde toimetajad,
Pidid sõprust sobitama
Närtsilike neidudega,
Kuni neide nõdrad rüped
Pojakandjaks paisusivad.
Sealtap tõusis kuulus sugu,
Kange Kalevite seltsi,
Mehed kui tammed tugevad.

Põhja piiril seisis pere,
Tugev talu kaljudella
Taara tammemetsa ääres,
Pool veel seisis metsas peidus,
Teine pool lausa lagedal.
Peres kasvas kolme poega,
Taaralaste taimekesi.
Üks neist veeres Venemaale,
Teine tuiskas Turjamaale,
Kolmas istus kotka selga,
Põhjakotka tiiva peale.
See, kes veeres Venemaale,
Kasvas kauniks kaubameheks,
Poepoortide punujaks.
See, kes tuiskas Turjamaale,
Sirgus vapraks sõjameheks,
Tõusis tapri taotajaks.
See, kes sõitis kotka seljas,
Põhjakotka tiiva pealla,
Lendas palju, liugles palju,

Lendas tüki lõuna poole,
Teise tüki tõusu poole,
Sõitis üle Soome mere,
Liugles üle Läänemere,
Veeres üle Viru mere,
Kuni õnne kohendusel,
Jumalikul juhatusel
Kotkas kõrge kalju peale
Viskas mehe Viru randa.
Meie maale tulnud meesi
Riiki kohe rajatanud,
Laia valda asutanud,
Kena koja ehitanud,
Kust ta vägev-volil käsi
Laia valda valitsemas.
Muud ei meie muredelle,
Meie laia luhtadelle
Vanajutu jälgedessa
Kalevi-taadist kuulutatud,
Tulemisest tähte antud.
Kuidas Kalev kosjas käinud
Noorikuda nõudemassa,
Sellest salasõnumida
Pihkva piirilt pärisime,
Nii kuis laulus lõksutame,
Kuldakeelil kuulutame.

Läänes elas noori leski
Naine üksinda talussa,
Oli kui tuba toeta,
Hoone seinad katukseta.

12

Läks ta karja saatemaie
Pühapäeva hommikulla,
Argipäeva aegadella.
Mis ta leidis karjateelta,
Sõrge jälgelt tallermaalta,
Kiige alta vainulta?
Leidis kana karjateelta,
Tedremuna tallermaalta,
Varesepoja vainulta.
Leski võttis kana kaissu,
Pistis tedremuna põue,
Võttis leina lepituseks,
Kurvastuse kustutuseks
Kodulapsiks kasvamaie;
Viskas siis varesepoja
Ripakille põllerüppe;
Viis neid kolmina koduja,
Kandis salakamberie,
Kivist tehtud kelderie.
Võttis kätte villavaka,
Pani paari haudumaie,
Muna alla, kana peale,
Kaane alla kasvamaie;
Seadis sigimisevaka
Salve servale seisema;
Viskas siis varesepoja
Kassinurka kirstu taha.
　　Kasvas kana, haudus muna;
Kana kasvas kaane alla,
Tedremuna tiiva alla,
Kasvas kuu, paisus kaksi,
Kasvas kortel kolmat kuuda,

Nädala ehk neljat kuuda,
Peale paari päevakesta.
Lesk läks aita vaatamaie,
Kasulapsi katsumaie.
Mis seal kasvas kaane alta?
Kanast kasvas kena neitsi,
Tedremunast teine tütar;
Kanast sai S a l m e, sula neitsi,
Tedrest L i n d a, libe neitsi.
Mis sai varesepojasta
Kassinurgas kirstu taga?
Varesest sai vaenelapsi,
Ohtupäine orjatüdruk,
Tuletungla torgitava,
Kaelakoogu konksitava.

Salmel käisid kosilased,
Viied, kuued viinakruusid,
Seitse sala kuulajada,
Kaheksa kaugelt vaatajada.
Käisid kõrged kosilased:
Üks oli kuu, teine päeva,
Kolmas tähti-poisikene.
　　Tuli kuu-poisikene,
Kahvapalgeil peiukene,
Viiekümnel hobusel,
Kuuekümnel kutsaril;
Tahtis Salmet kaasaks saada,
Neidu kihlul kinnitada.
　　Salme mõistis, kostis kohe,
Hüüdis aga aidastana,
Kõneles kivikojasta:

13

"Ei mina, kulda, lähe kuule,
Hõbe ei ööde valguselle!
Kuul on kolme ametida,
Kuus veel isetoimetusi:
Korra tõuseb koidikulla,
Vahel päeva veerengulla,
Korra päeva tõusengulla;
Vahest ta väsib varagi,
Vahest enne valge'eda,
Vahest peab vahti päevallagi,
Luurib laia lõuna'alla."
        Kuu läks kurvana koduje,
Paistis minnes nukral palgel.
Tuli päike-poisikene,
Põlevsilmil peiukene,
Viiekümmenel hobusel,
Kuuekümmenel kutsaril;
Tahtis Salmet kaasaks saada,
Neidu kihlul kinnitada.
        Salme mõistis, hüüdis vastu:
"Ei mina, kulda, läinud kuule,
Hõbepärga põlgab päeva!
Päeval palju viisisida,
Mitmel kombel muutumisi:
Palavasti paistab päeva,
Heledasti heidab ilma.
Kui on hele heinaaega,
Siis ta vihmada vihistab;
Kui on kallis kaerakülvi,
Siis ta põudada põristab,
Kaerakülvida kaotab,
Odrad põllule põletab,

Linad liidab liivikule,
Herned vagude vahele,
Tatterad toa tahaje,
Läätsed käänab känderie;
Kui on ruuge rukki lõikus,
Siis ta kasteta kahistab,
Uduvihmada varistab."
        Päev läks puhkides koduje,
Paistis minnes põuapalgel,
Kõrvetuse kurjusella.
        Siis tuli kolmas kosilane,
Tuli tähti-poisikene,
Põhjanaela vanem poega,
Viiekümmenel hobusel,
Kuuekümmenel kutsaril;
Tahtis Salmet kaasaks saada,
Neidu kihlul kinnitada.
        Salme hüüdis aidastana,
Pajatas poordikamberista:
"Talli viige tähe hobune,
Tähe lauku latterie,
Tähe ruuna roka juurde,
Ette see ihutud laua,
Taha see tahutud seina!
Heitke ette heinasida,
Kandke ette kaerasida,
Ette sulpi suupärasta,
Ette rokka rohkemada,
Ette vahtu valgemada!
Peitke peenie linuje,
Katke laia kanga alla,
Varjake siidivaiballa,

14

Silmad sameti magama,
Kabjad kaeraje lebama!
Tähele mina lähengi,
Tähel armsal annan kätta,
Lähen kuldakaasakeseks.
Tähel on siravad silmad,
Meelemõtted mõlkumata;
Täht ei raiska viljategu
Ega riku rukkilõikust.
   Tähti-poega istutage,
Ette see ihutud laua,
Taha see tahutud seina,
Alla pinki pihlakane,
Ette laia söömalauda,
Palakad peale kaetud;
Kandke kalad laua peale,
Lihad peiu ligemalle,
Kandke magusamad maugud,
Pulmasepikud peiule,
Meevaagnad mehe ette;
Kandke laual' õllekannud,
Mõdupeekerid magusad!"
   Tähti tuppa kutsutie,
Söömalauda palutie.
Eit aga leski pajateli:
"Sööge, tähti, jooge, tähti,
Elage, tähti, rõõmullana!"
   Tähti mõõkada täristas,
Kuldahelkuda helistas,
Kannuskardada käristas,
Raudakanda raksateli:
"Ei taha süüa, eidekene,

Ei taha juua, eidekene,
Ega rõõmullan' elada;
Tooge mu oma tubaje,
Saatke Salme põrmandalle!"
   Salme kuulis peiu kutsu,
Tähti-poisi tahtemista,
Salme hüüdis aidastana,
Üle õue hoone'esta:
   "Peiukene, poisikene,
Kaugelt tulnud külaline,
Annid aega kasvadessa,
Salmel aega sirgudessa, -
Anna aega ehtidessa,
Pulmariide pannessagi!"
   "Lippa, Linda, lendavjalga,
Lenda, õde, kamberie,
Karga ehete kirstule!
Too mulle kuued kalevised,
Särgid udusiidilised,
Käiksed kullakirjalised,
Vikelised villasukad,
Litterissa linikud,
Ruudulised kaelarätid!"
   Eite hüüdis nurgastana,
Kasuema kamberista:
"Sööge, tähti, jooge, tähti,
Elage, tähti, rõõmullana
Pikkade pidude päevil!"
   Tähti kuulis, kostis vastu,
Tähti targasti kõneles:
"Ma'p taha süüa, ma'p taha juua,
Taha ei rõõmsasti elada

Pikkade pidude päevil,
Enne kui näha saan omada."
Leski mõistis, kostis vastu:
"Ehk tahad, marjuke, magada,
Puhu pikemalt puhata?"
Tähti varmalt vastu kostis,
Tähti targasti kõneles:
"Ma'p taha, marjuke, magada
Ega pikemalt puhata:
Tähe silm ei tunne suiku,
Ei ka kulmu kattemista
Ega lau langemista.
Tooge mu oma tubaje,
Saatke Salme põrmandalle,
Kanast-kasvand kaetavalle!"
Siis toodi neiu tubaje,
Saadi Salme põrmandalle.
Leski eit ei tunnud tütart,
Kasumemm ei kasvandikku,
Keda salakamberissa
Murueit oli ehitanud,
Metsapiigad valmistanud.
Leski küsis kahtlevasti:
"Kas see kuu on, ehk kas päeva,
Ehk kas ehatütar noori?"
Saaja kokku kutsutie,
Pulmalised palutie
Lustipidu pidamaie:
Sest et tammi Tartu rajalt,
Leppa linnauulitsalta
Juurtella olid ühte joosnud,
Ladvul kokku lange'enud.

Ristitantsi tantsitie,
Viru tantsi veeretie,
Sõreliiva sõtkutie,
Murupinda piinatie -
Tähti-peig ja Salme-neidu
Pidasivad pulmailu!

Tuli kuu teisel korral
Pulmailu pilli peale
Lääne talusse tagasi,
Viiekümnel hobusel,
Kuuekümne kutsariga;
Tahtis tedremunast tütre,
Linda endal' liivitseda.
Vennad tahtsivad kuule,
Õde ööde kuningalle;
Linda ei tahtnud kuule minna,
Linda hüüdis saunastana,
Linda padjusta pajatas,
Ebemeista heitis keelta:
"Ei mina, kulda, lähe kuule,
Hõbe ei ööde kuningalle!
Kuul on kuusi ametida,
Viis veel isevalmistusi,
Tosin teisi talitusi;
Vahest ta varagi tõuseb,
Vahest tõuseb valge'ella,
Vahest uputab uduje,
Katab palge kastenarma,
Vahest peidab pilvedesse,
Korra tõuseb koidikulla,
Korra koidu keske'ella,

Korra kaob ta kogunisti,
Jätab valla vahtimata."
Kuu läeb koju kurval meelel,
Pahandus paistab palge'elta,
Kurjus silmakulmudelta.
Ristitantsi tantsitie,
Viru tantsi veeretie,
Harju tantsi hakatie,
Sõreliiva sõtkutie,
Murupinda piinatie -
Tähti-peig ja Salme-neidu
Pidasivad pulmailu!
Seal tuli teine kosilane
Pulmailu pilli peale
Teist kord õnne katsumaie:
Tuli päike, pärga peassa,
Viiekümmenel hobusel,
Kuuekümne kutsariga,
Ise tuli täku seljas;
Tahtis Lindat liivitseda,
Tedretütre naiseks võtta.
Vennad tahtsid päikeselle,
Õde päeva pealikulle;
Linda ei tahtnud päeva-peigu,
Linda hüüdis saunastana,
Linda padjusta pajatas,
Ebemeista heitis keelta:
"Ei ma, kuld, läe päikeselle,
Hõbe ei päeva pealikulle!
Päev teeb pahada palju:
Jätab linad liivikusse,
Kaeraseemeta kaotab,

Odrad põllule põletab,
Nisud nurmele närtsitab,
Rukkid vagude vahele;
Paistab suvel pikka aega,
Talvel ei tule tuppagi."
Päev läheb puhkides lävelta,
Kõrvetab põuapalaval.
Ristitantsi tantsitie,
Viru tantsi veeretie,
Harju tantsi hakatie,
Lääne tantsi lõhutie,
Sõreliiva sõtkutie,
Murupinda piinatie -
Tähti-peig ja Salme-neidu
Pidasivad pulmailu!
Seal tuli kolmas kosilane
Pulmailu pilli peale,
Tuli vesi veeredessa
Viiekümmenel hobusel,
Kuuekümne kutsariga,
Ise vesihalli seljas,
Tahtis Lindat liivitseda,
Tedretütre naiseks võtta.
Vennad tahtsivad vetelegi,
Õde vooge kuningalle;
Linda ei tahtnud vetelegi,
Linda hüüdis saunastana,
Linda padjusta pajatas,
Ebemeista heitis keelta:
"Ei ma, kuld, läe vetelegi,
Hõbe ei vooge kuningalle!
Vood on kurjad veeremaie,

17

Lained pahad langemaie,
Allikad harunemaie,
Jõed jõledad jooksemaie."
Vesi veeres pisarpillil,
Laine leinates koduje,
Voolas kurvasti väravast.

Ristitantsi tantsitie,
Viru tantsi veeretie,
Harju tantsi hakatie,
Lääne tantsi lõhutie,
Järva tantsi jännatie,
Sõreliiva sõtkutie,
Murupinda piinatie -
Tähti-peig ja Salme-neidu
Pidasivad pulmailu!
 Seal tuli neljas kosilane
Pulmailu pilli peale,
Tuli tuuli tuisatelles
Viiekümmenel hobusel,
Kuuekümne kutsariga,
Ise tuulistäku seljas,
Tahtis Lindat liivitseda,
Tedretütre naiseks võtta.
Vennad tahtsid tuultelegi,
Õde soovis õhkudelle;
Linda ei tahtnud tuultelegi
Ega õhu ülemalle.
Linda hüüdis saunastana,
Linda padjusta pajatas,
Ebemeista heitis keelta:
"Ei ma, kuld, läe tuultelegi,
Hõbe ei õhu ülemalle!

Tuuled kurjad tuiskamaie,
Marud hullud möllamaie,
Õhud liiga õrnad peiud."
Tuul läheb tuisates koduje,
Ei pea pikka pahandusta
Ega tuska tunnikesta.

Ristitantsi tantsitie,
Viru tantsi veeretie,
Harju tantsi hakatie,
Lääne tantsi lõhutie,
Järva tantsi jännatie,
Tartu tantsi tallatie,
Sõreliiva sõtkutie,
Murupinda piinatie!
Tähti-peig ja Salme-neidu
Pidasivad pulmailu!
 Seal tuli viies kosilane
Pulmailu pilli peale,
Lääne talu lävedelle,
Tuli Kungla kuningapoeg
Viiekümmenel hobusel,
Kuuekümne kutsariga,
Ise kuldatäku seljas;
Tahtis Lindat liivitseda,
Tedretütre naiseks võtta.
Vennad tahtsid Kungla peigu,
Õde kuningapojale;
Linda ei tahtnud Kungla peigu,
Linda hüüdis saunastana,
Linda padjusta pajatas,
Ebemeista heitis keelta:
"Ei ma, kuld, läe kuningalle,

Hõbe ei Kungla poisile:
Kuningal on tütred kurjad,
Kes mind, võõrast, vihkaksivad."
Kungla peig läeb kurjal tujul
Vandudes välja väravast.
Ristitantsi tantsitie,
Viru tantsi veeretie,
Harju tantsi hakatie,
Lääne tantsi lõhutie,
Järva tantsi jännatie,
Tartu tantsi tallatie,
Oma tantsi õpitie,
Sõreliiva sõtkutie,
Murupinda piinatie!
Tähti-peig ja Salme-neidu
Pidasivad pulmailu!
Seal tuli kuues kosilane
Pulmailu pilli peale,
Tuli Kalev, kange meesi,
Viiekümmenel hobusel,
Kuuekümne kutsariga,
Ise uhke täku seljas;
Tahtis Lindat liivitseda,
Tedretütre naiseks võtta.
Vennad ei tahtnud Kaleville,
Leski keelas kanget võtta.
Linda aga tahtis Kaleville,
Linda hüüdis saunastana,
Linda padjusta pajatas,
Ebemeista heitis keelta:
"See mul meesi meele pärast,
Selle kihlad kinnitame."

Kalev tuppa kutsutie,
Laua taha istutie;
Ette see ihutud lauda,
Taha see tahutud seina,
Kangad seina katte'eksi;
Ette see hõbeda kannu,
Kallis kuldane peeker,
Sisse see mõdu magusa,
All on meski, peal on vahtu,
Keskel on õlut punane.
Leski palus leiba võtta,
Salme palus suuda kasta:
"Sööge, Kalev, jooge, Kalev,
Maitsege meie magusat,
Kastke kurku pulmakannust,
Vikelisest viinakruusist!
Elage, Kalev, rõõmullana
Pikkadel pidude päevil!"
Kalev mõõkada täristas,
Kuldahelkuda helistas,
Kannuskardada käristas,
Rahapunga raksateli,
Targu keelilla kõneles:
"Ei taha süüa, eidekene,
Ei taha juua, noorikukene,
Maitseda teie magusat,
Katsuda teie kibedat,
Ega rõõmsasti elda;
Tooge mu oma tubaje,
Laske Linda põrmandalle,
Tedretütar teiste sekka!"
Linda mõistis, kostis vastu:

"Peiukene, poisikene!
Annid aega kasvadessa,
Piigal pikka paisudessa,
Sõstrasilmal sirgudessa,
Anna aega ehtidessa!
Kaua ehib see isatu,
Kaua ehib see ematu,
Kaua vaene vöötelekse,
Kaua kroogib käikseida;
Ei ole eite ehtimassa,
Vanemat valmistamassa,
Sugulasi soovitamas,
Õdesid õnne andemassa.
Külaeided ehitavad,
Vanad naised valmistavad,
Küla annab külma nõuda,
Rahvas raudase südame."
         Kalev ei võtnud kannust
märga
Ega toitu tugevuseks,
Ega maitsend pulmailu.
     Linda hüüdis aidastana,
Palvekeelil kivikeldrist:
"Tule, vares, vaenelapsi,
Põlgtud orjapiigakene,
Kassinurgas kasvand tüdruk,
Lenda kui liblikakene
Kiirelt ehtekirstudelle:
Too mulle uusi udusärki
Peale see ihu ilusa,
Too mulle tohine särki
Peale see keha kenama;

Too mulle rukka roomekirja
Peale see uduse särgi;
Too mulle teine tähteline
Üle undruku tohise;
Too vöö vaherpuukirja
Ümber nirgu niuetelle,
Ümber luigena tüheme;
Too mulle kirjavad käiksed
Neiu kõrge rinna katteks;
Too mulle rätik räimekarva
Peale kirjava käikse,
Valge kaelale varjuksi;
Too mulle kuube kuldatoime,
Poordist pärjake päheje!"
     Eite hüüdis nurgastana,
Kasuema kamberista:
"Sööge, Kalev, jooge, Kalev,
Elage, Kalev, rõõmullana
Pikkade pidude päevil;
Tähti-peig ja Salme-neidu
Peavad pikka pulmailu!"
     Kalev mõistis, kostis vastu,
Kange targasti kõneles:
"Ma'p taha süüa, ma'p taha juua,
Taha ei rõõmsasti elada
Pikkadel pidude päevil.
Tooge tuppa mu omane,
Laske Linda põrmandalle,
Tedretütar teiste sekka!"
     Siis toodi neiu tubaje,
Lasti Linda põrmandalle,
Tedretütar teiste hulka.

Leski eit ei tundnud tütart,
Kasumemm ei kasvandikku,
Keda salakamberissa
Murueit oli ehitanud,
Metsapiigad valmistanud.
Leski küsis kahtlevasti:
"Kas see kuu on, ehk kas päeva,
Ehk kas ehatütar noori?"
Linda mõistis, kostis vastu:
"See pole kuu, see pole päeva
Ega ehatütar noori,
See on kodu kasvand lapsi,
Tedremunast tõusnud tütar."
Kalev kosis kuldaneidu,
Võttis Linda kodukanaks,
Võttis kalliks kaisutavaks,
Ajaviitvaks armukeseks.
Saaja kokku kutsutie,
Pulmalisi palutie
Lustipidu pidamaie;
Sest et tamme Tartu rajalt
Leppa linnauulitsalta
Juurtega ühte jooksenud,
Ladvilla kokku langenud.
Ristitantsi tantsigeme,
Viru tantsi veeregeme,
Harju tantsi astugeme,
Lääne tantsi lennakeme,
Järva tantsi jättageme,
Oma tantsi hoidageme:
Seni kui tõuseb sõrga soosta,
Sõrga soosta, märga maasta,

Veri varvaste vahelta,
Kerikinga keske'elta!
Kalev-peig ja Linda-neidu
Pidasivad pulmailu!
Täht hakkab koju minema,
Kutsub Salme saaja seasta,
Kana lustikamberista.
Kus see tuba toesta tehtud,
Katuksest on kallutatud,
Hernevarsista valatud.
Tähti astub eide ette,
Tänab peosta ja pajatab:
"Jumalaga, eidekene!
Jumalaga, pulmalised!
Jumalaga, kälimees Kalev!
Jumalaga, nadu noori!
Ära viin nüüd Salmekese,
Ära noore nugissilma:
Eite ei saa Salmet nägema,
Õde ei Salme õnne tundma.
Nutke, Salme vennakesed,
Nutke, Lääne neitsikesed:
Ju teilt Salme viidanekse,
Pilve taha peidetakse,
Ehaneiuks heidetakse,
Taeva alla tõstetakse."
Salme hüüdis pisarsilmil,
Salme saanista pajatas:
"Ema, hella memmekene,
Ära pean mina minema,
Hani, hulgasta ujuma,
Tetre, teista lahkumaie,

21

Luike, lustilt lendamaie;
Part lähen parve äärta mööda,
Luike kelgul lunda mööda,
Jõhvikas jõgede mööda,
Sinikas sula sooda mööda;
Tuleb tuuli tõstemaie,
Õhku armas aitamaie!"
Õde hüüdis õuestana,
Kasuema kamberista,
Orjatüdruk nurga tagant:
"Kuhu meie Salme viidi,
Kuhu kulli kandis kana?"
Tuulehoog tõi tervisida,
Vihmapisar silmavetta,
Kaste kadund lapse kurbust,
Muud saand Salmelt ei sõnumid.

Kalevite pulmailu
Kestab kenast kaugemalle.
Ristitantsi tantsigeme,
Viru tantsi veeregeme,
Harju tantsi astugeme,
Lääne tantsi lennakeme,
Järva tantsi jättageme,
Oma tantsi hoidageme,
Seni kui tõuseb sõrga soosta,
Sõrga soosta, märga maasta,
Veri varvaste vahelta,
Kerikinga keske'elta!
Kalev-peig ja Linda-neidu
Pidasivad pulmailu!
"Kodus käinud, neitsikene,

Kodus käinud viied viinad,
Viied viinad, kuued kruusid,
Seitse sala kuulajada,
Kaheksa kaugelt vaatajada."
"Kui on käinud, käigu peale!
Ei väsi väravasammas,
Katke ei venna kaevu kooku
Pidades peiu hobusta,
Kandes veskivaljaida.
Et las käia teised viied,
Teised viied, teised kuued,
Teised seitsmed sala kuuljad,
Kaheksad kaugelt vaatajad.
Parem jään ma peiust ilma,
Enne kui pulm jääb poolikulle!"
Ristitantsi tantsigeme,
Viru tantsi veeregeme,
Harju tantsi astugeme,
Lääne tantsi lennakeme,
Järva tantsi jättageme,
Oma tantsi hoidageme:
Seni kui tõuseb sõrga soosta,
Sõrga soosta, märga maasta,
Veri varvaste vahelta,
Kerikinga keske'elta!
Kalev-peig ja Linda-neidu
Pidasivad pulmailu!
"Tule, vares, vaenelapsi,
Ohtupäine orjapiiga,
Raske raudatöö tegija,
Võta kätte kaelakoogud,
Köida ämbrid kookudesse;

22

Mine, too meresta vetta,
Jookse, too joajõesta,
Käi, too kärme allikasta!"
Uinusin ma ootamaie,
Viibisin ma vaatamaie,
Kuidas need kalad koevad,
Kuidas lutsu lööneb loovi,
Isahavid heitelevad,
Emasärjed seadelevad.
Viibisin vähe pikale,
Tunnikeseks tukkumaie.
Hakkasin koju minema,
Pulmapilli tõstis jalga.
Tuli vastu pere-eite,
Küsis, kus ma pikka ööda,
Poole päeva aega viitnud.
"Minu hella eidekene,
Eks sa tea noore viitu,
Vaeselapse lustisida?
Noorel viisi viivitusta,
Kuus veel jalakammitsaida,
Seitse sammusidujaida!
Uinusin ootamaie,
Viibisin vaatamaie,
Kuidas need kalad koevad,
Kuidas lutsu lööneb loovi,
Isahavid heitelevad,
Emasärjed seadelevad.
Viibisin vähe pikale,
Tunnikeseks tukkumaie."
Ristitantsi tantsigeme,
Oma tantsi hoidageme:

Seni kui tõuseb sõrga soosta,
Sõrga soosta, märga maasta,
Veri varvaste vahelta,
Kerikinga keske'elta!
Kalev hakkab koju minema,
Kutsub Linda saaja seasta,
Tedretütre teiste seltsist,
Luige lustipidudelta.
Linda hüüab üle ukse:
"Jookse, poiss, jooda hobune,
Palgapoiss, pane sadula,
Käskujalga, kääna saani,
Saani aisad akkenaie,
Saani küljed künnikselle,
Saani kolju vastu koitu!"
Siis ta läheb lese poole
Jumalaga jättemaie:
"Jumalaga, kasuema!
Ära pean mina minema,
Luike, parvest lendamaie,
Kotkas, külasta lahkuma;
Ära pean hädast minema,
Ära häista rahvaista,
Paremaista paikadesta,
Tuttavaista taludesta!
Pidu peab pärale jääma,
Pulm peab jääma poolikulle,
Õlled otsaje ujuma,
Saiad saama kannikalle."
Siis ta, armas, astus saani,
Kargas kõpstes peiu kõrva.
Kalev pani pika sääre

Vöö kombel neiu ümber,
Teine jalga saanist väljas.
Kalev kannusta käristas,
Kuldahelkuda helistas:
"Oh Linda, minu omane!
Mis sina koju unustid?
Kolmed sa koju unustid:
Kuu see jäi koja lävele,
See sinu vana emake;
Päev jäi peale aida viilu,
See sinu vana onuke;
Kased kamberi lävele,
Need su virved vennikesed,
Läänes kasvand lellepojad." -
"Kui on jäänud, jäägu peale,
Uku annab uue õnne;
Kuhu teeda tallatie,
Rada ette rajatie,
Sinna pean mina minema!"
Kuu jäi kurvalt vaatamaie,
Pahal meelel paistis päeva,
Kased nutsid kamberissa,
Linda, lind, ei tunnud leina,
Tunnud teiste kurvastusi,
Linda lendas peiu armul,
Sõitis kaasa sõudemisel
Üle laiu lagedaida,
Läbi pakse metsasida,
Sõitis päeval päikse valgel,
Öösel hõbesõlge valgel
Kalevite kodu poole,
Kaasa siidikamberie,

Kus oli seatud kena sängi,
Padjuline puhkepaika.

TEINE LUGU

**Vana Kalevi haigus ja
surm, Kalevipoja lapsepõlv**

Kui mina hakkan kuulutama,
Laulujuga laskemaie,
Vana lugu veeretama:
Ei mind jõua ohjad hoida,
Ohjad hoida, köied köita,
Pilved pikad ei pidada,
Taevas laia talitseda.
Külad jäävad kuulamaie,
Mõisad mõtteid märkamaie,
Saksad parves seisemaie,
Linnad eemal luurimaie.

Elu oli noorel lõunal,
Keskipäeva keeritusel
Kalevite kaasakesta
Sugul rohkest sigitanud.
Linda oli laulusuuga
Viburitva vibutelles
Kangeid poegi kasvatanud
Isa kuju kandijaksi,
Oli anderohkel rinnal,
Eide armu allikalla
Kaelakandjaks kosutanud,
Inimeseks imetanud,
Kuude valgel taadi kõrval

Kangelaseks karastanud,
Mõistelikuks muisutanud:
Kuni asja-a'ajaks kasvid,
Sammu lühendajaks saivid.
Poegist taadi eluõhtul
Kaksi alles kodus kasvid,
Kaks kui hernekaunakesta.
Teised olid tuule juhil,
Linnuteede tähendusel
Võõramaale rada võtnud,
Käiki pikka kauge'elle;
Läinud õnne otsimaie,
Pesa-aset püüdemaie.
Ega meie kitsik kohta,
Ahtral lüpsil põllumaake
Võind ei kõiki kasvatada,
Toitu neile toimetada,
Peavarju valmistada,
Kehakatet soetada.
Kalev-taati oli käskind,
Kindlal sõnal kinnitanud:
Meie maada markamata
Ühe poja päranduseks,
Valitsuse-vallaks jätta.
Ehk küll pojad perekaupa
Isa suuruseks sirgusid,
Tükati ka tugevusel
Võtnud osa taadi võimust,
Siiski silmanähtavasti
Õitses isa olemine,
Meelemõistus, märkamine
Rohkemalt kui teiste küljes

Viimselt-sündind võsukesel,
Kes kui kallim pesamuna,
Abielu äbarikku,
Hilja pärast isa surma
Veeres päevavalguselle.
Praegu jälgi viimsest pojast,
Mälestuse märkisida
Laialt mitmes kohas leida.
Paiguti ka pajatakse
S o h n i nime rahvasuussa
Viimse võsukese kohta;
Ehk küll suurem Eesti sugu
Tänapäeval tema kohta
Muud ei oska nimeks mõista,
Isenimeks ilmutada,
Kui et igal kuulutusel
K a l e v i p o e g a nimetab.
Selle poja jälgedella
Saavad jõed jooksemaie,
Lained merel läikimaie,
Tuulil pilved tuiskamaie,
Õied tupesta tungima,
Linnud ladvussa laulema,
Käod kulda kukkumaie.
Seda nooremada poega,
Eesti endist valitsejat,
Kiidab laulikute lugu,
Tõstab vana jutusõna.
Ehk kas kuskil küladessa,
Üksikuissa hurtsikuissa
Eesti poegi paisumassa,
Tüttereida tõusemassa,

25

Kes ei vanemate suusta
Muistepõlve mälestusi
Kalevipojasta kuulnud?
Mine, poega, Pärnumaale,
Järgukesta Järvamaale,
Astu Harju radadelle,
Sõida Lääne luhtadelle,
Veere Viru ranna äärde,
Mine Pihkva piiridelle,
Taara tammiku tahaje,
Aja hallil Alutaha,
Kõrvil Soome serva poole:
Igas paigas idanevad
Kalevipoja sõnumid.
    Kastel tõustes kanarbikust,
Udukuue ummuksesta
Tungib Kalevi tunnistus
Läbi tammise tänava,
Üle vaskise värava
Kindla kalju keske'elta,
Läbi raudamüüridesta,
Teraksesta tornidesta.
Tartumaal üksi tarretand
Vanapõlve mälestused.
    Kui tuli õnnis õhtukene,
Vaikne elu videvikku,
Siisap Kalev salasõnul
Ettekuulutuse kombel
Eidekesel' ilmutanud,
Asja nõnda avaldanud:
"Linda, kallis lillekene,
Kulla kullerkupukene,

Kes sa kevadisel käigil,
Suvepäeva sõuendusel
Kangeid poegi mulle kannud,
Armupiimal paisutanud,
Käsivarrel kiigutanud:
Sina saad veel sügisella
Õilmest kauna kasvatama,
Tõrust tooma tammekesta.
    Linda, kallis kaasakene,
Läänes kasvand lillekene,
Tedremunast tõusnud tütar,
Käid nüüd jälle pikil päevil
Ootuspõlve rasket jalga,
Vahetelles kingapaari
Jalas igal hommikulla,
Et ei Tühi leiaks teeda.
Lühikese aja varul
Saad sa poega poetama,
Kange lapse ilmal' kandma;
Saad teda rüpel ravitsema,
Rinna lättel rammustama,
Suu juures suisutama,
Käsivartel kiigutama.
    See' p see poega pesamuna,
Äbarikku tallekene
Sigidust saab lõpetama.
Igaveste jumalate
Enne peetud aru mööda
Pea ei poega minu silmad
Närtsipõlves nägemaie;
Siiski viimne võsukene,
Sarja lõpetuse muna,

Talve piiril kasvand taime,
Peab mul kõiges määraliseks,
Tegudes ja olles tõusma.
Tulevpõlve suu peab kandma
Tema nime mälestusi,
Kange tööde kiitusida.
    Kui on poega meheks
kasvand,
Valitsuse voli võtnud,
Siis saab õitsev õnneaega,
Rahupõli rahva keskel
Eesti piiril idanema.
Ma ei taha kuningriigi
Volivalda vähendada,
Lipi-lapi lahutada:
Riik peab jääma jagamata
Ü h e poja voli alla,
Kangemalle kaitsevallaks."
    Pikemalta pajatelles
Ütles Kalev, vanarauka:
"Jääb aga riiki jagamata
Ühe poja päranduseks,
Siis on tükil tugevusta,
Suurel kivil kindelusta.
Osad väetid, võimetumad
Sööksid üksteist ise ära.
    Kasvab meheks noorem
poega,
Heitku liisku vendadega,
Kes see rahva kaitsejaksi,
Kuningriigi valitsejaks
Nende seast peab tõusemaie!

Jumalate juhatused,
Taaralaste tähendused
Saavad asja sobitama
Paremast kui meie arud.
Teised vennad veerenegu
Võõramaade murudelle,
Kaljumaale kauge'elle, -
Tehku toad tuule peale,
Elud ilma ääre peale,
Majad marjavarte peale,
Kojad kobrulehtedelle,
Saunad pilveserva peale,
Vihtelavad vihma alla!
Maad on mitmemargalised,
Taevas laia laiguline;
Tugev leiab tuuletiivul,
Leiab paksest pilvedesta,
Kotkas kaljult pesapaika.
Kanget meest ei köida köied,
Pea ei kinni raudapaelad."

    Kes oli külma kamberissa,
Tarretanud tubadessa,
Pikil õlgil põrmandalla?
Kalevi-taat, vanarauka,
Oli külm ju kamberissa,
Tarretanud tubadessa,
Pikil õlgil põrmandalla.
Pärast pikka pajatusta,
Kui sai asju kuulutanud
Riigi pärimise pärast,
Langes Kalevite taati

TEINE LUGU

Pikal voodil põdemaie,
Halasängil loksumaie,
Ega tõusnud toetama,
Jalgu alla painutama.
Eit pani sõle sõudemaie,
Lepatriinu lendamaie:
"Sõua, sõlgi, jõua, sõlgi,
Lenda, lepatriinukene!
Minge arsti otsimaie,
Tuuletarka talitama,
Sõnatarka soovimaie!"
Sõlgi sõudis seitse päeva,
Lepatriinukene lendas
Üle maa ja üle mere,
Läbi kolme kuningriigi,
Palju maad veel põhjarajal.
Kes see vastuje tulekse?
Nägi ta kuu tõusemasse,
Tähte kannul kerkimassa.
"Tere, kuu, tervisekaevu,
Armas rammude allikas,
Jõudude joajõeke!
Kas saab taati terve'eksi,
Pääseb rauka voodi vangist?"
Kuu küll kuulis kurval
palgel,
Ei ann'd vastust küsijalle.
Sõlgi sõudis seitse päeva,
Lepatriinukene lendas
Üle maa ja üle mere.
Läbi kolme kuningriigi,
Palju maad veel põhjarajal;

Lendas läbi metsasida,
Küünra kullasta mägeda.
Mis tal vastuje tulekse?
Nägi ta tähte tõusemassa,
Ehatähte kerkimassa.
"Tere tähti, teravsilma,
Nugissilma noorukene!
Pajatele, taeva poega:
Kas saab terveks taadikene,
Pääseb rauka voodi vangist?"
Tähti kuulas teravsilmal,
Ei ann'd vastust küsijalle,
Tähti kustus taeva veerde.
Sõlgi sõudis seitse päeva,
Lepatriinukene lendas
Üle maa ja üle mere,
Läbi kolme kuningriigi,
Palju maad veel lõuna poole,
Lendas läbi laanesida,
Seitse versta sinimetsa,
Küünra kullasta mägeda.
Mis tal vastuje tulekse?
Nägi ta päeva tõusemassa,
Valgusküünla kerkimassa.
"Tere, päeva, peiukene!
Kuuluta mull', kuldasilma,
Pajatele, taevapoega:
Kas saab terveks taadikene,
Pääseb rauka voodi vangist?"
Päike kuulis põlevpalgeil,
Ei ann'd vastust küsijalle.
Eit pani sõle sõudemaie,

Lepatriinu lendamaie:
"Sõua, sõlgi, jõua, sõlgi,
Lenda, lepatriinukene!
Minge arsti otsimaie,
Sõnatarka soovimaie,
Tuuletarka talitama,
Manatarka meelitama!"
Sõlgi sõudis seitse päeva,
Lepatriinukene lendas
Üle maa ja üle mere,
Läbi kolme kuningriigi,
Palju maad veel põhjarajal;
Lendas läbi laanesida,
Seitse versta sinimetsa,
Küünra kullasta mägeda.
Kes see vastuje tulekse?
Tuli vastu tuuletarka,
Soomest vana sõnatarka,
Kullamäelta Manatarka.
"Tere, tere, ilmatargad!
Kuulutage küsijalle,
Andke vastust palujalle:
Kas saab taati terve'eksi,
Pääseb rauka voodi vangist?
Juba küsisin kuulta,
Pärisin ju päeva käesta,
Tahtsin otsust tähe pojalt -
Kõik need kolm ei kuulutanud."
Targad mõistsid, kostsid
vastu,
Kolmil keelil kõnelesid:
"Mis on põuda põletanud,

Nurmel palav närtsitanud,
Kuude valge kolletanud,
Tähte silma suretanud,
Sest ei tõuse taimekesta,
Ilutsevat idukesta."
Enne kui sõlgi sõudemasta,
Lepatriinu lendamasta
Koju jõudnud kuulutama,
Oli Kalevite taati
Koolul juba kolletanud.
Linda, kurba leskinaine,
Kurval meelel, leinakeelel
Itkes leinaigatsusi,
Nuttis närtsind kaasakesta,
Puistas leinapisaraida
Kolletanud kaasa sängi.
Leinas kalli mehe surma
Seitse ööd ilma uneta,
Seitse päeva söömatagi,
Seitse koitu kurvastusel,
Seitse eha leinavalus,
Et ei nahka silmil' saanud
Ega lõppend laugelt pisar,
Nutuvesi palgeilta,
Piinakoorem hinge pealta.
Linda, kurba leskinaine,
Pesi külma surnukeha,
Pesi teda pisarailla,
Pesi teda mereveella,
Vihtles kallist vihmaveella,
Loputeli lätteveella.
Silis hiukseid armusõrmil,

Silis hõbeharjadega,
Kammis kuldakammidega,
Miska enne näkineitsi
Oma pead oli sugenud.
Pani siis selga siidisärgi,
Sametise surnurüü
Kuldatoime kuue peale,
Hõbevöö vammukselle.
Pani alla udulinad,
Kattis peale peened linad.
Linda, kurba leskinaine,
Kaevas valmis kena kalmu,
Sängi halju muru alla,
Kümne sülla sügavuseks;
Sängiteli vilu sängi,
Valmistatud voodi'isse
Kalli kaasa puhkamaie.
Täitis sängi sõmeraga
Maapinna kõrguseni,
Halja muru rajadeni.
Muru kasvas mulla peale,
Aruheina haua peale,
Kasteheina kaela peale,
Punalilled palge peale,
Sinililled silmadelle,
Kullerkupud kulmudelle.
Linda, kurba leskinaine,
Leinas lahkund armukesta,
Nuttis närtsind abikaasat;
Leinas kuu, leinas kaksi,
Kurtis tüki kolmat kuuda,
Mõne päeva neljat kuuda,

Lepitas leina nutuga,
Kurbust pisarkaste'ella,
Veerevalla silmaveella.
Linda, kurba leskinaine,
Hakkas kive kandemaie,
Haua peale hunnikusse;
Tahtis teha tunnistähte
Pärastpõlve poegadelle,
Tulev-aja tütardelle:
Kus on Kalevite kalmu,
Vanataadi voodikene.
Kes see käiessa Tallinnas
Silmi oskas sirutada,
Küllap nägi kalmuküngast,
Kuhu pärastpõlverahvas
Uhkeid hooneid ehitanud,
Teinud kena kirikuda.
Kohta praegu kutsutakse
Tallinna T o o m p e a mäeksi.
Sealap vana Kalev puhkab,
Uinub igavesta unda.
Linda, kurba leskinaine,
Mehe haua mälestuseks
Kive kokku kande'essa
Oli ühel päeval pakku,
Rasket raudakivi rahnu
Kaugelt kannud kalmu poole.
Kivi raske piinas pihta;
Lesel jõudu lõppemisel,
Rammu juba raugemisel,
Veel oli kaunis tükki teeda,
Tükki teeda, marka maada,

Enne kui jõudis kalmule.
Komistades künka vastu
Väsind jalga väärateli:
Kivi kippus libisema,
Põrkas hiuksepaeladesta,
Sõlmil seotud silmuksesta
Prantsti! jalge ette maha.
Võind ei väsind lese võimu,
Leinakurnal lõppend jõudu
Ootuspäevil raskejalgsel
Kivi maasta kergitada,
Teist kord jälle sülle tõsta.
Leski istus kivi otsa
Väsimusta puhkamaie;
Hakkas nutma haledasti,
Leinakurbust kustutama:
"Oh, mis vilets vaene leski,
Mahajäänud marjukene,
Kes on kui tuba toeta,
Hoone seinad katukseta,
Kui üks väli varjuta
Iga tuule tuigutada,
Vete lainte veeretada,
Üksi ilmas peab elama,
Üksi kurbust kannatama!
Lepasta lehed lähevad,
Toomingast tuulil tuiskavad,
Õunapuusta õilmekesed,
Kasesta urvad kaovad,
Alanevad haabadesta,
Taganevad tammedesta,
Varisevad vahterasta,

Käbi kukub kuuskedesta,
Pihlaka kobarad kaovad, -
Ei minu pidu parane,
Ei minu elu ülene,
Vähene ei vaevapäevad,
Pisarrohked piinapäevad!"
Linda nuttis, vaene leski,
Leinapõlve pisaraida,
Viletsuse silmavetta,
Nuttis kaua kivi otsas,
Kaljupakul kaevatessa.
Silmalauge vesi valgus
Laiaks loiguks lagedalle;
Loigust tõusis tiigikene,
Tiigist jälle järvekene.
Linda pisarate loiku,
Lese leinanutu järve
Võite näha tänapäeval,
Mis kui Ü l e m i s t e järvi
Laagna mäe peal lainetamas,
Vetevooge veeretamas.
Kivi seisab järve kaldal,
Kus peal leski leina nutnud,
Pisaraida pillutanud.
Nõnda oli ennemuiste
Lese Linda silmaveesta,
Leinapiina pisaratest
Ülemiste järvi ilmund.
Kui sa juhtud, vennikene,
Järve kaudu teeda käies
Linna poole liugumaie,
Järvest mööda veeremaie,

Puhka hobu järve kaldal,
Kasta kõrvikese keelta,
Viida aega kivi ääres,
Mõtle muistelugusida,
Kalevi-põlve käikisida!
Vaata mälestusemärki,
Mis siin leski leinatessa,
Kurba südant kustutelles
Lagedalle lahutanud
Päeva paistel hiilgamaie!

Juba jõudis pikka päeva,
Ootuspäeva õhtuelle;
Linda tundis tunnikesta,
Tusatundi tulemaie,
Kibedamat kiirustama,
Valusamat veeremaie;
Käskis sauna küttaneda,
Sängiaset seadaneda,
Halavoodit valmistada,
Puhkepinki paigutada,
Ohkejäri asetada.
 Külaeided kütvad sauna,
Orjad kandvad kaevust vetta,
Teised on sängi seademas,
Pere pinki paigutamas.
 Nurganaine, nõrgukene,
Tuhat kord käid toa vahet,
Sada korda sauna vahet,
Kümme korda kaevuteeda,
Kaevust võttes karastusta.

Käid sa, vaene, valusammul
Ilma vööta, vöö käessa,
Tanuta, tanu peossa,
Ohkad aga Uku poole,
Palveid Rõugutaja poole:
"Tuulejumal, astu tuppa,
Vigalista vihtlemaie,
Hädalista arstimaie,
Tusalista toetamaie!"
 Neli nurka on toassa,
Kõik sa nurgad nutustasid,
Neli seina kamberilla,
Kõik sa seinad seisatasid;
Ahju ääred haletasid,
Istmed ära igatsesid,
Palveil põlvitid põranda.
 Ohkad aga Uku poole,
Palveid Rõugutaja poole:
"Tuulejumal, astu tuppa
Vigalista vihtlemaie,
Hädalista arstimaie,
Tusalista toetamaie!
Tule vaesta vaatamaie,
Pojaema päästemaie!"
 Pere nuttis alla pingi,
Lapsed nutsid alla laua,
Külad, kullad, kamberissa.
Kaasa magas külmas voodis,
Kus ei kuulnud naise nuttu.
 Nurganaine, nõrgukene,
Läbi läks siis nelja metsa,
Viie viletsusepaiga:

32

Üks oli metsa toomingane,
Teine metsa vahterane,
Kolmas kibuvitsametsa,
Neljas metsa pihlapuine,
Viies metsa visnapuine.
Tusad jäävad toomingaie,
Valud jäävad vahteraie,
Kibedad kibupuu külge,
Piinad pikad pihlakaisse,
Vaevad rasked visnapuisse.
Tulivad tusad tagasi,
Tusad tulid eide tungi,
Valud vaese lese peale,
Tulid tuusides tubaje,
Oiatessa ahju ette,
Puhkidessa parte peale.
Ohkab vaene Uku poole,
Palveid Rõugutaja poole:
"Tuulejumal, astu tuppa,
Vigalista vihtlemaie,
Hädalista arstimaie,
Tusalista toetamaie;
Tule vaesta vaatamaie,
Pojaema päästemaie!"
Pere nuttis alla pingi,
Lapsed nutsid alla laua,
Külanaised kamberissa.
Kaasa magas külmas sängis,
Kus ei kuulnud naise nuttu.
Nurganaine, nõrgukene,
Vaevakandaja, väetikene,
Üks ju jalg sul haua seessa,

Teine haua ääre pealla,
Ootsid hauda langevada,
Külma voodi kukkuvada!
Ohka aga Uku poole,
Rohkest Rõugutaja poole,
Saada palve saadikuida
Ülemaile jumalaile!
Tuli tunnike tubaje,
Üürikeseks ahju ette
Kiire'esti kerikselle.
Naine tuikus, nõrgukene,
Tuikus nuttes tusaline,
Värisedes vaevaline;
Ohkas aga Uku poole,
Palveid Rõugutaja poole:
"Tuulejumal, astu tuppa,
Vigalista vihtlemaie,
Hädalista arstimaie,
Tusalista toetamaie!
Tule vaesta vaatamaie,
Pojaema päästemaie!"
Uku kuulis kamberista,
Rõugutaja rehe alta,
Abitoojad läbi seina,
Kergitajad läbi katukse.
Siis tuli Uku tubaje,
Rõugutaja kamberisse,
Astusivad ahju ette,
Sammusivad sängi serva.
Ukul õled õlanukil,
Rõugutajal padjad kaenlas;
Viisid naise voodi'isse,

Surmahädalise sängi,
Piinakandja patjadesse;
Panid peenie linuje,
Villase vaiba vahele.
    Kaks sai päida pealukselle,
Neli reita voodi' isse,
Neli jalga jaluselle,
Neli kätta keske' elle.
    Uku hüüdis üle ukse,
Rõugutaja rõõmsal häälel:
"Lööge kinni haua uksed,
Kinni kalmu laiad kaaned!
Naine viidud voodi'isse,
Pandud peenie linuje,
Kaks saand päida pealukselle,
Neli reita voodi'isse,
Neli jalga jaluselle,
Neli kätta keske' elle."
    Tänu vanale isale,
Aituma jumalaile,
Tänu abitoojatelle:
Uku oli tunni toassa,
Rõugutaja kamberissa,
Sala-abid sängidella.
    Nurganaine, nõrgukene,
Tõsta üles kaksi kätta,
Kaksi kätta, kümme küünta,
Et sa tusatunnist pääsid!

    Lese leina lepituseks,
Pisarate pühkijaksi,
Kurvastuse kergitajaks

Kasvas kallis pojukene.
Poega imes armupiima
Eide rinnal rohke'esti,
Imes heldusallikalta
Võimuvetta venitavat,
Karastavat kasvumärga.
    Mõistke, mõistke, mehed
noored,
Arvake, poisid agarad,
Teatage, naised targad,
Kes see magab kätki'issa,
Kes see mähkme mässitusel
Kiuste suulla kiljatamas?
    See' p see lese leinapoega,
Isata kasvav idukene,
Keda tuuled toetavad,
Vihmaveerded venitavad,
Kasteaurud karastavad,
Udupilved paisutavad.
    Eit aga tallas kätkijalga,
Tallas kätki kiikumaie,
Vilistas laulu väetile
Suikumise soovituseks.
Poega puhus nutupilli,
Lõikas kisa lusti pärast,
Karjus kuuda, karjus kaksi,
Nuttis õhtust hommikuni,
Et ei lõppend tuli toasta,
Säde ei sängisamba'asta.
    Eit läks abi otsimaie,
Otsis lapse lausujaida,
Noore nutuvõttijaida,

34

Poja suu sulgejaida,
Kisa kinnipanijaida.
    Kui sai otsa kisakuuke,
Nutunädalate aega,
Lõhkus poega mähkmelinad,
Kiskus puruks mähkmepaelad,
Lõhkus katki kätkilauad,
Pääses kätkist põrmandalle
Käpakille kõndimaie,
Roomaskille rändamaie.
Roomas kuu, roomas kaksi,
Kolmandal ju kõndimassa,
Jalge jõudu kasvatamas.
    Poega imes armupiima
Eide rinnal rohke' esti,
Kasvas leina lepitajaks,
Kurvastuse kustutajaks,
Pisarate pühkijaksi.
    Eit oli poega imetanud
Armu kaisus aastat kolme,
Enne kui rinnalt võõrutas.
    Poega venis poisikeseks,
Kasvas Kalevite pojaks,
Tõotas ettetähendusi,
Kadund isa kuulutusi
Igas tükis ilmutada;
Püüdis jõudu igal päeval,
Keha kangust kosutada.
    Kalevite kallim poega,
Linda leina lepitaja,
Kasvas karjapoisiliseks,
Kosus künnimeheliseks,

Tõusis tamme tugevuseks,
Tõotas ettetähendusi
Igas tükis ilmutada;
Püüdis jõudu igal päeval,
Keha kangust kosutada:
Mängis kurni murudella,
Viskas ratast vainiulla;
Pani kurnid alla õue
Kahte paika hunnikusse,
Paiskas kaikail pealta õue
Kurnisida kõikumaie,
Saatis kurnid sõudemaie,
Üle vainu veeremaie,
Läbi kopli lendamaie.
Kurnid lendsid kauge'elle,
Puistasivad pilla-palla
Mööda metsi, mägesida,
Mööda laiu lagedaida -
Mõned langsid lainetesse.
    Kurnisida mõnes kohas
Tänapäeval nähtavalla:
Ühetasa ümmargused,
Pikergused kaljupakud -
Neitsikivi nime alla:
Needap' Kalevite kurnid.
    Kalevite noorem poega
Laskis lingu silmuksesta
Kivisida lendamaie;
Loopis merepinnal lutsu,
Korjas kaldalt lutsukive,
Paemurrust parajaida,
Mis ehk jalga laiusella,

35

KOLMAS LUGU

Kalevipoegade jahilkäik, Linda
röövimine, Kalevipoegade
kojutulek

Põualise päeva paistel
Istus merekalda ääres
Kalevite noorem poega,
Vaatas lainte lustimängi,
Vetevooge veeremista
Kerge tuule keeritusel.
Äkilisti ähvardelles
Puistas musta pilve põuest
Tuulehoogu tuiskamaie,
Pani lained paisumaie,
Kohisedes kerkimaie.
Äike sõitis raudasillal
Vaskiratta vankeriga,
Tuiskas tulda tulle'essa,
Sädemeida sõite'essa.
Pikker-taati põruteli,
Kärinada kärgateli,
Viskas välku väledasti.
　　Kurjad vaimud kohkudessa
Kuulsid karistaja häälta,
Põgenesid Pikse pakku
Laia mere lainetesse,
Hüüdes: "Äike, haisutele!
Pikker, pista nina p...se!"
Hüppasivad kõrgelt kaldalt
Kukerpalli mere põhja,
Vahus vetevoodi'isse.

Kalevite poega kargas
Nende jälil lainetesse,
Langes kotka kiirusella
Kurjalaste kaela peale;
Püüdis neid kui vähke urkast
Kauni kaelakoti täie.
Merepinnale tõustessa
Ujus kangelase poega
Tüki kalda ligemalle,
Paiskas kotist kurjalasi
Võimsal viskel kalda peale
Pikse raudavitsa alla,
Kus neid puruks kolgitie,
Hundiroaks hukatie.
　　Kalevite vennikesed
Läinud kodunt kolmekesi
Lustil metsa luusimaie;
Eit oli jäänud üksipäini
Koju kirstu kaitsejaksi,
Varakambri varjajaksi,
Taalritoale toeksi.
　　Eit pani paja tulele,
Keetis rooga poegadelle,
Kohendas tulda korrale,
Kaitses tulekübemeida,
Et ei leeki pääseks lakke,
Kirg ei lendaks katukselle:
Nii on sõlgirinna seadus,
Leekuninganna kohus.
　　Kalevite noored pojad
Läinud metsa luusimaie,

36

KOLMAS LUGU

Linnu jälgesid ajama,
Karu jälgi otsimaie,
Põdra jälgi püüdemaie,
Metsahärga vaatamaie,
Metsakriimu kiusamaie.
Karu oli kaeras käinud,
Mesipuilla võõrsil olnud,
Põtra nähtud põllu ääres,
Hunte hulge karjamaalla,
Raatmaal rohkesti rebaseid,
Jäätmaal palju jäneseida.
Oli neil kolme koerukesta:
Üks oli Irmi, teine Armi,
Kolmas murdja Mustukene.
Pojad olid metsa paksus
Koerte jälil karu leidnud,
Mesikäpa männikusta.
Kiskus Irmi, katkus Armi,
Murdis maha Mustukene;
Koerad said karu kädeje.
Noorem venda, poisikene,
Köitis karu üle õla
Jalgupidi rippumaie;
Tahtis kanda ta koduje,
Liha söögiks, nahka katteks.
Pojad läksid põllu peale,
Läksid laanest lagedalle;
Seal tuli vastu sarviline,
Vana põder vennikene.
Koerad põtra kiskumaie,
Sarvilista surmamaie;
Kiskus Irmi, katkus Armi,

Murdis maha Mustukene;
Koerad said põdra kädeje.
Noorem venda, poisikene,
Viskas põdra üle piha
Karu kõrva rippumaie;
Tahtis kanda ta koduje,
Liha söögiks, nahka katteks.
Pojad läksid kuusikusse
Metsahärga püüdemaie;
Palus olid metsapulli
Koerte jälil mehed leidnud.
Kiskus Irmi, katkus Armi,
Murdis maha Mustukene;
Koerad said härja kädeje.
Noorem venda, poisikene,
Sidus härja sarvipidi
Üle õla rippumaie;
Tahtis viia ta koduje,
Liha söögiks, nahka katteks.
Kalevite kanged pojad,
Läksid lustil laane poole,
Põõsastikku paksemasse;
Seal tuli hulka huntisida,
Kari kõrvekutsikaida.
Koerad hunte kiskumaie,
Metsalisi murdemaie.
Kiskus Irmi, katkus Armi,
Murdis maha Mustukene;
Tapsivad tosinakaupa.
Noorem venda, poisikene,
Hakkas hunte nülgimaie;
Nülgis tosinada neli,

Hakkas viiet nülgimaie,
Vennad koju kippumaie.
Noorem venda võttis nahad,
Viskas kimpus üle küüru
Karu selga katte'eksi;
Tahtis kanda nad koduje.
Pojad käisid metsateeda,
Penikoorma paluteeda;
Seal tuli vastu seltsikene,
Kaunis kari rebaseida.
Koerad rebaseid kiskuma.
Kiskus Irmi, katkus Armi,
Murdis maha Mustukene;
Tapsivad tosinakaupa,
Surmasivad sadadena.
Noorem venda, poisikene,
Rebaseida nülgimaie;
Nülgis tosinada neli,
Hakkas viiet nülgimaie,
Vennad aga koju kippuma.
Noorem venda võttis nahad,
Viskas kimpus üle küüru
Põdra selga paunaksi.
   Kalevite kanged pojad
Kõndisivad metsateeda,
Penikoorma paluteeda;
Juhtus kari jäneseida
Neile vastu nurme pealla.
Koerad jäneseid kiskuma,
Murdma haavikuemandaid.
Kiskus Irmi, katkus Armi,
Murdis maha Mustukene;

Tapsid tosinate kaupa,
Surmasivad sadadena.
Noorem venda, poisikene,
Jäneseida nülgimaie,
Nülgis tosinada neli,
Hakkas viiet nülgimaie,
Vennad kippusid koduje.
Noorem venda võttis nahad,
Viskas kimpus üle küüru
Härja selga sadulaksi.
   Siis aga vennad kolmekesi
Kodu poole kõndimaie.

   Oh sa kaval kosilane,
Pettelikku peiukene,
Kust sa teadsid siia tulla?
Kust sa mõistsid üle kalju,
Üle laia lainetegi,
Oskasid üle orgude,
Märkasid üle mägede
Teeda taaleri talusse,
Rada penningi peresse?
Küll sa, kaval kosilane,
Pettelikku peiukene!
Sestap teadsid siia tulla,
Karates üle kaljude,
Lennates üle lainete!
Sestap teadsid siia saada,
Oskasid üle orgude,
Märkasid üle mägede
Siia Kalevi koduje,
Siia penningi peresse,

Vana taaleri talusse:
Hõbenupp oli õuessani,
Kaks oli varakamberilla,
Kolm oli aida katuksella,
Viis oli vainuväravailla,
Kuus oli karjakoppelilla.
    Sestap peigu leidis teeda,
Sestap petis oskas tulla
Kalevi lese kodaje,
Kui ei kotkapoegi kodu,
Kõvernokki ei pesassa
Eite olnud kaitsemassa.
    Soome tuuslar, tuuletarka,
Küll sa salasobitustel,
Petisnõude pidamistel,
Peada rohkest raskendasid,
Kuidas leske kiusutada!
Küll sa valvasid varjulla
Kalda kaljurünka taga,
Kuidas Kalevite talus
Asju korda kohendati!
Küll sa, kaval kosilane,
Pettelikku peiukene,
Ootsid osavamat aega,
Sündsamada silmapilku,
Kalevite kallist leske
Kurjal kombel kimbutada,
Nõtra naista võrgutada!
Lootsik seisis luurimassa,
Paati kalju varjul peidus.
Sina, petis, ise paadis
Vara, hilja valvamassa.

    Soome tuuslar, tuuletarka,
Istus paadis parajasti,
Kui olid pojad kodunt läinud
Lustil metsa luusimaie.
Tuuletarka tundenekse,
Kuidas eite kaitsemata,
Vägeva käe varjamata
Üksipäini koju jäänud,
Kus ei abi olnud oota,
Lastest toetust ei loota.
Kodunt läinud kotkapojad,
Kaugel' lennand kaarnakesed
Võind ei eide kisendusi,
Hädas appi hüüdemisi,
Kiuste küüsil kiljatusi
Mitte kõrvul kuulatagi.
Tuuslar mõtles, tuuletarka:
Nüüdap vara varga volil!
Tuba jäetud on toeta,
Hoone seinad katukseta
Iga tuule tuisutada,
Vetevooge veeretada.
Pesast lennand kõvernokad,
Kõvernokad, raudaküüned,
Nüüdap voli varga väella,
Võimus võttevalla käella.
    Soome tuuslar, tuuletarka,
Tõukas paati kalju tagant,
Lootsikuda lagedalle;
Seadis mõlad sõudemaie,
Aerud paati ajamaie,
Laineida lõhkumaie,

Pani purjed paisumaie,
Tuule puhkel tõmbamaie.
Lootsik kõikus laintepinnal
Vetekiigel veeretelles,
Kiikus kõigul ranna poole,
Kalevite talu poole.
    Soome tuuslar, tuuletarka,
Ajas paadi kalda äärde
Kalevite kopli alla,
Peitis paadi varjupaika
Kalevi kalmu ligidalle,
Kargas ise kergel sammul
Kaljulise kalda peale,
Kus ta vargatee jälilla,
Röövelkäigi radadella
Muru varjul roomaskili,
Kivi taga kükakili -
Nii kui kassi lindu püüdes -
Toa ligemalle liugles.
    Sala roomas Soome tuuslar
Kalevi talu väravasse,
Kargas lipsti! kanna peale,
Virgalt jala varvastelle,
Sammus julgest' üle õue,
Astus ukse-esikusse;
Silmas korra üle sanga,
Enne kui tormas tubaje.
    Leski istus leelõukal,
Kulpi segas leemepada;
Ehmatanud eidekene
Saand ei aega vastu panna.
    Soome tuuslar, tuuletarka,

Võttis lese väekaupa
Varga kaisu kammitsasse,
Ajas kiskjad kulliküüned
Valusasti eide vöösse,
Tahtis leske lootsikusse,
Varga saaki paati viia.
    Ehk küll Linda, karske leski,
Tugevasti vastu tõrkus,
Röövelille rusikada,
Kiusajalle küüsi näitas,
Hammastesta abi püüdis,
Siiski vaibus vaese võimus,
Rauges lese närtsind rammu
Varga väe võimusessa,
Sortsi sõnade sidemes,
Miska rammu raugastelles,
Miska kangust kütkendelles
Lese võimu vangi võttis.
    Soome tuuslar, tuuletarka,
Oli rikas sortsisõnul,
Osav sõnu seadidessa:
Oskas sada salasõna,
Teise saja tarku sõnu,
Kolmandama kangemaida
Kanguselle kosutuseks,
Rammuselle rohkenduseks,
Võimuselle vägevuseks.
Teadis tuhat teisi sõnu,
Salasõnu rammu raugeks,
Võimuselle väsituseks,
Tugevuse tülpimiseks,
Miska rammu kammitsasse,

Võimu vangipaelu pani.
Linda, vaese lesekese,
Kisenduse kiljatused,
Hädas appi hüüdemised
Tuiskasivad tuule tiivul,
Langesivad lainetesse,
Roidusivad rägastikku,
Vajusid metsa varjudesse,
Kustusivad kaljudesse;
Aga appi hüüdemista
Poegile ei kõrva puutund.
    Linda palus ainekeelil,
Palus päästmist tuuslarilta,
Palus appi metsalisi,
Appi häida inimesi,
Palus appi võõrikuida
Varjajaida vaimusida,
Palus appi kaasa kuju,
Appi hüva jumalaida,
Ohkas aga Uku poole,
Vanaisa varju poole.
    Soome tuuslar, tuuletarka,
Salasõna salmilt rikas,
Toppis kinni kõrvakuulmed,
Et ei lese härdad palved,
Hädakisa kiljatused
Meelt ei hakkaks eksitama.
    Jumalate valvas heldus,
Võimsamate vägev voli,
Kangemate käte kaitsus
Kuulsid Linda kutsumista,
Lese leinaohkamista,

Ainekeelil hüüdemisi.
Vanataadi talitusel
Pidi abi pilvedesta,
Tulu tuulesta tulema.
    Soome tuuslar, tuuletarka,
Oli sammud varga saagil
I r u m ä e l e sirutanud.
Tahtis mäelta teeda võtta
Otsekohe mere poole,
Kus tal paati ootamassa.
    Äike astus äkilisti
Ähvardelles röövli teele,
Pikker põrutas pilvesta;
Raskel sammul raudasillal
Sõitis Vanaisa vanker,
Tuiskas tulda tugevasti.
    Soome tuuslar, tuuletarka,
Langes minestuse kätte,
Varjusurma alla vangi.
Välk oli võtnud keha võimu,
Tundmust hoopis tuimendanud:
Sest ta langes surnu kombel
Mäele maha muru peale.
    Varjuandijate vägi,
Taevaliste kindel tugi
Päästsid Kalevite lese,
Kulli küüsist linnukese.
    Lendva kiirusega loodi
Kalevite karske leski
Kõrgeks kaljukivi-pakuks,
Kivisambaks Iru mäele.
Elupaelukesed pääsid

Lahti pikast leinapiinast,
Laiast mure lepikusta,
Kurvastuse kuusikusta
Ega saanud lese sängi
Soome tuuslar solkimaie.
Soome tuuslar, tuuletarka,
Ärkas tüki aja pärast
Raske minestuse paelust,
Varjusurma vangistusest.
Selitelles silmasida,
Laugusida laiendelles,
Vaatas tema ümberringi,
Kas ehk kuskil jälgi näha,
Kuhu leski Linda läinud,
Kodukanake kadunud.
Aga lesk jäi leidemata,
Tedretütar teademata.
Kaljuks moondud
kodukana,
Lindat, Kalevite leske,
Võite täna tunnistada,
Selgelt omil silmil näha.
Iru mäe peal istub leski,
Tedremunast hautud tütar,
Istub Linda maantee ligi,
Kuidas linnaskäijad teavad,
Ehk küll selle põlve lastel,
Tänapäevasel tuimusel
Linda nimi meelest läinud.
Rahvas kutsub kivipakku
Enamasti I r u ä m m a k s.
Esimest kord linnas käijad

Peavad vana seadust mööda
Iru ämma teretama,
Austades ämma pähe
Poisid kübara panema.
Ehk küll kivipakukesel
Elu nähtavalt ei leita,
Ega paigast liikumista,
Siiski vanarahva sõudel,
Targemate teadmisella
Mõnda kuuldu külvatie,
Mõni sõnum sahatie:
Kuidas kivipaku rüpes
Salavõim peab siginema,
Imevägi idanema:
Kes on ämma mäe kaldalt
Õhtul orgu veeretanud,
Leiab teisel hommikulla
Tema jälle vanas paigas
Seismas, kus ta enne seisnud.
Sellepärast, pojukene,
Mine ämma austama,
Tedretütart teretama!
Pane kübar ämma pähe,
Hakka eide kaelast kinni:
Sest ei tõuse sulle süüda,
Laiemaida laitusida!

Kalevipojad kolmekesi
Kõndisivad lustikäiki,
Mööda rõõmuradasida,
Käisid mööda lagedada,
Mööda nõmme nõtkutelles,

42

Mööda sooda sõtkutelles,
Seal tuli vastu neli metsa,
Neli salkada saledat.
Üks oli kulla kuusemetsa,
Teine tarka tammemetsa,
Kolmas kena kasemetsa,
Neljas leski lepametsa.
Mis oli kulla kuusemetsa,
See' p see kuningate metsa;
Mis oli tarka tammemetsa,
See' p see Taara enda metsa;
Mis oli kena kasemetsa,
See' p see kudruskaelte metsa;
Mis oli leski lepametsa,
See' p see leinajate metsa,
Kurva laste varjupaika.
Vanem venda, vennikene,
Istus maha kuusikusse,
Kuningate ilumetsa,
Kuldakuuse vaiba alla;
Laskis laulu lendamaie,
Tugevama tõusemaie:
Laulis lehed lehtipuusse
Hiilatelles haljendama,
Hõiskas okkad okaspuusse
Siidi ilul siramaie,
Laulis käbid kuuskedesse
Päeva paistel punetama,
Tõrukesed tammedesse,
Kenad urvad kaskedesse,
Hõiskas õilmeurvakesed
Õilmepuiele iluksi,

Päeva paistel paisumaie,
Kuude valgel kasvamaie;
Laulis, et metsad mürasid,
Lagedad aga laksatasid,
Kõrved vastu kostelesid:
Kungla kuninga tüttered
Noorta meeste nuttelesid.
Teine venda, vennikene,
Istus maha kaasikusse,
Leinakase hõlma alla;
Laskis laulu lendamaie,
Tugevama tõusemaie,
Vägevama veeremaie.
Laulis õilmed õitsemaie,
Lilleõilmed läikimaie,
Laulis vilja välja peale,
Hõiskas õunad õunapuusse,
Sarapuisse pähkelida,
Laulis marjad visnapuusse,
Maasikad madalad murusse,
Sinikad samblasoosse,
Pohlakad palu äärtele,
Murakaida mätastelle,
Kobaraida pihlapuusse.
Laulis, et metsad mürasid,
Lagedad aga laksatasid,
Rägastikud raksatasid,
Kõrved vastu kostelesid.
Näkineiud, neitsikesed,
Noorta meesta nuttelesid.
Kolmas venda, vennikene,
Istus maha tammikusse,

Vanaisa ilumetsa,
Targa tamme hõlma alla;
Laskis laulu lendamaie,
Tugevama tõusemaie,
Vägevama veeremaie,
Tulisema tuiskamaie.
Laulis linnud lepikusse,
Laulukanad kaasikusse,
Laulukuked kuusikusse,
Mõistelinnud männikusse,
Targad linnud tammikusse,
Hõiskas puie latvadesse
Kägusida kukkumaie,
Tuvikesi tuikamaie;
Laulis rästad rägastikku,
Pesilinnud põõsastikku,
Lõokesed lagedalle,
Pääsukesed päevapaiste;
Laulis luiged lainetesse,
Pardid parve äärte peale,
Haned aga allikalle;
Hõiskas kena künnilinnu
Ööde iluks hõiskamaie,
Videvikul vilistama,
Enne koitu häälitsema.
Laulis, et mered mürasid,
Kaljud vastuje kärasid,
Puie ladvad paindusivad,
Mäekingud kõikusivad,
Pilved lausa lõhkesivad,
Taevas aga tarka kuulis.
Metsahaldja ainus tütar,

Metsapiigad peenikesed,
Kuldahiukseil näkineitsid
Nuttelesid noorta meesta:
Oleks see meesi meiega,
Kasvaks meile kaasaliseks!
Puie ladvul seistes päike,
Lahedama tuule õhku
Veeretelles õhtu vilu
Kuulutasid päeva kustu,
Lustipidamise lõppu;
Tuletasid meeste meelde
Kodu poole kõndimista.
Noorem venda, vennikene,
Kandis metsasaagi koormat,
Mis ei õlgasida muljund
Ega piinand pihtasida.
Mehed tõt'sid kolmekesi
Üle laia lagedate
Kiirel sammul kodu poole;
Seadsid silmad sihtimaie,
Suitsutähte tunnistama:
Kas ehk leelta keedukatel,
Pada auru välja paiskaks;
Aga suits ei tõusnud silma.
Mehed tõt' sid kolmekesi
Üle laia liivikute
Kiirest kodu ligemalle;
Seadsid silmad sihtimaie,
Olvist suitsu otsimaie,
Leelta auru vaatamaie.
Aga suits ei tõusnud silma,

Ega paistnud leemepajalt
Avaldavat aurukesta.
Mehed jõudsid õue alla,
Veeresivad väravalle,
Läksid lendes üle muru
Usinasti ukse ette,
Läksid kiirest lävedelle.
Kustund tule kübemetest,
Suitsuahtrast leeaugust
Märkasivad mehepojad,
Kuidas leekuninganna,
Valvsail silmil tulevahti,
Kodunta ära kadunud.
Noorem poega pajatama:
"Jõgi jooksulta kõvera,
Teedekäigid läevad metsa,
Ei ole lugu õieti.
Õuevärav seisab valla,
Lahti jäänud toa uksed,
Võõrad sammud murupinnal
Kuulutavad kurba lugu,
Õnnetumat juhtumista."
Pojad puhusivad hääled,
Hõiked tuulde tõusemaie,
Saatsid vaiksel õhtu vilul
Kutsumista kauge'elle:
"Hüüa vastu, eidekene!
Kosta vastu, kullakene,
Laula vastu, linnukene,
Tõsta häälta, tedrekene!"
Aga eit ei teinud häälta,
Sõudnud vastu ei sõnakest.

Kostis vastu kõversilma,
Kutsus vastu laia kõrbi,
Laulis vastu laanemetsa,
Hüüdis vastu Hiiu saari,
Kukkus vastu Kuressaari.
Pojad puhusivad hääled,
Hõiked teist kord tõusemaie,
Saatsid vaiksel õhtu vilul
Kutsumised kauge'elle:
"Hüüa vastu, eidekene!
Kuku vastu, käokene,
Laula vastu, luigekene,
Tõsta häälta, tedretütar!"
Aga eit ei kostnud vastu,
Teind ei häälta tedrekene.
Kostsid vastu merekaldad,
Kukkusivad kaljuseinad,
Laulsid vastu merelained,
Hüüdis vastu tuulehoogu.
Pojad puhusivad hääled,
Kutsumised kolmat korda,
Saatsid vaiksel õhtuvilul
Kutsumised kauge'elle:
"Hüüa vastu, eidekene!
Kõõrutele, kodukana,
Laula vastu, kadund leski,
Kosta meie kutsu vastu,
Laste lahke laulu vastu!"
Aga eit ei kostnud vastu,
Teind ei häälta tedrekene,
Kõõrutand ei kodukana
Ega laulnud luigekene.

Kuhu hääli kuulunekse,
Sinna kaljud katkenekse,
Kuhu kutsu kostelekse,
Sinna metsad murdunekse,
Kuhu helki lendanekse,
Sinna lained langenekse,
Pilved pikalta lõhkevad.
Ei olnud leida eidekesta,
Kuulda kana kõõrutusta,
Kuulda tedre kudrutamist,
Käokese kukkumista
Kusagilta murumaalta,
Suuremasta samblasoosta,
Laia mere lainetesta,
Põõsastesta paksudesta
Ega kõrve keske'elta.
Õhk jäi vaikseks, tuuled tukku,
Uinusesse kõik see ilma.
Vennad läksid väravasta,
Läksid seltsis alla õue,
Kolmekesi koppelisse
Eide jälgi otsimaie,
Varga teeda vaatamaie.
Üks neist veeres vainiulle,
Teine kõndis koppelisse,
Kolmas merekalda peale.
Vanem venda, vennikene,
Kes see veeres vainiulle,
See ei leidnud eide jälgi
Ega saanud tunnismärki.
Teine venda, vennikene,
Kes see kõndis koppelisse,

See ei leidnud eide jälgi
Ega röövli radasida
Ega saanud tunnistähte,
Kuhu kana kadunekse,
Linnukene lendanekse.
Kolmas venda, vennikene,
Kes see läinud merekalda,
See sai selgeid märkisida,
Tõelikke tunnistähti,
Kuhu hella eidekene,
Kodukana kaotsi läinud.
Soome tuuslar, tuuletarka,
Oli laintelt lootsikuga
Pagu-urka põgenenud;
Oli valvel vahikorra
Lainte langul lõpetanud,
Kus ta mitu pikka päeva,
Mitu pimedada ööda
Videviku viivitusel
Varga saaki valvamassa.
Meestel kasvas kartlik mure,
Mitu mõtet ema kohta:
Kas ehk kaval kosilane,
Pettelikku peiukene
Eite kippund kimbutama,
Varga küüsil võrgutama.
Vanem venda pajatelles
Pani sõna sõudevalle:
"Läki leiba võttemaie,
Õhurooga otsimaie,
Väsind keha karastama, -
Heidame siis puhkamaie:

Ehk saab usin unenägu
Eide jälgi näitamaie;
Lähme homme otsimaie!"
Teine venda pajatelles
Pani sõna sõudevalle:
"Sängi rüpes suikudessa
Võib ehk taevaliku tarkus,
Uku unes ilmutada,
Kuidas jälgi kaste kannul,
Udupilve palitusel
Kadund eidest kätte saame,
Kuidas kallist kodukana,
Lendu läinud linnukesta
Kulli küüsist päästa võime."
Pärast nõu pidamista,
Targa aru arvamista
Venitasid kaksi venda
Väsind keha karastama.
Noorem venda, vennikene,
Kalevite kallim poega,
Lese leina lepitaja,
Kurvastuse kustutaja,
Oli mõtteid teise teele,
Arvamisi iserada
Lendamaie läkitanud.
Kallis kangemehe poega
Nõnda mõtteid mõlguteli:
"Tänasida toimetusi
Ära viska homse varna!
Igal päeval omad ikked,
Tunnil omad toimetused,
Murekoorma muljutused,

Omad soovimuste sõuded.
Tahad tunnist tulu saada,
Õnnekesta õngitseda,
Ära võta aega viita,
Kauemini veel kõhelda.
Kiirelt käivad õnne sammud,
Viitjal viisi viletsusta,
Kõhelejal kuusi koormat,
Seitse salasõlmitusta."
Kalli eide kadumine
Kurvastas mehe meelekest,
Kurnas südant murekoorem.
Kui nüüd vennad kahekesi
Sängis selga sirutasid,
Siisap tõttas noorem poega
Üle läve ukse ette,
Kargas kergelt üle muru,
Veeres virgalt vainiulle.
Seal aga sammu seisatelles
Käänas siis isa kalmule.
Kalevite kallim poega
Astub isa haua peale,
Istub kalmukünka peale
Kurba südant kergitama.
Isa hauasta küsima:
"Kes see liigub peale liiva,
Kes see astub peale haua?
Sõmer kukub silma peale,
Kruusa langeb kulmudelle."
Poega mõistab, kostab vastu:
"Noorem poega, poisikene,
See' p see liigub peale liiva,

47

See' p see astub peale haua,
Istub mure muljutusel
Kadund isa kalmukünkal.
Tõuse üles, taadikene,
Ärka üles, isakene!
Tule teeda näitamaie,
Kuhu eideke kadunud!"
Isa kostab mätta alta,
Taati kalmusta kõneleb,
Mulla alta tõstab hääle:
"Ei või tõusta, poega noori,
Ei või tõusta, ei ärata!
Kalju rõhub peale rinna,
Kivi raske peale keha;
Kulmu katvad kullerkupud,
Silmi katvad sinililled,
Punalilled palgeida.
Tuuled juhtigu sul teeda,
Õhud õrnad õpetagu,
Taevatähed andku tarkust!"
Poega tõttas kiirel sammul,
Astme lennul mere poole,
Kõrge kaljukalda peale
Eide jälgi otsimaie,
Kadund kana püüdemaie.
Paik, kus enne seisnud paati,
Lootsik ala luuril olnud,
Seisis tühi kui pühitud.
Kalevite kallim poega
Vaatas kõrgelta kaljulta
Ehavalgel mere peale,
Laskis silmad lainetelle;

Vaatas, kuni silma kestis,
Vaate tiivad ulatasid:
Kas ehk kuskil merepinnal,
Laia lainte langutusel
Varga jälgi maha jäänud;
Kas ei kuskil tunnistähte,
Midagi ehk isemärki
Röövli riisumista näitaks:
Kas ei kadund eide kanda,
Jalavarvas märki jätnud,
Rada kuskil rajatanud?
Laine veeres laine jälil
Vetevooge veeretusel,
Kiigel kaldakalju vastu,
Lõhkes vahus kalda vastu,
Tuisatelles vetetolmu.
Aga muud ei märki olnud,
Sõnumeid ei keegi toonud,
Kes see täna lainte langul,
Vetepinnal veeretelles
Salateel käind sõitemassa.
Tähed taevasta sirasid
Lahkel silmal lainte peale,
Aga keelt ei olnud kuskil,
Sõna kellelgi ei suussa.
Nõnda langev laintemängi,
Vetepinna veerlemine
Ikka ühel ilul kiigub
Ega küsi iial, kes see
Täna tema niiskes rüpes,
Märjas kaisus surma leidnud.
Lainte kiikuv lustimängi,

48

Vete kena veerlemine,
Taevast vaatvad tähesilmad -
Need ei küsi meie rõõmu,
Küsi meie kurvastusi.
Laine veereb laine jälil,
Vetevooge veeretusel,
Kiigel kaldakalju vastu.
Lõhkeb vahus vastu kallast,
Tuisatelles vetetolmu,
Märga auru kallastelle,
Aga ei too sõnumida,
Kostmist iial küsijalle.
Laine veereb laine jälil,
Vetevooge veeretusel,
Kiigel kaldakalju vastu,
Lõhkeb vahtu vastu kallast.
Meie elulainekesed
Veeretavad õhtu vilul
Kõikudelles kalmukünka,
Mättamuru vaiba alla;
Tähesilmad vaatvad taevast,
Kuu vaatab kõrge'elta,
Päike paistab rõõmupalgel
Lahkujaida, magajaida.
Aga keelt ei ole kalmul,
Sõna iial tähte suussa,
Kuu ei oska kõneleda
Ega päike pajatada,
Küsijalle vastust anda.

NELJAS LUGU

Kalevipoja
ujumisreis, Saarepiiga, Laul
meresügavusest

Kuku, kägu, kuldalindu,
Häälitsele, hõbenokka,
Veeretele, vaskikeeli!
Kuku meile kuulutusi,
Häälitsele ilmutusi,
Veeretele lauluvara,
Ketra kuulutuse lõnga!
Kui ei kuku, kukun ise,
Pajatelen, pardikene,
Lasen, luike, laulusida,
Seitsmekordseid sõnumida
Vanast ajast veeremaie.
Üks on sõnum hülge suusta,
Teine lainte tütterelta,
Kolmas rannakaljudelta,
Neljas näkineidudelta,
Viies veteemandalta,
Kuues kuude kudujalta,
Seitsmes saare taadi suusta,
Saare eide mälestustest.

Kaljuseinad kuulasivad,
Lained laiad luurisivad,
Tähtesilmad tunnistasid:
Kuidas Kalevite poega
Julgelt eide jälgesida,
Kadund tedre teeradasid

Hobuta läks otsimaie,
Täkuta läks tallamaie,
Ilma ratsuta rändama.
Mõni mees jääks mõtlemaie,
Mõni naine nuttemaie,
Mõni piiga pisaraile,
Kui nad Kalevite poega
Suure mere sõudemisel,
Keset laiu laineida,
Vahus vete voodi'issa
Üksipäini ööde peidus
Salateel saaks silmamaie.
Kui ei kaldalt silma sihti,
Silma sihti, vaate voli
Kusagilta jälgi kannud,
Teederada tähendanud,
Kargas noormees kõrge'elta
Kaldaservalt lainetesse,
Vooge laia voodi' isse,
Kohiseva vetesängi;
Sundis käsi sõudemaie,
Tagant jalgu tüürimaie,
Peas hiukseid purjetama.
Sõudis kiirelt Soome poole,
Tüüris otse Turja poole,
Purjeteli põhja poole;
Tõttas eite tabamaie,
Tetre paelust päästemaie,
Lindat lingust aitamaie.
Soovis Soome tuuslarida,
Tuuletarka tuuseldama,
Vargaküünta vemmeldama,

Röövelida rookimaie,
Et ei enam naisteröövi,
Neitsi vargel võrgutusi
Siia ilma sigineksi.

Vana Vanker, Rootsi Karu,
Põhjanaela, tähte poega,
Juhatasid siravsilmil
Taeva alta teederada
Minejalle merelaineil,
Näitasivad niisket teeda,
Märga rada Soomemaale,
Kõrge kaljuranna poole.
Mereteel ei ela tõlki
Kuskil külas, kõrtsidessa,
Ega ole osmikussa
Veteväljal kuskil vahti,
Kellelt teed võiks küsitella,
Õiendusta eksituses.
Tugev käsi lõhkus laineid,
Peksis laineid merepinnal,
Kiigutava vetekätki
Veereteli virka meesta,
Usinada ujujada
Langevate lainte turjal
Kaugemalle põhja poole,
Kaljuranna kallastelle.
Kalevipoeg, kangelane,
Lese leina lepitaja!
Ei sa tunnud tüdimusta,
Võimuselta väsimusta
Ega rammul raugemista,

Kui sa vagal teedekäigil
Eidekese jälgi a'asid,
Kadund tedre teeda käisid!
Tähed langesid ja tõusid
Omal viisil taeva veeres,
Põhjanaela pidas paika,
Vana vanker vankumata.
Tugev käsi lõhkus laineid,
Peksis laineid merepinnal,
Kiigutava vetekätki
Veereteli virka meesta,
Usinada ujujada
Langevate lainte turjal
Kaugemalle põhja poole,
Kaljuranna kallastelle.
Kalevite kallim poega
Kiirustelles kaugemalle
Tõttas eite tabamaie,
Röövlit kurja rookimaie.
Armu soovid südamessa,
Meelemõlgul kurjad mõtted
Karastasid kangelasta,
Et ei tüdind pikil teedel,
Väsind vesiradadella.
Juba sõela seisis servi,
Vardad veerdes valge vastu,
Kesköö võis ehk käsil olla,
Ehk küll kuskil kuulutaja,
Tunni sammu tunnistaja
Mereteel ei märki anna,
Miska mees võiks aega mõõta.
Ei siin laula Looja kukke,

Kõõrutele kanakene.
Kaladelle laulu kurku,
Sõna keelil sõlmitie.
Vetelainetelle veeres
Kerkidelles künkakene,
Sest sai lausa saarekene,
Kaunis tükki kuiva maada.
Kalev sõudis saare sihil
Kiirustelles kaugemalle.
Tugev käsi lõhkus laineid,
Peksis laineid merepinnal,
Kiigutava vetekätki
Veereteli virka meesta,
Usinada ujujada
Langevate lainte turjal
Kaugemalle põhja poole,
Sihtis saare ligidalle.
Kalevite kallim poega
Soovis puhkepaika saarel,
Hingetõmbamise mahti
Vähe aega ette võtta.
Tugev käsi lõhkus laineid,
Peksis laineid merepinnal,
Kiigutava vetekätki
Veereteli virka meesta
Kiirest saare kalda alla.

Kalevite kange poega
Siruteli väsind selga,
Vesil vettind külgesida,
Vastu kaljurüngastikku,
Istuteli isteluida

51

Sammeldanud kivi sülle,
Kaljupingi keske'ella,
Jättis jalad ripakille,
Varbad vete veeretille,
Labad lainte laugudelle,
Kedrad vooge kiigutuseks,
Mereveele mängituseks.
Püüdis puhku pisukesta
Laugusida kokku lasta,
Tunni poole tukutelles,
Veerand tundi suikes viita.
Varem veel kui unevoli,
Suigu magus sünnitaja,
Vaimusilma varjutelles
Meelemärkamista mattis,
Võimust mehe üle võttis:
Värisesid ööde vaikest,
Pimeduse varjupõuest,
Rahusüle sügavusest
Laulukeermed kerkimaie,
Kargasivad kõrvadesse;
Piiga kena pillikene,
Neiulikku noori hääli,
Laululinnu lõksutused
Nõnda kulda kukkusivad
Kui see kägu kuusikussa,
Künnilindu lepikussa.
Kalevite kange poega
Keeras kõrvad kuuludelle:
Kas see kägu kukub kulda,
Alta hammaste hõbedat,
Pealta keele penningida,

Keskelt keele killingida?
Piiga laul aga pajateli,
Noori kukku kostis nõnda:
"Kaugella on minu kaasa,
Vete taga armukene,
Kaugel on, kaugella nähikse;
Vahel palju vastalisi:
Meri laia ja lageda,
Viisi järveda vesista,
Kuusi kuiva nõmmikuda,
Seitse sooda sitke'eda,
Kaheksa karja-aruda,
Üheksa hüva jõgeda,
Kümme külma allikada,
Kakskümmend muuda
kinnitusta.
Saa ei siit mina minema
Ega saa tema tulema;
Saa ei kuuski teda kuulda,
Nädalas ei teda näha,
Saa ei aastas tema armu,
Armukaisu haudumista,
Sõbra rüpe soojendusta.
    Kaugella on minu kaasa,
Vete taga armukene;
Kaugel on, kaugella nähikse,
Vahel palju vastalisi,
Vee ja kuiva kinnitusi.
Tuul tal viigu tervisida,
Aja tiivad armusida,
Pilved pikkada igada,
Lained lahkeid elupäevi,

Vihmasagar saadikuida,
Taevas tarka meelekesta!
Kui on õnne, siis elagu;
Kui on terve, tehku tööda!
Nii mitu tervista temale,
Kui mitu mõteta minulla,
Nii mitu tervista temale,
Kui mitu soovida südamel;
Nii mitu tervista temale,
Kui on lehti lepikussa,
Kaseurbi kaasikussa,
Kuuseokkaid kuusikussa;
Nii mitu tervista temale,
Kui on laineida merella,
Kui on tähti taeva' assa!"
    Kalevite kallim poega
Siruteli kaelasooni
Kena laulusõnu kuuldes:
Kas ei kallist kukkujada,
Laulurikast linnukesta,
Sõnalista sõstrasilma
Neiukest saaks nähtavalle?
Öine pimeduse varju,
Udu umbne kuuekene
Kattis saarekese kinni.
Läikivada tuleleeki
Ühest kohast üksikuna
Tõusis üles tamme alta,
Lehtis tamme ligidalta.
Tule paistuse piirdel
Istus ilus laululindu,
Kuldanokka neiukene.

Käharhiuksed katsid kaela,
Krookes käiksed kõrget rinda.
See'p see laulis linnukeeli,
Künnilinnu lõksutusel,
See'p see salaleinamista,
Igatsusta ilmuteli,
Istus helel tulepaistel
Õitselise valvamisel:
Vahtis eide lõuendida,
Mis seal murul laialisti
Päeva paistel pleekisivad,
Ööde vilul haudusivad,
Mis ta ise pikal talvel
Kedral lõngaks keerutanud,
Mis ta ise hiljemini
Kangasjalgella kudunud,
Lõuendiksi lõksutanud.
Käed küll kangasta kudusid,
Sõrmed niisi nõtkutasid,
Jalad suksi sõtkusivad,
Suu aga seadis laulusida.
    Kalevite kallis poega
Hakkas vastu hõikamaie,
Laulu teista loomaie,
Piiga laulu pilgatelles
Seadis sõnad sõudevalle,
Värsid nõnda veeremaie:
"Mis sa kauget kahetsedes,
Vetetagust vesilaugel
Lesena lähed leinama?
Miks sa, piiga peenikene,
Peigu ligemalta põlgad?

Ligi on, ligi nähikse,
Ligemal on kallim kaasa,
Armsam hauduvada kaissu.
Ei ole vahel vastalista
Ega kuskil kinnitusta;
Ei ole vahel laia merda,
Kinnitavaid järvesida,
Ei ole kuivi nõmmikuida
Vahel kuskil nõlgatille;
Ei ole karja-arusida,
Ei ka hüva jõgesida
Ega külmi allikaida.
Ligi on, ligi nähikse,
Ligimail on parem peigu,
Siinap soojem armukaissu,
Siinap rikkam rõõmurüppe.
Ligi on, ligi nähikse,
Ligi parem peiukene,
Kangem meesi kuulsast külast,
Parem poissi, perepoega.
Kõrged koivad, laiad oimud
Kandsid teda lainte kiigul,
Veeretasid vetevoogel
Salamahti saare randa,
Saare piigadelle õnneks,
Saare tütarde tuluksi."
    Saare piiga, peenikene,
Küll sa kuulisid petis-kukku,
Petispoisi pajatusta,
Küll sa tahtsid tasakesi
Näha laulukukekesta,
Poolil pilul poisikesta,

Kes see laulu laksatanud.
Küllap, vaene, kogemata
Astusid ehk argsel sammul
Luuridessa ligemalle;
Astsid sammu, astsid kaksi,
Kogemata kümme sammu,
Teademata teise kümne,
Arvamata veel ehk sada,
Mõistemata mitu peale;
Tahtsid lauljat tunnistada:
Kas tuli Soomest sugulane,
Ehk kas Virust viinakruusi,
Kosilane kihladega?
    Saare piiga, peenikene!
Püüa pakku põgeneda:
Enne kui sind vaate vangi
Silm saab kinni sidumaie,
Et ei pääse paigastagi,
Kohastagi kanakene!
Saare piiga, peenikene
Nägi murul noore mehe,
Nägi kaldal kangelase,
Läks siis vähe ligemalle.

    Ööde vilul viibidelles
Saivad sõnu sahkamaie,
Juttu lausalt lahutama,
Kuni armu kütkendused,
Varsti sõpruse sidemed
Südant saivad sulatama,
Meelta metsa eksitama.
Saare piiga, peenikene,

Istus ise mehe kõrva,
Langes lapse rumalusel
Kogemata kalda peale,
Sammeldanud kivisängi.
Saare piiga, sõstrasilma!
Mis sul veeres vigastusta?
Mis sa kisal kiljatama,
Pisarate kaebepillil
Hakkas abi hüüdemaie?
Kas sind Kalevi kaisussa,
Armusüle haudumisel
Niuetest ehk niksatie,
Labaluust ehk naksatie,
Puusaluida pigistati?
Mis sul tüli tehtanekse,
Mis sul viga sünnitie?
Isa kuulis tütre kisa,
Ema lapse kiljatusta;
Ärkasivad une ikkest,
Pääsid magamise paelust,
Esiotsalt arvatelles,
Kas ehk kuri unenägu
Petissõnu pajatanud.
Aga piiga pisarpilli,
Kaebamise kiljatused
Kõlasivad ärkvel kõrva.
Saare taati tõusis sängist,
Tuli välja voodi'ista,
Võttis kätte vembelada,
Kargas lugu kuulamaie,
Viga ise vaatamaie:
Kas ehk poissi pettusella,

Röövel kurjal riisumisel
Eide vara tütterelta
Ööde varjul varastanud?
Kui nüüd saare taadi silmad
Kange mehe kaldal nägid,
Kukkus vemmal valjust pihust,
Suri sõna keelepaelul
Ehmatuse hirmu alla,
Kartus nägu kahvateli.
Tütar noori seisis norgus,
Parti kurba parve ääres,
Ega tõstnud arga silma,
Pisarraskeid laugusida,
Punepaisul palgeida
Mitte ülesse murulta,
Ega sahand sõnakesta.
Kalevipoeg, kangelane,
Istukili kaljurünkal
Sammeldanud kivi süles
Küsis taadilt kartuseta,
Kas ehk eile õhtul hilja
Soome tuuslar, tuuletarka,
Virust tulles veeretelles,
Kodu poole purjetelles
Saarest mööda oli sõudnud.
Saare taati kostis vastu:
"Ei ole näinud, vennikene,
Tuuletarka-tuuslarida
Minu silma mitmel päeval,
Mitte mitmel nädalalgi.
Ütle, võõras vahva meesi,
Kus sul kodu, kasvupaika,

Lapsepõlve pesakene!
Kes sind sugul sigitanud,
Ilma peale ilmutanud?
Kelle ema rikas rüpe,
Paisutelev rinnapiima
Kanget poega kosutanud?
Nii kui jumalikku idu,
Vägev taaralaste võsu
Paistab sinu palgeilta,
Sirab välja silmadesta,
Kasvab keha kombeista."
 Kalevite poega mõistis,
Kavalasti vastu kostis:
"Viru ranna viirudella,
Harju kaljuharjadella,
Lääne ranna liivikuilla
Mõnda teeda tallatie,
Mitu rada rajatie,
Astmejälge armitie.
Üks on rada koduteeda,
Tallermaada tuttavada,
Armsam mulle astmejälgi,
Mis mind isa õue alla,
Eide armu koppelisse,
Venna vainu väravasse
Kõige kiiremalta kannab.
Sealtap tammi tüvest tõusin,
Kasu kännusta kasvasin,
Võsu juuresta võõrdusin.
Seal mul lapsekätki seisis,
Sealap pesa kalju peidus;
Sinna mängi mälestused

Läksid merda pühkimaie,
Merepõhja riisumaie,
Laintest loogu võttemaie;
Rehad käessa pikal varrel,
Rehapulgad väga pikad.
Varred rehal on vasesta,
Rehapulgad teraksesta,
Rehapide rauast tehtud.
Mis seal tõusis pühkmetesta,
Mis seal kasvas riismetesta?
Tammi tõusis pühkmetesta,
Kuuski kulla riismetesta.
Viisid tammi koduje,
Kandsid kuuse koppelisse.
Läksid merda pühkimaie,
Merepõhja riisumaie,
Ääresida äigamaie;
Rehad vaskised käessa,
Rehapulgad teraksesta,
Rehapide rauast tehtud.
Mis seal tõusis pühkmetesta,
Mis seal kasvas riismetesta?
 Pühkmeist tõusis
kotkamuna,
Riismetesta raudkübara;
Panid muna kübarasse,
Kandsid koju kamberisse.
Läksid merda pühkimaie,
Merepõhja riisumaie,
Mereääri äigamaie,
Mereurkaid uurimaie.
 Mis seal tõusis pühkmetesta,

Mis seal kasvas riismetesta?
Pühmetesta tõusis kala,
Riismeist hõbekausikene.
Panid kala hõbekaussi,
Kandsid koju kelderisse.
Läksid merda pühkimaie,
Merepõhja riisumaie,
Laintest loogu võttemaie,
Mereääri äigamaie,
Mereurkaid otsimaie:
Kas ei leiaks kodukana,
Lainetesse kukkund lasta?
Kuulge, kuulge, kurvad
kõrvad,
Mis seal laulab lainetesta?
Kuulge, kuulge, kurvad kõrvad,
Mures muljutud südamed:
Mis seal merel häälitsemas,
Laintelangul laulemassa,
Vete veerdel vilistamas?
Kohiseva lainte keskelt
Pääses lugu liikumaie,
Sügavasta meresängist
Sõnad nõnda sõudemaie:
"Neiu läks merda kiikumaie,
Lainetesse laulemaie;
Pani kingad kivi peale,
Paatrid pikale pajule,
Siidilindid liiva peale,
Sõrmuksed sõmera peale;
Hakkas merda kiikumaie,
Lainte lugusida laulma.

Mis see välkusi meresta,
Mis see läikisi lainetesta?
Kuldamõõk meresta välkus,
Hõbeoda lainetesta,
Vaskne ambu kalakudust.
Läksin mõõka võttemaie,
Hõbeoda püüdemaie,
Vaskist ambu õngitsema.
Tuli vastu vanameesi,
Vanameesi, vaskimeesi,
Vaskikübara peassa,
Vaskisärki tal seljassa,
Vaskivööke niude ümber,
Vaskikinda'ad käessa,
Vaskisaapa'ad jalassa,
Vaskikannuksed saapassa,
Vaskikilbid pannalvöölla,
Vaskikirjad kilpidella.
Vaskikeha, vaskikaela,
Vaskisuu ja vaskisilmad.
Vaskimees neiult küsima:
"Mis teeb mõrsja meressa,
Väike vete lainetessa,
Kodukana kalakudus?"
Neidu mõistis, vastu kostis,
Pajateli pardikene:
"Läksin merda kiikumaie,
Lainetesse laulemaie;
Nägin kuldamõõga välki,
Hõbeoda varre läiki,
Vaskse ammu hiilgamista;
Tahtsin mõõka taga nõuda,

Hõbeoda lunastada,
Vaskist ambu ostaneda."
    Vaskimeesi vastu kostis,
Vaskikeelilla kõneles:
"Kuldamõõk on Kalevite,
Hõbeoda Olevite,
Vaskiambu Sulevite
Varjul hoietud varandus.
Vaskimees on vara vahti,
Kuldamõõkade varjaja,
Hõbeoda hoidija,
Vaskiammu kaitseja.
Tule kaasaks vaskiselle,
Kodukanaks mõõga vahil',
Õhtumängiks oda hoidjal',
Ammu kaitsjal' armukeseks:
Siis saad kalli kuldamõõga,
Hõbedast Olevi oda,
Vaskse ammu kingituseks,
Kihla pandiks kallid anded."
    Neidu mõistis, vastu kostis,
Pajateli pardikene,
Lõksateli luigelindu:
"Põllume'e tütar peenikene,
Talume'e tütar tallekene
Leiab mehi kuivalt maalta,
Peigu põllume' e sugusta,
Kaasa leivame' e külasta."
    Vaskimeesi naeratie,
Neidu jalga komistie,
Komistie kogemata,
Libastas libedal liival,

Sattus salahaudadesse,
Kukutas kalakudusse,
Mereurkasse udusse,
Lainte laia kamberisse.
Vesi võitis neiukese,
Lained katsid lapsukese,
Kudu kodukanakese.
Isa tõttas otsimaie,
Ema tõttas otsimaie,
Kadund jälgi kuulamaie:
Kus see kallis kana jäänud,
Kenam õue hanekene?
Kas on kulli, kurja lindu,
Kas ehk vares, vargalindu,
Kas ehk petis peiukene
Kana viinud pesa varjust,
Hane ujumise paigast,
Piiga peidetud kamberist? -
Leidsid kingad kividelta,
Paatrid pikalta pajulta,
Leidsid lindid liivikulta,
Sõrmuksed sõmera pealta,
Ehted pajuoksadelta -
Neidu noorta ei leietud,
Kallist kana ei silmatud.
Neidu noori, tütar kallis
Nende silmil nägemata.
Neidu nõrkes mere põhjas,
Kana kallis kudus suikus,
Uinus lainte kamberissa.
    Hakkasid neidu hüüdemaie,
Kallist kana kutsumaie:

"Tule koju, tütrekene!
Tõtta, kana, kamberisse,
Rutta koju, kullakene!"
Tütar mõistis, vastu kostis,
Vari merelta kõneles,
Leinahääli laineista:
"Või ei tulla, taadikene!
Ei ma pääse, eidekene!
Vete koorem vaevab kulmu,
Lainte raskus silmalaugu,
Meri sügav südameda.
Läksin merda kiikumaie,
Lainetesse laulemaie,
Vete pinnal pajatama;
Panin kingad kivi peale,
Paatrid pikale pajule,
Siidilindid liiva peale,
Sõrmuksed sõmera peale,
Ehted pajuoksadelle.
Hakkasin merda kiikumaie,
Laintelugu laulemaie,
Vetelugu veeretama,
Kuldamõõka meres välkus,
Hõbeoda laines läikis,
Vaskiambu vastu hiilgas;
Mina mõõka võttemaie,
Hõbeoda püüdemaie,
Vaskist ambu tabamaie.
Tuli vastu vanameesi,
Vanameesi, vaskimeesi;
Vaskikübara peassa,
Vaskisärki seljassa,

Vaskised kindad käessa,
Vaskised saapad jalassa,
Vaskikannuksed saapassa,
Vaskivrööda niude ümber,
Vaskikilbid vööde küljes,
Vaskikirjad kilpidella;
Vaskikael ja vaskikeha,
Vaskisuu ja vaskisilmad.
Vaskimees neiulta küsima:
"Mis teeb mõrsja meressa,
Väikene vete lainetes,
Kodukana kalakudus,
Hani mereurka udus?"
Mina mõistsin, kohe kostsin,
Pajatelles pardikene,
Kõõrutelles kanakene,
Hõbenokka linnukene:
"Läksin merda kiikumaie,
Lainetesse laulemaie,
Vete veerel vilistama;
Nägin kuldamõõga välki,
Hõbeoda varre läiki,
Vakse ammu hiilgamista:
Tahtsin mõõkada tabada,
Hõbeoda lunastada,
Vasket ambu ära osta."
Vaskimeesi vastu kostis,
Vaskikeelella kõneles:
"Kuldamõõka on Kalevite,
Hõbeoda Olevite,
Vaskne ambu Sulevite
Varjul hoietud varada.

VIIES LUGU

Kalevipoeg Soomes, Suur
tamm, Kättemaks tuuslarile

Juba hommikune puna,
Koidu ettekuulutaja,
Taeva palgeid palistamas;
Juba sirendavad tähed
Koidu piirdel kahvatamas;
Ju ehk laulis Looja kukke
Uue päeva ukse suussa,
Kõõruteli Taadi kana
Valguse õue väraval.
    Kalevipoeg, kangelane,
Vetevooge veeretusel,
Laia lainte langutusel
Ujub Soome ranna poole.
Tugev käsi lõhkus laineid,
Peksis laineid merepinnal;
Kiigutava vetekätki
Veereteli virka meesta,
Usinada ujujada
Langevate lainte turjal
Kaugemalle põhja poole,
Kaljuranna kallastelle.
    Koidu heledama kuma
Paneb merda punetama,
Mere laineid lõkendama.
Juba paistab kauge'elta
Soome kaljukünklik randa,
Kerkib ikka kõrgemalle

Silmavaatel seisemaie.
    Tugev käsi lõhkus laineid,
Peksis laineid merepinnal;
Kiigutava vetekätki
Veereteli virka meesta,
Usinada ujujada
Langevate lainte turjal
Kaugemalle kalda poole.
    Ja kui päeva luues valgus
Koidu pihust lahti pääses,
Teretelles terasida
Taevast hakkas külvamaie,
Mis kui litrid merepinnal,
Siidilindid lainetella
Vesineidu ehitavad,
Jõudis Kalevite poega,
Kangelaste kasvandikku,
Soome ranna kalda'alle.
Istus väsind vennikene
Kõrge kaljurünka peale,
Veteveerul vintsund liikmeid
Natukene puhkamaie;
Istus kaljurünka peale
Väsind keha karastama
Hommikuse tuule õhul,
Vete lainete vilulla,
Istus maha kalju peale
Tülpind rammu toetama
Jahutava kaste jälil,
Mere karastaval aurul.
    Soome tuuslar, tuuletarka,
Oli paadi randa jätnud,

Lodjakese ahelaga
Kalju külge kütkendanud,
Et ei lainte mängimine,
Kõrgemate kõikumine,
Marutuule mässamine
Lootsikuda ei lõhuksi.
Laululinnud lustikeelil
Tõusnud päikest teretama.
Juba lõoke lõõritelles
Tallab kerget tuuleteeda,
Ööbik hõiskab lepikusta,
Kägu kukub kuusikusta,
Teised lauljad tammikusta:
Laulid tänulugusida
Vanaisale iluksi,
Taara-taadile auksi.
Muud ei looma lagedalla,
Laial kaljulisel kaldal
Kusagil ei liikumassa
Ega rahva rändamista,
Inimeste jälgesida
Kusagilt ei paistnud silma.
Metsad, mäed ja nurmekesed
Uinusivad koiduunda
Uue päeva palistusel.
   Kalevipoeg tõstis silma,
Saatis vaateid kaugemalle:
Kas ehk kuskil jälge märki,
Jälge märki, tunnistähte
Soome tuuslarist võiks saada?
Aga silma ulatusel
Midagi ei tähte tunda

Ega leida märkisida.
   Vaikne hommikune rahu
Kattis maada, kattis merda,
Kattis rahva perekonda
Kaitseliku tiiva alla.
Kalevipoeg, kangelane,
Puhkas puhu väsind keha,
Laskis tuku laugudelle
Tunnikeseks aset võtta.
Seni päevakese paiste,
Tahendelles tuulehoogu
Märgi riideid kuivatasid.
Une kiir ei annud aega
Päeva tera palistusel
Unenägu sünnitada.
   Kalevite kallim poega!
Seni kui sa selilie
Kaljukünkal koiduunda
Lased kiirelt laugudelle,
Vaatab laulik vaimusilmil
Sinu teede käikisida,
Radasida Soome rannas.
   Rahupalgeil paistab päike
Kaljukünkal magajada;
Aga maru möllamised,
Tuulehooge tuiskamised
Kipuvad ju kiireil kannul
Õnnepäikest kustutama.
Äike astub ähvardelles,
Pikker viskab pilvest välku
Tuliteral sinu teele.
Sõjariistad ragisevad,

Tüli kärin tõuseb tuulde,
Veri valguneb murulla -
Leinanuttu lepikussa:
Mõrtsukas mõõga peremees.
    Puhka väsind keha, poega!
Lauliku tiivad lendavad
Nii kui päike taeva servas
Ilupaistel kõrgemalle,
Läevad teiste luhtadelle.

    Kui nüüd saare taadikene,
Saare hella eidekene
Lainetest ei tütart leidnud,
Kuulsivad nad lapse laulu,
Tütre varju tuikamista,
Kadund kana kõõrutusta:
Siisap jätsid otsimise,
Läksid kurtessa koduje,
Läksid tamme vaatamaie,
Kuuske koplis katsumaie.
Võtsid tamme vainiulta,
Suure tamme, laiad oksad,
Viisid tamme õue alla,
Kandsid kiige ligidalle,
Kus oli enne tütar noori
Õhtu ilul õõtsutanud;
Istutasid tütre iluks,
Kadund kana mälestuseks:
"Kasva, tammi, kõrge'eksi,
Lahutele latva laia,
Puista oksi pilvedeni!"

Võtsid kuuse koppelista,
Suure kuuse, laiad oksad,
Kandsid kuuse õue alla,
Viisid kiige ligidalle,
Kus oli enne tütar noori
Õhtu ilul õõtsutanud;
Istutasid kiigesamba
Ligidalle kena kuuse,
Tütre iluks tõusemaie,
Kadund kana mälestuseks.
"Kasva, kuuski, jõua, kuuski,
Kasva, kuuski, kõrge'eksi,
Lahutele latva laia,
Puista oksi pilvedeni!"
    Kui oli tammi istutatud,
Kuuski pandud kasvamaie,
Kiige juurde kerkimaie:
Ühte samba ilus kuuski,
Teise samba tugev tammi,
Siisap läks taati tubaje,
Eit aga salakamberie
Kotkamuna vaatamaie,
Mis seal raudakübarasse
Oli pandud haudumaie.
    Raudakübar seisis külma,
Muna külma kübarassa:
Muna ei haudund haudujata,
Pesa ei pealeistujata.
    Eit pani muna päeva kätte,
Päeva paistel haudumaie,
Haudus öösel ise muna,
Kotkamuna soojas kaisus.

Taat läks tamme vaatamaie,
Eit läks kuuske katsumaie.
Tammi tõusis, kuuski kerkis,
Tammi tõusis sada sülda,
Kuuski kasvas kümme sülda.
Läksid siis ühes koduje,
Taat aga salakelderie;
Taat läks kala vaatamaie,
Mis seal hõbekausis kasvas.
Taati kurtes kõnelema:
"Oli mul õunake ilusa,
Oli mul marjuke magusa,
Eha poolt heledakene,
Koidu poolt kumedakene,
Päeva poolt punasekene.
Õunake kukkus meresse,
Marjuke langes lainesse.
Läksin õuna otsimaie,
Marja merest noppimaie,
Läksin põlvini meresse,
Kaelani kalakudusse.
Mis mul põlvi puutunekse?
Kala mul põlvi puutunekse.
Mis sest kalast nüüd võib saada?"
Kala mõistis, kostis vastu,
Hõbekausista häälitses:
"Lase kala lainetesse,
Merre jälle mängimaie;
Mul on isa, mul on ema,
Viis veel venda jäid koduje,
Hulk veel teisi õdesida,
Kalsoomus-piigasida."

Taat viis kala kalda'alle,
Laskis lahti lainetesse,
Läks siis tamme vaatamaie,
Kena kuuske katsumaie.
Tammi tõusis, kuuski kerkis,
Tammi tõusis taeva'asse,
Kuuski kasvas pilvedesse,
Ladvad taevast lõhkumassa,
Oksad pilvi pillutamas.
Munast kasvas kotkapoega,
Tõusis tugev linnukene.
Eit pani kambri kasvamaie.
Kotkas pääses kamberista,
Lendas kohe kauge'elle.
Läksid tamme vaatamaie.
Tamm tahab tõusta taeva'asse,
Oksad pilveje pugeda;
Tamm tahab taevasta jagada,
Oksad pilvi pillutada.
Taat läks tarka otsimaie,
Tugevada tingimaie,
Kes see tamme maha raiuks,
Suure tamme, laiad oksad.
Eit läks alla heinamaale.
Eit läks loogu võttemaie,
Riismeid kokku riisumaie,
Reha kuldane käessa,
Varsi vaskine järella,
Hõbedased rehapulgad,
Võrud kuldased küljessa.
Võttis kaare, võttis kaksi,
Hakkas kolmat võttemaie;

63

Mis ta leidis kaare alta?
Leidis kotka kaare alta.
See' p see kodu kasvand kotkas,
Päeval hautud päevapoega,
Öösel hautud eidepoega.
Eit viis kotka koduje,
Pani köide kamberie.
Mis seal kotka tiiva alla?
Mees on kotka tiiva alla;
Mehikese kõrgus kandis
Kahe vaksa vääriliseks.
Mis seal mehe kaendelassa?
Kirves mehe kaendelassa.

Kalevipoeg, hella venda,
Tahtsid aga tunnikese
Tukul lasta laugusida,
Tahtsid pisut puhatessa
Koiduunda keerutada;
Aga väsimuse võimus
Võitnud ettevõttemised,
Kütkendanud kangelase.
Puhkasid sa terve päeva,
Uinusid pika öö pimeda,
Tükike veel teista päeva.

Teisel päeval pärast koitu -
Päike võis ju paari sülda
Koidu rinnalt kõrgenenud
Merepinnal paistmas olla -,
Sealap ärkas une paelust
Kalevipoeg, kangelane.
Polnud mehel enam mahti,

Pikemada puhkamista.
Kiustesammul kihutelles
Ruttas Kalevite poega
Kaugemalle kõndimaie.
Tõttas mööda võõrast teeda,
Rannast mööda radasida
Maade poole marssimaie;
Tõttas mööda mägesida,
Mööda kaljukünkaida,
Mööda aru, orgusida,
Üle laiu lagedaida,
Piki metsi paksusida,
Läbi lausa laanesida,
Kuristiku kaldaid mööda
Kaugemalle kaljumaale.
    Kalevipoeg, kangelane,
Kiirusteli sammu käiki:
Kas ehk eide jälgesida,
Armsa ema astemeida
Kaste murul' kasvatanud?
Juba päeva jõude'essa
Keskhommikust kõrgemalle
Lendas noore lõuna poole,
Palav pihta virutamas,
Sunnib nahka suitsemaie.
    Kiustesammul kihutelles
Püüab Kalevite poega
Mööda kõrgeid mägesida,
Mööda kaljukünkaida
Kaugemalle Soome poole;
Palav pihta virutamas,
Sunnib nahka suitsemaie.

VIIES LUGU

Aga tuuslar, tuuletarka,
Siiski silmal nägemata,
Ega kuskil ema jälgi
Kaste keerul kasvamassa.
　　Kalevipoeg, kangelane,
Mõtles mõtteid mitutpidi:
Kuidas röövli radasida,
Armsa eide jälgesida
Pikemalt saaks leidemaie?
Kuidas eite varga küüsist
Hõlpsamalt saaks päästemaie?
　　Kiustesammul kihutelles
Püüab Kalevite poega
Mööda aru, orgusida,
Üle laiu lagedaida
Kaugemalle kaljumaale.
Palav pihta virutamas,
Sunnib nahka suitsemaie.
　　Kalevipoeg, kangelane,
Ronib kõrget kallast mööda
Ühtepuhku ülespidi:
Kas ehk mäe harja pealta
Kaugemalle silmad kandvad?
　　Silmi mäelta sirutelles,
Vaatamista venitelles
Nägi Kalevite poega
Laia kuristiku kõrval
Kena orgu haljendamas;
Metsasalga serva ääres
Seisis tuuletarga talu,
Varga varjuline urgas,
Röövelküünte redupaika.

　　Kiustesammul kihutelles
Ruttab Kalevite poega
Ligemalle oru poole,
Kuni vainu vastu jõuab,
Õuevärav silma paistab.
　　Kalevite kallim poega
Vaatab, sammu kinnitelles,
Vainult üle väravasta
Tuuletarga õue peale.
Hooned ümberringi õue
Tunnistasid nõukat talu.
Murul toa ligi magas
Leiba luusse laskemisel
Soome tuuslar, tuuletarka.
Vainu ääres koplit varjas
Kena tammemetsakene.
　　Kalevipoeg astub kopli,
Kisub tüvekama tamme,
Kisub tamme juurte tükkis
Maasta ülesse malgaksi;
Laastab oksad kõik laiemad,
Puistab küljest kõik peenemad,
Jätab kisud kitkumata,
Oksakännud katkumata,
Jätab jämedamad juured
Nuia kombel vembla otsa,
Võtab hudja latvapidi
Vahva kätte valuriistaks,
Miska varast vemmeldada,
Eide röövlit rooseldada! -
　　Kalevipoeg, kangelane,
Astub kiirelt üle vainu

Ruttes õue ligemalle;
Tema raske raudasammu
Paneb kaugelt murupinda,
Maada kõigul müdisema,
Mäed ja orud vabisema.
  Soome tuuslar, tuuletarka,
Ärkab une ummistusest,
Pääseb magamise paelust,
Arvab äikest ähvardavat,
Kõue kaugelt müristavat,
Arvab Pikset pilvedessa
Raudavankril sõitevada.
Silmi lahti sirutelles,
Laugusida laiendelles
Näeb ta vaenlast väravassa:
Kes see õue kõigutanud,
Murupinda kiigutanud.
Unest ärgand mehikene,
Tuuslar-taat ei saanud mahti
Enam pakku põgeneda,
Redu-urka varju minna
Ega aega tuule tiival
Tuulispeana pääseneda.
  Kalevipoeg, kangelane,
Astub praegu õue peale,
Vemmal käessa vihisedes,
Vaatab silmsi varga peale.
  Soome tuuslar, tuuletarka,
Kibedamas kitsikuses
Puistab sulgi pihutäie
Põuest tuulde pöörlemaie,
Puhub udusulgesida

Laialisti lendamaie,
Tuule tiivul tantsimaie,
Õhu õlul keerlemaie!
Puhub tuulde võimusõnu,
Sunnib rammusõnasida
Nõia lapsi elustama.
Sortsisõna sunnitusel,
Tuuletarga toimetusel
Teeb ta sulgist sõjalasi.
  Silmapilgu sünnitusest
Tuiskasivad tuuletiivad
Rahepilve pillutusel
Hobuse- ja jalaväge
Sadadella sõudemaie,
Tuhandella tuikumaie
Abilisteks tuuslarille.
  Sortsi sõjalaste parved,
Õhust sünnitatud loomad,
Tuuletarga tugilased,
Veeresivad vainiulle,
Tulid tungil õue peale,
Langesid kui laanemetsa
Kaleville kaela peale.
Nii kui sääsed õhtu ilul,
Pihulased eha piirdel,
Peret heites mesilased,
Püüdsid tuuletarga poisid
Paksu pilve paisutusel,
Vihmapilve veeretusel
Kallist Kalevite poega,
Taaralaste tammekesta
Lausa ära lämmatada.

Kalevite kallim poega
Oli valmis vastu võtma;
Agar mõistus arvamassa,
Silma osav sihtimassa,
Käsi võimas virutamas!
Võtab vembla vahva kätte,
Tamme tugevasse pihku,
Tõttab tung' jaid tonkimaie,
Vaenlasi vemmeldama,
Sõjalasi sugemaie,
Külalisi kolkimaie!
Annab tulda tulijaile,
Soomust sortsi sõpradelle,
Rooska nõia rüütlitelle,
Sõnul sünnitud seltsile.
Paiskab rooska pajatelles,
Viskab vemmalt ja sõneleb:
"Ei ma karda kurja karja,
Sortsilase sellisida,
Tuulest toodud tontisida,
Sõnul soetud sõjalasi
Ega põrgu perekonda,
Vanapoisi vägivalda;
Ei ma karda kangemaida
Ega kohku kõrgemaida!
Raasuke mul isa rammu,
Pisut võimu ema piimast,
Järguke mul enda jõudu,
Kasvupõlve pärandusta!" -
Kuhu kangelane Kalev
Kogemata annab vopsu,
Rabab matsu raskemasti,

Sinna suigub mees ja hobu.
Kuhu tema viis ehk viskab,
Kümme vopsu välja külvab,
Sinna surnuvirna puistab.
Kuhu tammetüvikuda
Korra sagedamast salvab,
Sinna suigub mitukümmend.
Kus ta iial rasket malka
Tuulde sunnib tantsimaie,
Seal ei enam elu ärka.
Tamme tantsib tuhisedes,
Vemmal virka vihisedes,
Malka marutuule mängil,
Tuulispasa tuiskamisel,
Hutja hukkab hullul kombel,
Puistab põrgu pöörasusel.
Mehi langeb muru peale
Nii kui pihu põrmu peale,
Rahet raatmaa radadelle,
Lunda põllupeenderaile.
Kes see õnnel elu päästab,
Liikmeid püüab lunastada,
Annab aga jalgadelle,
Kiiru tulist kandadelle.
Üürikese aja pärast,
Pisukese nalja peale
Oli sõda suigutatud,
Taplemine talitatud,
Mässamine lõpetatud.
Surnuvirnad matsid muru,
Õue oimetud oigajad,
Vainu hingevaakujad.

67

Vööni tõusis vereoja,
Kasvas ligi kaendelasse,
Voolas õuest vainiulle,
Vainult alla koppelisse;
Veri voolas jõgedena,
Jõed paisusid järvedeks.
Kes siin pääsend surma küüsist,
Läinud pakku tuule lennul.
Soome tuuslar, tuuletarka,
Sortsisõna sünnitaja,
Lausumisesõna looja
Oli vaenu võrgutuses,
Kibedamas kitsikuses;
Sõjalaste surma nähes,
Abilaste äpardusta,
Lõppes mehel viimne lootus.
Ainekeelil, mesimeelil
Hakkas tuuslar palumaie,
Hüvi sõnu andemaie:
"Kalevite kallim poega,
Linda leina lepitaja!
Heida armu minu peale,
Anna andeks palujalle!
Las' meid tüli lepitada,
Juhtund kurja kustutada,
Ülekohut unustada.
Käisin korra eksiteeda,
Toonaeile tegin kurja,
Käisin röövlikäikisida,
Varga varba astumisi;
Ülekohtu kütkenduses
Tungisin teie talusse,

Pugesin kotka pesasse,
Kus olid pojad kolmekesi
Lustil läinud lendamaie.
Viisin eide varga viisil,
Kandsin kalli kulliküüsil,
Kodukana kamberista.
Raugendasin eide rammu
Sortsisõna sünnitusel,
Vähendasin naise võimu,
Nõdra jõudu nõiapaelul;
Tahtsin saaki sadamasse,
Leske viia lootsikusse;
Tahtsin vete veeretusel,
Laia laine langutusel
Soome randa sõudaneda.
Iru mäele jõude'essa
Kuulin Kõue kärgatavat,
Äikest kurjast ähvardavat;
Taevataadi tulukene
Pani silmad pimenema,
Piksenoole puutumine
Rabas minda raskel löögil
Maha uimaseks murule,
Et ma surnu sarnaliseks,
Uimasemaks une orjaks,
Tuimaksläinud tombukeseks
Keset mäge kohmetasin.
Kes see surma sammusida,
Minestuse määra mõõtnud;
Kes see kalmus suikujalle
Aja pikkust arvanekse,
See ehk oskab seletada

Minu minestuse aega.
Une paelust lahti päästes,
Silmi ümber sirutelles
Hakkasin ma vaatamaie,
Kuhu eite on kadunud.
Kas ei kana jälgesida,
Tedrekese teeda näha,
Kuhu lindu lendanekse,
Parti paelust pääsenekse?
Tühi teab, kas tuule tiival,
Õhukese hõlmadella,
Salasaadikute viival
Leski Linda on lennanud,
Ehk kas murueidekene
Muru alla teda matnud?
Jäljed jäivad nägemata,
Tunnismärgid tundemata.
Kartus viis mind mööda kallast,
Hirm mind alla Iru mäelta:
Kartsin kotkapoegasida
Eide jälgi otsivada.
    Mere poole põgenedes
Andsin tulda kandadelle,
Valu jalavarvastelle,
Jooksin lendes lootsikusse,
Mis mind merekaldal ootas.
Hirmu istus sõudja kõrval,
Kartus tüüril kälimeheks,
Mis mind vete veeretusel
Lainte langul kihutasid.
Väikse koidu keeritusel
Jõudsin kodumaa kaldale."

    Kalevite kallim poega
Kuulas tuuletarga kõnet,
Sortsilase salgamisi
Pahal meelel, poolel kõrvul;
Siis aga pani viha paelul
Pajatusta purjetama:
"Naisevaras, valelikku,
Keelepeksja kelmi poega,
Kes sa lese leinasängi,
Vaga eide voodikesta
Suisa läksid solkimaie!
Loodad sa mind lobasuuga,
Loriga ehk lepitada,
Valega ehk vaigistada?
Arvad sa nii hõlpsalt pääsvat,
Kergel kombel kimbatusest?
Sinu sammu mõõt saab täide;
Võta, röövel, röövlipalka,
Maitse, varas, vargamalka!"
    Tammevemmalt tantsikeerul
Kange käega kukutelles
Laskis korra langutelles
Tuuslarille kulmu kohta,
Kahe silma keske'elle.
    Soome tuuslar, tuuletarka,
Kukkus maha nii kui kotti,
Õhkas hinge oigamata,
Langes sõna lausumata,
Suikus surma külma kaissu,
Et ei suulla maigutusta
Ega laugeil liigutusta.
    Kalevipoeg, kangelane,

Tõttas tuppa otsimaie,
Ema jälgi ajamaie,
Tuhnib tuuslarite talu
Pikiti ja põigitie,
Iga kohta isepäinis,
Uurib läbi röövliurkad,
Nuusib läbi varganurgad,
Tallab toasta kamberisse,
Kambrist jälle kelderisse,
Läheb lakka luurimaie,
Lõhub lukkupandud uksed,
Tugevamad uksetabad,
Lõhub uksed, puistab piidad
Risukilluks rusikalla!
Paugutuste parinada,
Möllamise mürinada
Kuuleb rahvas kohkudelles
Kümne versta kauguselle.
　Kolin kostab üle kõrve,
Lendab üle lagedate,
Muru üle metsadesse,
Kargab kõrge kaljudelle,
Kaljult kohkudes meresse,
Langeb laia lainetesse.
Metsalinnud läevad lendu,
Neljajalgsed putkamaie,
Kalad kohkudes kõntsasse,
Mere salasügavusse,
Näkineitsi urgastesse.
Rahvas kuuldes kõnelevad:
Kas on sõda raudasammul,
Vaen ehk verevankerilla

Meie maada muljumassa?
Siiski jäävad eide jäljed,
Tedretütre teedekäigid
Poja silmist peitusesse,
Udu alla otsijalle.
　Kange Kalevite poega
Hakkab viha vihkamaie,
Kurja tuju kahetsema,
Miska tuisa tuuslarille
Surmas suuda kinni sulgend,
Enne kui ta tunnistanud,
Kus on eide varjuurgas,
Helde ema peidupaika.
Vilets äkiline viha
Meeletu asjaajaja,
Tarkusnõtra talitaja:
Annad ohjad kurja kätte,
Läheb hobu hoopis metsa.
　Kalevite kallim poega
Ladus kaksipidi mõeldes
Otsekui kana peata:
Toast õue, õuest tuppa,
Kambri, lakka, kelderisse,
Käis ta tuisul aidad läbi,
Lõhkus läbi karjalaudad,
Otsis mitukümmend korda
Lennates kõik kohad läbi,
Kuni varjav õhtu hõlma
Otsimista lõpeteli,
Käikisida kinniteli.
　Kalevite kallim poega
Kaebas kadund eidekesta,

Metsa läinud memmekesta,
Kelle jäljed ta kaotand.
Kurvastus ei leidnud kustu
Ega leina lepitusta.
　Viimaks rauges väsimuse
Kütkendusel kange meesi
Une paelul puhkamaie.
Trööstiv unenäo tiiba
Tuli kurbust kustutama,
Leinamista lepitama.
　Eite õitses noorel ilul,
Õitses kui mõrsja kamberis,
Naine noorik laua taga
Pulmapäeva pidudella.
Linda õitses, linnukene,
Kevadisel kenadusel,
Nagu enne külakiigel,
Lääne lepiku vilulla
Oli õitsend eide õues,
Kasuema koppelissa.
Tedretütart tõste'essa
Käis aga kiike kõrge'elle,
Kõrge'elle, kauge' elle.
　Linda laulis, linnukene,
Kodukana kõõruteli:
"Kiigesepad, hellad vennad,
Laske kiike kõrgemalle!
Et ma paistan palju maada,
Paistan palju, maksan palju!
Et ma paistan päevadelle,
Läigin merelainetelle,
Pärg mul paistab pilvedelle,

Pärjasabad sadudelle,
Kuub mul paistab Kunglamaale,
Pooga kirjad Pikkerille,
Ruuga kirjad tähtedelle!
Et tuleb poissi, päeva poega,
Kosilane, kuude poega,
Parem peigu, tähte poega,
Kallim peigu Kalevallast."
　Unenäona avaldatud
Hella eidekese vari
Nooruse kena nõmmella,
Neitsikene kiige pealla -
See'p ei tulnud selle ilma
Närtsivailta nurmedelta;
Kuju tuli kaugemalta:
Eite istus Uku õues
Õnnepäeva paistusella.
　Kalevite kallim poega
Ärkas üles hommikulla,
Vara enne valge'eda,
Hakkas öösist unenägu,
Lugu läbi mõtlemaie;
Mõtles tunni, mõtles teise,
Siis aga nõnda pajateli:
"Sinna läinud eidekene,
Sinna metsa mul memmeke,
Sinna lennanud linnuke,
Sinna kadunud kanake,
Läinud kodunt marjasmaale,
Läinud soole sinikaile.
Tuli kulli, kurja lindu,
Tuli vares, vargalindu -

Needap kana kiskumaie,
Linnukesta lingutama.
Sinna kadus kanakene,
Sinna suri linnukene,
Suri, kust ei saanud sõna,
Närtsis koolul nägemata."
Kalevipoeg, kangelane,
Teadis nüüd eide lõppenud,
Surmasängilla suikunud.

KUUES LUGU

Mõõga ostmine, Liigud ja taplus,
Tamme raiumine

Kalevipoeg, kange meesi,
Seisis päeva mure paelus,
Kaksi kurvastuse kütkes
Lese eide leinamisel;
Kolmandamal enne koitu,
Vara enne valge'eda
Hakkas koju minemaie,
Ranna poole rändamaie.
Tulid tuulest tuisatelles
Mõnusamad mõttekesed,
Ärkasivad õhukesest
Osavamad arvamised.

Soomes elas kuulus seppa,
Sõjariista sünnitaja,
Vaenuriista valmistaja,
Mõnusama mõõga meister.
Kalevipoeg pajatama:

"Enne kojuminekuda
Peaksin mõõga muretsema,
Sõjasaha sobitama
Vaenulaste vastaseksi."
Silmapilgul sammusida
Teise teele seadidessa
Läks ta üle lagendiku,
Käis ta üle kanarbiku,
Sammus läbi samblasoosta,
Rändas tüki rabasooda.
Seal tuli vastu metsa suuri,
Vastu lausa laanemetsa.
Kalevite kange poega
Eksis mööda männimetsa,
Eksis päeva, eksis kaksi,
Kaotas kolmandama päeva
Õige tee otsimisel.
Öö tuli pikka ja pimeda,
Taevas täheta ja tume;
Otsis meesi õnnekaupa,
Katsus teeda käsikaudu.
Kalevite kallim poega
Langes laia kuuse alla
Pikalisti muru peale
Pahal tujul pajatelles:
"Kõik nüüd kullad läevad koju,
Hõbedased hoonetesse,
Teised tutvasse talusse;
Minul kodu kole metsa,
Kamber keskel kuusikuda,
Laia laane minu tuba,
Tuules on mul tulease,

Vihmas vihtlemise paika,
Udus uinumise kohta.
Isa läks ju enne ilmast,
Kui sain päeva paistuselle,
Eite langes surmasängi
Salasõudikute saatel,
Ilma et mu silmad nägid,
Jättis mu vaeseks järele;
Vennad kaugella Virussa,
Teised Turgi radadella.
Jäin kui lagle lainetelle,
Pardipoega parve äärde,
Kotkas kõrgele kaljule,
Üksi ilma elamaie."
　　Teise päeva tõusengulla
Kalevipoeg kõndimaie,
Hüva õnne õpetusel
Uuest teeda otsimaie.
Rästas hüüdis rägastikust,
Kägu kukkus kuuse otsast,
Linnukene lepikusta:
"Pööra päeva veeru poole,
Veere videviku vastu!" -
　　"Olge terved, targad nokad,
Sulgilised soovitajad!"
Pajatas Kalevipoega.
Seadis sammud sõudevalle
Lääne käänul lendamaie,
Õhtutuulel tallamaie.
　　Kiirelisti kihutelles
Pääses metsa paksustikust,
Sai ta laia lagedalle.

Mööda mägilista maada,
Kaljulista teeda mööda
Kõndis Kalev kaugemalle.
　　Seal tuli vastu vanaeite,
Tuli vastu lomperjalga
Kargu toella kõndidessa.
Vanaeite viskamaie,
Sõnu nõnda sõudemaie:
"Kuhu lähed kiirel käigil,
Kallis Kalevite poega?"
　　Kalevite kallim poega
Mõistis kohe, kostis vastu:
"Mul tuli mõnus mõte meelde,
Hüva arvus ajudesse:
Tahtsin kuulsat tahmasilma,
Soome seppa sõbrustada,
Tahtsin mõõka tingimaie,
Kallist minna kauplemaie.
Juhatele, eidekene,
Kuulutele, kulla moori,
Kust ma leian sepa teeda,
Raudakäpa radasida?"
　　Vanaeite mõistis kohe,
Mõistis kohe, kostis vastu:
"Hõlpsalt võid sa, vennikene,
Juhtimata jälgi leida.
Mine laiast laanest läbi,
Keskelt kena kuusikusta
Kihutele jõe kalda,
Kõnni päeva, kõnni kaksi,
Kõnni ehk veel kolmat päeva;
Pöörad sa siis õhtu poole,

73

Leiad mäe lagedalta,
Kõrge künka tee kõrvas;
Mine mäe äärta mööda,
Kääna kurakätt künkasta,
Siis sul jõuab jõgi vastu
Paremal pool tee kõrvas.
Kõnni jõe kallast mööda,
Kus kukub kolme joada;
Jõuad jugadesta mööda,
Kohe näed sa kena orgu.
Kena oru keske'ella,
Peitelikus puie varjus
Seisab kõrge mäe ääres
Kaljukuristiku koopas
Kuulsa Soome sepa koda."
    Kalevite kange poega,
Kiirustelles teedekäiki
Vanaeide juhtimisel,
Laskis laiast laanest läbi,
Keskelt kena kuusikusta
Kihuteli jõe kalda;
Kõndis päeva, kõndis kaksi,
Kõndis tüki kolmat päeva,
Pööras otse õhtu poole,
Leidis mäe lagedalta,
Kõrge künka tee kõrvas,
Marssis mööda mäe äärta,
Käänas kurakätt künkasta
Kihutelles jõe kalda;
Kõndis jõe kallast mööda,
Kus kukkus kolme joada.
Penikoormad kahanesid

Pika sammu sõudemisel.
Viimaks veeres kena orgu
Sõudevalle silmadesse.
Kaugemalle kihutelles
Puutus lõõtsumise puhin,
Vasarate raske värin
Alasilta kõlksutelles
Kaugelt Kaleville kõrva.
    Kõrvakuulu juhatusel
Astus Kalevite poega
Sõudsamailla sammudella
Soome seppa sõbrustama.
    Kena oru keske' ella
Peitelikus puie varjus
Seisis kõrge mäe ääres
Kuulsa Soome sepa koda.
Suitsu andis salatähte,
Säde selget tunnismärki,
Lõõtsa puhin lausumada,
Raua ragin rohkemada,
Et siin sepilista tehti,
Vasaratööd valmistati.
    Vana kuulus Soome seppa,
Tahmamusta taadikene,
Püüdis kolme poja seltsis
Sepilista sobitada,
Salalista sünnitada.
Sepa pojad, sellikesed,
Tahmased kui vana taati,
Panid pauke raua pihta
Vasaraida virutelles.

74

Helepuna mõõgatera -
Tulevat verd tähendades -
Oigas ajult alasilla
Vasarate valu alla,
Raske käe rõhutusel,
Pigistaval pihi piinal.
Sestap tulda topitie,
Lõõtsa suhu sunnitie,
Pehmitie, pinnitie,
Pehmitie tule paistel,
Pinnitie peenemaksi,
Taotie tugevamaks,
Karastati kõvemaksi,
Kaste vahel katsutie,
Pinni vahel painutati,
Kas sest sünnib mõõka hüva,
Tarbelikku terariista.
    Kalevipoeg, kangelane,
Astus sepa läve alla,
Hüüdis õuest üle ukse,
Üle läve lõksatille:
"Tere, seppa! Taara appi
Targa tööde toimetusel,
Salaliku sünnitusel!" -
"Tere jumalime, venda!"
Kostis Soome raudakäppa
Lotti lakalt kergitelles.
Siis ta püüdis silmasihil
Tulijada tunnistada,
Mõtte mõõdul mehepoega
Sugudelta seletada.
Vahtis võõrast alta kulmu,

Pilusilmal pilgelisti,
Vahtis otsast varba'ani,
Kuklast jalakandadeni,
Mõõtis mõttes mehe määra,
Poisikese koiva pikkust,
Arvas labaluie laiust;
Siisap sahkas raudakäppa:
"Taara nimel teretajal,
Abisõna avaldajal
Antaks igas kohas asu,
Igas peres puhkepaika.
Kaugelt oled, kotkas noori,
Tugevtiivul siia tulnud?
Küllap kasvid kuulsas külas,
Paisusid küll kenas pesas,
Targa talu taimekene,
Kalevi pere kasvandikku?"
    Kalevite poega mõistis,
Kavalasti vastu kostis:
"Ega sugu lahku soosta,
Võsu ei veere kännusta;
Igal linnul oma laulu,
Sugu mööda sulgiskuubi:
Rähnil kirju, kaarnal musta,
Tedrepojal punaharja,
Kukepojalla kannuksed,
Kalalgi sugu soomuksed,
Vähil musta mudakuube.
Kuule, seppa, raudakäppa,
Tahmamusta taadikene!
Kas teil hüva mõõka müüa,
Tugevamat terariista,

Mis ei murdu mehe käessa?
Andke kaupa katsutella,
Et ma mõõga kindlust mõõdan,
Teravusta tunnistelen!"
  Soome seppa kostis vastu:
"Ostjal luba otsust nõuda,
Luba kaupa katsutella.
Seakaup ei kotis sünni,
Mõrsjakaup ei ukse tagant,
Pilkaspimeduse peidust -
Kui see lonkru hobu kaupa,
Sõgesilma vahetused.
Silm olgu selge seletamas,
Käsi virka katsumassa,
Tarkus asja talitamas:
Siis ei sünni kaubal kahju,
Ohtu iial ostemisel."
  Soome seppa, raudakäppa,
Sundis kohe sellikesta,
Käskis nooremada poega
Kambrist tuua katsekaubaks
Mõne mõnusama mõõga.
  Poega täitis taadi käsku,
Tõttas kambrist kaupa tooma.
Tõi siis mõõku kaenlatäie,
Terariistu sületäie
Kaleville katsekaubaks.
  Kalevite kallis poega
Mõõga pikkust mõõtemaie,
Tera kindlust tunnistama,
Käsipidet katsumaie;
Püüdis tera painutada,

Kas, kui lookas, kargab kohe
Silmapilgul jälle sirgeks.
Võttis pideme pihusse,
Laskis tera lennuskille
Tuule kiirul tuisatelles
Paari korda keeritada,
Siisap rabas raksatelles
Mõõka vastu kaljupakku.
Kõvast kivist tuiskas tulda,
Sädemeida särisedes;
Tera pudenes tükkideks,
Killud kargasid kaugele,
Käepide jäi pihusse.
  "Tohu, tohu! tugevkäsi!"
Hüüdis seppa imetelles.
  Kalevite kange poega
Kostis vastu koerahambail:
"Tühjast ei saa tugiriista,
Vaenu vastu varjajada!"
Võttis varmalt teise mõõga,
Võttis kätte kolmandama,
Laskis tera lennuskille
Paari korda keeritada;
Siisap rabas raksatelles
Kiustekaupa kallist rauda,
Mõõka vastu kaljupakku:
Kõvast kivist tuiskas tulda,
Sädemeida särisedes,
Tera pudenes tükiksi,
Killud kargasid kaugele,
Käsipide jäi pihusse.
  Soome seppa, raudakäppa,

Tahmataat aga pajatas:
"Sest saab nalja selleks korraks,
Katsekaupa küllaltie!
Ma ei raatsi kallist rauda,
Valmistatud vaenuriista
Katsekaubaks kulutada,
Kangekäele mängiks anda.
Mine, poega, kergejalga!
Käi sa kiirest kamberisse,
Too meile mõõku tugevamaid,
Katseriistaks kindlamaida,
Millest kange mehe käsi
Võrralista vastast leiab."
　　Teine poega tõttas kiirelt
Taadi käsku täitemaie;
Kandis salakamberista
Kaenlatäie kalleid mõõku,
Sületäie sõjariistu
Tugevama teradega
Kalevite poja katseks.
　　Kalevite kallis poega
Võttis mõõga vägevama,
Terariista tugevama
Kange käe mängituseks,
Laskis tera lennuskille
Paari korda keeritada,
Siisap rabas raksatelles
Mõõga vastu alasida.
Tera tungis tugevasti
Tollipaksult alasisse,
Mõõk jäi ise murdemata,
Tera katki kildumata,

Aga tera näitas nüri,
Kahekorralisti keerdus.
　　Soome seppa sahkamaie,
Pilkel nõnda pajatama:
"Oota, oota, poisikene,
Anna aega, vennikene!
Küllap leian mõõga kirstust,
Sõjasaha salakambrist
Suure rammu sarnaliseks,
Võimsa väe vääriliseks,
Kui sul rohkest kulda kotis,
Hõbe lunastusehinda,
Mõõga võrra varandusta,
Korja kulda kukkarussa,
Taalerida tasku' ussa,
Penningida pungadessa.
See'p on mõõka, maksab palju,
Kallihinnalisem kaupa,
Maksab mõõka vende keskel
Üheksa hüva hobuda,
Kaheksa karimärada,
Kümme paari härgasida,
Kaksikümmend lüpsilehma,
Viiskümmend paremat vasikat,
Sada säilitist nisuda,
Poolteist paati odrateri,
Rohke laeva rukkisida,
Tuhat vana taalerida,
Sada paari paaterida,
Kakssada kuldarahada,
Sületäie sõlgesida,
Kuningriigi kolmandiku,

Viie neitsi kaasavara."
  Seal siis toodi isekambrist
Kenamast isekirstusta,
Seitsme luku sõlmitusest,
Üheksa taba taganta -
Toodi välja valge'elle,
Päikese paistuselle
Kenam mõõkade kuningas,
Sõjasahkade isanda,
Soome sepa pihapiin'ja,
Raudakäpa rammestaja,
Vägevam võimu vaevaja,
Kibedam käte kurnaja:
Mis ta higi igapäeva
Seitse aastat ala söönud.
Kuulsat mõõkade kuningat
Oli mõne aasta eesta
Vana Kalevite taati
Enda tarbeks käskind teha,
Voolsal hoolel valmistada,
Targal kombel toimetada.
Vanarauga elupäevad,
Põrmupõlve sammukesed
Jõudsid Taara tahtemisel
Varemini õhtu veerul
Kaljukünka puhkamaie,
Vilu sängi suikumaie:
Enne veel, kui Soome seppa
Mõõga tööda toimetanud,
Sõjasaha sünnitanud.
  Sepp oli mõõka seitse aastat
Poege abil painutanud,

Tagunud ja tasutanud,
Siledamaks silitanud,
Teravamaks teritanud,
Peenemaksi pinnitanud,
Seitset sugu rauakarrast
Mõõga tera kokku keetnud;
Laulnud iga päeva kohta
Targema töö toimetusel
Seitset sugu sõnasida,
Sündsamaida rammusõnu,
Voolsamaida võimusõnu
Kuulsa mõõgakuningalle.
Meister oli mõõgatera
Kõvemaksi karastanud
Seitset sugu vete volil,
Arumärgade hautusel:
Üks oli vesi Viru merest,
Märga lausa Soome merest,
Teine vesi Peipsi järvest,
Märga Pihkva radadelta;
Kolmas Võrtsujärve vesi,
Märga muistse järve jälilt;
Neljas oli neitsi vesi,
Märga Ema lättekesest;
Viies vesi Koiva jõesta,
Märga Läti luhtadelta;
Kuues vesi Võhandusta,
Märga püha piiridelta;
Seitsmes selge vihmavesi,
Märga pilve paisutusest,
Mis see sula sünnitanud,
Kastepiiska kasvatanud.

Tera seitsmest teraksesta,
Rootsi raua rahnudesta;
Vars oli valgesta hõbedast,
Käepide kallimast kullast,
Kupp Kunglamaa kivista;
Sidemed seitset karva karrast,
Pannal paksusta penningist,
Teine tugevam taalerist,
Pandlapidemed pitserkivist,
Sõrmuskivi sõmerasta.
  Kalevite kallim poega
Võttis mõõkade vanema,
Kuulsa raudade kuninga,
Võttis kätte katse' eksi,
Laskis tera lennuskille
Tuule kiirul tuisatille
Paari korda keeritada:
Sealap tõusis kange kohin,
Ärkas imeline mühin,
Võõravääriline vuhin,
Nii kui tõuseks tuulehoogu,
Vihmatuule vingumine,
Rahetuule röökimine,
Marutuule möirgamine
Kurja ilma ilmutama,
Sadu rasket sigitama,
Merelaineid mängitama,
Puie latvu puistamaie,
Katukseida kiskumaie,
Liivikuida lennutama,
Sõmeraida sõelumaie.
  Kalevite kange poega,

Võidulaste võsukene,
Kanget käppa kukutelles
Rabas mõõka raksatelles
Vastu raske' et alasit!
Vägev käsi, võidurikas,
Lõhkus raudase alasi,
Lõhkus tükkis aluspaku
Kahte osasse keskelta;
Mõõgale ei jäänud märki,
Krammikesta kusagille.
  Kalevite kallis poega
Rõõmsail palgeil pajatama:
"See on mõõka meheriista,
Tehtud tugeva toeksi,
See on mõõka kullakaupa,
Hõbedase hinnaline,
See on sündind sõjariista
Mehe kangema käele.
Tõotan sulle tõrkumata
Mõõga hinna välja maksta,
Luban lunastuse laenu
Tingimiseta tasuda:
Üheksa hüva hobuda,
Kaheksa karimärada,
Kümme paari härgasida,
Kaksikümmend lüpsilehma,
Viiskümmend paremat vasikat,
Sada säilitist nisuda,
Poolteist paati odrateri,
Rohke laeva rukkisida,
Tuhat vana taalerida,
Sada paari paaterida,

Kakssada kuldarahada,
Sületäie sõlgesida,
Kuningriigi kolmandiku,
Viie neitsi kaasavara.
Mõõk on minu, hinda sinu, -
Tule Virust võttemaie,
Harjust palka pärimaie,
Läänest hinda lunastama!"
    Soome seppa, raudakäppa,
Mõistis kohe, kostis vastu:
"Võlg on vanast võõra oma,
Laenust ei saa sukalaba,
Petust kindapöialtagi;
Õige tasub teise oma,
Tasub võlga tõrkumata.
Lase kanda Harju laevad,
Veeretada Viru paadid
Mõõga hinda meie maale,
Tasudust meie talusse.
Küllap kandvad killakoormad
Vilja meie aitadesse,
Sõudvad teri salvedesse;
Toovad hobud alla õue,
Ajavad härjad arule,
Viivad vasikad vainule,
Krapikandjad koppelisse,
Lüpsilehmad luhtadelle.
    Meie õued on ilusad,
Meie tänavad tasased,
Laudaseinad meil sildad,
Õueaiad õunapuusta,
Vainuaiad visnapuusta,

Tänavad meil tammepuusta,
Vaheaiad vahterasta;
Koppelis käod kukuvad,
Vainul rästad vilistavad,
Luhal laulvad väiksed linnud,
Tänavas teised tantsivad.
Meil on ruunad rahadessa,
Laugud ruunad litterissa,
Kõrvid karunahkadessa,
Mustad hõbemunderissa,
Võigud ruunad võiduriides,
Sälud siidisadulassa;
Meil on lehmi lepikussa,
Vasikaid vaarikumäella,
Härgasid heinaarussa:
Sealtap saavad karjad seltsi,
Sarvikud sugult sõprasid."
    Võõruspidu valmistati,
Pikad joodud, laiad ilud,
Laiad lustilikud liigud
Kuulsa mõõga kuningalle.
Pidu kestis seitse päeva,
Seitse päeva puhkas lõõtsa,
Puhkas vasar, aluspakku;
Puhkasivad rauapihid,
Sepa pojad, sellikesed,
Puhkas vana Soome seppa.
    Humal uhke põõsa otsas,
Käbi kena kända'assa
Oli pidude peremees,
Laia ilu lustilooja:

Oli tükkind tünderisse,
Pugend õllepoolikusse;
Sealtap kargas kannudesse,
Puges kuri peekerisse.
Liiku joodi liialisti,
Humal uhke valgus pähe,
Võttis meele meeste peasta,
Poole meele poiste peasta,
Tanu targa naiste peasta,
Oidu tütarlaste otsast.
Õlut oli hullamassa,
Mõdu murul möllamassa:
Naised tantsisid tanuta,
Mehed mütsita mürasid,
Poisid pooliti püksata,
Neiud neljatõllakille,
Hüpakille, käpakille.
Õlut, kuri hullamassa,
Tegi tarkuse tölbiksi,
Selged silmad segaseksi,
Pööras arud pööraseksi,
Tegi mehed meeletumaks.
Kalevite kallim poega
Hakkas kiuste kiitlemaie,
Hullu peaga hooplemaie,
Lorisedes luiskamaie,
Kuidas lugu Soome sõudes
Saarel naljakas sündinud,
Kuidas Saare taadi kana,
Perepiiga peenikene
Kaisutelles kiljatanud,
Niudest vähe niksatanud,

Puusaluiest naksatanud,
Eide hella hoitud vara
Kogemata ära kaotand.
Enne veel kui pajatusta
Pikemalta pillutanud,
Asjalugu lõpetanud,
Kargas sepa vanem poega,
Raudakäpa targem tugi
Tulisilmil laua tagant
Kalevipoja kallale.
Soome sepa vanem poega
Põlevsilmil pajatama:
"Lorise sa lobasuuga,
Lorise, mis meelel lustid;
Jäta piiga laitemata,
Tütar noori teotamata!
Ära tule lasta laimamaie,
Neiukesta naeremaie,
Lobasuulla solkimaie:
Kergemeelne kiitlemine,
Hullumeelne hooplemine
Puistab piiga õnnepõlve."
Kalevite kange poega
Kostis, et seinad kõikusid,
Aluspalgid paukusivad,
Vahepalgid vankusivad:
"Mis ma kiuste kiitelesin,
Tõeks selgesti tunnistan.
Neiu lilled ma noppisin,
Rõõmu õied ma raiskasin,
Õnne kaunad ma katkusin:
Tuli taati kisa peale,

Eite tütre heli peale."
Mehed läksid mässamaie,
Hullu peaga undamaie,
Sõna halvemaid sünnitas,
Kõne kurjemaid kihutas;
Sõnasõimust sigis riidu,
Tõusis tappeline tüli,
Veeres vereahne vaenu.
    Varemalt kui arvatie
Tülist õnnetus tulema,
Sõimust tegu sündimaie,
Kiskus Kalev kerge käega
Mõõga tupesta möllama.
Mõrtsuka mõõga mängilla
Puistas pea põrmandalle;
Veri virtsas valusasti
Vastu silmi vendadelle.
    Soome seppa, raudakäppa,
Kiljatelles kisendama!
Eite langes ehmatelles
Poja kõrva põrmandalle.
    Vana seppa vandumaie,
Pärast vannet pajatama:
"Mõrtsukas, kes kallist mõõka
Vaga vere valamisel,
Ilmasüüta hukkamisel
Igavesti ära teotand!
Häbemata verekoera,
Võtsid tuge vanuselta,
Abi targema ametist!
    Poisid, võtke pikad pihid,
Võtke kätte raudvasarad!

Andke malka mõrtsukalle,
Verist palka vaenlaselle,
Kalli vere kurnajalle!"
    Pojad läksid käsku täitma,
Isa tahtmist toimetama,
Võtsid raskemad vasarad,
Pihusse pikemad pihid,
Rasked rauarahnukesed,
Miska Kaleville malka,
Mõrtsukalle verepalka
Kulmudelle kukutada.
    Kalevite kange poega
Humalaviha uhkuses
Tõusis keskele tubada,
Vihast mõõka vibutelles
Hüüdis koleda häälega:
"Tohoh, tahmalased tondid,
Sõgedamad nõgisilmad!
Ons teil elu üsna odav?
Kalevil on vägev käsi:
Kuhu hoopi kukuteleb,
Sinna surma sigiteleb.
Mees veel alles ilmumata,
Sarnaline sündimata,
Kes see suudaks vastu seista.
Tulge, kui surma tahate!" -
    Soome seppa pajatama:
"Jätke röövel rookimata,
Verekoera kiusamata!
Küllap jumalate käsi
Tasudessa röövli tabab,
Mõrtsukalle palka mõõdab,

Verist verevalajalle.
Mõrtsukas, kes kalli mõõga,
Sõjariistade isanda,
Vaga verega värvinud,
Süüta surmaga solkinud!
Küllap jumalate kohus,
Taaralaste ülem tarkus
Mõõka sunnib võlga maksma,
Kurja tegu kustutama!
   Saagu, saagu, ma sajatan,
Saagu sind sõjariist surmama,
Terav raud sind tappemaie,
Saagu sulle salamahti
Mõõgast sündima mõrtsukas,
Valatud verest vaenlane!
Saagu sa sohu surema,
Mätta otsa mädanema,
Põõsastikku pendimaie,
Rägastikku raipenema!
   Kuule, mõõka, kallis rauda,
Kuule, kuninglik, käskusid,
Märka, mis ma mõtetessa
Salasõnulla sajatan:
Tõuse, rauda, tappejaksi,
Kasva kaela lõikajaksi;
Maksa võlga mõrtsukalle,
Täida sünnitaja soovi,
Kus ei mõtted enne käinud,
Arvamist ei unes olnud!"
   Kalevite kange poega,
Pool veel hullu humalasta,
Pool veel peada vihavimmas,

Tormas uimaselt toasta,
Astus umbselt õue peale;
Sest ei pannud sajatusi
Targemalta tähelegi
Ega näinud isa norgu,
Vaese ema leinavingu,
Õnnetu õdede ohkamist,
Kodurahva kurvastusi
Närtsind poja surma pärast,
Venna valusa vere pärast.
   Tuikuvsammul tormatessa
Vankus Kalev väravasta,
Vankus üle laia vainu,
Kõikus vainult koppelisse,
Läks siis viimaks lagedalle.
   Kalevite kange poega
Tallas tuikel teeda mööda,
Rändas rasket rada mööda,
Kuni jõgi jõudis vastu
Kural poolel tee kõrvas;
Kõndis mööda jõekallast,
Kus kolm juga kukkumassa,
Vahtu laialt viskamassa.
   Kalevite väsind poega,
Kui ta joadest mööda käinud,
Võttis võimu väsimusel,
Keharammu kurnatusel
Puhkepaika künka peale,
Heitis maha magamaie,
Liigu umbust lahutama,
Paksu peada parandama,
Tuska meelest tuulutama.

83

Kalevite poega puhkas;
Norin nõtkutas nurmesid,
Kõiguteli kaljusida
Vabisedes vankumaie,
Sundis liiva liikumaie,
Sõmeraida sõelumaie,
Linnud kohkel jätsid laulu,
Metsaliste pojad mängi.
Rahvas aga rääkimaie:
Kas on sõda sõitemassa,
Vaenuvanker veeremassa?

Laskem laululaevukene,
Pajataja paadikene,
Lustikandja lodjakene
Saare randa seisemaie,
Parve äärde puhkamaie.
Lähme saare lagedalle
Vana tamme vaatamaie,
Mis seal enne toodud merest,
Lainetesta oli leitud.

Kena tammekene kerkis,
Paisus päeva paistusella,
Venis vihma volidella;
Tammi tungis taeva'asse,
Pikad oksad pilvedesse,
Latva päikse ligidalle.
Tamm teeb taeva tumedaksi,
Peidab valgust pimedasse,
Katab kuu ja katab päeva,
Varjab tähed valgustamast,
Matab maa musta karva

Pimeduse peitusesse.
Tammi tõusis, tammi kasvas,
Kasvas, tõusis kõrgemaksi;
Tammi kipub taevast tõstma,
Oksad pilvi pillutama.
Saare taati oli sõitnud,
Käinud kaugel kuulamassa,
Mõõtnud sammul mitu maada,
Ratsul sõitnud mitu randa
Abimehi otsimassa,
Päilisi palkamassa,
Kes see tamme kukuteleks,
Määratuma maha raiuks,
Laiad oksad laastaks küljest;
Kes teeks tamme tarbepuuksi,
Laiad oksad laevadeksi,
Ladvatükid linnadeksi.
Saare taati sahatelles
Palgalisi palumaie:
"Tulge tamme raiumaie,
Laiu oksi laastamaie,
Latva maha langutama;
Tammi taevast tumendamas,
Peidab ära päevapaiste,
Varjab kinni tähevalge,
Kustutab kuu kumeduse."
Mehed mõistsid, kostsid vastu:
"Või ei tulla, vennikene!
Tammi kasvand taeva'ani,
Latva pilvi lahutamas;
Tammi meista on tugevam:

Känd ei karda meie kirveid,
Tüvi meie tapperida."
    Saare taat tuli tagasi,
Käis siis kurtessa koduje.
Eit tuli vastu alla õue,
Hakkas otsust ajamaie.
Taat aga mõistis, kostis vastu:
"Tuulekäiki käisin tühja,
Saa ei tamme raiujaida,
Laia oksa laastajaida,
Kes see ladva langutaksi,
Pikad oksad pillutaksi."
Eit viis taadi tubaje,
Käskis minna kamberie,
Kus see kotkas kütke'essa,
Pöigelmeesi paeladessa.
    Eit aga nõnda pajatama:
"Läksin loogu võttemaie,
Riismeid kokku riisumaie,
Reha kuldane käessa,
Varsi vaskine järella,
Hõbedased rehapulgad,
Võrud kuldased küljessa.
Võtsin kaare, võtsin kaksi,
Hakkasin kolmat võttemaie.
Mis ma leidsin kaare alta?
Leidsin kotka kaare alta;
See' p see kodu kasvand kotkas,
Päeval hautud päevapoega,
Öösel hautud eidepoega.
Viisin kotka ma koduje,
Panin köide kamberie.

Mis seal kotka tiiva alla?
Mees oli kotka tiiva alla.
Mehikese kõrgus kandis
Kahe vaksa vääriliseks,
Kalevi pöigla pikkuseks.
Mis seal mehe kaendelassa?
Kirves mehe kaendelassa."
    Taati mehelta küsima,
Pöiglapikult pärimaie:
"Kas sa tahad, kullakene,
Tamme minna raiumaie,
Laiu oksi laastamaie?"
    Väike mehikene mõistis,
Pöiglapikku pajateli:
"Päästa mind vangipaelusta,
Kisu kütke kammitsasta,
Siisap kaupa sobitame!"
    Päästeti mehike paelusta,
Kisti kütke kammitsasta,
Hakati kaupa tegema.
Mis tal palgaks paisatie,
Lepituseks lubatie?
Kuldakaussi anti palgaks.
    Mehike läks õue peale,
Astus tamme ligemalle;
Sealap kerkis kasvamaie,
Tamme kõrvas tõusemaie;
Kasvas küünra, kasvas kaksi,
Sirgus siis veel mitu sülda.
    Mehikesest tõusnud meesi
Hakkas tamme raiumaie;
Raius päeva, raius kaksi,

Raius tüki kolmat päeva:
Tammi hakkas tuikumaie,
Kännu otsas kõikumaie,
Ladva otsa langemaie.
Tamme tüvi kattis saare,
Latva langes lainetesse.
Mis sest tammest
tehtanekse?
Tüvest tehti tugev silda,
Painutati kena parvi
Kahel haarul üle mere.
Üks viis saarelt Viru randa,
Teine haaru Soome randa,
See' p see kuulus Soome silda.
Ladvast tehti uhkeid laevu,
Tehti kalleid kaubalaevu,
Keskelt killapaatisida,
Vahelt väikseid linnakesi,
Oksadest sai orjalaevu,
Laastudesta lastelaevu.
Mis jääb järel, jätke jälle:
Sealt saab kehva mehe sauna,
Leinatuba leskedelle,
Vaestelaste varjupaika,
Kus nad vihma veeretusel,
Marutuule möllamisel,
Lumetuisul varju leidvad.
Mis jääb järel, jätke jälle:
Sealt saab kena laulutuba,
Laulijalle lustikamber,
Kus neid sõnu seadeldakse,
Laululõngaks liimitakse.

Kes sealt mööda käidanesid,
Soome sillal sõitanesid,
Seisatasid, mõistatasid:
Kas see on Lihala linna,
Ehk on see Rahala randa,
Ehk on see Kungla kodada?
Laulik kuulis, kostis vastu:
"Oh teie hullud ja rumalad,
Ahtra aruga armetud!
Oleks see Lihala linna,
Siis oleks lihasta tehtud;
Oleks see Rahala randa,
Siis oleks rahasta taotud;
Oleks see Kungla kodada,
Siis oleks kullasta tehtud.
See on lauliku tubada,
Kehva mehe kambrikene,
Vaese mehe varjukene.
Kuu on uksena eessa,
Päike laella läikimassa,
Tähed toassa tantsimassa,
Vikerkaar vibuna varjuks.
Siin need laululood loodi,
Sõnasõuded sünnitati,
Keelekeerud korrutati.
Ketr oli keskel kehva kambris,
Takukoonal Taara tares,
Lõngalõime Looja kätel,
Teine päikese väraval,
Kolmas koidu koolikojas.
Ilus oli võte võttijalla,
Heie kena ketrajalla;

Päike paistis põualõnga,
Eha punus punalõnga,
Taevas sinisiidisida."

SEITSMES LUGU

Tagasisõit, Varjude laul, Vendade
reisilood, Isa haual

Päike paistis puie ladvul,
Õhtu õlal ripakille,
Väsind varjud venitasid
Vaikusvaipa üle muru,
Rahu rüüdi metsadelle;
Leinakase lehiskaisust,
Muretishaava rüpesta,
Kuuse kuldakübarasta
Hüüdis üksik laululindu
Päeva lõpetuse lugu,
Hüüdis õhtu viludusel
Loojal' kiitust ilmutelles,
Tänu targema taadile.

Kalevipoeg, kangelane,
Kui oli pääsend une paelust,
Väsimuse volidusest,
Hakkas silmi selitelles,
Laugusida lauhutelles
Arvamisi arutama,
Tahtis meelde tuletada,
Möödaläinut mälestada,
Mis kui närtsind unenägu,
Kolletanud kujukene

Tema luulemises läikis.
Viimse aja sammu-astmed
Polnud selget jälge jätnud.
Sügiseses udusombus,
Põualises pilvesuitsus
Seisid eilsed sündimised:
Kas ta Soomes ehk kas Saares
Pikki lustisid pidanud,
Kas tal Turgist tulnud tüli,
Taplust olnud Tuura rajal,
Sest ei teadnud tema selgest.
Sepa poja surmamine,
Vaga vere valamine
Ei teind muretise mulju
Ega kahetsuse koormat.
    Kallis Kalevite poega
Tõttas jälle tõukamaie,
Kiirel kihul rändamaie,
Kuni küngas jõudis kätte,
Kust ta tulles mööda käinud.
Kõndis päeva, kõndis kaksi
Läbi laiu lagedaida,
Jõge mööda, mäge mööda,
Läks siis laiast laanest läbi,
Kõndis tüki kolmat päeva
Pikal sammul ranna poole.
    Merekaldal kalju kütkes,
Kindlas ahelate kütkes
Seisis tuuletarga lotja,
Tuuslar-taadi paadikene.
Kalevite poega võttis
Surmas hangund sortsilase

87

Paadikese päranduseks,
Võttis laeva lepituseks,
Et ei olnud eite leidnud.
    Kalevite kallim poega
Päästis lahti paadikese
Ahelate kütkendusest;
Istus ise lootsikusse,
Võttis mõlad võimsa kätte,
Hakkas kiirul aerumaie,
Kodu poole püüdemaie,
Pani purjed paisumaie,
Riided tuulde rippumaie.
Tuulehoogu tõukas tagant,
Laine lükkas lustilikult
Veeretelles Viru poole.
Vete pinnal mängis mõla
Sõudja sunnil kiirustelles,
Teine käsi pidas tüüri,
Et ei paati teelta pääse.
    Kalevite poeg ei väsi;
Piht on mehel pihlakane,
Õlanukid õunapuusta,
Käsivarred vahterased,
Küünarnukid künnapuusta,
Sõrmelülid sõsterased,
Sõrmeküüned kuslapuised,
Raudarammu kõiges kehas.
    Tuulehoogu tõukas tagant,
Laine lükkas lustilikult
Veeretelles Viru poole.
    Kalevite poega laulis:

"Läksin merel' mängimaie,
Lainetesse laulemaie,
Aerud kuldased käessa,
Hõbedasta aeruvarred.
Mis mull' vastu juhtunekse?
Tuli vastu pardiparvi,
Alla lainte lagleparvi,
Peale lainte luigeparvi,
Keskelt kena haneparvi.
    Läksin merel' mängimaie,
Lainetesse laulemaie,
Aerud kuldased käessa,
Hõbedasta aeruvarred.
Mis mull' vastu juhtunekse?
Vastu tuli kolme laeva:
Üks oli noorte naiste laeva,
Teine targa naiste laeva,
Kolmas noorte neiukeste,
Kena piigade paadike.
Seal oli palju piigasida,
Sõstrasilma sõsaraida,
Tüdrukuid tosinakaupa;
Kuldakindad neil käessa,
Hõbesõrmuksed sõrmessa,
Siidisärgid neil seljassa,
Udukirjad käikseilla,
Kallid taalrid kaela ümber,
Sõled suured rindadella,
Pärjad peassa päevakirja.
    Uhked neiud ülekaupa
Hakkasid mind armastama,
Kurjast mulle kippumaie.

Mina vastu kostelesin:
"Olge vaita, kanakesed!
Jätke nuttu, nukrad linnud!
Küllap tuleb õnneõhtu,
Pääseb paistma parem päike,
Kus teil õnned õitsevad,
Tõusvad teile poolekesed,
Kasvavad teil kaasakesed,
Kuhu teil õnned osanud,
Kuhu teil jaod jaetud;
Kalevist ei kasva kaasat,
Ei sest poisist teie poolta."
    Tuulehoogu tõukas tagant,
Laine lükkas lustilikult
Veeretelles Viru poole;
Vete pinnal mängis mõla
Sõudja sunnil kiirustelles,
Teine käsi pidas tüüri,
Et ei paati teelta pääse.
    Vinged meretuulekesed
Viisid paati Viru poole,
Lõuna vastu lootsikuda.
    Vinged meretuulekesed
Päästsid peada liigu purjust,
Humalaviha hullusest;
Siiski selget seletusta
Viimsest vaenulikust pidust,
Sepa kojas tõusnud tülist
Kangelasele ei saanud.
    Mis siin lugu tõendasid,
Olid tundsad veretähed,
Verejäljed mõõga küljes,

Veremärgid vammuksessa.
    Tuulehoogu tõukas tagant,
Laine lükkas lustilikult
Veeretelles Viru poole.
    Juba keskiööde kate
Peitis kinni merepinda,
Juba sõela seisis servi,
Vardad vastu valge'eda,
Kui üks kerkiv kujukene
Merepinnal üles paisus.
    Kalevipoeg, kangelane,
Tundis tähtsa saare kalda,
Kus ta tulles kogemata
Saare neidu sõbrustanud,
Armu kaisus kiigutanud.
Piiga laulud, piiga armud,
Piiga kisakiljatused,
Kole merrekukkumine,
Lainetesse uppumine
Tulid kangelase meelde,
Segasivad mõtted sompu,
Murdsid meele muredelle.
Kalevite kallim poega
Tahtis tasaselta sõudes
Saare rannast mööda sõita,
Kartis isa kurvastada,
Hella eite ehmatada,
Kes veel lille leinasivad,
Neidu noorta nuttasivad.
    Kuule, kuule, mis sealt
kostab,
Mis seal laulab lainte langul?

Eks see ole piiga helin,
Neitsikese noore laulu,
Kadund kana kõõrutused,
Mis seal tõuseb lainetesta,
Kerkib vaiksest vetevoodist?
Kalevipoeg sulges sõudu,
Pani aerud ääre peale,
Paadi serva puhkamaie,
Hakkas lugu kuulamaie.
Piiga vari vete peidust
Helkis aga lainetesta,
Vilistas kui vesilindu,
Pajatas kui pardikene:
"Neiu läks merre kiikumaie,
Lainetesse laulemaie,
Laps läks meelta lahutama,
Ülekohtu unustama,
Kurbusida kustutama.
Veli sõidab vete veerul,
Sõidab laia lainetella,
Sõsar suigub salasängis
Peidukambri sügavuses.
Mis seal läigib lainetessa,
Mis seal välgub vete pinnal;
Mõõka läigib lainetessa,
Veri välgub vete pinnal;
Paneb lained lõkendama,
Neiu palged punetama.
Oh sa venda vereahne,
Armul eksind poisikene!
Miks sa vagalista verda
Vihal läksid valamaie?

Miks sa kodukanakesta,
Oma taadi tuvikesta
Murul pidid muljumaie?
Läksin merre kiikumaie,
Lainetesse laulemaie,
Laps läks meelta lahutama,
Ülekohut unustama,
Kurbusida kustutama.
Mis seal läikis lainetelta?
Veri läikis lainetelta.
Veli sõitis vete pinnal,
Mõrtsukmõõka läikis puusas,
Veri välkus mõõga küljes,
Pani lained lõkendama,
Neiu palged punetama,
Närtsind lille õilmitsema.
Sõsar suigub salasängis
Vete vilu vaiba alla,
Lainte kätki kiigutusel.
Oh sa vereahne venda,
Armul eksind poisikene!
Miks sa vagalista verda
Vihal läksid valamaie?
Miks sa kodukanakesta,
Oma taadi tuvikesta
Murul pidid muljumaie,
Noore rahu raiskamaie,
Sõsarada sundimaie,
Surmasängi suikumaie?
Kahekordne verevõlga
Velje rahu rikkumassa.
Veli aga sõidab vete pinnal,

Sõsar suigub salasängis,
Vete vilu vaiba alla,
Lainekätki kiigutusel.
Veljel rasket võitlemista,
Rasket võla vastamista
Vaga vere vaigistuseks,
Ülekohtu kustutuseks,
Liiatööde lepituseks,
Mis ta korra kogemata,
Teise korra tahtemata
Võlakoormaks veeretanud.
Oh sa vilets veljekene,
Pikk on sinu võlapõlvi!
Läksin, neidu noorukene,
Merekalda mängimaie,
Lainetesse laulemaie,
Paha tuju puistamaie:
Sinna ma, kana, kadusin,
Sinna surin, linnukene,
Sinna, noori, ma nõrkesin,
Sinna, lilleke, närtsisin!
Ära nuta, eidekene!
Ära kaeba, taadikene!
Merella on minul kodu,
Lainte all mul salatare,
Kalakudus kambrikene,
Mereudus pesakene,
Minul on vilussa sängi,
Kena kätki lainetessa;
Kalevid mind kiigutavad,
Sulevid mind suigutavad.
Oh sa vilets vennakene,

Pikk on sinu võlapõlvi!
Oh sa vilets veteveerel:
Millal sindki sängitakse,
Rahurüppe uinutakse
Pikast piinast puhkamaie?" -
Närtsind neitsi leinalaulud,
Kalli varju kaebamised,
Mõistusõnad lainte sängist,
Pajatused mere põhjast
Kurvastasid Kalevida,
Nukrastasid noorta meesta.
Leinameelel luulemised
Sigitasid igatsusi,
Kasvatasid kahetsusi.
Möödaläinud aja lendu,
Soome sepa poja surma,
Mis kui unenäokuju
Koidul korra keeritelles
Äkitselta ära kadus,
Võind ei Kalev kinnitada,
Sünd'nut teha sündimatuks.
Tema võttis mõlad kätte,
Hakkas uuest aerutama,
Kodu poole sõudemaie.
Tuulehoogu tõukas tagant,
Laine lükkas lustilikult
Veeretelles Viru poole;
Vete pinnal mängis mõla
Sõudja sunnil kiirustelles,
Teine käsi pidas tüüri,
Et ei paati teelta pääseks.
Kalevite poega laulis:

91

"Kus on leina lepikuida,
Ahastuse haavikuida,
Kurvastuse kuusikuida,
Kahetsuse kaasikuida?
Kus ma leinan, kasvab lepik,
Kus ma ahastan, seal haavik,
Kus olen kurba, kasvab kuusik,
Kahetsejat varjab kaasik.
Oh minu hella eidekene,
Kes mind armul kasvatasid,
Käte peal mind kiigutasid,
Suu juures suigutasid:
Pidid üksi suremaie,
Nägemata närtsimaie!
Kes sul vaotas silmad kinni,
Kes sul litsus kulmud kokku?
Sinilill sul sulges silmad,
Kastehein sul kattis kulmud.
Oh mu hella eidekene!
Sinilillel salaokkad,
Kasteheinal karvad karedad.
Oh mu hella eidekene!
Kuidas sa mind kasvatasid,
Kasvatasid, kallistasid,
Üles tõstsid, hüpatasid,
Maha panid, mängitasid,
Suu juures suigutasid,
Kahel käel kiigutasid!
Mõtlesid toeks tulevat,
Arvasid abiks astuvat,
Lootsid elu lõpetusel
Laugelangutajat saavat,

Silmakatjat siginevat."
Tuulehoogu tõukas tagant,
Laine lükkas lustilikult
Veeretelles Viru poole.
Juba koitu kerkimassa,
Päevatera tõusu ligi,
Kui ta paati parajasti
Kodukalda vastu keeras.
Kalevite kallim poega
Laskis lootsiku kaldale,
Köitis ahelate kütke
Paadikesta parve äärde;
Kargas ise kalda peale,
Tahtis kohe kodu poole
Sammusida seadaneda,
Vendi minna vaatamaie,
Kas ehk vennad Viru rajal
Ema jälgesida leidnud.
Kalevipoeg, kangelane,
Jõudis Iru mäe harjale,
Kuhu taaralaste tarkus
Eite kaljuks karastanud.
Vaiki, vaiki, vahva meesi!
Pea kinni, pojukene!
Kas sa kuuled kentsakada,
Mis seal kostab kauge'elta?
Mis seal helkis õhtu hõlmal,
Mis seal tuules vilisteli?
Nii kui loodud laulukene,
Inimese häälekene
Kostab tuule kohinasta.
Kalevipoeg, kangelane,

Pöörab kõrvad kuulu poole,
Kus need hääled ärkanekse.
Nägemata laulunäkki,
Tuuleema tütar noori
Laskis laulu ladusasti
Kuulja kõrva kukutelles:
"Kodunt lendas kõvernokka,
Pesast kotka parem poega,
Lendas leinal luigekene,
Kurbusikkes kukekene;
Lendas kallis kotkapoega
Vaga rada rändamaie,
Eide jälgi otsimaie;
Tiivad linnulla tugevad,
Küüned kotkalla kiskujad.
Kena, lendas ta kodunta,
Ilus, isa õue pealta,
Nii kui pisar veereb pilvest,
Lumi langeb lagedalle,
Kui see hernes heidab õilme,
Kui see uba oma kaotab,
Lillakas lehti lahutab,
Pihlakas puistab kobaraid,
Taga välja toomeoksad.
Nõnda lindu kodunt lendas,
Tetri teisile vesile,
Hani muile allikaile.
        Taara targal tahtemisel
Olid lese leinapäevad,
Pikalised piinapäevad
Õnnelikult õhtu saanud.
        Kotkapoega, kõvernokka,

Kuis sul rada koju rändab?
Kena, lendsid sa kodunta,
Ilus, isa õue pealta.
Kotkapoja raudaküüned
Valasivad vaga verda,
Raiskasivad neiu rahu.
Kahekordne verevõlga
Piinab kotkapojukesta,
Koormab südant kõvernokal.
Ema pistab rinna suhu,
Aga meelt ei pista pähe!
Hoia, kotkas, kõvernokka,
Hoia ennast mõõga eesta:
Veri ihkab vere palka!
Või ei enam kaljueite
Pikemalta pajatada."
        Nõnda laulis tuule tiival
Eide vaimu varjukene.
        Kalevite kallim poega
Märkas laulu mõistatusest,
Kuidas kallis eidekene
Kooljasängi kolletanud;
Märkas laulu mõistatusest,
Kuidas tema Soome sõidul
Kahevõrra kurja teinud:
Eksind korra kogemata,
Teise korra teademata.

Kalevipoeg, kangelane,
Kiirusteli kodu poole;
Jõudis isa õue alla,
Jõudis vainu väravalle,

Koerad õues haukumaie.
Vennad tulid väravasse,
Tulid võõrast vaatamaie.
Kui nad nooremada nägid,
Keda arvasid kadunud,
Tulid vennad imestelles
Tulijada tunnistama,
Kellel uhke mõõka puusas,
Kuldakannuksed saapassa.
Kes see jõuaks küsimisi
Kõiki korral kuulutada,
Mis siin vennad kolmekesi
Isekeskis kõnelesid?

Teisel õhtul istusivad
Kanged mehed kolmekesi,
Sahkasivad sõnumida,
Kuidas eide otsimisel
Igaühel käsi käinud.
Vanem venda pajatelles
Laskis laulu lendamaie:
"Läksin eite otsimaie,
Kadund kana püüdemaie,
Läksin, käisin tüki teeda,
Tüki teeda, palju maada,
Käisin tüki tühja maada,
Seitse versta seda maada,
Kümme versta Kuramaada,
Poole versta Poolamaada,
Viis versta Vene radada,
Sada versta Saksamaada,
Tuhat sammu Turjamaada.

Mis mulle sealta vastu tuli?
Tuli mulle vastu tinaneidu,
Tinast tehtud tütarlapsi,
Tinasta suu, tinast silmad,
Tinast kael ja tinast keha,
Tinast käiksed käessa.
Mina tinaselt küsima:
"Kas sa nägid eide jälgi,
Tedrepoja teederada?"
Tina ei teadnud küsimist
Ega mõistnud vastust anda:
Tina tuima kui see kivi,
Saand ei suuda maigutada.
Mina kiirest' kihutama,
Lasin sammud sõudemaie
Tüki teed ja palju maada,
Käisin tüki tühja maada,
Seitse versta seda maada,
Kaheksa kaljumägesid.
Mis mulle sealta vastu tuli?
Tuli mulle vastu vaskineidu,
Vasest valatud piigake.
Vasest suu, vasest silmad,
Vasest kael ja vasest keha,
Vaski peast kuni varbani,
Vaskivammus neiu seljas,
Vaskivarruksed vammuksel.
Mina vaselta küsima:
"Kas ehk nägid teederada,
Kuhu kodukana kadund,
Tedretütar tuisku läinud?"
Vask ei teadnud küsimist

Ega mõistnud vastust anda;
Vaski tuima kui see kivi,
Saand ei suuda maigutada.
    Mina kiirest' kihutama,
Lasksin sammud sõudemaie
Tüki teed ja palju maada;
Käisin tüki tühja maada,
Kaheksa kaljumägeda,
Sada versta samblasooda.
Mis mulle sealta vastu tuli?
Tuli mulle vastu hõbeneidu,
Hõbedast valatud piigake,
Hõbedast suu, hõbedast silmad,
Hõbedasta kõik see keha
Peast kuni varba'ani;
Hõbekuube, hõbekäiksed,
Hõbekirjad käikseilla.
Mina hõbedalt küsima:
"Kas ehk nägid teederada,
Kuhu kodukana kadund,
Tedretütar tuisku läinud?"
    Hõbe ei teadnud küsimist
Ega mõistnud vastust anda.
Hõbe külma kui see kivi,
Saand ei suuda maigutada,
Hõbekeel ei häälitseda.
    Mina kiirest' kihutama,
Lasksin sammud sõudemaie
Tüki teed ja palju maada;
Käisin tüki tühja maada,
Seitse versta seda maada,
Kaheksa kaljumägeda,

Sada versta samblasooda.
Mis mulle sealta vastu tuli?
Tuli mulle vastu kuldaneidu,
Kuldane kuningatütar.
Kullast suu, kullast kulmud,
Kullast kaela, kullast keha,
Kulda peasta varba'ani.
Kullast käiksed käessa,
Kuldakirjad käikseilla,
Kullast kuube, kullast kübar,
Kuldne krooni kübaralla.
Mina kullalta küsima:
"Kas ehk nägid teederada,
Kuhu kodukana kadund,
Tedretütar tuisku läinud?"
    Kulda mõistis, kostis kohe,
Kuldanokka aga kukkus:
"Mine raatmaa radadelle,
Kihuta kanarbikule,
Sealtap leiad lihast neidu,
Kes see sulasuul kõneleb."
    Mina kiirest' kihutama,
Lasksin sammud lendamaie,
Jalavarbad veeremaie.
Käisin tüki tühja maada,
Seitse versta rabasooda,
Kaheksa karja-aruda,
Kümme versta künnimaada;
Sealt sain raatmaa radadelle,
Kanarbiku keske'elle.
Mis mulle sealta vastu tuli?
Tuli mulle vastu kena neidu,

Ema rüpest sündind piiga,
Palged punapaisudella,
Silmad eluhiilgusella.
Mina neiult nõudemaie,
Kõrgerinnalta küsima:
"Kas ehk nägid teederada,
Kuhu kodukana kadund,
Tedretütar tuisku läinud?"
Kena neidu kohe mõistis,
Piiga lahkesti pajatas:
"Ei ma näinud, hella venda,
Kana jälgi kanarbikus,
Tedre rada teises paigas.
Võib ehk kulli kana viinud,
Kotkas tedre ära kannud.
Tule, venda, meie talu
Kodukanasid kosima;
Meil on vägi valgepäida,
Suurem seltsi sõstrasilmi,
Karjakene käharpäida,
Seitse kena sõlgirinda,
Kümme kulda-pärjakandjat,
Kakskümmend kaunist
helmeskaela,
Sada siidiriidelista."
Mina mõistsin, kostsin
vastu:
"Ei või tulla, tütar noori!
Ei ma ole kosjaskäija,
Neiuradadel rändaja;
Otsin kadund eide jälgi,
Metsa läinud memmekesta." -

Teine venda pajatelles,
Laskis laulu lendamaie:
"Läksin eite otsimaie,
Kadund kana püüdemaie,
Läksin, käisin tüki teeda,
Tüki teeda, palju maada,
Tallasin tüki lagedaid,
Sammusin suurta sooda mööda,
Käisin jõekallast mööda,
Mõne versta mööda metsi.
Mis mul sealta vastu tuli?
Sealt tuli vastu väike sauna.
Mina sauna ukse ette:
"Tere, eite, tere, taati!
Tulge teeda juhtimaie!"
Eit ei kostnud, taat ei kostnud,
Musta kassi näugus nurgas.
Mina kiirest' kihutama,
Lasksin sammud sõudemaie,
Läksin, käisin tüki teeda,
Tüki teeda, palju maada,
Tallasin tüki lagedaid,
Sammusin teise mööda sooda,
Käisin jõekallast mööda,
Mõne versta mööda metsi.
Mis mulle sealta vastu tuli?
Tuli vastu metsakriimu.
Mina hundilta küsima:
"Kas ehk nägid, vennikene,
Metsas meie eide jälgi?"
Metsakriim ei mõistnud
kosta,

Hundipoeg ei pajatada,
Vahtis aga võõritie,
Näitas hambaid irvitie.
  Mina kiirest' kihutama,
Lasksin sammud sõudemaie,
Läksin, käisin tüki teeda,
Tüki teeda, palju maada,
Tallasin tüki lagedaid,
Sammusin teise mööda sooda,
Käisin jõekallast mööda,
Mõne versta mööda metsi.
Mis mulle sealta vastu tuli?
Tuli vastu vana karu.
Mina karulta küsima:
"Kas ehk nägid, vennikene,
Metsas meie eide jälgi?"
  Karu ei mõistnud küsimist
Ega osand vastust anda;
Mis ta, mehike, mõmises,
Sest ei mõistnud mina sõna.
  Mina kiirest' kihutama,
Lasksin sammud sõudemaie,
Läksin, käisin tüki teeda,
Tüki teeda, palju maada,
Tallasin tüki lagedaid,
Sammusin teise sulasooda,
Käisin jõekallast mööda,
Mõne versta mööda metsi.
Mis mulle sealta vastu tuli?
Tuli vastu kõrge kuuski,
Kuldakägu kuuse ladvas.
Mina käolta küsimaie:

"Kas ehk nägid, kuldanokka,
Metsas meie eide teeda?"
  Kägu mõistis, kostis kohe,
Kuldanokka tõstis häälta:
"Mine laiast laanets läbi,
Sealt tuleb aru ilusa,
Aru taga kena kaasik,
Kaasiku keskel uhke talu;
Sealtap leiad neidusida,
Kes sull' teavad vastust anda."
  Mina kiirest' kihutama,
Lasksin sammud lendamaie,
Läksin, käisin laanest läbi,
Sammusin üle arude,
Käisin läbi kaasikusta.
Mis mulle sealta vastu tuli?
Seal tuli vastu uhke talu,
Talus neli noorta neidu,
Neli kena kudruskaela.
Üks neist õmbles siidisärki,
Teine tikkis käiksekirja,
Kolmas kudus kuldavööda,
Neljas lõksutas lõuendit.
Nii kui tuulest tulitatud
Paistis tuba tulijalle,
Seinad seisid siidikattes,
Põrand puhtasti pühitud.
  Mina lahkelt teretelles:
"Tere, neiud, nugissilmad!
Kas ehk teate teederada,
Kuhu kodukana kadund,
Tedretütar tuisku läinud?"

Kes see õmbles siidisärki,
See ei lausunud sõnada,
Kes see tikkis käiksekirja,
See ei teinud suuda lahti,
Kes see kudus kuldavööda,
Võttis lahkest tervist vastu,
Kes see lõksutas lõuendit,
See' p see sõnarikkam oli,
See' p see lahkesti sõnaldas:
"Käisin, kuld, küll
karjateeda,
Käisin eile marjamaalla,
Toonaeile tagametsas,
Enne luhas loogu võtmas,
Ei ma näinud kana jälgi
Ega tedretütre teeda;
Vistist läksid nad lennulla,
Vistist võtnud tiival teeda.
Lase suvi mööda sõita,
Küllap siis tuleb sügise;
Võta kätte viinamärsid,
Pane kihlad kottidesse,
Mine kana kosimaie,
Teista tetre tabamaie!"
Mina mõistsin, vastu kostsin:
"Ega ma otsi noorta naista,
Taha ei teista tedrekesta,
Otsin kadund eide jälgi,
Ema armu radasida." -
Kolmas venda pajatama,
Kuidas tema otsikäigid
Kõik ka tühja tuulde läinud.

Tema sahkas saare käiki,
Sündind lugu Soome rajal,
Kuidas tuuslar, tuuletarka,
Surmasängi kolletanud,
Rääkis kalli mõõga kaupa,
Pikki liigupidusida;
Aga viimast verist riidu,
Sepa poja surmamista,
Saare piiga laintelaulu,
Eide laulu tuuleõhul
Ei ta rääkind vendadelle.
Vanem venda laskis sõna,
Laulu nõnda lendamaie:
"Taat meil magab kalmukünkas,
Sõmerliiva sõba alla,
Kaljukate pealla sängi;
Kuhu eide jalga eksind,
Mis tal kanda kinnitanud,
Seda võib ehk jumalikku
Taara tarkus üksi teada.
Kas on lesepõlve leina,
Kurvastuse kurnamine
Eite otsa lõpetanud?
Ehk kas viletsuse vägi,
Kosilase kimbutused
Vaga leske varga küüsil
Viinud võõra välja peale?
Ehk kas veteveeretused
Merepõhja pillutanud?
See meil kõigil teademata.
Vanematest varjutiiba,
Armukaisul haudumista

Meil ei kolmel enam loota.
Enda tiiva tugevusel
Peame, linnud, lendamaie.
Nüüdap tuleb taadi käsku
Isekeskis toimetada;
Laskem, vennad, liisku heita:
Kes meist tõuseb kuningaksi.
Nii oli taati enne surma
Eidekesta õpetanud."
    Teine venda laskis sõna,
Laulu nõnda lendamaie:
"Sul on õigus, vennikene!
Kuidas kadund taadi tarkus
Tahtmist käsuks kinnitanud,
Nõnda loodud laste kohus
Asjalugu toimetada.
Noorem vend meil mehe-eane,
Tibukene tiivakandja,
Jõuab pesast purjetelles
Juba üle mere lenda:
Liisk siis saagu lihtimaie,
Asja otsust õiendama!"
    Noorem venda laskis sõna,
Laulu nõnda lendamaie:
"Taat mul suri enne sündi,
Enne kui pääsin päevale,
Eite läinud eksiteele,
Viidi vaene ehk vaenulla.
Ema viidi uksestagi,
Armud läksid akkenasta,
Ema viidi teeda mööda,
Sõnad soojad sooda mööda;

Kuhu kana kukutati,
Tedretütre hauda tehti,
Sinna armud kalda alla
Talvekülma tarretasid;
Ema hauda heidetie,
Armurüpe hangus ära.
    Meie, vennad kolmekesi,
Vanemata vaesedlapsed,
Peame taadi käsku püüdma
Tõrkumata toimetada.
Lähme homme liiskumaie,
Rammukaupa katsumaie,
Õnnekaupa otsimaie,
Kes meist Taara tahtmist mööda
Valitsusevõimust võtab!"
    Igal mehel isemõtted,
Ise salasoovimised
Südametes siginemas:
Lootus liisuõnne peale,
Kartus õnne kaotamisest.

    Õhtul, hämariku ajal,
Videviku viivitusel
Veeres üksi noorem venda,
Kurval sammul kõndidessa
Kadund isa haua peale;
Nuturätik noorel käessa,
Pisararätik pihussa,
Astub isa haua peale,
Istub kalmukünka peale.
    Isa hauasta küsima:
"Kes see liigub peale liiva,

Kes see astub peale haua,
Sõtkub sammul sõmeraida
Kiigutelles kalmukivi?"
    Poega mõistis, kostis vastu:
"Poega liigub peale liiva,
Poega astub peale haua.
Noorem poega, taadikene,
Keda sinu silm ei näinud,
Tallab sammul sõmeraida
Kiigutelles kalmukivi.
Tõuse üles, taadikene!
Tõuse armu andemaie,
Poja peada silitama;
Tõuse rammu toetama,
Sõna kolme kostemaie!"
    Taati mõistis, kostis vastu:
"Ei või tõusta, poega noori,
Ei või tõusta, ei ärata.
Katki olen kaelaluusta,
Pihupõrmu põlveluusta,
Muru kasvand peale mulla,
Aruheina peale haua,
Sammal kasvand peale kalju,
Sinililled silma peale,
Angervaksad jalgadelle.
Tuleb tuuli, toob ju armu,
Tuleb päeva, pead silitab."
    Poega kurvalt kostis vastu:
"Tundideks on tuule armu,
Päevadeks on päeva armu,
Eluajaks Taara armu,
Isa armu igavesti."

Taati kostis mulla alta,
Armukeelilla kalmusta:
"Ära kurda, pojukene,
Ära nuta, noorukene!
Kadund isa vari valvab
Kalmust vaga lapse käiki.
Jumalate juhatusel
Jooksvad elujoonekesed,
Voolavad õnnelainekesed.
Kogemata kuritegu
Püüa jälle parandada!

KAHEKSAS LUGU

Viskevõistlus ja kuningaks
saamine, Künd ja hobuse surm

Taeva küünal, ehatähti,
Hämariku selgem silma,
Vaata pilvelauge pilust,
Taeva kõrge kulmu alta
Lauliku teeradadelle,
Kannelniku käigi peale!
    Vaikselt vaatas sinu silma
Muistepõlve muudendusi,
Vaatas Taara tammikuida,
Hiiepuida ilusaida
Haljendavas leheehtes;
Vaatas Ema lainte läiki
Päikese paistval palgel;
Vaatas Ema voolamista,
Kohisevat vooge käiki
Talve rinnalta võõrdudes.

Küll sa, kallis tähetütar,
Taeva piiga peenikene,
Nägid vendi veeremassa,
Kui nad läksid liisku heitma!
Küllap nägid künnimeesta,
Kuninglikku Kalevida
Viru põldu vinderikku,
Järva põldu jänderikku
Kange käega kündemassa,
Kui ta kündis suured saared,
Suured saared, kõrged künkad,
Kordas laiad lagedikud,
Soossa pilliroostikud,
Mäed vagude vahele,
Künkad küürul põllu peale,
Orud kõrguste keskele.
Küll sa, kallis tähtepiiga,
Kangelase kündi nägid!
Kui mul peaks ehk
puudumaie
Laululooksi lõngasida,
Korrutatud kuldakõnet,
Hõbekedra heidekesi,
Küllap tähti näitab teeda,
Taevas tarku radasida.
Kui mul puudub siis veel sõnu,
Veel jäid koju kotitäied,
Ahju peale kindatäied,
Parsile veel pihutäied,
Kirstu kingakannatäied.
Kui mul veel peaks puudumaie,
Küllap korjan kanarbikust,

Nopin raatmaa radadelta,
Riisun lisa rägastikust,
Kolletanud heinakulust,
Korjan kasteheinakestest,
Ädaliku kõrrekestest,
Haarun kokku aganikust,
Kõlgastiku pühkmetesta.
Kui ma lugu luuletama,
Hakkan lausa laulemaie,
Kalevida kuulutama,
Siis jääb valda vaatamaie,
Küla kulda kuulamaie,
Saksad servi seisemaie,
Mõisahulgad mõtlemaie,
Kuulama minu kõnesid,
Minu laululõksatusi.
Tuleb taga targem aega,
Parem pidu meie põlvel',
Siis ma laulan muistelaule,
Lõksutan lauliku lugusid,
Veeretelen vanu viise,
Mis ma Harjusta arvasin,
Mis ma Virusta vedasin,
Mis ma Läänest lunastasin,
Taara hiiesta tabasin.
Seal laulan tule tuisussegi,
Lõhna lumahangessegi,
Pistan pilvedki põlema,
Lumekübemed kumama.
Nii oli vanast Virus viisi,
Järva laulikute loomus.
Kui ma lausa lugu laulan,

Kalevida kuulutelen,
Olevida ilmutelen:
Mitu võib hobu vedada,
Mitu kõrbi kergitada,
Linalakk ehk liigutada?
Kannaks Kalevi hobune,
Alevi halli ratsukene
Üksinda mu lauluhulgad,
Kuulutuste kullakoormad.

Teisel päeval, koidu piirdel,
Väikse valge hämarusel
Tõt'sid Kalevite pojad
Kolmekesi kõndimaie,
Lustikäigil luusimaie:
Kas ehk kuskil kogemata
Ladusamat liisukohta,
Õnnekatsumise paika
Salasoovikute soovil
Silmad saaks neil sihtimaie.
Kalevite pojad noored
Rändasivad jõudsal sammul
Lustilikult lõuna poole,
Puhkasivad metsa varjul
Vahel väsind liikmeida;
Võtsid toitu toetuseks,
Keelekastet karastuseks.
Kui tuli õhtuke ilusa,
Veeres kena ehavalge,
Leidsid nad talu teelta,
Pere pärnade vahelta.
Kanged mehed kolmekesi

Astusivad alla õue.
Isa vastassa väravas,
Eite vastas ukse eessa;
Isa hüüab väravasta,
Eite hella tõstab häälta:
"Astuge, mehed, õueje,
Tulge, peiud, me talusse,
Kosilased, kamberisse!
Teie, kõrged kosilased,
Kallid Kalevite pojad,
Meil on kõrged kositavad,
Targa taadi tütrekesed,
Hiiust ilmund neiukesed.
Teil on kulda märssidessa,
Hõbehelmed põuedessa,
Penningida pungadessa,
Vanu taalreid taskussa;
Meil on kirstud kuhjadessa,
Annivakad valmistatud."
  Vanem venda kostis vastu:
"Ega me ole kosjaskäijad,
Peiuteed ei tallamassa.
Oleme tühja teede käijad,
Oleme õnneotsijad;
Tuba alles tegemata,
Kambrinurgad nöörimata,
Sängilauad saagimata,
Kuhu kana viidanekse."
  Isa mõistis, kostis vastu:
"Ärge te võtke vihaksi,
Pange meeleksi pahaksi:
Peiud olete, petised!

Miks teil siidisärgid seljas,
Kuldatoimsest teised riided?
Kuis te teadnud siia tulla,
Osanud õue ajada?
Märki ei olnud mätta'assa,
Tähte aiateiba'assa,
Et siin kanad kasvamassa,
Tedred maasta tõusemassa,
Pardid pesal haudumassa.
Hoietud lapsed hoonetes
Kasvid salakamberissa,
Kudusivad kuldakangast,
Sidusivad siidisida,
Kuldakinda'ad käessa,
Hõbesõrmuksed sõrmessa,
Suured sõled rindadessa,
Kallid taalrid kaela ümber.
Teie käite kulla valul,
Sõidate sõle valulla."
    Teine venda kostis vastu:
"Kuule, tarka taadikene,
Kuule, hella eidekene!
Laske neiud lagedalle,
Piigad õhtu iludelle,
Laske murule mängima,
Kiige alla kiljatama!
Annid jäägu andemata,
Kullad teil kulutamata!"
    Seal toodi tüttered toasta,
Toodi kallid kamberista:
Vööd olid kuldakeerulised,
Pärjad litteris läikisid,

Siidisabad sadadena
Piki pihta rippusivad,
Hõbehelmed, kuldakeed
Kaela ümber kõikusivad,
Suured sõled rindadessa;
Kui nad tantsisid edasi,
Lehvisivad siidilindid,
Välkusid otsad varbani;
Kui nad tantsisid tagasi,
Kargasivad kandadeni.
    Eite hüüdis üle ukse:
"Need on tütred teinud tööda,
Kaua kangasta kudunud,
Lõuendida lõksutanud,
Need on toimesta tagunud,
Poogelista paugutanud,
Siidisukki vikeldanud,
Heitnud need heledad lõngad,
Kaunistanud kallid kangad;
Ei ole suikund suitsuaega
Ega tukkund tööda tehes;
Neist saab Kalevite kaasa,
Kangemeeste kodukana."
    Noorem venda mõistis kohe,
Kavalasti vastu kostis:
"Kuule, hella eidekene,
Kuule, tarka taadikene!
Kalevite kodukanad,
Needap alles kasvamata.
Ei, meist kolmest kosilasi
Teie talusse ei tõuse.
Meie lähme õnne otsima,

Läheme pesa pärima.
Neitsikesed, noorukesed!
Ärge, kullad, kurvastage!
Pisar võtab palgepuna,
Kuu teil võtab kuue toime,
Päevatera pärja toime,
Ehavalge helmekorra,
Tähti võtab taalri läigi,
Enne kui omane osaneb.
Meie käime õnneteeda,
Lähme hella öö valulla,
Käime kulla kuu valulla,
Käime tähtede ilulla,
Sõsara sõle valulla,
Vana vankeri valulla."
    Kalevite pojad noored
Rändasivad jõudsal sammul
Lustilikult lõuna poole,
Käisid päeva, käisid kaksi,
Käisid tüki kolmat päeva,
Kuni neile kogemata
Järvekene vastu jõudis
Kena kõrge kallastega.
Ilus oli järvi igapidi:
Lagled lustil lainetella,
Luigekarjad kalda ligi,
Pardid jälle alla parve,
Hallid linnud pealla parve.
Kaldalt vaates kaugemalle
Paistis päevaveeru vastu
Taara ilus hiiekene,
Mäeharjalt haljendelles

Läikivailla lehtedella.
Õnnerikkas orus voolas
Emajõgi väsimata,
Päeva paistel lainekesi
Veeretelles Peipsi poole.
Ema rinda lüpsis lisa,
Kosupiima Peipsi rüppe.
    Kalevite vanem venda
Seadis sõna sõudevalle,
Hakkas nõnda pajatama:
"Siin on mõnus katsekohta,
Paras liisuheite paika;
Hiiest ilmub Taara silma,
Vanaisa lahke vaade,
Jõesta jumaliku vari.
Laskem, vennad, liisku lüüa:
Kes meist kolmest vendadesta
Kodumaal saab kuningaksi,
Isa riigi valitsejaks,
Kalli rahva kaitsejaksi?
Kes see kaugelt õnnekaupa
Võõral maal saab voli võtma,
Eluaset ehitama?"
    Kolm siis kivi korjatie,
Liisukiviks valitie,
Miska mehed määra mööda
Liisku pidid viskamaie,
Kelle käsi kaugemalle
Kivi jaksaks kihutada.
    Nemad võtsid võidukivid,
Kandsid kalda ligemalle,
Asusivad ridamisi

Kolmekesi kalda äärde.
Võidu määraks oli võetud,
Sihiks järve laius seatud:
Kelle kivi kergel lennul
Järsku üle laia järve
Teistest tüki kaugemalle
Vete taha maha veereb,
Seda pidi seadust mööda
Valitsejaks värvatama.
Kadund isa käskusida
Tõotati tõrkumata
Täielikult toimetada:
Kaks neist pidid kauge'elle
Võõramaale veeremaie,
Kolmas venda kodumaale
Valitsejaks jälle jääma.
Vanem venda pajatelles
Seadis sõna sõudevalle:
"Lähme liisku heitemaie!
Minu kohus, kulla vennad,
Esimest kord helbitada;
Ema, hella eidekene,
Tõi mind toominga õiella
Varemini siia ilma,
Viis mind varem vihtlemaie,
Päeva paistel paisumaie,
Tõi mull' marju magusaida,
Enne kui ta teile toonud.
Peaks ehk teie paiskamine
Minu määrast mööda jõudma:
Sest ei tõusku tülitsemist
Ega vaenuvihkamisi!

Mul ei ole mingit märki,
Silmal sihti ette seatud;
Mina pean rada rajama,
Teistele teed tegema.
Kuhu ma kivi keeritan,
Sinna panen teile sihi.
Järelkäija leiab jälgi,
Tagakäija tehtud teeda.
Kes see esimese teo
Tehtud tööd saab teotama,
Mingu maja ehitama,
Seinasida kokku seadma,
Nurgaviilu vikeldama,
Katusharja algamaie,
Kuhu tuuled teinud raja:
Küllap saab siis nägemaie,
Kuidas laitus laial keelel
Virgem leidma vigasida,
Kui on ise targem tööle."
Kui nii pikalt pajatanud,
Hakkas kivi keeritama,
Tõstis kätta kõrgemalle,
Saatis kivi sõudemaie,
Tuuletiivul lendamaie.
Kivi lendas tuule kiirul,
Tuule kiirul taeva poole.
Vaatajate arvamisel
Lendas kivilinnukene
Sinna, kuhu taevaserva,
Suure ilma katus-ulu
Maa seina külge rajab.
Äkitselta vääratades

Kivi maha kukkumaie,
Langes loodis libamisi,
Sattus järve märga sängi,
Teise kalda ligidalle.
Kohisedes kerkis vesi
Vastu taevast vahutelles;
Kivi põrkas järvepõhja,
Vetevaiba katte alla,
Langes lainte sügavusse,
Kadus vaatajate silmast.
  Teine venda pajatelles
Seadis sõnad sõudevalle:
"Mul on venda teinud teeda,
Rada ette ju rajanud,
Hoone ette ehitanud,
Seadnud kokku toaseinad,
Vikeldanud nurgaviilud,
Alustanud katusharjad;
Sestap tahan sihti mööda
Tema järel teeda käia."
  Kui nii pikalt pajatanud,
Võttis kivi kange kätte,
Keeras kiiremal kihinal,
Viskas vingemal vihinal
Kivilinnu lendamaie,
Kaljupaku purjetama.
Kivi tõusis taeva poole,
Püüdis pilvi pillutada,
Päevapaistet varjutada.
Tuule kiirul lendas kivi
Kõrgemalle, kaugemalle;
Sealap vaarus vankumaie,

Maa poole pillumaie,
Kukkus järvekalda äärde,
Vee ja kuiva keske'elle;
Pool jäi kivist vette maetud,
Lainetesta kinni kaetud,
Pool veel silma paistevalle.
  Nüüd sai võiduviskamine
Kolmandama venna katseks.
Ehk küll vähem vanusella,
Aastaarvult teistest vaesem
Kalevite kallim poega,
Siiski piha paisusella,
Labaluie laiusella,
Kehakondi kindlusella,
Tema teistesta tugevam,
Tema vendadest vägevam;
Kätesooned tal kangemad,
Sõrmeküüned tal kindlamad,
Silmasihti tal osavam,
Meelemõistus tal mõnusam.
  Noorem venda pajatelles
Seadis sõnad sõudevalle:
"Ema, hella eidekene,
Tõi mu, hilistallekese,
Suurel surmal siia ilma,
Suurel surmal, valjul vaeval
Sündis lese leinalapsi.
Ema, hella eidekene,
Mitu ööd oli uneta,
Mitu koitu eine'eta,
Mitu päeva lõuna'ata;
Ei kustunud tuli toasta,

Säde ei sängisamba'asta.
Eite hella riide'esta,
Hobu halli rakke'esta;
Halli sõitis arsti teeda,
Naine tuhnis tuuslarida,
Kimmel kõndis kümme teeda,
Ratsu rohkesti radasid,
Naine tarkade taresid.
Otsis lapsele abida,
Nõrgale nutuvõttijaid,
Väetile rammuandijaid;
Andis lamba lausujalle,
Kitse kidalõikajalle,
Kirju värsi vihtlejalle,
Teise harjaksevõtjale,
Andis taalri targale,
Tõotas teise arstile.
Laulis vara, laulis hilja:
Ole vaita, poega noori!
Kasva mulle karjapoisiks,
Tõuse tõurahoidijaksi,
Veni veisekarjuseksi,
Kasva, poega, künnimeheks,
Sirgu vahvaks sõjameheks!
Poega kasvas ammu aega,
Ammu aega, palju päevi,
Juba saab mitu suveda,
Veereb viisi heinaaega,
Kui ma isa õue alla
Kiigel lusti keeritasin,
Ühe toome õie pealla,
Kahe kaseladva pealla,

Lepa laia lehe pealla,
Sarapuu südame pealla.
Juba toomi heitis õilmed,
Kaski ju lehed kaotas,
Lepalehed lendasivad,
Sarapuu süda sadines.
Minust aga kasvas meesi,
Kasvas Kalevite poega."
Noorem venda võttis kivi,
Keeritas tuule tuhinal,
Viskas virgemal vihinal
Kivilinnu lendamaie,
Kaljupaku purjetama;
Osav silma sihtis jooksu,
Kange käsi seadis käiki.
Ehk küll tuules tuisatelles
Kivi lendas kõrgemalle,
Kõrgemalle, kaugemalle:
Ei läind pilvi pillutama
Ega laiust lahutama,
Ei läind kõrgust kõigutama
Ega valgust varjutama.
Kivi veeres vuhisedes,
Lendas üle laia järve,
Teise poole kalda peale,
Kukkus mõõdu määramisel
Maha kuiva piiridelle.
Vanem venda pajatama:
"Tõmbame, vennad, tõesti,
Lähme suisa sammudella,
Lähme läbi loigukese
Võidukive vaatamaie,

Kuhu need kivi kukkusid!"
Lähem tee käis vete kaudu,
Ligem rada järvest läbi;
Sealtap Kalevite pojad
Suisa teeda sammusivad,
Sealtap rada rändasivad
Võidukive vaatamaie.
Keset järve kandis vesi
Kalevi poegel kintsuni.
Esimese venna kivi
Magas laintevaiba varjus,
Suikus järvesügavuses;
Saand ei silma seda näha
Ega käsi katsumaie.
Teise venna võidukivi
Leiti ligi kalda ääre
Vee ja kuiva vahepealla,
Pool veel paistis lagedalle,
Pool jäi peitu lainetesse.
Kolmandama venna kivi,
Võiduviskamise märki,
Leiti üksi kuival kaldal,
Leiti murul magamassa,
Tüki maada teistest kaugel.
Sinna kivi oli sattund
Taeva tahtmist tähendama:
Keda kolme venna seasta
Kuningaks peab kutsutama.
Vanem venda pajatelles
Pani sõnad sõudemaie:
"Jumalikul juhatusel
Tehti tähti liiva peale,

Pandi märki muru peale,
Kes meist isa käsku mööda
Valitsejaks värvatakse,
Kuningaksi kõrgendakse.
Lähme järvest vetta tooma,
Miska venda viheldakse,
Venna keha karastakse,
Kuningaksi kastetakse!
Ehime keha ilusaks,
Silime hiuksed siledaks;
Kuldatoime kuube selga,
Hõbesärki kuue alla,
Vammus vanasta vasesta;
Pange pähe kuldakübar,
Raudakilpi peale rinna, -
Siis saab vennast sõjameesi,
Kasvab vägev võidumeesi:
Kuhu sammu siruteleb,
Seal peab siidi rigisema,
Kulda kallis kõlisema,
Hõbe järel helisema,
Vaski kannul kärisema.
Kus nüüd venda kõndinekse,
Sealap ilu helkinekse."
    Kuidas vana Kalev käskind,
Enne surma ette seadnud,
Nõnda võeti noorem venda
Isamaale valitsejaks,
Kõrgendati kuningaksi.
    Teised vennad tõstsid laulu,
Panid hääled helkimaie:
"Lähme, vennad, veeremaie,

Kahekesi kõndimaie;
Lähme õnne otsimaie,
Kus meil kukub õnnekägu,
Laulab vastu lustilindu!"
    Noorem venda laulis vastu:
"Kus see päike paistemassa,
Kus see kuu on kumendamas,
Tähed teeda näitamassa,
Kasvab kulda kuusemetsi,
Lehte ilus lepikuida,
Kasvab kalleid kasemetsi,
Tõuseb Taara tammikuida.
Sealap kukub õnnekägu,
Laulab vastu lustilindu.
Kussa kukub õnnekägu,
Sinna tehke toaseinad;
Kussa laulab lustilindu,
Sinna ehitage kamber,
Tehke sisse siidisängi;
Kus ehk laulab leinalindu,
Sinna tehke lese sauna,
Vaeselapse varjukene!"
    Teised vennad pajatasid:
"Jumalaga, venda noori,
Liisul liimitud kuningas!
Jumalaga, pesapaika,
Armas haudumisekohta,
Kus me, mehed, kasvasime,
Kus me kui tammed tõusime!
Nüüdap nutvad noorusnurmed,
Leinavad Lääne lepikud,
Kussa kuked kasvasivad.

Ei meil veere silmavetta,
Enam on sirgul silmavett;
Meie silmist veereb verda,
Meie palged kahvatanud,
Kurbus silmakulmudella,
Leinapilved laugudella.
Las' aga talve tasa minna,
Küllap kulub kevadelle,
Küllap sulatab suvele.
Saavad jõed jooksemaie,
Allikad harunemaie,
Õilmed tupest tungimaie,
Linnud ladvas laulemaie,
Küll siis jõgi jõuab sinna,
Kus meid ootab kodupaika,
Allikasoon jõuab sinna,
Kuhu toa üles teeme,
Hoone seinad ehitame;
Õilme ilu hiilgab sinna,
Kuhu kosjakambri teeme;
Linnulaulu langeb sinna,
Kus need neiud kasvamassa,
Sõlgirinnad sirgumassa.
Jumalaga, Taara aeda,
Emajõekene ilusa!
Jumalaga, mäed ja orud,
Isamaa metsad ja lagedad!
Lapsi võõrdub ema rinnalt,
Armukaisust väetikene,
Mees peab kõigist võõrdumaie,
Maha jätma magusama.
Maailm lahke, laialine,

Taevas kõrgekummiline;
Tugeval ei tõuse tungi,
Vägeval ei pigistusta."
    Nõnda vennad veeresivad,
Linnud pesast lahkusivad,
Jätsid venna järve äärde
Maha üksinda murule,
Jätsid üksi igatsema
Nooruspäevi paremaida,
Isakoja ilusida,
Eidearmu õnnekesi,
Mis kõik kastena kadunud,
Tuuleõhu tuisatelles
Päeva palav pillutanud.
    Kiviküürul istudessa
Hakkas meesi mõtlemaie:
"Mis on läinud luhtadelta,
Veerend õilmes väljadelta
Suve sammu sõudemisel,
Sest peab saama seemnekesi
Tulevpäevade tuluksi.
Kui mind tehti kuningaksi,
Valitie valitsejaks,
Pidin pesast põgenema,
Lagedalle lendamaie,
Kus üks loodud kotkapoega
Tuulilla peab tallamaie
Omal tiival õnneteeda,
Radasida rajamaie."
    Viskas hõbevalget vette
Lainetelle lepituseks,
Vetevaimu meelituseks,

Kuidas vanarahva käsku
Nooremaida õpetanud,
Mis ei mõista meie mehed,
Targad naised tähendada.

    Pärast võiduviskamista,
Vendadesta lahkumista
Võttis Kalevite poega
Kätte valitsuse võimust,
Võttis kätte adrasahad
Austelles adratööda,
Põllumehe põlvekesta.
Ja et sahameeste seisus
Rahupäevil ikka õitseks,
Sõjakärast solkimata,
Vaenuverest värvimata,
Seks on mõnusada mõõka
Kuningalle kanguseksi
Igas kohas väga tarvis:
Toeks tungijate vastu,
Varjuks vastu vaenlaselle,
Miska kurja karistada,
Vaenuviha vähendada,
Riigiseadust kohendada.
    Kalevite kallim poega,
Märssi seljas, mõõka puusas,
Seadis adra aisadelle,
Pani hobu adra ette,
Rakendas ruuna künnile;
Hakkas sooda sahkamaie,
Kuiva maada kündemaie,
Arupinda pööramaie.

Kündis põrmuks mullapinna,
Segas kivid sõmeraksi,
Segas savi seemnekandjaks,
Põrmu iduimetajaks;
Kündis paigad põllumaaksi,
Vägevaksi viljamaaksi,
Teised kohad karjamaaksi,
Murumaaksi, heinamaaksi;
Külvas soosse sinikaida,
Samblasülle jõhvikaida,
Mätta rüppe murakaida,
Mõnda paika mustikaida.
Kündis kohad metsamaaksi,
Laiad paigad laanemaaksi,
Külvas metsad kasvamaie,
Tammed kõrged tõusemaie,
Põõsastikud paisumaie;
Kündis paigad lagedikuks,
Laiad arud, laiad murud
Lustilikuks luusikohaks;
Kündis mäed mängimaie,
Kingukesed kõikumaie;
Kündis orud, sahkas salud,
Aasad, luhad haljendama;
Külvas mäele maasikaida,
Põõsa alla pohlakaida;
Kündis lilled kasvamaie,
Õilmed ilul tolmamaie.
Kündis maada kerkivalle,
Kerkivalle, koheville,
Kündis väljad vöötidesse
Vägeva adra valulla,

Mis sai tuulest tasuteldud,
Vihmaveesta veereteldud,
Sulalumest siliteldud,
Raheterista triigitud.
Adrasaha armidella
Pidi vili voodamaie,
Toitu rohkest' tõusemaie
Põlvest põlve paisutavaks
Surevate sugudelle.
Kalevite kallim poega
Kündis päeva, kündis kaksi,
Kündis kolmandama päeva,
Kündis peale mõne päeva;
Kündis vara udu jälil,
Kündis hilja kaste piirdel,
Kündis lausa lõuna ajal.
Päikese äge palav
Kurnas kallist ruunakesta,
Vaevas adravedajada,
Piinas künnimehe pihta.
Hobu pidi parmupiina,
Kihulaste kutistusta,
Pidi kiini kihutusta
Töö kallal kannatama.
Mehel kuivas keelekene
Suhu suure janu pärast.
Ühel lõunal paistis päike
Ägedama hiilgusega.
Palav hakkas pakitama,
Kippus lojust lõpetama.
Kalevipoeg päästis hobu,
Rooma kütkest ruunakese,

111

Köitis jalad kammitsasse,
Et ei hobu kaugel jookseks.
Heitis ise külje peale
Väsind keha karastama,
Vintsund liikmeid venitama,
Seljasooni sirutama,
Suikus unesidemesse
Päevapaistel puhkamaie.
Künka küürul seisis kaela,
Parem käsi toetas peada
Padja kombel põse alta;
Mäe kõrvas mehe keha,
Jalad laiali lagedal.
Nõnda magas mehepoega,
Kangemeeste kasvandikku,
Magas kaua murusängis,
Kuni päike õhtu keerul
Vajus juba veeru poole.
Äge põuapalav piinas
Unerüpes uinujada,
Rahusängil suikujada,
Ajas naha auramaie,
Ihu üldsalt higistama,
Silmnäo vetta veeretama.
Palgeilt tõusis pisaraida,
Hiukseist välja joosnud higi
Imes mägi mahla kombel
Salapõue sügavusse;
Sealtap sigis soonekesi,
Allikaida mulla alla,
Kust sai keelekustutusta,
Kurnand keha karastusta

Pärastpõlve poegadelle,
Tulevpäevi tüttereile,
Rammumärga raukadelle;
Kes sest maitseb, leiab kosu,
Võtab võimu vägevamat:
Kidur lapsi leiab kasvu,
Põdur kohe parandusta,
Tume silma teravusta,
Sõge silm ehk seletusta,
Vigaselta lõpeb vaeva,
Valukandijalta valud,
Pikalised piinutused.
    Lätteveel on võimas vägi,
Salavägi sigimisest,
Kosuv rammu Kalevista.
Kes sealt korra märga maitsend
Põuapäeva palavusel,
Tunneb kohe tugevuse
Liikmetesse liikumaie,
Tunneb kohe rõõmurammu
Südamesse siginema.
Piiga palgel paisub puna,
Kestevam kui Maarja puna;
Maarja puna paisub palgeil
Harukorral aasta-a′ ani,
Kalevite lätte puna
Paistab kaua palgeilta,
Vältab eluõhtu′ uni.
    Kalevite kange poega
Leidis une lõpetusel
Vaimu vaate väravasta
Õnnetuse ettetähte,

Kuidas kammitsassa kõrbi,
Kallis künniruunakene
Kiskujate kiusatusel
Elukorda lõpetamas.
    Ratsu oli rohumaalta,
Laia muru lagedalta
Läinud kihulaste kiinil,
Parmukeste pakitusel
Sammu-sammult kaugemalle
Põõsastikku peituselle;
Läinud laia laane serva
Püsipaika püüdemaie,
Varjupaika võttemaie,
Natukese norutelles
Päeva vaeva vähendama.
    Laias muistses laanemetsas
Sigis rohkesti susisid,
Kasvas palju kiskujaida,
Kes kui vereahned koerad
Kaugelt juba nuuskrukoonul
Hobu higi haisutanud.
Hunte tuli hulgakaupa,
Karusida karjakaupa,
Rahedena rebaseida
Ruuna rasvast rõõmustama,
Magusaida maitsemaie,
Tulid välja vaatamaie,
Laane äärde luurimaie,
Kust neil haisu koonudesse
Tuuleõhukene toonud.
    Kalevite kallis ruuna,
Kammitsköies kõrvikene

Kargas kinnitatud kannul,
Sideseotud sammudella,
Hüpakille hobujalga
Laialise lagedalle,
Püüdis hädast põgeneda,
Surma suusta sõudaneda.
Kammits keelas loodud kiiru,
Side sulges sammusida,
Hõbeheie hobu jooksu.
    Ratsu rabas metsaröövlid,
Taotas tagant tappekabjal
Kiusajate kaela peale,
Nuias maha nurjatumaid.
Esijalul tormas teeda,
Tagajalul tonkidelles
Suges suuri susisida,
Küüsikäppi karusida.
Kiuste tulid teised karjad
Laanemetsast lagedalle,
Parvessa kui linnupere
Kiusavasti hobu kaela,
Ratsu raugend rammu peale.
    Viimaks roidus väsimusel
Ratsukese viimne rammu
Kurja kiskujate küüsis,
Ablassuude hammastessa;
Murti maha muru peale
Kalevite kallis hobu
Roaks metsa raibetelle.
Jälgi hobu jättanekse
Teede juhil tunnistuseks
Penikoorma pikkusella

Kalli Kalevipojale.
  Kuhu kukkus kammitsjalga,
Sinna hauda sünniteli,
Kuhu rabas kiskujaida,
Sinna künka kasvateli,
Kingukese kõrgendeli;
Kuhu viimaks kiskja kätte
Laane äärde langenekse,
Sinna veri voolatessa
Loiguksi sai lagedalle,
Laiaksi punalaheksi;
Kuhu maksa mädanekse,
  Sinna mägi siginekse;
Kuhu sisikonnad kaotas,
Sinna sooda sündinekse,
Raba sügav rajatie;
Kuhu pillas kondikese,
Kasvas kaunis künkakene;
Kuhu karva kaotanekse,
Kasvas kohe kõrkijaida;
Kuhu lakka langenekse,
Sinna sündis rohkest' roogu;
Kuhu saba sattunekse,
Sinna külvas sarapuida,
Pähklipuie põõsaida.
  Nii oli surres sünnitanud,
Lõppemisel ise loonud
Kalevite kallis ruuna
Mälestuse märkisida,
Tõenduse tunnistähti
Pärastiste põlvedelle.

ÜHEKSAS LUGU

Kättemaks huntidele,
Sõjasõnumid, Öine nõuandja,
Sõjakulleri sõit

Päike seisis peale lõunat
Veeru poole venitelles
Langel puie latvadelle.

Kalevite kallim poega
Ärkas unest ehmatades;
Kuri unenäokuju
Hädaohtu ähvardelles
Võitis mehe väsimuse.
Lehe võimul vilistades
Hakkas hobu hüüdemaie,
Künniruuna kutsumaie.
  Vile vajus vaikusesse,
Kutsumine kustus kaugel
Tuiskel laial tuuledesse:
Hobu ei kuulnud hüüdemist,
Kallis ruun ei mehe kutsu;
Linnukeeli lustilikult
Hõiskas vastu hüüdemista.
  Kalevite kange poega
Tõttas hobu tabamaie.
Ratsu jälil rännatessa,
Kammits-astmeil kõndidessa
Käis ta üle kanarbiku
Tüki teeda, palju maada,
Ladus laiu lagedaida,
Sammus piki samblasooda,

Kuni vastu jõudis kohta,
Kuhu ruuna kiskjatelle,
Hüva hobu huntidelle
Roaks oli roidunenud,
Surma sülle suikunenud.
    Tõelikke tunnistähti,
Mitut värki märkisida
Leidis laialt lagedalta:
Leidis närtsind hobunaha,
Ruunarasva riismeida,
Leidis laia vereloigu,
Leidis maksa muru pealta,
Leidis luida ligimailta,
Kohtelt küljekontisida,
Leidis ligi lepikuda
Surnud ratsu sisikonnad,
Põrnatükid põõsastikust.
Sestap sai ta selget märki,
Kuidas ruunakene koolnud,
Hobu surmassa suikunud.
    Kalevite kange poega,
Kui sai kahju kahetsenud,
Õnnetusta ohke puhkel
Tüki aega tuulutanud,
Võttis kadund ratsu kuue
Mättalt kaasa mälestuseks. -
Suures vihas paisund süda
Süttis mehel põlemaie;
Siisap seadis täie suuga
Sõnasida sõudevalle:
    "Seisa vaiki, tuulevuhin,
Kuule vaiki, metsakohin!

Seiske, ladvad, sõudemata,
Kõrrekesed kõikumata,
Lehekesed liikumata,
Seni kui sõnu sajatan,
Kurjemaida kukutelen,
Vihasemaid veeretelen!
Saagu, saagu, ma sajatan,
Saagu te sugu surema,
Mätta otsa mädanema,
Nurme peale nälgimaie,
Põõsa alla pendimaie,
Rabastikku raipenema,
Lagedalle läpastama;
Saagu te sohu surema,
Künka otsa kolletama!"
    Siis aga võttis sõjasaha,
Võttis mõõga mõrtsukana,
Tungis taha tammemetsa,
Tungis läbi laanemetsa
Paksustikku pimedasse
Hundipesi otsimaie,
Kiskujaida kiusamaie.
    Kalevite kange poega
Kiskujate kihutusel
Tegi teeda, tallas rada,
Tegi teeda metsast läbi,
Rada läbi rägastiku,
Kust ei enne kukke käinud,
Käinud kana kõõrutelles.
Tõukas maha tammeoksad,
Tallas maha toomeoksad,
Murdis maha männioksad,

Kitkus maha kuuseoksad,
Katkus maha kaseoksad,
Tuiskas maha kõrged tammed,
Puistas maha pikad pärnad,
Rabas maha remmelgaida,
Lõhkus maha lõhmuspuida,
Oksad ette, tüved taha,
Tallas kännud tolmupõrmuks.
Kus ta käinud, tänav taga,
Kus ta läinud, lage taga.
    Mis tal metsas mässamisel
Kiskujatest kätte juhtus,
Leidis surma silmapilgul.
Mõõk oli kuri möllamassa,
Sõjasahka surmamassa,
Meesi tugev tappemassa.
    Juba katsid karjakaupa
Metsaliste raisad muru,
Kiskjakehad künkaida;
Veri värvis võsukesi,
Surmahigi samblaida,
Värvis muru verekarva,
Taimekesed tõmmut karva,
Pohlakalehed punaseks.
    Pääsend hundid ulgudessa,
Metsakarud mõiratessa
Põgenesid paksustikku,
Suurte soode keske' elle,
Redupaika rabadesse.
    Päike oli looja läinud,
Valgus alla veerenud,
Pime kattis kohtasida,

Segas Kalevite silma,
Et ei võinud kiskja jälgi
Kauemini kihutada:
Muidu oleks karukarja,
Ulgujate hunte sugu
Sootumaks otsa saanud.
    Kalevite kange poega,
Töösta väga tülpinud,
Vihastusest väsitatud,
Ladus laanest lagedalle
Ööaset otsimaie.
    Kui oli paiga parajama
Lagedikult viimaks leidnud,
Lahuteli hobu naha
Vaibana maha murule;
Siruteli selitie
Keha ratsu naha peale
Ööde vilul puhkamaie,
Kurnat' võimu karastama,
Mis tal tööda toimetelles,
Susilasi sugedessa
Täna väga tülpinud;
Künd ja kiskja kiusamine
Meesta väga väsitanud.
    Enne veel kui ehavalgel
Kalevite poja silmad
Une kattel uinusivad,
Lauge alla langesivad,
Kihuteli kiirusella,
Lennuskäigil lõõtsutelles
Sõjasõnumite kandja,

Kurja loo kuulutaja
Kalevipoja palvele.
Viru ranna vanemalta
Toodi käsku Kaleville,
Kuulutusi kuningalle,
Kuidas vaenu veeremaie,
Sõda kipub sõitemaie.
Sõjasõnumite sõitja
Seadis sõnad sõudevalle,
Kurjad kuulud kerkivalle:
"Kuningas, Kalevipoega,
Vägevvolil valitseja,
Kange käega kaitseja!
Viru ranna vanemalta
Pean kurba kuulutama,
Hädast lugu avaldama:
Salakuulikute sammud
Veerend Viru radadelle;
Pärast päeva nähti paate,
Lootsikuida lainte langul
Põhja poolta purjetamas;
Öö vaiba varju alla
Kandsid paadid mehepoegi
Meie maada nuuskimaie.
Salamahti silmamaie;
Sestap mõistsid meie mehed,
Tähendasid meie targad,
Arvasid poisid agarad:
Sõda kipub sõudemaie,
Vaenuvanker veeremaie,
Kipub Virut kurnamaie,
Rahu Järvas raiskamaie,

Õnnepõlve pillutama,
Viletsusta valmistama.
Salasaadikute sammul
Sõuab väge sadadena,
Tuiskab teisi tuhandeida
Vaeste virulaste kaela.
Eit aga peret peitemaie,
Pisukesi pillutama
Uranguie, varanguie,
Pae paksu murranguie;
Taati tuge tegemaie,
Vaenul' vastust valmistama.
Kitsik kasvab kibedamaks,
Pidu ikka pahemaksi;
Kallaspapid kuulutavad,
Kuidas Kõrgesaarel laevad,
Tütarsaarel teised laevad,
Lavassaarel laiad lodjad
Sõjamehi sõudemassa,
Vahvamaida vedamassa,
Kes need võõraid mere kaudu
Viru randa veeretavad,
Kangeid kaelalõikajaida,
Rohke käega röövijaida,
Kuidas tähti tunnistanud,
Taevas vehkel teada andnud.
  Naised nutvad nurkadessa,
Tütarlapsed tänavassa,
Vanaraugad vainiulla,
Lapsed laius lepikutes,
Karjahoidjad kaasikutes,
Tõurakaitsjad tammikutes:

Viletsus üle Virumaa!
Pisarpilul silmalauge
Seisab murepaelus leski:
Mure muljub meelekesta,
Surmakartus südameida.
Noored mehed seisvad norgus,
Kartusessa kahvatanud.
Naisemees ei tunne nalja,
Laste isa ei lustisid,
Kartus kurnab meeste kangust,
Ehmatus emade poegi.
    Kes neist sõuab sõja ette,
Kes see läheb lahingusse,
Veereb vaenu vastaseksi
Tapperite tapluselle?
Kes see astub kaitsejaksi,
Tõuseb toeksi teiste ette,
Raudaseinaks raukadelle?
Kas läeb venda, vennikene,
Ehk kas sõsar sõstrasilma
Vaeseidlapsi varjamaie,
Raukadelle rahu hoidma?
Kes see naisi kaitsemaie,
Vaenuviha vaigistama?
    Mõõka murrab mõnusamad,
Tapper tapab tulisemad,
Oda hukkab suured hulgad,
Ammunool ei anna armu.
Mis ei lange lahingussa,
Veere vaenuvälja peale,
Tapab taga tulukene,
Häviteleb näljahammas,

Kooleteleb katkuküüsi,
Viletsuse raske vitsa.
Varga käsi jätab varna,
Raske kivi vetevoolu;
Tuli ei jäta kedagi,
Viletsus teeb viimsel otsa."
    Kallis Kalevite poega
Mõistis kohe, kostis vastu:
"Ohjad hoidku, köied köitku,
Ohjad hoidku hobu kinni,
Kütked künnihärgasida,
Lingupaelad metsalisi,
Köied köitku koormaida,
Taevas laia lumesadu,
Pilved pikad vihmasida,
Raskemada rahesadu!
Mis on kõvem kinnitaja,
Vägevam vastupidaja,
Sulgegu su suuda lukku,
Lõksutagu lõugasida
Kurja kõne kuulutusel,
Häbemata avaldusel!
Kes see imet ilmas näinud,
Kentsakamat enne kuulnud?
Miks sa sõimad meie mehi,
Laimad meie mehepoegi?
Kas ehk naiste karistajad,
Tütarlaste hirmutajad -
Ehmatus ja ettekartus -
Veerend Viru meeste peale?
    Las aga mõõka murdanekse,
Tapper terav tappanekse,

Oda hulgal hukkanekse,
Vahva mees ei karda verda!
Mehed seisku sõjamässul
Raudaseina tugevusel,
Seisku kui tammed tuulessa,
Kaljumüürid marudessa;
Seisku vaenus vankumata,
Sõjas toeksi teiste eessa!
Tehku lastel' varjutuba,
Raukadelle rahusauna,
Naistesoole kaitsenurka,
Peidukamber piigadelle,
Leinapaika leskedelle!
　　Kasvab kitsik kibedamaks,
Vaenuviha verisemaks,
Tappemine tulisemaks,
Siisap tahan ise tulla,
Abimeheks astuneda. -
Võta leiba, väsind võõras,
Märga keelekarastuseks!
Mätta otsas seisab märssi,
Lähker ripub lepaoksal;
Täida kõhtu, külaline,
Heida maha magamaie!
Homme, vara enne valget,
Väikse koidu veretusel
Sea sa hobu sadulasse,
Pane ruuna rakke'esse,
Pane salaja sadula!
Hakka sala sõitemaie,
Peidus koju pagemaie,
Et ei kuule Viru kuked,

Viru kuked, Järva koerad
Sinu hobuse sammusid,
Ratsu kabja salakäiki!
　　Sõida tasa üle silla,
Tasaselt läbi tänava,
Käi sa tasa külast läbi,
Peidul taluperedesta,
Veere sala üle vainu,
Varjul läbi vaarikusta,
Salamahti läbi soode,
Peidul läbi põõsastiku
Vanema õuevärava!
　　Saatke mehed sõdimaie,
Vahvad vaenuvälja peale,
Tugevamad taplusesse!
Ise keerita keske' ella,
Lipukandja ligidalla!
　　Ära hoia sõja ette,
Sõja ette, sõja taha,
Hoia ei sõja serva peale!
Esimesed heidetakse,
Tagumised tapetakse,
Servapealsed surmatakse,
Keskmised koju tulevad."

　　Kalevipoeg, kange meesi,
Lahket juttu lõpetelles
Keeras teise külje peale,
Tahtis tööst tülpind keha
Kaste vilul karastada,
Lasta silmad lauge alla
Unehõlma ummukselle.

Enne kui uni silmale
Varjuvaipa valmistanud,
Astus juba teine võõras
Kõik'val käigil ligemalle,
Salasammul sängi ette,
Kes kui tuulest tuisateldud,
Pilvest maha paisateldud
Kogemata siia kukkus.
        Kalevite kange poega
Kurjal tujul küsimaie:
"Kas ei täna lõpe tantsi,
Käikidel ei kinnitusta?
Kas on kõigil käikisida,
Tühja tuule tallamisi?
Kas kõik tuuled tuisatille,
Vete sooned veeretille,
Laiad lained langutille,
Vihmapilved paisutille,
Lumepilved puistatille,
Rahepilved raksatille
Kalevi kaela kukuvad?
        Kui oleks teadnud, võinud
teada,
Võinud ma unessa näha,
Magadeski ette vaata,
Arukorral arvaneda,
Kuis on põlvi kuningalla,
Siis ma oleks sada korda,
Tuhat korda tuuletiivul
Lindu, läinud lendamaie,
Kotkas teiste kaljudelle,
Läinud muile liivikuile,

Ujund teiste allikaile,
Võtnud teeda võõramaale,
Käiki ette kauge' elle.
Ma oleks hüpand orgudesse,
Karand merekallastesse,
Langend merelainetesse,
Uppund salaurgastesse,
Kuhu poleks kuulnud kägu
Ega linnulaulu häälta.
Linnul rahu lepikussa,
Pääsul pesas puhkepaika,
Kägu uinub kuuse otsas,
Lõokene kesaväljal,
Künnilindu koppelissa,
Laululindu lehtipuissa,
Rästas paksus rägastikus,
Kui on kukku kuulutanud,
Laululugu lõpetanud.
        Küllalt keha vintsutasin,
Võimu küllalt väsitasin:
Kündsin maada kümme päeva,
Kündsin õhtust hommikuni,
Keeritasin kivisida,
Kiskusin mäekinkusida,
Sahkasin sulasoida,
Lõik' sin laiu lagedaida,
Pöörasin pikki põldusid,
Kuni hobu kogemata
Kiskjaküüsil kägistati.
Tule homme hommikulla
Vara enne valge'eda
Salajuttu sahkamaie,

Kuulutusi külvamaie!"
Võõras lahke vanarauka,
Habe halli, hiuksed hallid,
Mõistis kohe, kostis vastu:
"Ei ole tuuled tuisatille,
Vetesooned veeretille,
Laiad lained langutille,
Vihmapilved paisutille,
Lumepilved puistatille,
Rahepilved raksatille,
Kõuekäigid kõpsatille
Kukkund Kalevite kaela,
Pojukese pihtadelle;
Küllap võisid ette teada,
Võisid unenäossa näha,
Magadessa ette vaata,
Arukorral arvaneda,
Targal mõttel ette teada,
Kuis on põlvi kuningalla,
Lugu väe valitsejal.
  Kui sa alles kodu kasvid,
Tammi, tõusid tugevamaks,
Oli küllalt õnneaega,
Mõistatusi mõtteleda,
Aruasju arvaneda,
Tulevada tunnistada.
Isa õues laulsid linnud,
Kukkusid käod koppelissa,
Kuldanokad kuuseladvas,
Hõiskas ööbik alla õue,
Lõõritas lõoke lepikus,
Vares hüüdis vainiulta,

Musta lindu männikusta,
Tarka lindu tammikusta:
"Kuningal on kümme koormat,
Sada vaeva valitsejal,
Viissada küll vahvamal,
Tuhat tegu tugevamal,
Kümme tuhat Kalevipojal!"
  Et ma täna teile tulin
Armu sunnil sammudega,
Et ma kaugelt siia käisin
Sõbra soovi sõudemisel,
Sestap tõuseb sulle tulu,
Kasvab sulle mitu kasu,
Vägev Kalevite võsu.
Ehk sa mind ei mäletanud,
Tuttavaks ei tunnistanud,
Siiski sinu sugu sõber.
Eks ma enne käinud teilla,
Kui sa murul mängidessa
Vainul kurni kukutasid,
Kaldal tamme kasvatasid,
Õhtul kiigel õõtsutasid?
Eks ma enne käinud teilla,
Kui sa kätkis kiljatasid,
Eide rinnalta imesid?
Eks ma enne käinud teilla,
Kui sul isa kosjakäigil
Pidand pikka pulmailu?
Eks ma, tuttav, tulnud teile
Külalisena käima,
Kui teile tubada tehti,
Seinasida seadetie,

Aluspalke alustati,
Nurgakivi nööritie?
Eks ma sala sõitnud teile
Varemini vaatamaie,
Kui sul isa ilmumata,
Ema alles haudumata,
Tedremunast tõusemata?
Eks ma sala sõitnud teile,
Kui oli Harju algamata,
Järva piirid rajamata,
Viru piirid viirumata?
Eks ma sala sõitnud siia,
Kui neid tähti alles tehti,
Päikest paigale seati,
Kuule koda korjatie,
Pilvesida paigutati?
Alt mina a' asin halli ilma,
Pealt mina a' asin põuailma,
Tagant taeva punasema,
Keskelt kuldakeerulise,
Vahelt viie vikerkaare,
Kuue koidu keske' elta,
Üheksa eha hõlma alta,
Sõitsin Sõela serva pealta,
Vana Vankri vahedelta,
Ehatähe õue alta,
Päevapere väravalta
Tuhat tuttava taluda.
Alt mina a' asin halli rauad,
Musta kabjad murrutasin,
Kõrvi kannuksed kaotin
Libedalle linnuteele,

Palavalle päevateele.
Tuulilla sind teretasin,
Õhulla sind õnnistasin,
Kastella sind karastasin,
Kuude valgel kosutasin,
Päeva paistel paisutasin:
Kuni kasvid kangeks meheks,
Kasvid Kalevite pojaks.
Mis sa künnil kergitasid,
Sahalla läbi siblisid,
Sest saab kasu siginema,
Õnne rohkest' õitsemaie,
Sest saab Virus viljamaada,
Järvas järsku leivamaada,
Sealt saab rikkust rahva' alle,
Vara suurte valdadelle,
Kasu mitmele külale;
Sealt saab häida heinamaida,
Kosutavaid karjamaida,
Mõnusamaid metsamaida,
Külalastel marjamaada,
Külapoistel puiemaada,
Külanaistel naerismaada,
Tütarlastel tallermaada,
Külameestel künnimaada;
Lagedalle luhtasida,
Arumaada, aasasida,
Murumaada metsa alla,
Sammalmaada soode peale.
    Kalevipoja künnitööda,
Võimsa adra vagusida
Saavad külad kiitemaie,

Teised laialt tänamaie,
Lapsed lustil laulemaie.
Metsa kena, muru ilu,
Õilmepuie puhkemine
Saavad pärastpõlvedelle
Kanget kündi kuulutama. -
Kallis Kalevite poega!
Pooleli jäänd põllutöö:
Koht jäänd Harjus kündemata,
Läänes teine lõikamata,
Kolmas tükk jäänd kordamata,
Põlluääred pööramata,
Servad mitmed sahkamata,
Aasad alles äestamata:
Sealap aganiku abi,
Kõlgastiku kerge kotti
Pärastpõlve poegadelle
Laenab leivale lisandust,
Annab abi hädaajal."
    Kalevite poega kuulis,
Mõistis kohe, kostis vastu:
"Tegin tööda, nägin vaeva,
Kündsin rohkem kümme päeva,
Kündsin õhtust hommikuni,
Kündsin kaste jälgedella,
Pärast eha pikka aega,
Lõuna päeva palavusel
Pühkisin higi otsaeest,
Palavama palge pealta,
Väänasin vetta särgi seest,
Venitin keha võimu väest:
Et tööst tulu tõuseneksi,

Kosu rohkelt kasvaneksi
Pärastpõlve rahva' alle."
    Võõras lahke vanarauka
Mõistis kohe, kostis vastu:
"Sellepärast tulin, sõber,
Valmis tööda vaatamaie,
Korralisi kohendama,
Et sul vaevaväsimused,
Palavuse higipiinad
Jääks ei lesena leinama,
Nurjatuna nuttemaie.
Ilma jumaliku abi,
Taevaliku toetuseta
Saa ei inimeste sugu
Töösta tulu toimetada.
Tuulil tuleb tugev abi,
Õhul Uku õnnistused,
Vihmal vilja voodamine."
    Kalevite kallis poega
Mõistis kohe, kostis vastu:
"Kes sa enne meilla käinud,
Kui ma murul mängidessa
Vainul kurni kukutasin,
Kaldal tamme kasvatasin,
Õhtul kiigel õõtsutasin;
Kes sa enne käinud meilla,
Kui ma kätkis kiljatasin,
Eide rinnalta imesin;
Kes sa, tuttav, tulnud meile,
Külalisel käidanessa,
Kui mul isa kosjakäigil
Pidand pikka pulmailu;

Kes sa enne käinud meilla,
Kui meile tubada tehti,
Seinasida seadetie,
Aluspalke alustati,
Nurgakivi nööritie;
Kes sa sala enne sõitnud,
Kui mul isa ilmumata,
Ema alles haudumata,
Tedremunast tulemata;
Kes sa sala sõitnud meile,
Kui oli Harju algamata,
Järva piirid rajamata,
Viru piirid viirumata;
Kes sa sala sõitnud siia,
Kui neid tähti tehtanekse,
Päikest paika pandanekse,
Kuule koda korjatie,
Pilvesida paigutati;
A'asid alta halli ilma,
Käisid pealta põuailma,
Tagant taeva punasema,
Keskelt kuldakeerulise,
Vahelt viie vikerkaare,
Kuue koidu keske'elta,
Üheksa eha hõlmalta,
Sõitsid Sõela serva pealta,
Vana Vankri vahedelta,
Ehatähe õue alta,
Päevapere väravalta,
Tuhat tuttava taluda. -
Ütle mulle, vanarauka,
Tunnistele, tarka taati,

Kus sul kaugella koduda,
Arvuline asupaika?"
    Võõras lahke vanarauka
Mõistis kohe, kostis vastu:
"Kallis Kalevite poega,
Liisul liimitud kuningas!
Mis on tuulilta tuisanud
Kogemata õnnekäigil,
Ära hakka arvamaie;
Kodusid on Taara kojas
Kuldseid kaljukamberida.
Kuule kuldakuulutusi,
Hõbedasi avaldusi
Tuleva aja tulekust,
Pärastpõlve päevadesta!
Seni kui sina valitsed,
Vahva käega varjad valda,
Seni on Virus õnneaega,
Järvas järjest rahuaega,
Harjus kaunis armuaega,
Läänes laia lustipidu
Rahva keskel õitsemassa,
Aga rikas iluaega,
Päris õnnepõlvekene
Saa ei kaua kestemaie.
Nõdrad saavad nõdremaida,
Väetid teisi valitsema.
    Kahju, Kalevite poega!
Vaga vere valamine
Mõistab kohut sinu kohta;
Veri püüab vere palka,
Surm on surma sünnitaja;

124

ÜHEKSAS LUGU

Vaga vere vermeida,
Soome sepa sajatusi,
Hella eide pisaraida,
Sõsarate silmavetta
Või ei võtta mõõga küljest,
Kurja miski kustutada.
Ole valvas, vahva meesi,
Et sul mõõgast mõrtsukada,
Sõjasahast surmajada,
Kättetasujat ei kasva!
Veri ihkab vere hinda,
Ülekohtul pole uinu,
Kurjal tööl ei kinnitusta."
　　Kurvalt kostis viimne kõne,
Kurvalt ettekuulutused,
Mis kui tuulekese tuhin,
Leinakaeblik laintekohin,
Vihmatuule vingumine
Kaleville kõrvu kostis.
　　Kui need paksud udupilved
Kaovad päikese paistel,
Ehk kui vaiksed õhtuvarjud
Veerend päikesta peidavad:
Nõnda sulas õhtu rüppe,
Kadus kasteauru kaissu
Võõra vanarauga vari.
Väsind Kalevite poega
Uinus rahul puhkamaie;
Uni kukkus kulmudelle,
Langes kulmult laugudelle.
Unenägu kudus kuju,
Tõelikke tähendusi

Vaibakirjal valelikuks.
Võõra vanarauga jutud,
Targalt antud tähendused
Tuiskasivad aina tuulde.

Päevatõusul peada tõstes,
Unepaelust pääsedessa
Katsus Kalevite poega
Mõnda meelde tuletada,
Mis tal õhtul avalikult
Kallis võõras kuulutanud;
Aga öö ja uneukud,
Pettelikud pildikesed
Segasivad udusompu
Eilsed kuuldud ilmutused.
　　Kalevite kange poega
Käskujalga kiirustama:
"Käi sa kiiresti koduje,
Rutta ratsul ranna poole
Vanemalle käsku viima!
Seadke vahid sihtimaie,
Kallaspapid kalju peale,
Nugissilmad nurmedelle
Mereranda vahtimaie:
Kas ju kaugelt vaenulaevad,
Pealekippujate paadid
Lainte langul liikumassa?
Kallavad laevad kaldale,
Lodjad ikka ligemalle:
Siis aga vastu vahvad mehed,
Tugevamad teiste toeksi,
Sõjahiiud sõdimaie!

Odamehed otsa peale,
Tapperid tagarindaje,
Nuiamehed nurga peale,
Ahingid abiks äärele,
Tuuramehed tuhingisse,
Määrahiiud mässuselle,
Võidumehed lagedalle,
Nende varjud võsandikku,
Metsasalka salamahti,
Vardad varjuks vanemalle,
Vikatid vilepuhujalle,
Noolingid mäeküüru peale;
Lingumehed libamisi
Kahel poolel kalda peale;
Ratsumehed rahe kombel
Vaenuroogu roodamaie!
    Teised seisku teistel seinaks,
Pangu rammu raua vastu!
Laske siis mõõgad möllamaie,
Odad osavalt orjama,
Tapperid taga tantsima,
Vikatid valjust niitema,
Ammunooled nobedasti
Sündsat surma sigitama:
Küll siis suigub sõjakära,
Vaikib kuri vaenuviha! -
Olge vahvad, virulased,
Võtke abiks vahvaid mehi,
Järva poisse jänderikke,
Alutaguselt toeksi,
Abilisi Harjumaalta,
Läänest mõnda lisanduseks!

Veeretage vaenukoeri
Kaldalt kohe kaugemalle!
    Saatke mulle sõnumida,
Kiirel jalul käskusida!
Läheb lahing laiemaksi,
Kasvab kitsik kibedamaks,
Siisap tahan ise tulla,
Abimeheks astuneda.
    Lähen tuska tuulutama,
Nukrat meelta meelitama."

    Sõitsin suisa Soome silda,
Vesikaare vaskiteeda,
Vikerkaare vihmateeda,
Kuninga käsk kukkarus,
Vanema käsk vammukses,
Sõjasõnum suusopis.
Mis mull' vastu vankunekse,
Jubedada juhtunekse?
Vankus vastu vana vares,
Vana vares, vaene meesi;
Nokka nuusutas nurmesid,
Sõõrmed puhusid pilvesid;
Nina oli sõda nuusutanud,
Sõõrmed udusta sõelunud,
Kas ei salahaisu tunneks,
Kiire käsu kirja oskaks.
Juba oli sõda nuusutanud,
Vereauru haisutanud.
    Sõitsin suisa Soome silda,
Vesikaare vaskiteeda,
Vikerkaare vihmateeda,

Kihutes kiiruse käsku;
Kuninga käsk mul kukkarus,
Vanema käsud vammukses,
Pealiku käsud kübara all,
Salasõnum suusopis:
Et juba lipud liikumassa,
Odaokkad orjamassa,
Mõõgaterad teenimassa.
Mis mull' vastu vankunekse,
Jubedada juhtunekse?
Vastu vankus kotkas kuri,
Kotkas kuri, kõvernokka;
Nokka nuusutas nurmesid,
Sõõrmed uurisid ududa,
Kas ehk asja haisu tunneks,
Kiire käsu kirja oskaks.
Sõge oli sõda nuusutanud,
Vereauru haisutanud,
Tõttas muile teadustama.
　Sõitsin suisa Soome silda,
Vesikaare vaskiteeda,
Vikerkaare vihmateeda,
Kihutes kiiruse käsku;
Kuninga käsk mul kukkarus,
Vanema käsud vammukses,
Salasõnum suusopis,
Pealiku palved keelepaelul:
Et juba lipud liikumassa,
Odaokkad orjamassa,
Tapriterad tahtemassa.
Mis mull' vastu vankunekse,
Jubedada juhtunekse?

Tuli vastu kaarnapoega,
Kaarnapoega, raisarooga;
Nokka nuusutas nurmesid,
Sõõrmed puhusid pilvesid:
Kas ei salahaisu sõeluks,
Kiire käsu kirja oskaks.
Sõge oli sõda nuusutanud,
Vereauru haisutanud:
Tõttas muile teadustama.
　Sõitsin suisa Soome silda,
Vesikaare vaskiteeda,
Kihutes kiiruse käsku;
Kuninga käsud kukkarus,
Vanema käsud vammukses,
Salasõnum suusopis,
Pealiku palved keelepaelul.
Mis mull' vastu vankunekse,
Jubedada juhtunekse?
Vastu vankus hundikene,
Hundi kannul karukene.
Ninad nuuskisid nurmesid,
Sõõrmed ududa uurisid,
Kas ei asja haisu arvaks,
Salakirja käsku tunneks.
Sõbrad olid sõda nuusutanud,
Vereauru haisutanud,
Tõtsid muile teadustama.
　Sõitsin suisa Soome silda,
Vesikaare vaskiteeda,
Vikerkaare vihmateeda
Kihutes kiiruse käsku;
Kuninga käsk mul kukkarus,

Vanema käsud vammukses,
Sõjasõnum suusopis,
Pealiku käsud kübara all:
Et juba lipud liikumassa,
Odaokkad orjamassa,
Tapriterad teenimassa,
Mõõgal mõtted möllamassa.
Mis mull' vastu vankunekse,
Jubedada juhtunekse?
Vastu vankus nälga nõrka,
Nälga nõrka, kõlkakokka,
Nina nuusutas nurmesid,
Sõõrmed sõelusid pilvesid,
Kas ei salahaisu tunneks,
Kiire käsu kirja oskaks.
Sõge oli sõda nuusutanud,
Vereauru haisutanud;
Tõttas muile teadustama.
  Sõitsin suisa Soome silda,
Vesikaare vaskiteeda,
Vikerkaare vihmateeda,
Kihutes kiiruse käsku;
Kuninga käsud kukkarus,
Vanema käsud vammukses,
Salasõnum suusopis:
Et juba lipud liikumassa,
Odaokkad orjamassa,
Ahingid asju ajamas,
Taprid teisi taotamas.
Mis mull' vastu vankunekse
Kogemata kiusatusta?
Vastu vankus katku kaval,

Katku kaval, rahva röövel,
Sõja seitsmes selli kurjem;
Nina nuusutas nurmesid,
Sõõrmed sõelusid pilvesid,
Kas ei salahaisu arvaks,
Kiire käsu kirja oskaks.
Sõge oli sõda nuusutanud,
Vereauru haisutanud;
Tõttas muile teadustama.
  Kinni kimli ma pidasin,
Panin ruuna raudaikke,
Kõrvi Kalevi kammitsa,
Et ei saanud sammumaie
Ega jooksu jõudemaie;
Hakkasin asja arvama,
Meelemõtteid meelitama:
Kas mu käigist kasu kasvab,
Sõidust suuremat sigineb?
Verised on vaenuvermed,
Sõjalla siu tigedus.
Miks ma vaenuviletsusta,
Mõrtsuka mõõga möllamist
Rahupõlvele pillutan?
  Saagu, saagu, ma sajatan,
Saagu sõnum sügavasse
Mere marusse magama,
Kalakudusse kaduma!
Uinugu ummisurgastessa,
Enne kui heliseb edasi,
Enne kui kõliseb külaje!
Kiskusin käsud kukkarust,
Vanema käsud vammuksest,

Paiskasin põhjatu meresse,
Laintelangu laiemasse.
Vesi veeretas vahussa,
Kalad kohkessa kadusid.
  Nõnda vaikis vaenuvarin,
Nõnda kadus sõjakärin.

KÜMNES LUGU

Kikerpära soo, Vetevaimu kuld,
Jõukatsujad, Võlatasumine
Soome, Ilmaneitsi sõrmus

Kena ööde küünlakene,
Valgussilmil taevavahti!
Laena lusti laulikulle
Radasida rändamaie,
Salateida sammumaie,
Kussa Kalev enne käinud,
Poega enne ju puhanud,
Sõpradega seltsitelles
Mõnda tempu toimetanud,
Imelista ilmutanud!
  Siravate tähte silmad
Tunnistanud nende teida,
Kaugel maadel käikisida;
Näinud, mis seal nalja tehti
Viru kuuskede vilulla,
Harju haabade vahella,
Lääne lepiku keskella;
Näinud meeste naljatusi,
Viie viletsuse vaeva,
Kuue kiusatuse kütke,

Seitsme sammude sideme
Kogemata kinnitusta,
Kuhu mehed kukkusivad,
Lustipidul langesivad.
  Läki aga laanedesse,
Põõsastikku paksudesse
Laulusida lunastama,
Kuldasida koristama,
Hõbedasi otsimaie,
Vaskesida võttemaie!
  Nii aga kuulin kuulutusi,
Vana jutu juurdumisi,
Muiste sõlmitud sõnuda,
Kullal kedratud kõnesid:
  Kalevite kange poega
Läinud hobu ostemaie,
Künniruuna kauplemaie.
Kui ta käinud tüki teeda,
Tüki teeda, palju maada,
Laulis lindu lepikusta,
Tarka lindu tammikusta,
Kägu kuldakuusikusta:
"Hobu hirnub Hiiumaalta,
Sälgu karjub suurest soosta,
Varssa karjub kauge'elta:
Hobu hirnub ostajada,
Sälgu karjub sadulada,
Varssa valgeid valjaida." -
"Tänu teile, linnud targad,
Tänu teedejuhtidelle!"
Pajatab Kalevipoega,
Tõstab jalga teise teele

Kiirel käigil sammumaie.
Viis oli Virus viibimisi,
Harjus ajaviitemisi,
Järvas tühje talitusi,
Kust ei saanud kaugemalle.

Pahareti poegadelle
Tõusnud tuulesta tülisid,
Tühjast rahurikkumisi;
Järveke, kus enne eland,
Kaksipäini muidu käinud,
Läinud kitsaks kadeduses,
Väikseks vihasuse vaenus.
Poistel enam polnud püsi,
Mehikestel enam mahti,
Pidid perest põgenema
Uuta aset otsimaie.
Kui nad kaugel kõndisivad,
Tuuliskäigil tallasivad:
Kas ei kuskilt leiaks kodu,
Paremada asupaika,
Kuhu rada kinnitada,
Vahet võiksid valmistada, -
Sealap leidsid õnne soovil
Suures K i k e r p ä r a soossa
Kogemata kohakese,
Kuhu koer ei korjaks kodu,
Penipoeg ei pesapaika.
Pahareti poegadelle
Paistis paika meelepärast;
Siiski tõusis segadusi:
Kumb neist pärisperemeheks

Soole pidi säetama?
Meel oli meestella mõlemal
Saada soole sundijaksi.
Kalevite kallis poega
Juhtus kogemata käigil
Seltsis armsa sõpradega
Kikerpära piiridelle,
Kus neil hambakiskumine
Kannud kirge katukselle,
Lõket laele laiemalle.
Pahareti poisikesed
Kiskusivad karvupidi
Tuisatelles tutikesi.
Kui nad Kalevida kaugelt
Tulles juba tunnistanud,
Vaigistati vaenuviha.
Mehed hüüdsid ühel huulel:
"Kallis Kalevite poega,
Sammu, sõber, siiapoole,
Meile õigust mõistemaie,
Riiukära kustutama!"
Kalevite kange poega
Mõistis kohe, kostis vastu:
"Tunnistage tüli tõusu,
Riidlemise rajamista!
Tuisku tõuseb tuule seesta,
Pilvest vihmapisaraida,
Vihastusest vaidlemine,
Kiusamisest kohtukäiki;
Sellepärast seletage
Pikemalta tüli põhja!"
Pahareti vanem poega

Seadis sõnad sõudevalle:
"Soosta sündis segadusi,
Rabast meile riidlemisi,
Kes meist kahest leidnud koha,
Kes saab soole sundijaksi.
Kodunt kõrvu kõndisime,
Teeda ühes tallasime,
Siia seltsis sammusime,
Siiski mina ligem serva,
Välispoolel kõndis veli:
Sellepärast näitab selge,
Et on kohta minu päralt."
Kalevite poega kostis:
"Pööraspeaga poisikesed,
Meelest tölbid mehikesed!
Kodunt ühes kõndisite,
Soole ühes sammusite,
Raba ääres rändasite,
Kus veel kummalgi ei kodu,
Päris pesimisepaika:
Soo on alles sundijata,
Paik veel ilma peremeheta.
Kõlbamata tühja koha,
Kust ei inimestel kasu
Ega tulu elajatel -
Tahan teile tulevaksi
Varjuurkaks volitada,
Kodupaigaks kinkineda,
Kuhu kiskja kutsikate
Pakku võite põgeneda;
Suuerm pool saab suuremalle,
Väiksem jälle vähemalle."

Pahareti poisikesed
Kalevipoega paluma:
"Võta sooda, vennikene,
Raba ise rajatada,
Kahte jakku jaotada,
Kust ei uuta kohtukäiki
Ega tülitsemist tõuseks!
Ahnus võiks ehk aegamööda
Piirijooni pikendelles
Vaod viia võõritie,
Kui ei kive kinnituseks
Servadelle üles seata,
Nööril iga nurga peale."
Kalevite kallis poega
Seadis sõnad sõudevalle:
"Kes see küla kohtukäiki
Korra läinud kohendama,
Peab ka lugu lõpetama,
Asja selgeks ajamaie.
Armas Alevite poega,
Nõuta mõõdunöörisida,
Piiramise paelukesi,
Mõõda raba nööri mööda
Keskelt kahteje jaguje,
Vea siis vagu vahepeale,
Pika peenra piirde'eksi,
Pane kivid raja peale,
Vaiad serva seisemaie,
Siis ei tõuse segadusi
Ega vihavaidlemisi!"

Alevite armas poega
Tõttas tööda toimetama,
Kalevite poja käsku
Sõbra seltsis seadimaie.
Kalevite kange poega
Tallas ise teise teele
Tarbelikku talitama,
Suuri töida sünnitama.
Alevite armas poega
Sõbra seltsis asja seades
Arvas mõõdu alustuseks
Jõekaldal võtta koha,
M u s t a p a l l i l mõõdupaiga,
Kuhu vaiad kinnitada,
Piiriotsa tahtis panna.
Vana vaenuvaimukene,
Kes ei raatsi ristilapsi
Kuskil jätta kiusamata,
Valmis juba võrgutamas,
Vete pinnalt pistis peada,
Lainte alta luuril silma
Kavalasti küsimaie,
Pilkes otsust pärimaie:
"Mida tööda, mehikesed,
Salalikult sünnitate,
Kiirelikult kohendate?
Kas teil aega aina kasin?
Püsitum kui linnupüüdjal,
Kellel saaki kogemata
Paelust metsa pääsenenud?
Saak ju mõttes mehel kotis,
Kui ta kiirest' kannul kargas."

Alevite poega mõistis
Pahareti pilkamista.
Ehk küll jänes pool ju püksis,
Siiski kostis kohkumata:
"Tahtsin jõge takistada,
Vetevoolu võrgutada,
Laineida lingutada,
Käigikohti kütkendada:
Et ei looma liikumaie,
Saaks ei sisse sõudemaie
Ega välja veeremaie."
Vetevaimul vana talu,
Veepinna varjul pere,
Salapeidus sängikene
Harjumise viisil armas,
Tuttav-teega väga tulus;
Sellepärast sulasuuga,
Mesikeelil meelitelles
Alevipoega paluma:
"Jäta jõgi paelumata,
Vetevoolu võrkumata,
Käigid kinni kütkemata,
Teekesed takistamata,
Sissekäigid sidumata,
Väljakäigid vaiamata;
Tahan sulle suure palga,
Mis sa küsid, täiel mõõdul
Tõrkumata kõik tasuda,
Vaidlemata välja maksta."
Alevite poega arvas
Kasu kohe, kostis vastu:
"Mis sa mulle, mehikene,

Lubad lepituse palgaks,
Kui me kaupa kinnitelles
Sõbralikult sobitame?"
    Kaval vetevaimu vastas:
"Mis ma sulle palgaks paiskan,
Lepituse hinnaks luban,
Pead sa ise ilmutama!"
    Alevipoega pajatas:
"Kui sa kannad kamaluga
Vana kaabupesa võrra
Taalreid kokku kuhjanisti,
Siisap jätan sidumata,
Käigikohad kütkemata."
    Vetevaimu vastanekse:
"Homme varahommikulla
Tõotan tuua taalerida,
Raha kaaburummu täie."
    Alevite poega kostis:
"Sarvist härga seotakse,
Sõnast meesta sõlmitakse.
Vea sa mulle sõna võlga
Tõotuse täitemiseks, -
Muidu tõuseb meile tüli,
Tuleb kitsik jälle kätte!"
    Vetevaimu vajus alla,
Puges peitu jõepõhja.
Kalevite sugulane,
Kaval Alevite poega,
Uuris öösel urkakese
Sõbra abil muru alla
Ligi sülla sügavuse,
Põhjast laia, pealta kitsa,

Kaaburummu kohaseksi;
Seadis kaabu kaane kombel
Mulgu kohta muru peale,
Lõikas kübaralle põhja
Salaaugu servitie,
Kust kõik sisse kantud koorem
Kaevandikku kukkus alla.
    Purask kandis teisel päeval
Koidu piirdel juba koorma
Rootsi vanu rublasida,
Mis ei kaabu põhjakesta
Mitte jõudnud kinni katta;
Poiss tõi teise hõlmatäie,
Kandis koorma kolmandama,
Kandis neljandama koorma,
Viis veel vara viiet korda,
Kulda lisaks kuuet korda,
Kust ei küllust kübaralle
Siiski saanud siginedä.
Vara kippus vähenema,
Rikkus mehel lõppemaie.
Küll ta kaapis rahakirstud,
Pühkis puhtaks põhjast saadik,
Koristeli kukrukesed,
Sõna tasuks taskusopid.
Töö ja vaev läks siiski tühja,
Nõutamine üsna nurja:
Kübar seisis kerkimata
Ega tahtnud saada täisi,
Kuhja peale kasvatada.
    Vetevaimu hakkas viimaks
Alevipoega paluma:

"Lepi võlga laenu peale,
Kannatele, kulla venda!
Kui läeb suvi sügiselle,
Siis ma tasun võla sulle,
Kannan lisa kübaralle,
Kuni tõuseb kuhjanisti."
  Alevite armas poega
Väga kaval vastamaie:
"Sarvist härga seotakse,
Sõnast meesta sõlmitakse!
Tee on pikka minejalle,
Aega pikka ootajalle,
Võlga pikka võõra oma;
Maksa mehe lubadused,
Ehk ma täidan ähvardused,
Köidan kinni sinu käigid,
Võrgutan vete väravad,
Et ei looma liikumaie
Saaks, ei sisse sõudemaie
Ega välja veeremaie."
  Vennikesel vetevaimul,
Pahareti pojukesel,
Paremat ei olnud pidu,
Kui et koju kõndinekse
Emalt abi otsimaie,
Lisadusta laenamaie.
Salamõtteid sünnitelles
Hakkas petis pajatama:
"Armas Alevite poega!
Lubaduse lepituseks
Tahan täita tõrkumata
Kübara sull' kuhjadeni,

Kui sa ise tuled kaasa;
Siis ei sigi segadusi,
Pikemalta kuskil pettust."
  Vana kaval võrgutaja
Püüdis Alevite poega
Varanduselt ära viia.
Aga Alevite poega
Mõistis mehikese mõtted,
Kurja vaimu kiusamise,
Miska teda püüdis petta;
Seadis sõnad sõudevalle:
"Sammu sina, sõbrakene,
Kalevite kannupoissi,
Võlatalu vaatamaie,
Tema tutvaid teretama.
Aita kanda rahakotti,
Kui on mehel raske koorem;
Mul ei ole mitte mahti
Täna käiki talitada,
Pean kui kalju merepõhjas,
Tugev tammi tuule seessa
Varandusta vahtimaie,
Hõbekogu hoidemaie."
  Kalevite kannupoissi
Tõttas käsku täitemaie.
Vetevaimu astus eella,
Alevite abimeesi
Kõndis taga tema kannul,
Tallas tundemata teeda,
Rändas salaradasida
Pimeduse piiridelle,
Kus ei olnud enne käinud

Elav' inimese jalga,
Veel ei valguslaste silma
Neida kohti enne näinud.
Alevite abimehel
Sõelusivad püksid püüli,
Kui nad pikal teedekäigil
Sõudsid kurja koppelisse,
Varjuriigi vainu alla,
Kus ei koitu kerkimassa,
Ehavalgust helendamas.
Päeval päike seal ei paista,
Kuu ei öösel anna kuma,
Tähesilm ei näita teeda
Pimeduse paikadelle.
Aegamööda hakkas kuma
Valgust teele välkumaie,
Sest et väravate sambas
Tõrvapütid põlesivad.
     Kui nad tuppa kahekesi
Üle läve astusivad,
Tulid vetevaimu vennad
Võõrast vastu võttemaie,
Palusivad pingi peale
Laua taha istumaie,
Kuldakannude keskele,
Hõbevaagnate vahele,
Mis kõik võõrale mehele
Talu rikkust tunnistasid,
Pere au avaldasid.
Auahnust arvatakse
Põrguliste päranduseks,
Sestap poisid söömalauda

Võõral' uhkest valmistasid.
     Kalevite kannupoissi
Kartus araks küpsetanud,
Võind ei võtta võõrusrooga
Mitte maitseks kausi seesta,
Võind ei kannust keelekastet,
Mõdu märga, magusada
Mitte suutäit suhutada,
Sest et tulesädemeida
Välkus välja vaagenaista,
Kerkis üles kannudesta,
Põrkas vastu peekerista.
     Pahareti pojukesed
Hakkasivad isekeskis
Salajuttu sahkamaie,
Põrgukeelil pajatama,
Vinderdi ja vänderdie,
Laksati kui läti keeli,
Mis ei mõistnud võõras meesi.
     Kalevite kannupoissi
Murelikult mõtlemaie,
Agarasti arvamaie:
"Kitsikus ju kipub kätte!
Noorepõlve nurmedelle
Pean ehk, poissi, närtsimaie,
Sõbra varanduse saagil
Salamahti suremaie,
Kus ei nutmas noored neiud,
Käharpead ei kaebamassa.
Ahne Alevite poega,
Kes sa sõbra kammitsasse
Pannud põrgu paeladesse,

Poolik muna palju parem
Kui üks tühi koorekene!"
Pärast pikka pajatusta,
Salanõude sobimista
Hakkasivad tulehargid,
Põrgulaste poisikesed
Naljatusel mängimaie;
Võtsid mängiks võõra mehe,
Kes kui kerge kurnikene,
Veerev ratas vainiulla
Lustil pidi lendamaie,
Tuulekiirul tantsimaie.
Põrgu pojad paiskasivad
Kannupoissi kihutelles
Ikka käesta teise kätte;
Mehike kui kassimärssi,
Tuulav takutopikene
Lendas seinast teise seina,
Nurgast teise nurga poole.
Alevipoja sõbrake
Poisikesi palumaie:
"Kiigutajad, kulla vennad!
Laske maha, ma paluksin,
Siia mustale murule,
Siia, põrgu põrmandalle;
Seiske, kuni mõõdan seinad,
Nööritelen nurgakesed,
Paelutan toa pikkused,
Lõngutan toa laiused,
Kust võin kodus kuulutada,
Sõpradelle seletada,
Kuis mind kõrgel keeritati,

Viskeilla veeretati."
Kui sai mahti mehikene,
Puhkamista poisikene,
Võttis nöörid vöö vahelta,
Miska enne mõõtnud sooda,
Raba oli rajatanud,
Hakkas seinu mõõtemaie,
Nurkasida nöörimaie,
Mõõtis poolel pikutie,
Laskis teise laiutie,
Kolmandama kõrgutie,
Neljandama nurgetie,
Uksepiidad pikutie,
Ukseläve laiutie.
Õnnelt pääses üle ukse,
Pääses meesi putkamaie,
Tuulekiirul kihutama.
Mehike ei leidnud mahti
Üle õla ümber vaata,
Kandadelle silma käända,
Enne kui laia ilmale
Pääses päeva paiste'elle,
Kuhu kurja kütkendused,
Põrgulaste paelutused
Pikemalt ei enam puutund.
Vahti oli väravasta,
Uksehoidja hüüatanud:
"Tahad sina teedekäiki
Õnnelikult lõpetada,
Lingupaelust pääseneda,
Kääna käiki hüvakäele!"
Siiski saand ei mehikene

Kiusamata minna koju.
Vahva meesi vallaline
Kui see kägu kuuse otsas,
Laululindu puude ladvus -
Väiksel viisil viletsusi,
Kuusi korda kütkendusi.
    Kalevite kannupoissi
Põrgupiinast põgenedes
Leidis korra lingutusi,
Kui üks lita, koerakene,
Kaks veel kaasas kutsikaida,
Temal' vastu veerenekse.
Lita, juudaliste ema,
Tuli tuiskella Torista,
Kus ta käinud vihtlemassa.
Sealap Alevite sõbral
Vahi sõnad väravasta
Tulid meelemõtte'esse:
Käänas kohe hüvakäele
Teista teeda tallamaie.
Lendes sõitis litakene
Temast mööda tuhinaga,
Kus ei hiuksekarvakesta
Mitte mehel liigutanud.

    Sammusida sirutelles,
Kiiret käiki kõndidessa,
Jõudis Alevite sõber
Viimaks jõekalda äärde,
Kuhu Alev salakoopa
Sügavalle sobitanud
Põrgupoja pettuseksi.

Sügav mulku muru alla
Tunnisteli tehtud tempu,
Kaaneks katetud kübara,
Kuid see rikas rahakoorem
Metsa läinud koos mehega.
    Kalevite kannupoissi
Alevi jälgi ajama,
Kuhu sõbrake kadunud.
    Vetevaimu, vennikene,
Kihutelles tema kannul,
Poisikesta pilgatelles
Kavalasti küsimaie:
"Kas sul püksis põletaja,
Parmukene istub p...ses?
Miks sa meile, mehikene,
Kullakoorma unustanud?
Ma ep jõudnud ränka kotti
Kodunt üksi ära kanda.
Katsume nüüd tehtud kaupa
Teisipidi toimetada:
Kas ehk rammu katsumaie,
Või ehk võidu jooksemaie,
Kumb saab võidul kuningaksi?"
    Vetevaimu, vennikene,
Omas meeles mõtlemaie:
Tarkus on küll nende taskus,
Võimus siiski minu volil.
    Kalevite kannupoissi
Mõistis kohe, kostis vastu:
"Kui sul lusti, vennikene,
Läki kohta katsumaie!"
    Koha otsimise käigil

Nägid mehed Närska mäge,
Mis neil kohe meelepärast
Võidumängiksi valida.
Enne veel kui mehed mäele
Sammusida sirutanud,
Tulivad neil vastu teelta
Kange Kalevite poega
Armsa Alevipojaga.
Viimane oli varjupaika
Vetevaimu varanduse
Põõsastikku pannud peitu.
Kalevipoeg pajatama:
"Vaata, kulla vennikene!
Kust sa selle lätikopsu
Saatijaksi oled saanud?
Kust see imekülaline
Sugu poolest siginenud?"
Alevite poega kostis:
"Võõras on mul võlgenikku,
Kellega ma tegin kaupa,
Kes ei täitnud kaabukesta."
Kannupoissi pajatama:
"Võõras on mul vastasmeesi,
Kellega ma tegin kaupa
Võitlemisemängi võtta
Närska mäele naljapärast."
Kalevite kange poega
Pilkamisi pajatama:
"Kasva veel, mu kullakene,
Veni, armas vennikene,
Sirgu, sirgu, sõbrakene,
Kibedama aja kohta;

Võim veel väga väetikene!"
Pajatelles aga pistis
Kannupoisi karmanisse,
Püksitasku paisumaie.
Siisap tõttas kiirel sammul
Närska mäele naljamängi
Võõra vastu võitlemaie.
Mehed võtsid esimängiks
Võidu kiviviskamise,
Kelle kivi kaugemalle
Lingult pidi lendamaie.
Vetevaimu, vennikene,
Pidi eesi paiskamaie
Lingult kivi lendamaie.
Kohmetanud käppadega
Seadis paksu sõrmedega
Poissi kivi poole päeva
Silmuksesse seisemaie.
Laskis lingu lennutelles
Kümme korda ringi käia,
Siis vast paiskas sõudemaie,
Tuulekiirul tuiskamaie.
Kuhu kivi kukkunekse,
Saadik maha sattunekse?
Kivi kukkus järvekalda,
Võrtsu järve ääre peale,
Kümme sammu servast kaugel.
Kivi võite kopikata
Selgest' omil silmil näha,
Mis kui kehva mehikese,
Perepopsi saunakene.
Võidu linguviskamine

Käsilla nüüd Kalevilla,
Kel ei olnud tõstekangi,
Vinnapoomi mitte vaja;
Kümne sõrme kohendusel
Talitas ta väikest tööda,
Seadis kivi silmukselle
Parajasti paiga peale.
Kihuteli kange käega
Lingult kivi lendamaie,
Tuulekiirul tuiskamaie.
Tuules tõusis tuhinada,
Kõrgel kuuldi kohinada -
Kivi lendas kauge'elle
Tuisates kui tuulispaska,
Merelainte möllusena,
Lendas Peipsi ligidalle,
Kukkus ligi järvekalda.
Kes see Peipsi rannas käinud,
Küll see näinud võidukivi.
Vetevaimu, vennikene,
Palus mängi pikendada,
Teisel tükil toimetada.
Kalevipoeg kostis vastu:
"Minupärast, mehikene!
Võitlemista ei ma vihka,
Kiustemängi iial karda;
Võitlemine toetab võimu,
Mängil kosub mehe rammu.
Võtkem kätte vägikaigas,
Kumb meist kumba kangutelles
Kõrgemalle kergiteleb."
Mehed istusid murule,

Jalga toeksi vastu jalga.
Vetevaimu tugev vemmal
Võeti kätte vägikaikaks.
Vetevaimu venitelles
Käsi tahtis katkendada,
Pihasooni kista paigast:
Võind ei siiski vastasmeesta
Kalevida kergitada,
Paigast mitte põrutada.
Kalevipoeg toetas kanna
Valusamalt tema vastu,
Sõlmis kindlamasti sõrmed
Koogutelles kepi külge,
Tõmbas korra tõsiselta,
Viskas vetevaimukese
Nagu tühja takukoonla
Tuule tiivul tuiskamaie.
Pea käis korra kukerpalli,
Jalatallad vastu taevast,
Sõrmed pääsid vägipulgast,
Mees kui lindu lendamaie.
Veeres, liugles seitse versta,
Purjeteli penikoorma,
Raksas maha rägastikku,
Küngastiku keske'elle,
Kus ei võinud kuuel päeval,
Seitsmel silmi seletada,
Kaheksamal kaela kanda,
Liikmeida liigutada,
Põrund keha painutada.
Kalevite kange poega
Naljatusta naeremaie,

Alev hambaid irvitama,
Poissi taskus pilkamaie
Vetevaimu viletsusta.
Kangemeeste naerukära
Käis kui Kõue kärgatused
Läbi laia lagediku,
Paksu metsa põõsastiku,
Maapinda müdistades,
Künkaida kõigutelles.
  Alevite armas poega
Pettelugu pajatama,
Kuidas lõhkend kübaraga
Mustapallil mehikesta
Tugevasti oli tüssand,
Vetevaimu vara võtnud.
  Alevipoja avaldus:
"Sarvist härga seotakse,
Sõnast meesta sõlmitakse!"
Pani Kalevite poega
Kuuldes kohe kohkumaie:
Mõõga võlg veel maksemata,
Sepa kätte saatemata.
  Kalevite kange poega
Seadis sõnad sõudevalle:
"Alevipoeg, armas venda,
Käi sa kiiresti koduje,
Aja hallil alla õue,
Kõrvilla läbi koppeli
Kuulsa Kalevi peresse,
Vana taaleri talusse;
Laena rannast laevakesi,

Laiemaida lodjakesi,
Paremaida paadikesi;
Koorma laevad kulla alla,
Paadid hõbekilda kandma,
Lodjad vara vedamaie;
Palka mehi purjetama,
Tugevamaid tüürimaie,
Sõpru seltsis sõudemaie;
Võta moona, võta vara
Teedekäigi tervituseks!
Pärast aga pane peale:
Üheksa hüva hobuda,
Kaheksa karimärada,
Kaksikümmend lüpsilehma,
Viiskümmend paremat vasikat,
Sada säilitist nisuda,
Poolteist paati rukkiteri,
Tuhat vana taalerida,
Sada paari paaterida,
Kakssada kuldarahada,
Sületäie sõlgesida,
Viie neitsi kaasavara!
Pane lisaks paari paati
Veel mu vanavaraga;
Kanna kallis killakoorem
Sõudes merel Soomemaale
Kuulsa sepa koduje,
Maksa minu mõõga hinda,
Tasu võlga tingimata,
Lisa kulda pealekauba,
Ootushinnaks hõbedada
Isa lelle lepituseks!"

KÜMNES LUGU

Alevite armas poega
Tõttas käsku täitemaie,
Ruttas kiirest' kõndimaie,
Harju poole ajamaie.
Kalevite kange poega
Istus maha muru peale
Põõsa varju puhkamaie,
Meeles lugu mõtlemaie,
Asju läbi arvamaie,
Viimseid sõnumeid Virusta,
Kurje vaenukuulutusi.
"Kustap leian kindla koha,"
Pajateleb kange poega,
"Varjupaiga väetimaile?
Veereb vaenuvägesida,
Sõjameeste seltsisida
Viru laia väljadelle,
Järva raatmaa radadelle,
Siisap tarvis kindlat seina,
Mõnusamaid müürisida
Varjupaigaks vanadelle,
Rahuurkaks raukadelle,
Peidunurgaks piigadelle,
Kaitsetoaks käharpäile,
Nutukambriks nõtradelle,
Leinakojaks leskedelle."
Kalevite kange poega
Mõtles aga targal meelel:
"Lähen laudu lunastama,
Hoone tarbeks ostemaie,
Tahan linnad tugevuseks
Ilusasti ehitada,

Ühe linna eide iluks,
Taadi kalmu kaunistuseks
Kalju peale kasvatada;
Teise linna Taaramäele,
Emajõe kalda äärde,
Varjuks Taara varvikulle,
Kolmandama Jaani kolka
Salasoo sügavusse,
Alutaha ühe linna
Raukadelle redupaigaks,
Vaestelastele varjuksi.
Täna ei ma lähe teele,
Puhkan keha paremini;
Homme varahommikulla
Tõttan teeda tallamaie
Peipsi järve piiridelle;
Seni saab Alev Soomessa
Mõõga võla maksemaie."
Tahtis nuga võtta taskust,
Kui tal käsi kogemata
Poisikese külge puutus,
Kes see kui siga kotista
Sealt ei võinud välja saada,
Iseennast avitada.
Kalevite kange poega
Pilkamisel pajatama:
"Kas sa näed, mis kirbukene
Karmanis mul kutisteleb?
Astu välja, vennikene,
Tuuleõhul toibumaie,
Päevapaistel paisumaie,
Kuude valgel kosumaie!

141

Kuule, kulla kannupoissi,
Märka sõnu, mehikene,
Kui neid kasuks sulle külvan,
Juhatuseks ilmutelen!
Kuule, kotka kasvandikku:
Enne kui sul, äbarikul,
Tugevamad tiibadesse
Sõudvad suled sirgunevad,
Ära kipu lendamaie!
Kui sind kuri kiusamaie,
Vaenumees tuleb võrgutama,
Tulgu tugi tarkusesta,
Arust parem abimeesi;
Püüa vaenlast pilkamisel
Kavalasti kütkendada,
Kuni jõudu kasvanekse,
Rammu tõuseb rohkemasti!
Mis sa, väeti mehikene,
Vetevaimul vägikorral,
Põrgulisel vastu püsiks?"
Alevite sugulane
Mõistis kohe, vastu kostis:
"Mis ma, väeti mehikene,
Vetevaimul vägikorral,
Põrgulisel vastu paneks,
Seda oli selgel silmal
Alevi töö avaldanud,
Kui ta suvikübarada
Seadis katteks koopasuhu.
Nõnda oleksin ma, noori,
Võidumängi valmistanud,
Pilkel põrgulista petnud."

Kalevite kange poega
Seadis sõnad sõudevalle:
"Veni vaksa, vennikene,
Kasva kaksi kõrgemaksi,
Paisu, poissi, paksemaksi,
Kosuta end kangemaksi
Edaspidise elule,
Tuleva aja tuluksi!
Jää sa siia teedejuhiks,
Kuni lähen kaugemalle,
Peipsi järve piiridelle
Tarbelikku talitama!
Kui siin kiireküüdilisi,
Sõjasõnumite sõudjaid
Virusta peaks veeremaie,
Vea neid, sõber, viibimata
Peipsi järve piiridelle,
Kuhu käiki kinnitelen,
Asjulla ehk viidan aega!"
Juttu vestes võeti õhtuks
Toitu keha toetuseks,
Keelekastet karastuseks,
Enne kui maha heideti,
Põõsa varju puhkamaie.
Ööde rüüdi kattis kinni,
Vaikuskuube vaarikuida,
Lukuteli linnukeeled,
Elavate häälitsused;
Siugu sitika vilulla,
Suveilul laulis sirtsu,
Sääski lennul sirisedes,
Rääku rukkipõllu pealta,

Vutti vete kallastelta,
Muud ei kuskil elumärki,
Kaugel kuskil kuulutajaid,
Hõbenokal häälitsejaid.
Taevast vaatasivad tähed,
Paistis kuu palgekene
Vaikselt puhkajate peale.
Unenägu kudus kuube
Suikujate silma ette.

Ilmaneitsike ilusa,
Kõue tütar käharpeaga,
Sinisirje linnukene,
Lendas palju, liugles palju,
Lendas laia laane sisse,
Kus ei enne käinud karja,
Käinud karja, hulkund orja;
Ladvul käinud linnu jalga,
Sambla alt salasiuke:
Sinna neitsi sammumaie,
Lustiteeda tallamaie.
Mis ta metsas märkinekse,
Mis ta teelta tähtinekse?
Kaev oli sügav kaevatud,
Urgas põhjatu uuritud.
Kaevule käis karjateesid,
Radasida rahva jälgist.
Ilmaneitsike ilusa,
Kõue tütar käharpeaga,
Kaevust võtma keelekastet,
Kuldakoogul koogitsema,
Hõbepangel püüdemaie.

Metsa poega, poisikene,
Kõversilma kasvandikku,
Nägi kena neitsikese
Vetta kaevust vinnamassa,
Tahtis tõtata abiksi.
Ilmaneitsike ilusa,
Kõue tütar käharpeaga -
Ehk oli poissi ehmatades
Kätta lasknud kallakille -
Kaotas sõrmukse sõrmesta.
Ilmaneitsike ilusa,
Kõue tütar käharpeaga,
Sinisirje linnukene,
Kurvalt häda kurtemaie,
Sõbrameesta soovimaie,
Abimeesta meelitama:
Kes see sõrmukse sügavast,
Kulla võtaks vete alta?
Kalevite kallis poega
Kuulis neitsi kurvastusta,
Linnu nukra leinamista,
Tõttas abiks tütterele.
Seadis sõnad sõudevalle:
"Mis sa nutad, neitsikene,
Mis sa kaebad, käharpeaga,
Leinad, kena linnukene?"
Ilmaneitsike ilusa
Mõistis kohe küsimise,
Laulis vastu lahke'esti:
"Mis ma nutan, neitsikene,
Mis ma kaeban, käharpeaga?
Vetta kaevusta vinnates

Kaotin sõrmukse sõrmesta,
Veeres, kuld, mul vete alla."
Kalevite kange poega
Kargas kohe kaevupõhja,
Tõttas sõrmust otsimaie.
Sortsilased suurel seltsil
Kalevipoega kiusama:
"Hiir on ise hüpand lõksu,
Karu kammitsa kaevusse!
Võtke kivi, vennikesed,
Kukutagem kukla peale,
Kange mehe kaela peale!"
Veskikivi veeretati
Kiirest' kaevuraketelle,
Kõrgelt kaevu kukutati,
Mis pidi mehe murdemaie,
Suure karu surmamaie.
Kalevite kallis poega,
Kui ta otsind tüki aega,
Kargas jälle kaevu peale.
Mis tal sõrmukseks sõrmessa?
Veskikivi veereb käessa,
Sõrm käib läbi silmuksesta.
Kalevipoeg küsimaie:
"Ilmaneitsike ilusa,
Kõue tütar käharpeaga,
Sinisirje linnukene,
Kas see sõrmus on sinulta,
Mis sul kaevu on kukkunud,
Vete alla on veerenud?
Muud ei leidnud ma mudasta,
Suuremat ei puutund sõrme."

ÜHETEISTKÜMNES LUGU

Lauatoomine üle Peipsi, Mõõga
vargus, Mõõga needmine,
Väikemehe seiklus

Hämariku palgepuna
Palisteli pilvesida
Vikelisti viiruliseks,
Kullakarva keeruliseks
Uue päeva iluduseks,
Kui ju Kalevite poega
Ärksail silmil asemelta
Kargas üles kõndimaie.
Virgal pole viibimista,
Kiirel kuskil kõhelusta.
    Karastava kaste'ella
Sammusida sirutelles
Kõndis kange mehepoega -
Pärast võetud linnupetet -
Peipsi järve ranna poole;
Lõhkus mööda metsasida,
Üle laiu lagedaida,
Läbi paksu põõsastiku,
Siis veel tüki samblasooda,
Mõne tüki mätastikku,
Kuhu teed ei olnud tehtud,
Rada ette rajatatud.
Kus ta tormas laane kaudu,
Sinna tänav siginekse,
Kus ta sõtkus sooda mööda,
Kaevandikku kasvanekse,
Kus ta kõndis künkelikku,

Sile sammul sündinekse;
Künkad läksid küüruselle,
Madalamaks mõni mägi,
Kuhu kanda kauemini,
Varvas juhtus viibimaie.

Järve äärde jõude' essa
Viibis Kalev vaatamaie,
Kas ei kuskilt koormakandjaks
Parajada paadikesta,
Lotja juhtuks leidemaie.
Langevaile lainetelle
Silmi kaugel' sirutelles
Polnud näha paadikesta,
Lotja kuskil ligemalta.
Kalev kääris kuuehõlmad
Voltidesse vöö vahele,
Siisap suisa sammumaie,
Laintest läbi lõhkumaie.

Vaataksid sa, vennikene,
Kalda äärest tema käiki,
Lennus kõndi lainetessa,
Näeks ei noorem nugissilma
Kogunisti teista kallast,
Kuhu mees võiks kuivikulle
Kanda jälle kinnitada,
Varbailt vetta valgutada.

Kalevite kange poega
Pidand ei tee pikkusesta,
Vesiraja ränkusesta
Sammudelle sidujaida;
Lõhkus aga lustilikult

Lahkel meelel laineida,
Tuiskas vetta tolmamaie,
Kõrge'elle kerkimaie,
Valges vahus vihisema.
Kalad põhjas kohkusivad,
Vähid urkas vabisesid,
Lagled läksid lainte alla,
Pardid pakku pilliroogu
Mehesammu müdinalla.
Kes see oleks kogemata
Sellel päeval juhtund sinna,
See küll oleks omil silmil
Võinud näha võõrikuida
Salaasju sündimassa,
Imelikku ilmumassa.
Paksu võsandiku varjul
Seisis peidus sortsilane,
Peipsi ranna parem tarka.
Mehike kui metsaline
Karvu kasvand üle keha,
Orikana harjaline
Kui üks kahejalgne karu.
Seasõõrik pilusilmad
Seisid rähmasidemessa,
Käias ilakammitsassa;
Laia suu soppidesta
Valge ila vahuteli
Kui sel kuldil kihvadesta;
Kassivärki kärssas koonu
Küllalt näitas kadedusta.
Kahejalgne karvaline,
Mehekomblik metsaline,

ÜHETEISTKÜMNES LUGU

Sugult soolasortsilane,
Tükati ka tuuletarka,
Mõnes tükis manatarka,
Laulusõna lobiseja,
Abisõna arutaja,
Tuulevile tuuseldaja,
Oskas nõia-arpu lüüa,
Sõelukesta seadaneda,
Varga kuju võtme abil
Viinaklaasi valmistada,
Vihtlemisel viha võtta,
Paha panna teise peale,
Vihkamista viletsalle,
Viirastusi vähendada,
Tondi teeda takistada;
Oskas arvu arstimisi,
Tuulest tervist talitada,
Nikastusi nõrgendada,
Tõukamisi tasutella,
Asemelta läinud liiget
Punalõngal paigutada,
Muhutõbe muisutada,
Kõhuvoolmeid näpistada.
Oskas verepide-sõnu,
Teadis tule takistusi,
Valusõnu ussi vastu,
Sammaspoole salasõnu,
Maast saand viga magajalle
Hõbevalgel õiendada,
Kõhetuma kinniskasvu
Koerasöögil kohendada,
Väeteid lapsi vaigistada,

Vihtlemisel nuttu võtta;
Oskas rabandusesõnu,
Vahvaid elitingi vastu,
Teisi veel ehk tosinalla
Hambavalu võttemiseks,
Hallitõve arstimiseks,
Teha soolatopsikesi,
Valmistada nõiavihku,
Kaitsekeppi kerjuselle,
Küllusnooli küttidelle,
Õnneõnge kalamehel′,
Nurjavõtjat noorikulle;
Oskas vana Tühja teeda
Sambla alta seletada,
Varanduse vedajaida
Ristiteedel elustada,
Tule tähel rahaauku
Ööde varjul õnneks saada.
    Täna mees ei teinud tulu,
Kui ta kaldal kükakili
Tuulesõnu tugevasti
Puhus Peipsi järve peale
Lainetelle lennutuseks,
Kaleville kiusatuseks.
Vesi kerkis veerlemaie,
Lained kõrgel′ lendamaie.
    Kaugelt paistab kalda′asse
Petteline pildikene,
Mis kui mehe maalikene,
Kehakomblik kujukene
Pool veel lainte peitusella,
Vetevoli vangistuses;

146

Kerkib korra kõrgemalle,
Langeb jälle lainetesse.
Ehk küll kümme versta kaugel
Rändaja veel rannasta,
Kujukene kõikunekse,
Siiski paistab selgelt silma
Meie mehe määraline
Lainte pinnalt läikimassa.
Koorem raske piinab pihta,
Käänab selga küürutama,
Siiski tõttab kiirel sammul
Koormakandja kalda poole,
Kasvab ikka kõrgemaksi,
Tõuseb ikka tähtsamaksi.
Sortsi poja puhumine
Puistab lained pilla-palla
Vetekiigel veerlemaie,
Kus nad kõrgel kerkisivad,
Vahtus mehe reite vastu.
Naerdes lainekeste nalja,
Möllamise mängikesta
Hüüab Kalevite poega:
"Oi, oi! vaata oidukesta!
Kipub kastma kellukesta!
Toho, toho, p..selompi!
Tahad tõusta mehe tilli?"
Veel ei olnud tundi viibind,
Kõndis juba koormakandja
Kalevipoeg kuivikulle.
Ei küll meie päevil hobu
Ega parem härjapaari
Koormat jõuaks kergitada,

Mis seal kandis kange meesi.
Kalevite kallis poega
Toonud Pihkvast turjatäie
Lunastatud linnalaudu,
Kust saab tuge kurbadelle,
Varju vanaraukadelle,
Nutunurka neidudelle,
Leinapaika leskedelle,
Tõuseb tulu teistelegi.
Lauakoorem polnud suuri
Ega olnud väga väike,
Paras mehe pihaline:
Tosinate arvult täitis
Kaksikümmend mehe koormat,
Paar veel lisaks peale pandud;
Polnud lauad paksusella
Kuskil üle kolme tolli
Ega läinud laiuselta
Kuskil üle kahe jala,
Ega olnud pikkuselta
Kuskil üle kümne sülla.
See' p see Kalevite seljas
Kantud lauakoormakene,
Mis seal meesi muru peale
Ladus virna lagedalle.
   Võttis siis mõõga vöölta,
Tõmbas välja tupe seesta,
Tahtis lainte tõstijalle,
Vete pillipuhujalle
Tööpalka tasudella.
Aga virgad varbakesed,
Kerged jalakannakesed

Viinud sortsi, vennikese,
Pimedama metsa paksu
Paguurgast otsimaie.
  Kalevite kanget poega
Vesirada väsitanud,
Lauad pihta pigistanud,
Sellepärast jättis sortsi,
Kelmikese kiusamata,
Hakkas laia lagedalle
Öömaja asutelles
Sängikesta seademaie;
Võttis järvekalda veerest
Hõlmatäie sõmeraida,
Kuiva liiva liivikulta,
Kandis tüki kaugemalle,
Laotas maha lagedalle:
Sest sai kuiva küljeaset,
Sängi väsind suikujalle.
  Kalevite kallis poega,
Kui oli võtnud toitu kotist,
Märga lähkrist maitsenud
Tülpind keha toetuseks,
Päästis tupe paelusta,
Võttis mõõga vöölta,
Pani pahemalle poole
Sängi kõrva seisemaie,
Et kui häda, äpardusta
Kuskilt tuleks kogemata,
Sõbralikku sõjariista
Kohe satuks käe alla.
  Sirutas siis liivasängi
Väsimusta vähendama,

Piinat' pihta painutama,
Pööras pea õhtu poole,
Jalad vastu hommikuda,
Kulmud otse vastu koitu,
Kustap varem koiduvalge,
Päikeseneiu pale
Noore päeva rüppe'esta
Kiirest' silma kerkinekse,
Laugudelle langenekse;
Kust, kui kogemata korral
Väsind mees saaks viibimaie
Kauemini une kaissu,
Koitu tuleks kutsumaie,
Valgus meesta virgutama.
  Parem käsi seisis sirul
Vartade ja lõuna vastu,
Kura käsi kõveriti
Vana põhja-Vankri vastu.
  Väsind silmad vajusivad
Rutust unerakke'esse,
Kiirest' uinu kammitsasse;
Unenäol ei olnud aega
Magajada mängitada
Valekuju valmistelles
Ega tõsist tähendelles.
  Üürikese aja pärast
Norin juba täitis nurme
Maapinda põrutelles,
Metsasida müdistades,
Järve laineid kõrgendades,
Kui oleks Äike ähvardelles,
Pikseisa pilvedesta

Tuuleõhku tallamassa,
Suisa-päisa sõitemassa.

Peipsi sortsi peidupakus,
Kes end nagu vähki urkas
Päevavalgelt oli peitnud,
Kuulis kange mehe kõlast
Magamise märkisida;
Astus sammul argelisti
Salamahti sängi poole,
Kikivarbail vaatamaie,
Kust see kõla kostanekse.
Põõsa varjul võõritie
Silmas Kalevite sängis
Mõõga kõrval magajada;
Läks siis sammul ligemalle
Argelikult astudessa,
Kassivarbail kõndidessa:
Kas saaks mõõka mehe käesta
Vargaküüsil ära viia?
Mehikene lootis mõõka
Salamahti sängi pealta
Künka kõrvalta käpata.
Mõnus Kalevite mõõka,
Mehe võimu määraline,
See ei hoolinud sortsista;
Magas aga muru pealla
Liikumata mehe ligi,
Kui oleks kinni kasvanud,
Juuril maasse juurdunud.
Ega võinud varga võimu
Kallist mõõka kergitada,

Mitte tõstagi murulta.
Soolasortsi, sõnatarka,
Kavalusi katsumaie,
Salakombeid sünnitama,
Tuuseldusi tembutama.
Katsus kiirest' soola võimu,
Salakerkimise sõnu,
Tõstemise tugevusi,
Miska keret kergitakse,
Raskus ära rammestakse.
Kummardeli kuu poole,
Võimu lootes valgusesta,
Pööras silmad põhja poole
Laususõnu sigitelles,
Palvesõnu pobisedes.
Kallis mõõk ei kuulnud
käsku,
Sõjasahk ei sortsi sõnu,
Magas aga muru pealla
Liikumata mehe ligi.
Soolasortsi, sõnatarka,
Mana kombel mängimaie,
Targemaida tempusida
Tõstemiseks toimetama.
Puistas pihlapuie lehti
Pihutäie mõõga peale,
Kandis kokku kaetisrohtu,
Korjas nõiakoldasida,
Otsis kokku hooramarju,
Sületäie sõnajalgu,
Puistas kõik need mõõga peale,
Rohkest' ülekäija-rohtu,

149

ÜHETEISTKÜMNES LUGU

Ämmatussu musta tolmu
Puistas mõõgatera peale,
Tegi siis veel teisi tempe,
Viis veel ise võõrikuida,
Sosis seitse salasõna
Sortsikuulla sõlmitatud,
Küünlakuulla karastatud,
Kooljakuulla kokku pandud.
Jaaniöösi õnnelilled,
Võimustatud nõia vihtel,
Värvitud värdja verella,
Veristas nimeta sõrme
Mõõgahoidja meeleheaksi,
Luupainaja lepituseks,
Suitsuteli nõiaküüsi,
Neitsisärgi narmaida.
    Mõõka hakkas märkamaie
Manasõna meelitusi,
Hakkas löest liikumaie,
Keskelt juba kerkimaie,
Kerkis vaksa, kerkis kaksi,
Kasvas ikka kõrgemalle,
Kuni puutus sortsi kaenla.
    Soolasortsi, sõnatarka,
Vargust ära vedamaie.
Mõõka koormas mehikesta,
Piinas väga pihtasida.
Rasket rauakesta kandes
Puhkis, ähkis poisikene.
Palav higi palgeilta
Kattis juba üle keha;
Mees ei jäta siiski mõõka.

"Enne peaks käsi katkema,
Enne elu mul lõppema,
Muidu ma ei jäta mõõka!"
    Soolasortsi, sõnatarka,
Kandis mõõgakuningada,
Soome sepa higisööjat,
Poegade käte piinajat,
Salateedel mitu sammu,
Puhkas vahel põõsastikus,
Enne kui jõudis edasi.
    Kui ta K ä ä p a kalda pealta
Üle jõe hüpatelles
Teise kalda peale kargas,
Kukkus mõõka kogemata
Varga kaenlast vete sülle,
Sügavasse laintesängi,
Salaurka suikumaie.
    Soolasortsi, sõnatarka,
Kohe abi kutsumaie.
Pani sõnad lendamaie,
Laususõnad sõudemaie,
Meelitavad mängimaie,
Tuulesõnad tuiskamaie,
Veesõnad veeremaie,
Manasõnad meelitama,
Teised targad tõstemaie -
Kas ehk mõõka kerkinekse,
Laintest raske liikunekse?
    Mõnus Kalevite mõõka,
Mis ei kuulnud nõia käsku
Ega sortsi sundimista,
Laintesse jäi liikumata,

Kääpa põhja kerkimata.
Kui ju hommikusta koitu
Taeva veeres tõusenekse,
Punus sortsi putkamaie,
Tuli püksis kihutajaks!
Jättis mõõga jõepõhja
Mudasängi magamaie,
Puges metsa paksustikku
Varjupaika püüdemaie,
Kus ei Kalevite kiuste
Vaenuviha poleks karta.

Koidutera kutsumisel
Ärkas väiksel hämarusel
Kallis Kalevite poega.
Silmi unest selgitelles
Katsus kohe vahva käsi
Sängi kõrvalt seltsimeesta,
Kuhu õhtul enne uinu
Sõjariista sängitanud,
Mõõga pannud magamaie.
Mõnus mõõk ei olnud
murul,
Sõjasahk ei sambelilla.
Kalevite kallim poega
Võõrast lugu vaatamaie.
Silmi selgeks sõeludelles
Unekatte ummuksista,
Nägi kohe meesi noori,
Kuidas lugu siin on käinud.
Tunnistelles röövli teeda,
Sammuastmeid sambelasta,

Hakkas mõõka hüüdemaie,
Kadund sõpra kutsumaie:
"Kuule, mõõka, mis ma
kukun,
Laulan leinas, linnukene!
Kuule venna kutsumista,
Sõbrakese soovimisi,
Mis ma õhkan metsadelle,
Lähetelen lagedaile,
Puhun paksu põõsastikku!
Vasta, tarka vennikene,
Kuku vastu küsijalle:
Kes sind öösel on käpanud,
Vargaküüsil ära viinud?
Uku silm on ülevalta,
Taaralaste taeva'asta
Varga sammusida vaatnud.
Jumalikud juhatused
Võivad asja õiendada.
Inimestel mõõga ime,
Tööde tarkus teademata:
Need ei võinud varganäpul
Rasket rauda ära kanda.
Soomes isa sugulane
Mõõga sala sünnitanud,
Raudakäpal iserammu
Tera sisse toimetanud,
Teinud seitse aastat tööda,
Teinud tööda, näinud vaeva
Kuninga mõõga kasuksi;
Võtnud rauda seitset värki,
Kardasida seitset keeret,

Liimind lõõtsa lõkendusel
Keermed kokku keradeksi, -
Sestap mõõka sünnitelles,
Vaenurauda valmistelles.
    Laulnud seitse salalugu
Igal päeval enne koitu,
Vara enne valge'eda,
Karastanud seitsmel kaevul,
Vettind mõõka seitsme veega,
Seitsmel märjal mõõgatera.
Vars oli hõbevalge'esta,
Kupp oli kuldakollasesta,
Pannal paksusta paesta.
    Küllap tunnen sortsi-kelmi,
Peipsi lainte paisutajat:
Vennike on mõõgavaras!
Soolasortsi sugulased
Vanast' mulle vaenumehed,
Kurjad ikka kiusamassa.
Kui ma teda kogemata
Kulliküüsil kimbutelen,
Siisap tahan sajakordselt
Vaenukeha virutada.
Raske kaalus kallis rauda,
Mehe tarbeks tehtud mõõka,
Varga väetile võimule;
Kaugele ei võinud kanda
Sortsilane sõjasahka.
    Kuule, mõõka, mis ma
kukun,
Laulan leinas, linnukene!
Kuule venna kutsumista,

Sõbrakese soovimisi,
Mehe lahket meelitusta,
Mis ma õhkan metsadelle,
Lähetelen lagedaile,
Puhun paksu põõsastikku!
Vasta, tarka vennikene,
Kuku vastu küsijalle!"
    Kalevite kange poega
Pööras kõrva kuulu poole,
Kas ehk mõõka vastu kostaks,
Kadund rauda kukkuneksi.
Vaikus aga maada varjas,
Kallis rahu ümberkaudu.
    Kalevite kange poega
Laskis lendu teise laulu,
Laulis kolmandama loo
Meelitaval mesikeelel:
Kas ehk mõõka kutsumista,
Peremehe palumista
Kusagilta võtaks kuulda?
Mõnus mõõk ei annud märku,
Sõber kuskilt sõnakesta.
Vaikus maada varjanekse,
Kallis rahu ümberkaudu
Kattis laaned ja lagedad.
    Kalevite kange poega
Oma mõõka otsimaie,
Tuule teesid tallamaie,
Käis ta kaua ümberkaudu,
Laskis ringi laiemalta,
Kõndis ikka kaugemalta
Sängi ümber sõõritie;

ÜHETEISTKÜMNES LUGU

Rändas läbi rägastikud,
Piki-põiki põõsastikud,
Metsad läbi, mätastikud,
Sõudis tüki sula sooda,
Laulis kutselugusida
Meelitaval mesikeelel.
    Mõnus mõõk ei annud
märki,
Vaikus maada varjanekse,
Kallis rahu ümberkaudu
Kattis laaned ja lagedad.
    Kui nüüd Kalevite poega
Oma mõõga otsimisel
Kääpa jõe kallastelle
Sammusida oli sõudnud:
Vaat! seal läikis alla vetta
Hiilgav mõõka ilusasti
Sõbranäolla naeratelles.
    Kalevipoeg pajatama:
"Hoho, mõõka, hüva rauda!
Siin sa magad salamahti
Vilus vetevoodi'issa?
Mehe mõõka mõnusama,
Valusam verevalaja,
Isa lelle higisööja,
Lellepoegade piinaja!
Kes sind oskas kergitada,
Vete alla ära viia,
Lainte alla langutada?
Kes sind, mõõka, siia kandis?"
    Mõõka mõistis mehe kutsu,
Laulis vastu lainetesta,

Pajatas kui pardikene:
"Soolasortsi, sõnatarka,
See'p see mõõga salamahti
Tõstis murult tõusemaie,
Kanarbikust kerkimaie.
Sortsisõnad soovitasid,
Manasõnad meelitasid,
Tuulesõnad tõstatasid,
Kolla õilmed kergitasid,
Sõnajalg seadis alta,
Pihlapuu see aitas pealta,
Hooramari otsadelta,
Kaetisrohtu keske' elta,
Metsahumur, ämmatussu
Tagant ise tõukasivad -
Needap seitse sellikesta
Tegid mõõga tõusemaie.
Soolasortsi, sõnatarka,
Kannud mõõga Kääpa' alle.
Kui ta kaldalt kargamassa
Paoteele põgenedes,
Nägin näkineitsikesta
Lainte alta luurimassa,
Mis mind, mõõka, meeliteli
Vete kaissu veeremaie,
Lainte alla langemaie.
Sealap lustil libisesin,
Kargasingi sortsi kaenlast
Lipsti! alla lainetesse,
Sügavasse jõesängi,
Kus mul kuldane pesake,
Hõbesängi näki toassa,

153

ÜHETEISTKÜMNES LUGU

Vetepiiga vaiba alla."
Kalevite kange poega
Mõistis mõõka, laulis vastu:
"Kas siis mõõgal on mõnusam,
Parem pidu on peidussa,
Laintesängis laiseldessa
Näkineitsi naljatusel,
Ehk kas vahva mehe käessa,
Kange võimu keeritusel,
Sõjamängi möllusessa,
Kus, kui mõõka kütke'esta,
Paelust lahti päästetakse,
Vahvat tööda valmistakse,
Vaenlasi vemmeldakse,
Verega sind võietakse,
Higiga sind ihutakse?"
  Mõõka mõistis, kostis vastu,
Laulis vastu lainetesta:
"Mõõka lesena leinassa
Vetevoogude vangissa.
Igatsedes endist ilu,
Neiu lusti nurmedelta,
Vesi laugelt veerenekse,
Pisar piki palge'elta.
Vetesängis suikudessa,
Laintevoodis laiseldessa
Näkineitsi naljatusel
Või ei mõõka võõrduneda
Endist ilu igatsedes,
Kus ta võimu keeritusel
Sõjamängi möllusella
Toimetanud vahvat tööda,

Kus, kui korra kütke'esta,
Pääses lahti paeluksesta,
Vahvat tööda valmisteli,
Vaenlasi viruteli,
Nii et varju nõtradelle,
Rahu tuli raukadelle! -
  Kallis Kalevite poega,
Kuninglikku kange meesi!
Sul, kui viha süttinekse,
Meeletuska tõusenekse
Humalaviha volilla,
Siis ei ole sidemeida,
Tarka aru takistamas;
Kerge käsi keeritelles
Sunnib mõõka surmamaie,
Vaga verda valamaie!
See' p see sõjasellikesta,
Kallist rauda kurvasteli.
Mõõka leinab mehekesta,
Peremehe pojukesta."
  Kalevite poega mõistis,
Mõistis kohe mõõgakesta,
Laulis vastu lainetesse:
"Maga, maga, mõõgakene,
Rahusängis, rauakene,
Isa lelle higisööja,
Lellepoegade piinaja,
Kes sind sala sünnitanud,
Võimusõnul valmistanud!
Maga sa, mõõka mehe-eane,
Suigu vilussa sängissa
Näkineitsi naljatusel

154

Tulevpõlvede täheksi,
Mehepoegade mälestuseks!
Mul on jõudu ülemäära,
Kätel kangusta karrata,
Arvan ehk sinu abita
Vaenlasi võitaneda,
Kangekaelsust karistada,
Rahu teha raukadelle. -
Kuule, mõõka, kallis rauda,
Märka, mis ma laulan sulle:
Kui ehk juhtub vahvaid mehi
Tulev-ajal tugevaida
Kääpa kaldal kõndimaie,
Siisap, mõõka, sõbrakene,
Läigi vastu lainetesta!
Kui saab käima minu kaimu,
Kalevite kasvandikku,
Sulevite sugulane,
Alevite aruline:
Siisap, mõõka, sõbrakene,
Laula vastu lainetesta!
    Kui saab käima Kääpa
kaudu
Lausasuuga laulikuida,
Kuldakeelil kuulutajaid,
Hõbesõna sõlmijaida,
Vanavaskede vedajaid,
Siisap, mõõka, sõbrakene,
Kuku vastu kutsumata
Linnukeelil lõõritelles,
Öö-pika hõiskamisel,
Lõokese lõksutusel!

Tuleb korra tulevpäevil
Parema põlve pidudel
Minuvääriline meesi,
Siisap, mõõka, sõbrakene,
Tõuse laintest tuhinalla,
Veere ise veesta välja
Vapra käele vaderiksi!
Kui aga juhtub kõndidessa
Jalakanda pistma jõkke,
Kes sind enne i s e k a n n u d:
Siisap, mõõka, sõbrakene,
Murra jalad tal mõlemad!"

    Kalevite kallis poega
Kihuteli kiirel käigil
Peipsi järve ranna poole,
Võttis selga lauavirna,
Kaugelt toodud koormakese,
Rutusti siis rändamaie,
Koduteeda kõndimaie.
Tahtis teha tugipaika,
Varjuseina vaenu vastu,
Kantsikesta kohendada
Rahuurkaks raukadelle,
Nutukambriks neidudelle,
Leinatoaks leskedelle,
Kust, kui sõja kurnatused
Viru piiri veereksivad,
Nõdrad saaksid rahunurka.
    Kui nüüd Kalev tüki teeda,
Tüki teeda, marga maada
Lendavsammul lühendanud,

Koorma kandemisel käinud,
Mis tal vastuje tulekse?
Mis tal käiki kinnitakse?
Vastu tuli kolme metsa,
Vastu kena vaarikuida.
Üks oli kulda kuusemetsa,
Teine laia laanemetsa,
Kolmas paksu pähklimetsa.
Mis oli kulda kuusemetsa,
See' p see meie meeste metsa;
Mis oli laia laanemetsa,
See' p see meie naiste metsa;
Mis oli paksu pähklimetsa,
See' p see piiga peidupaika,
Vaestelaste varjutuba,
Hädaliste reduurgas.
　　Kallis Kalevite poega
Käis siis läbi kuusemetsa,
Lendas läbi laanemetsa,
Sammus läbi sarapiku,
Kui tal jalga kogemata
Tüma tompu takistamas,
Jalaketra kutistamas.
Kui ta lugu luurimaie,
Asja hakkas arvamaie,
Kes tal ketra kutistanud,
Jalakanda takistanud,
Puges põõsastiku varjust,
Puges väike poisikene,
Väike meesi vabisedes,
Kes kui meieaegne meesi
Igapidi ilmunekse.

Väiksel mehel, väetikesel,
Sõelusivad püksid püüli,
Lõuad hirmul lõksutasid,
Kui ta Kalevite poega
Paitelles palumaie,
Mesikeelil meelitama:
"Heida armu, vennikene,
Päästa vaesta, kange poega!
Anna rahu-urkakesta,
Varjupaika väiksemalle,
Keda õnnetuse kütke
Põõsastikku ajas pakku!"
　　Kalevite kange poega
Küürakille kummardelles
Sasis kätta sirutelles
Kõhetuma tutist kinni,
Keda tõstes kõrgemalle
Kaelakotti kukuteli.
Väike meesi veerenekse,
Kui oleks kuristikuhauda,
Sügavalle kotisoppi.
Sealap silgukarbi servast,
Leivakakust tuge leidis,
Kuhu jalga kinniteli.
　　Kalevipoeg küsimaie:
"Mis sul kartust kasvatanud,
Suure hirmu sünnitanud?"
　　Väikse mehikese vastus
Kostis leivakoti koopast,
Kui oleks sügavamast kaevust
Konnakene krooksutanud:
"Eile õhtul eha ajal

ÜHETEISTKÜMNES LUGU

Luusisin järve ligidal,
Kõndisin kaldakuusikus,
Kui ma teelta kogemata
Õnnetumalt läksin eksi.
Rada mööda rännatessa
Tuli vastu väike talu.
Mina hurtsiku uksella
Puhkepaika palumaie.
Suure toa tagaseinas
Leeaugu ligidalla
Istus üksi vanaeite,
Vaagna moona valmistelles.
Eite keetis herneivi,
Kamaratükk keske'ella,
Andis mulle heldest armust
Kausitäie kallist toitu;
Käskis hambaid kiirustada,
Leivavõtet lühendada;
Seadis ise sängikesta
Põhkudelle põrmandalle
Laia söömalaua alla,
Keset tuba laua kohta.
Eidekene õpetama:
"Poe sa, väeti pojukene,
Põrsas, põhku puhkamaie,
Enne, kui mul pojad noored
Käigilt jõuavad koduje.
Ole vait kui hiirekene
Kassi hirmul kirstu taga!
Kui sa hakkaks kiiksumaie
Või ehk kätel krabistama,
Kintsudella kolistama,

Võiksid meie vennikesed
Surma sulle sigitada."
Mina eite tänamaie,
Aituma andemaie,
Kes mul täitnud kõhukesta,
Sängiaset seadinud,
Hüva õpetuse annud.
Pugesin siis vaikselt põhku,
Laia söömalaua alla
Väsind selga sirutama,
Kus veel kolmele mehele
Parajasti puhkepaika.
Laugu silmil lahutelles
Märkasin ma müdisemist
Kaugelt kõrva kostemaie;
Muru kerkis müdinalla,
Sammu astel vankus seina.
Kui ka kartus minu kõrvas
Kärinada kasvatamas,
Siiski sinu jalasammu,
Kalevite raske kanda,
Suuremat ei sünnitanud.
Üürikese aja pärast
Tormasivad mehed tuppa,
Kanged mõlemad kui karud,
Laanes kasvand metsalised.
Üks neist kui see jahikoera
Ninal kohe nuusutama,
Sõõrmeil haisu sõelumaie,
Pärast nõnda pajatama:
"Kuule, kulla eidekene,
Kes siin täna enne käinud?

Inimese higiauru
Sõelub mulle sõõrmetesse
Koonukesta kutistelles."
   Eite mõistis, kohe kostis:
"Võõrast siin ei veeremassa,
Loomakesta liikumassa
Kuskil täna enne käinud.
Sõelub sulle sõõrmetesse
Inimese higihaisu,
Tuulesta sa seda toonud,
Õhust enne haisutanud."
   Eit tõi rooga laua peale
Õhtusöögiks poegadelle:
Vaagnad suuremad kui vakad,
Lusikad kulbi laiused.
Sest, mis metsalised sõivad,
Õõnsa kõhtu õgisivad,
Küllalt võiksid täita kõhtu
Viiskümmend minuväärilist
Loodud inimeselasta.
   Saivad metsalise sellid
Vatsad täide virutanud,
Siisap keha sirutasid
Põrmandalle puhkamaie.
Üks neist heitis ette seina,
Teine taha seina äärde,
Mina, väeti, nende vahel
Toa keskel laua alla.
Vana eite-rauka ronis
Parsipuile põõnutama.
   Hirm mind keelas
hingamasta,

Veresooni värisemast,
Lõug ei tohtind lõdiseda,
Hambad hirmu ilmutada:
Et ma kogemata korral
Silma neile poleks sattund,
Kõrvakuulmetesse kukkund.
Viimaks rauges tulevalgus,
Kustus piirgu ahju rinnal.
Pime peitis laia toa,
Kattis minu kartust kinni.
   Oh ma vaene mehikene!
Oleksin ma enne teadnud,
Enne teadnud, ette mõistnud,
Magadessa märkaneda,
Unenäossa arvaneda,
Mis mul pikemada piina
Elus pidi ilmumaie,
Siis ma oleks lainetesse,
Kuristikku kukutanud,
Merepõhjaje pugenud!
   Metsapojad uinusivad
Unerüppe usinasti;
Sõbanahka kattis silmad,
Vaipa vaateväravaida;
Aga päris väljaandja,
Tahaotsa tehtud värav,
Lahti jäänud, lukkamata.
Edev herneleemekene
Seakamaral silitud,
Pakkis vatsa paisumaie,
Hakkas auru ajamaie,
Salaõhku sünnitama,

Põlevada paugutuulta.
Paremal pool seina ääres
Pöönutaja metsapoega
Laskis esimese laengu
Prantsatelles paukumaie!
Mina, lindu, lendamaie
Püksituule pakitusel,
Lendasin kui liblekene
Üle tare teise seina.
　Pahemal pool seina ääres
Pöönutaja metsapoega
Sedanud silmad vastu seina,
Nii kui teine venda teinud -
Tagupooli minu tappeks
Väljapoole venitatud.
　Pani paisund tuulelaengu
Prantsatelles paukumaie -
Mina, lindu, lendamaie,
Tuulekiirul tuiskamaie
Püksituule pakitusel,
Lendasin kui liblekene
Üle tare teise seina.
　Vaheajal teine venda
Uue laengu valmistanud,
Mis mind, vaesta, viibimata
Paiskas teise püssi ette.
　Nõnda pidin, vaene vilets,
Vintsutelles veeremaie,
Pikka ööda puhkamata
Seinast seina sõudemaie;
Püksituule pakitusel
Pidin, vilets, purjetama,

Kui see kutspool kangru käessa
Servast serva sõudemaie.
Saand ei mahti silmapilku,
Puhkamise püsidusta.
　Vanaeit läks enne valget
Põie pakil ukse ette,
Pani ukse praokille;
Mina kiirelt tema kannul
Kikivarbail uksest välja.
　Õnnekorral pääsin õue,
Andsin tulda jalgadelle,
Pistsin kohe punumaie;
Jooksin läbi kuusemetsa,
Läbi laia laanemetsa,
Pääsin viimaks pähklimetsa,
Pugesin põõsa varjule,
Kus mul abi kogemata
Sinu käigista sigines."
　Kalevite kange poega
Naljalugu naeremaie,
Mis oli väikest mehikesta
Püksituule pakitusel
Linnu kombel lennutanud,
Et ei mahti maigutada
Ega püsi puhka' ella.

KAHETEISTKÜMNES LUGU

Lauavõitlus ja siil, Pikk
magamine, Unenägu, Vaeslapse
tall, Sillaehitus

Kui oleks kõrgelt kaljudelta
Juga vahtus alla vooland,
Pilvepaksult piiskasida
Uduaurus puistand orgu,
Kihisedes lainte kerki
Valgel vahul veeretanud
Mere poole minemaie;
Ehk kui raskem rahepilvi
Äikese ähvardusel
Päikese palgeid peitnud:
Nõnda murdvad metsapaksust
Vaenlase vennikesed
Kalevite kaela peale,
Kes see koormat kande' essa
Rahus teedekäiki rändab.
    Kui sa veristatud karu,
Matsu saanud metsalise
Nägid jahi näpistusel,
Surmapiina pigistusel
Küti peale kippumaie,
Siisap võid ehk, vennikene,
Mõttes meelde tuletada,
Võid ehk lugu veerandilla,
Asja poolilt arva' ella:
Kuidas Kalevite poega
Nurjatumaid nuhtlemaie,
Tontisida tonkimaie,
Vaenlasi sai virutama.
    Läki jälil lagedalle
Vaenutüli vaatamaie,
Kuulutusi kuulamaie,
Vanapõlve vagudelta

Laulusõnu lunastama,
Kuhu kotkanokad kulda
Kanarbikku kasvatanud,
Lagedalle lahutanud,
Haned haljast hõbedada
Vete peale valgustanud.
    Kalevite kallis poega
Oli käinud tüki teeda,
Lauakoorem õlgadella,
Kaelakotis kasupoissi,
Väike mehikene varjul,
Kes kui vähki urka'assa
Unekaisul uinu' eli,
Magusasti magamassa.
Kalev metsast läbi käies
Murdnud kepiks männikese,
Toeksi pedajatüviku.
See ei olnud kõige suurem
Ega vähem väiksematest:
Kui oli ladva katkendanud,
Tüki võtnud tüvikusta,
Paistis kepikese pikkus
Kümme sülda kõrgutie,
Paari jalga paksutie.
Vemmal mehe vääriline
Võis, kui kogemata vaenu
Kuskilt tuleks kiusamaie,
Abimeheks astuneda.
Mõõga kombel pidi malka
Kiuselikke metsakoeri,
Kiskehambail kutsikaida

Teelta ära tõrjumaie.
Metsapaksust mõrtsukana
Lendsid kolm meest lagedalle
Koormakandjat kiusamaie;
Peipsi sortsilase pojad,
Tulehargi abimehed,
Keda isa kihutanud
Kalevida kiusamaie.
Poisid kiskusivad puida,
Maasta mõnda männikesta,
Miska Kaleville malka
Virgul kätel virutasid.
Kahel sortsilase-kelmil
Pika piugudega piitsad,
Vahterasta piitsavarred;
Piuge otsa olid pandud
Vedusõlmil veskikivid,
Miska matsud mõnusamast
Kaleville kukutasid.
Kalevite kange poega
Püüab meelepahandusta,
Tühjast tuulest tõusnud tüli
Lahkel sõnal lepitada:
"Riid on rahurikundaja,
Tüli tulesütitaja!
Parem leppes munapoolik,
Kui on vaenus vana kana.
Muidu, kui ma metsadessa
Mõõka kandessa kõndinud,
Ei siis silmand teie seltsi
Ega näinud eemaltagi!
Põõsa pimedamas paksus,

Risulises rägastikus
Olite kui vähid urkas,
Mutid peidus mullapõues,
Ega usaldanud ükski
Jalga tuua lagedalle.
Toho, nurjatumad tondid!
Videviku varjustusel,
Õhtu katva hõlma alla
Tormab muidu vana Tühi,
Põrgulita poegadega.
Käivad muidu kodukäijad
Kuuvalgel kõndimassa.
Argepüksil poisikesed
Püüdvad muidu mehe peale,
Kellel pole mõõka käessa,
Sõjariista seltsiliseks.
Nurjatumad vanad naised
Kurja sunnil kolmekesi
Ühe peale pakitavad!
Vanast võetud vaenuviisil
Meeste tüli mässamisel
Mees on üksi mehe vastu
Vaenulla ja võitlemisel."
Peipsi sortsilase pojad,
Karupesa kasvandikud,
Lasksid laksud ladusasti
Kalevite poja kaela,
Selja peale sadaneda,
Kuni piitsa nupukivi
Kulmudelle kukkunekse,
Laugudelle langenekse.
"Pikast ilust tõuseb pilli,

Naljatusest näpistusta!"
Pajatas Kalevipoega.
Siisap keppi keeritama,
Männihutja mängitama,
Poiste pihta paugutama!
Vana habras männivemmal
Katkenekse kildudeksi,
Lõhked laiali lendasid
Tuulekiirul tuiskamaie.
    Kalevite kange poega
Lauakoormalt laenamaie,
Võttis lauakesi virnalt,
Miska mehi malkamaie,
Sortsi poegi sugemaie.
Igal valusamal vopsul,
Kibedamal konksitusel
Lõhkus võetud lauakese
Sortsilase poege selga.
    Kalev võttis seljakoormast
Järjest laua laua järgi,
Raiskas laudu rohke' esti,
Kuluteli hulgakaupa
Vaenumehi vemmeldades,
Sortsi poegasid sugedes.
    Kui ju kallis lauakoorem
Kippus mehel kahanema,
Lauad õlalt lõppemaie,
Tungisivad sortsi pojad
Käredamast' kere peale,
Püüdsid Kalevite poega,
Kanget meesta kimbutada.
Õnnelt hüüdis õigel ajal

Paksemasta põõsastikust
Peenikene piripilli,
Õrnal helil häälekene:
"Servitie, servitie,
Kallis Kalevite poega!"
    Kalevipoeg mõistis kohe
Sõbra sõna soovitused,
Tõttas käsku täitemaie,
Seadis laua servitie,
Laskis servil ladusasti
Soolasortsilaste selga
Kordamööda kukkumaie.
    Peipsi soolasortsi pojad
Hundipillil ulgudessa
Kiirest' pakku põgenema.
Kui ei sortsilaste kelmid
Oleks olnud päevapaistel
Vihmasajul vihtlemisel,
Nõiakolla suitsutusel
Hoobi vastu valjustatud,
Siisap oleks toonud surma
Kange mehe kolkimine.
    Kalevite kange poega
Puhkas pika tüli peale
Veidi aega väsimusta,
Siis ta nõnda küsitelles
Põõsastikku pajatama:
"Vasta, võõras vennikene,
Piripillil poisikene!
Kes sa oled, kullakene,
Hüva nõu mul avaldanud,
Kui mul kitsik kippus kätte?"

Piripillil poisikene,
Mõisterikas mehikene
Mõistis kohe, kostis vastu:
"Mina ise, väike meesi,
Särgikehva siilikene,
Olin nõudenõtkutaja,
Targa sõna toimetaja."
Kalevite kallim poega
Mõistis juttu, hüüdis metsa,
Pajatelles põõsastikku:
"Astu välja, vennikene,
Põõsapaksust lagedalle!
Lase sõbra silmakesta,
Lahket nägu nähtavalle!
Tänadelles tahan sulle
Palgeida paitada,
Aituma avaldada."
Väike siili vastanekse,
Kostis targalt kutsujalle:
"Või ei tulla põõsa varjult
Soojast samblasängikesest
Kastekülma muru peale
Videviku viludusel.
Vanaisa, isetarka,
Loomakesi ilma luues
Õnnetumalt unustanud
Mulle anda varjukuube,
Kehakatteks kasukada.
Kui ma, väeti, kogemata
Soojast samblasängikesest
Lähen välja lagedalle,
Kipub külma kohmetama,

Vilu õhk mind vigastama."
Kalevite poega kostis:
"Kuule, kulla vennikene,
Särgikehva siilikene,
Astu julgest' lagedalle,
Küllap katsun varjukuube,
Kasukat sull' kohendada!"
Põõsastiku varjust puges
Samblasängist siilikene,
Väike alasti vennike;
Külmakärssis küüruteli,
Lõdises kui haavalehti.
Kalevipoeg pajatama:
"Sina sõudsid, siilikene,
Hüva nõu mul hädatunnil,
Kui mul kitsikus käessa.
Servitie laudu seades
Võitsin mina vaenumehed.
Ulgudes kui hundikesed
Poisid pakku põgenesid.
Oma tänu tunnistuseks
Tahan sulle tükikese
Kasukasta kinkineda,
Valmistada varjukuube,
Okkalista orjasärki,
Miska mesikäpa poega,
Kriimusilma kutsikaida
Pesasta võid peletada."
Kõneldessa kiskus Kalev
Oma kasuka hõlmasta
Natukese okasnahka,
Viskas siili-vennikesel'.

Tänadessa mässis siili
Kõhetuma kehakese
Saadud sooja sõba sisse.
Kitsast nahatükikesest,
Sest sai katet siili selga,
Kattekuube külgedelle;
Kõht jäi alles kattemata,
Paljaks siilipoja jalad.
　　Sealtap sündis siilikesel
Okkaline orjakuube,
Kaitsev karvane kasukas,
Mis, kui nina mähkidessa
Keha küürutab keraksi,
Varju annab vaenu vastu,
Kattekuube külma vastu.
　　Sooja kasukaga siili
Sammus jälle samblasängi
Põõsa alla puhkamaie.

　　Kalevite kange poega
Tahtis sängi toimetada,
Küljeaset kohendada,
Kuhu vintsutatud keha
Selilie sirutada.
Virtsus raba vesiline,
Piiras ümberringi paika,
Kus ei olnud kuivikuda,
Tahedamat sängi tarbeks.
　　Kalevite kallis poega
Sängiaset seadimaie:
Kandis kokku kaugemalta
Liivikulta kuiva liiva,

Puistas paika hunnikusse
Sängi kombel seisemaie.
　　Mõtles enne magamista
Vähekese leiba võtta
Kurnand keha karastuseks,
Liikmevõimu lisanduseks.
Kui ta käppa kaelakotti
Pistis praegu painutades,
Puutus kogemata põial
Külma mehikese külge,
Kes see taskus tarretanud,
Suikumisel saanud surma.
Mehikene vaene magas,
Uinus vähki urka' assa,
Kui see tüli äkki tõusis
Peipsi sortsi poegadega.
Sortsilaste kibe soomus,
Vaenuvembla vopsukesed
Teinud tuimaks mehikese,
Et ei liikmeid liigutanud,
Sabakest ei siputanud.
　　Kalev tõmbas kaelakotist
Külmaks hangund kaimukese,
Tõmbas välja tuule kätte,
Vaatas väikse vigastusi.
Vana surmavarjukene
Paistis poisi põskedelta,
Tunnisteli silmaterast,
Lohakille lõugadesta,
Avaldas suu avandusest,
Moonutatud mokkadesta.
　　Kalevite kallim poega

Seadis sõnad sõudemaie,
Kurtamised käidanema:
"Oh sa vilets vennikene,
Külmaks hangund kaimukene,
Kes sa kaitselikku kohta,
Paremada peidupaika
Lootsid kangema ligidalt,
Tulusaaki tugevamalt.
Kui oleks teadnud, võinud teada,
Naljalt unes ette näha,
Magadessa mõtteleda,
Kuis sa pidid koolemaie,
Küllap oleks jäänud koju.
Kodus olid isa õnne,
Ema hellitud rüpelaps.
Olid kui munake murulla,
Õunakene õue pealla,
Pähkel toa põrmandalla;
Olid kui kägu katuksel,
Laululindu lepikussa.
Laulid lusti linnukeelil,
Hõiskasid ööbiku häälilla,
Lõõritasid lõoksekeelil,
Pajatasid pardi viisil.
Siis said, marja, muile maile,
Võsukene, võõra aeda,
Lindu, muile liivikuile,
Hani, muile allikaile,
Kuhu vesi veeretanud,
Tuulehoog sind tõuganud.
Viletsuse vihmukene,
Õnnetuse raskem rahe,

Needap sulle surma tegid.
Sortsi poege pakitused,
Kurjad pealekippumised
Mõtteid minul segasivad,
Ajasivad otsast aru,
Kui sind kotti unustasin,
Arvates leival lebavat,
Silgukarbil suikuvada.
Meeste mõrtsuklikud malgad
Raskest' kotti rabadessa
Taskus mehe tabasivad."
Kalevite kallis poega
Kaevas käpul kalmukese,
Soosse kena sängikese,
Mattis maha mehikese
Pikka unda põõnutama;
Kattis kinni mätastega,
Siliteli sammaldega;
Pani sinikaida põõsa,
Jõhvikaida teise põõsa,
Murakaida kolmandama
Kalmu peale kasvamaie,
Koolja iluks õitsemaie.
    Kui sai õhtust leivastanud,
Kurnand keha karastanud,
Siruteli sängi peale
Paindund liikmeid puhkamaie,
Tahtis päevatüdimusta,
Muljutuse muhkusida
Kaste vilul kahandada.
Unekuube kulmudelta
Langes silmalaugudelle,

Vangisteli mehe võimu,
Lukuteli liikmeida.
Valvsail silmil vaimukesta
Võind ei uni võrgutada,
Kütketesse kinnitada.
Kaval unenäo kangur
Kudus kirjusid kujusid,
Punus petispaelasida
Vaimusilma väravaile.
Eilse päeva ilmumised
Unenäona uuendati,
Kirjuks kangaks kujutie,
Petispaeluks palmitie.
    Sortsipoegelaste sõda
Videviku viludusel
Elavaksi ärkanekse,
Tegevaksi tõusenekse.
Vaenulaste vemmeldused
Vihastasid võidumeesta,
Panid viha paisumaie.
Lustilisem teine lugu,
Mis tal näitas mehikesta
Metsatalus tantsimassa
Vatsatuule veeretusel,
Püksituule pakitusel,
Kui see kutspool kangru käessa
Seinast seina sõudemassa.
Kolmas unenäokuju
Valmisteli vargatööda,
Kuidas sortsi röövelküüsil
Kallist mõõka kandanekse;
Kuidas mõõka Kääpa jõesta,

Leinalugu lainetesta
Peremehel' pajatanud.
    Aga heitkem unevaled,
Kalli poja pettekujud
Kanarbikku kolletama,
Metsadesse magamaie!
Rutakeme radadelle
Tõsilugu tunnistama,
Juhtumiste jälgedelta
Asjasündi ajamaie,
Mis seal mehel magadessa
Sängi pealla siginesid!
    Kalevite kallis poega
Polnud kaua põõnutanud,
Kurnand keha unekaisus
Ööde vilul õnnistanud,
Sealap astus sängi äärde
Peipsi soolasortsilane,
Kes ei võinud Kalevida
Valvsail silmil vangistada.
    Peipsi tuuslar, sõnatarka,
Mõnes tükis manatarka,
Püüdis unepaelutusel
Väsimuse võrgutusel
Kangelasta kimbutada.
Pani sõle sõudemaie,
Arbu aga astumaie,
Kaarnakivi keeramaie,
Sõnajala sortsisunnil
Kurje sõnu kandemaie.
Võttis unerohtusida,
Väsitaja võsukesi,

Sõlmis rohud sortsisõnal,
Pistis kimbus pähitsesse
Kalevipoja sängi otsa,
Miska pikad unepaelad
Kanget meesta kütkendasid.
Peipsi tuuslar, sõnatarka,
Kui sai tembud toimetanud,
Kavalused katselenud,
Kiirustelles kandasida
Pistis pakku põgenema.
Öö jõudis, päike tõusis,
Päike veeres, õhtu sõudis
Uuest ööda õmblemaie,
Kordamiste keeritusel
Vanaisa seadusella.
Kallis Kalevite poega
Lebas sängis liikumata.
Virust olid Viljandisse
Kiiruskäsud kihutanud;
Alevite sõber noori,
Kalevite kannupoissi,
Juhateli jälgi mööda
Rutuskäsud Peipsi randa,
Kuidas käsku enne kuulnud.
Aga kiiruskäsu kandjad
Kuningat ei leidnud rannast.

Öö jõudis, päike tõusis,
Päike veeres, õhtu sõudis
Uuest' ööda õmblemaie,
Kordamiste keeritusel
Vanaisa seadusella.

Päevad kasvid nädal pikaks,
Venisid ööd samavõrra;
Kallis Kalevite poega
Lebas sängis liikumata.
Kenam suve ilupäeva,
Õnnerikas rõõmupidu
Kutsus rahvast kauge'elta
Taaramäele mängimaie,
Laia lusti laskemaie.
Laevad tulid Ema laineil
Lustil veteveeretusel
Peipsi rannast Taara paika;
Virust, Järvast, Harjust, Läänest
Langes rahvast ligemalle,
Aga keegi kuningada
Neist ei olnud silmal näinud
Ega võinud tema jälgi
Tulles kuskilt tunnistada.
Öö jõudis, päike tõusis,
Päike veeres, õhtu sõudis
Uuest' ööda õmblemaie,
Kordamiste keeritusel
Vanaisa seadusella.
Kuuksi päevad kasvasivad,
Venis kuudeks ööde vaikus;
Kalevite kallis poega
Lebas sängis liikumata,
Uinus õnnetumat unda.

Juba suve õilmeilu
Närtsind pool' di nurmedella.
Kalevite kallis poega

Suikus unerohu sunnil
Sortsisõna sidemetes,
Kui üks petis unenägu
Õnneks tuli äratama,
Võimast meesta virgutama.
Unenägu näitas nalja,
Kuidas uue mõõga tera
Paremini painutati,
Valusamast valmistati,
Kõvemaksi karastati,
Tugevamaks taotati.
Mõnusamat mehe mõõka
Teind ei tarka Soome seppa,
Kadund isa lellekene.
Mõõka tehti salamahti
Vaikses varjulises kojas,
Peitelikus kaljupõues.
    Keset ilma seisis kaunis
Kõrge mäekünkakene,
Mis ei olnud kõige kõrgem,
Maal ka kõige madalambi;
Mäeharjakene määras
Keskmis-pilve kõrguseni:
Servad mäel sõelusivad
Parajasti pilvesida. -
Sala mäe sügavusse
Seadnud Ilmarise sellid,
Maa-alused meisterid,
Ilusama sepikoja,
Paigutanud tugipaku,
Asutanud alasida,
Kus nad ööd ja pikad päevad

Salatöösid sobitasid,
Tarbelisi toimetasid.
    Sepasellid seitsmekesi
Tagusivad teraksesta,
Kallimasta raudakarrast
Mõnusama mõõgatera,
Tugevama tapperiista.
Tagujatel kätejatkuks
Vanast vasesta vasarad,
Teraksega teritatud,
Kõvemaksi kinnitatud,
Varred kuldsed vasarailla,
Pihid pihus hõbedasta,
Miska peeti tulist mõõka,
Pehmitati tulepaistel,
Vopsitie vasarailla.
    Sepiliste meister ise,
Ilmarine, imeseppa,
Istus kõrgel kuldsel istmel,
Vahtis kulmu varju alta
Nooruslikul nugissilmal
Sellikeste sobitusi:
Kuhu vopsud kopsitati,
Vasaraga vajutati.
    Sealap astub argsel sammul
Kahvatanud mehikene
Üle läve sepikotta,
Lehvib teretelles lakka;
Pead küll mees ei painutanud
Ega kõverdanud kaela.
Verevermed katsid kaela,
Verevermed vammustagi,

Verepiisad palgeida,
Teised suulla tarretanud.
Võõras meesi viskamaie,
Palveil nõnda pajatama:
"Ärgem kulutagem terast,
Raisakem siin kallist rauda
Mõrtsukalle mõõgateoksi!
Kalevite kange poega,
Kui tal mõistus vihakütkes,
Siis ei hooli sõpradesta,
Surmab kas või sugulase,
Mõrtsukana tapab meistri,
Surmab mõõga sünnitaja.
Minu isa tegi mõõga,
Meie, vennad kolmekesi,
Isal ala abimehed,
Toimetime rasket tööda
Seitse aastat seisemata.
Mis meil palgaks paisatie,
Vaevatasuks vistie?
Mina, sepa vanem poega,
Soome meistri sellikene,
Osavama abimeesi,
Pidin peada puistamaie,
Noorelt nurmel närtsimaie, -
See'p meil palgaks paisatie,
Vaevatasuks visatie."
    Kalevite kange poega
Tahtis võõra valelikuks,
Keelekandjaks nimetada,
Tahtis lugu tähendelles
Asja sündi avaldada;

Aga vana Tühja poega
Luupainaja piinamas,
Köitis liikmed kammitsasse,
Kui oleks raskem kaljukivi
Rõhund temal rindasida.
Tema püüdis paelust päästa,
Katkendada kütkeida.
Higi voolas piki otsa,
Kattis kastel kõike keha:
Liikmeid ei võind liigutada
Ega keelta painutada.
Juba katsus viimist jõudu
Rammukamalt raputada,
Kui oleks tahtnud kaljut murdes
Pihuks kõike pillutada.
    Kui see tuulehoo kohin
Marul merelaineid murrab,
Kärgatavam Pikse kärin
Kaljusida kõigutanud,
Kisendelles kange meesi:
"Valelikku!" - kargas püsti,
Kippus meesta karistama,
Valelikku vemmeldama.
    Praegu tõusev päikene
Punal taevast palistamas,
Puistas udupilved pakku.
Kahvateli tähekesed
Suikumaie taeva serva.
Kaste hiilgas murupinnal,
Vaikusvarjus ümberringi
Öörüpest tõusnud ilma.
Sestap märkas kange meesi,

169

KAHETEISTKÜMNES LUGU

Kallis Kalevite poega,
Kuidas praegu nähtud kujud
Petis unenägu olnud;
Aga sest ei saanud aru,
Et ta seitse nädalada
Sängi süles oli suikund.

Kalevipoeg, kange meesi,
Siruteli üle sängi
Jalad maha muru peale,
Istus sängi serva peale,
Võttis pisut linnupetet,
Enne kui ta tõttas teele.
Pihkvast toodud lauapurust
Leidis lõhkemata laudu
Killukeste keske'elta
Väga vähe veel valida,
Mis ei maksnud pikka käiki,
Raske tee rändamista.
Kalevipoeg pajatama:
"Mis ma risuriismeida,
Katkend lauakildusida
Koju hakkan kandemaie,
Mis ei maksa mehel käiki!
Parem lähen Peipsi taha
Tuttaval teel tagasi
Laudu uuest' otsimaie,
Linna tarbeks lunastama."
Peale nõupidamista
Tõttas jälle tallamaie,
Rutul sammul rändamaie.
Kui ta pikil teedekäigil

Juba järve äärde jõudis,
Kostis kogemata kisa,
Poisikese nutupilli
Kaugelt tema kuulmeisse.
Silmi kaugel' sirutelles
Üle laia lagediku,
Nägi nurmel lambakarja
Kriimusilma kimbatuses
Kohkel parve kogunema;
Karjapoissi kisendelles
Hädas appi hüüdemaie.
Kriimusilma küünte vahel
Lõdises ju lambakene,
Mis ta karjast mõrtsukana
Teiste seltsist oli toonud.
Vaeselapse ainus vara,
Mis ta kaisus kasvatanud,
Põue peidus paisutanud,
Siputeli hundi suussa.
Kalevipoeg nägi kahju,
Kiskus kiirest' kivi maasta,
Paiskas kriimusilma pähe,
Miska teda kivi alla
Muljutelles mattanekse.
Lammas pääses lippamaie,
Kargas jälle teiste karja.
Kalevite viskekivi,
Sugulta ei kõige suurem,
Väärati ei kõige vähem,
Seisab praegu sünnitäheks.
Kivista võiks kaksi paari
Veskikive valmistada;

170

Sõrmejäljed kivi servas
Võiksid väikse vennikese
Parajasti paigutada.

Kalev hakkas järve kaldal
Nõnda nõuda pidamaie:
"Murran maha metsapuida,
Kannan kokku kivisida
Laialt mõne lasukese,
Miska silda seadaneda
Peipsist üle teise poole."
Tegi mõtted tehtavaksi,
Hakkas silda alustama,
Pani alla aluspalgid,
Pani peale põikipalgid,
Kivisida keske' elle,
Tõkked servade toeksi,
Voolu vastu varjudeksi.

Silda oli sada sammu,
Tuhat juba toimetatud,
Versta viisi üle vete,
Penikoorem Pihkva poole
Kange käega kasvatatud,
Kui üks tuiskav tuulehoogu,
Maru raskem möllamine
Peipsi pani paisumaie,
Lained vahtus lendamaie.
Sild ei jõudnud laintesõudu,
Poolik töö ei tuuletuisku
Pikemalt vastu pidada;
Langes laia lainetesse,
Tuiskas tuulil tuhat tükki

Lõuna vastu lendamaie,
Põhja vastu purjetama.
Kalevite kange poega,
Mees aga kohe mõtlemaie:
"Mis ma tühja mängidessa
Asjatumalt viidan aega
Sillakesta seadidessa!
Õigem tee käib otsekohe
Sihilt läbi sügavuse,
Lausalt läbi lainetesta,
Kust ma enne olin käinud,
Koorma laudu juba kannud."
Enne teele minekuda
Läks ta vähki püüdemaie;
Püüdis mõne pihutäie
Kamalulla kaelakotti.
Mis ta sõrmil mätta' alle,
Puhul paiskas kalda peale,
Sest sai kolme mehe koorem,
Neljal naisel koju kanda,
Viiel vedu venitada.
Kalevite poega puhus
Lõhandikud lõkke' elle,
Võttis kotist vähkisida,
Pani tulepaiste' ella
Kamalutäie küpsemaie,
Miska kõhu manitsusta
Tükati sai täitaneda.
Siisap teeda sammumaie,
Märga rada rändamaie
Piki järve Pihkva poole.
Seni, kui ta teeda sammub,

Kus ei ole kiusatusi,
Võõralikke viirastusi,
Läki teisele luhale
Kuulutusi kuulamaie!
  Kui ma kuuldu kukutelles,
Hõbedaida ilmutelles
Käänan Peipsi kallastelle,
Seal tuleb vastu igal sammul,
Tuleb vastu mitu tükki,
Tosin tunnistusetähti,
Mälestuseks jäänud märki.
  Peipsi järve kaldapiiril
Nõuka peremehe talus
Valju vanema sundusel
Elas üksi vaenelapsi,
Kasvas karjapoisikene.
Pidi hoidma eide utti,
Pudukarja kaitsemaie,
Tõurakarja hoidemaie.
  Vaenelapsi, alaorja,
Saatis karja kauge' elle:
Lehmad lausa lepikusse,
Vasikad alla vaarikusse,
Lambad laia lagedalle;
Kaitses karja kauni' isti,
Ehk küll eit ei uuta kuube
Paisand lapsel' suvepalgaks,
Pika piina lepituseks.
  Vaenelapsi, alaorja,
Kukkus kui see kuldakägu,
Laulis leina lepikusse,
Kurvastusi kaasikusse,

Hädapidu haavikusse:
  "Oh ma vaene orjalapsi,
Mahajäänud marjukene,
Kel ei isa kaitsemassa,
Ema armu haudumassa,
Vennakest ei veere vainul,
Õde õhtul teretamas,
Sugulast ei soovitamas,
Ligimest ei lepitamas!
Hauda läks mul eidekene,
Kalmu kallis taadikene,
Sõjasurma suikus veli,
Sõsar katkulla kolletas,
Tädi taudilla lõpetas,
Onu õnnetuse kätte,
Lelle suri leinadesse.
Mina aga üksi, vaenelapsi,
Pidin pikki piinamisi
Orjapõlves kannatama!"
  Kivi otsa, kännu otsa,
Mätta otsa, murudella,
Kuhu jalga puhatelles
Vaenelapsi aset võtnud,
Murelaulu murretie,
Leinalugu lõksutati,
Kurvastuse kustutuseks,
Leinamise lepituseks:
  "Peremees on väga kuri,
Perenaine liiga vali,
Peretütar tuleharki,
Perepoega palju pahem!
Õuekoeral parem olu,

172

Karjapenil kergem pidu,
Parem pidu, hõlpsam olu,
Kui on vaesel orjalapsel,
Kaitsemata kukekesel!
Mull' ei anta kehakatet,
Varjajaida vammukseida;
Taat ei raatsi anda toitu,
Eit ei piima lähkerisse,
Miska leina lepitaksin,
Kurvastusta kustutaksin."
Kivi otsa, kännu otsa,
Mätta otsa, murudella,
Väsind jalga viivitelles
Karjapoissi kukutelles
Leinalugu lõksateli:
"Oh mina, isata lapsi,
Oh mina, emata lapsi,
Vanemata vaenelapsi!
Igaüks ütleb minusta:
Lööge seda, see isata,
Lööge seda, see emata,
Vanemata vaenelapsi,
Kel ei tuttavat toeksi
Ega omasta abiksi.
Ülevalt ju ütleb Looja,
Vanaisa kostab vastu:
"Ärge lööge vaestalasta,
Kopsige ei kaitsetumat!
Nutab, vaene, löömatagi,
Halab ilma haigetagi,
Pesemata silmad märjad,
Löömata palged punased!

Kõik tuisud peale tulevad,
Kõik sajud peale sajavad,
Vihmad peale veerevad:
Ei ole kullal kuivatajat,
Hellal eestaseisijada."
Kivi otsa, kännu otsa,
Mätta otsa, murudella
Väsind jalga viivitelles,
Karjapoissi kukutelles
Leinalugu lõksateli:
"Oh mina, halba orjalapsi,
Oh ma, vilets vaenelapsi!
Mul on kodu kurvad sängid,
Ahju ees haletisasemed,
Taganurgas nutusängid!
Ema viidi uksestagi,
Armud läksid akkenasta;
Ema viidi teeda mööda,
Armud käisid aeda mööda,
Sõnad soojad sooda mööda;
Ema hauda kaevatakse,
Armud kaovad kalda alla;
Ema hauda lastanekse,
Armud alla ka vajuvad."
Kivi otsa, kännu otsa,
Mätta otsa, murudella
Väsind jalga viivitelles,
Karjapoissi kukutelles
Leinalugu lõksateli:
"Vaheliku leivakakku,
Kõlgastiku koristusi,
Kuivand leivakoorukesi

Vaeselapse leivamärsis;
Neist pean, vaene orjapoissi,
Närvukene, närimaie;
Kõlkad hambail kõlisevad,
Agan keelepära taga,
Libe keele keske' ella."
   Kivi otsa, kännu otsa,
Mätta otsa, murudella
Kostis vaeselapse kurbus,
Orjalapse ohkamine.
Metsapiiga peenikene,
Haldja tütar ainukene,
Kuulis vaeselapse kaebust,
Orjalapse ohkamista;
Tõttas armu toomaie,
Abi lapsel' andemaie,
Kurvastusi kustutama,
Leinamisi lepitama.
   Õhtul hilja, kaste eella
Laulis tamme ladva seesta,
Häälitselles paksest lehist:
"Ära nuta, poisikene,
Ära leina, vaenelapsi!
Kui sa lähed enne koitu,
Vara enne valge'eda
Kodunt karja saatemaie,
Leiad õnne karjateelta,
Rõõmu raatmaa radadelta.
Pane põue paisumaie,
Kaissu sala haudumaie!
Sealtap kasu siginekse,
Õnne hiljem õitsenekse."

Kui siis poissi enne koitu,
Vara enne valge'eda
Karja läinud saatemaie:
Mis ta leidis karjateelta?
Leidis lõokese muna
Krookslehe hõlma alta.
   Tamme ladvast tulnud laulu
Targalt meelde tuletelles,
Võttis vaene orjalapsi
Maasta lõokese muna,
Mähkis nartsukese narma,
Hellalt villade vahele,
Pistis põue paisumaie,
Sooja kaissu haudumaie.
   Mis seal munast kasvanekse?
Munast kasvas neljajalgne
Pisukene hiirepoega.
Poissi mähkis hiirekese
Narmalise nartsu sisse,
Hellalt villade vahele,
Pistis põue paisumaie,
Sooja kaissu haudumaie.
   Mis seal hiirest märkanekse?
Mis seal kaisus kasvanekse?
Kasvas hiirest kassikene.
Poissi mähkis kassikese
Narmalise nartsu sisse,
Hellalt villade vahele,
Pistis põue paisumaie,
Sooja kaissu haudumaie.
   Mis seal kassist kasvanekse,
Suuremada sündinekse?

Kassist kasvas koerukene,
Paisus kena kutsapoega.
Poissi mähkis kutsapoja
Narmalise nartsu sisse,
Pistis põue paisumaie,
Sooja kaissu haudumaie.
Mis seal koerast kasvanekse,
Suuremada sündinekse?
Koerast kasvas lambatalle,
Tallest kena emalammas,
Ilus valge villakandja.
Nüüd ei nuttu nurmedella,
Leinamist ei lepikussa
Ega kaebust kaasikussa.
Nüüdap rõõmus vaenelapsi,
Õnnerikas orjapoissi;
Ehk küll kuusi kurja temal,
Viis küll valju vaevaselle,
Ei ta hooli nende kurjast:
Lammas leina lepitamas,
Kurvastusi kustutamas.
Vaenelapsi, alaorja,
Hoidis oma lambakesta
Nii kui silmaterakesta,
Kattis kuuehõlma alla,
Kui oli vihma veeremassa,
Külma peale kippumassa.

KOLMETEISTKÜMNES LUGU

Rännak laudadega, Teekond
allmaailma, Põrgupiigad

Enne küll olin esimene
Külavainul kilkamassa,
Lindu, laulu laskemassa,
Sõnasida seadimassa,
Esimene laulumeesi
Värssisida veeretamas!
Laulin üksi lusti pärast,
Laulin kaksi katsudessa,
Võidu vastu valdasida:
Laulin, et kaljud kargasid,
Metsad mütates mürasid,
Merelained lõhkenesid,
Pilved pikil kärisesid,
Tuulekohin häälta kohkus!
    Ei nüüd, väeti, enam jaksa,
Hääl ei anna hella viisi,
Jõud ei kanna kanget viisi,
Sõrm ei paindu kandelilla.
Olen vanaksi vaarunud,
Rammetumaks rauganenud.
    Kalevida kuulutelles
Ärkab noorus õitsemaie,
Kallim aega kasvamaie,
Kus ma enne, kuldakägu,
Hõbedane õuelindu,
Kodukoppelis kukkusin,
Meie metsades helkisin.

175

Juba mina mullu laulin,
Toonamullu murrin keele,
Aasta sõnu asutasin,
Teise taga tasutasin,
Kolmandama keerutasin,
Neljandal kokku sidusin.

Kalevite kange poega,
Kui oli käiki lõpetanud,
Päevatööda toimetanud,
Tõttas jälle õhtu eella
Sinna enne tehtud sängi,
Kus ta kalli mõõga kaotand.
Enne kui heitis puhkama,
Väsimusta vaigistama,
Võttis sängil õhtueinet.
Soolasorts ei näitnud silma,
Polnud näha poegasida;
Võisid veel ehk nõiavihtel
Muhkusida muisutada,
Haavatud keha arstida.

Hommikulla enne koitu,
Vara enne valge'eda
Kargas Kalev kiirusella
Kodu poole kõndimaie.
Täna tallas teista teeda,
Rändas uusi radasida
Sõudval sammul kaugemalle.
Mööda sood ja mööda raba,
Kus ei muud kui hunti käinud,
Metsa paksust põõsastikust
Puges kangelase poega

Virgult läbi Viru poole.
Sammusida sirutelles
Kadusivad koormakandjal
Jõudsalt pikad penikoormad
Ega olnud enne õhtut
Mehel palju puhkamista.
Vast kui päike alla veeres,
Ladus tema laualasu
Õlapennilt põõsa alla;
Puhkas väsind pihtasida,
Võttis kehakarastuseks
Leivakotist lisandusta,
Lähkrist keelelibedusta.
Siis aga sängi seadimaie,
Küljeaset kohendama.
Liivikulta kantud liiva
Seadis sängiks seisemaie
Ühtekokku hunnikusse.
Viimast rüpetäita viies
Kaotas hõlmast kogemata
Paari pihutäie pillu;
Sest jäi viltu sängiserva,
Teiselt poolelt tasumata.
Sängist mõni sammukene
Eemal seisab varisenud
Liivalasuke lagedal
Kui üks kaunis künkakene.
Öövarju hõlma alla,
Kastevilu karastusel
Puhkas kangelase poega
Vintsund keha väsimusta.
Taevast vaatas ehatähti,

Vaatasivad vardatähed
Sõbrasilmil suikujada.
Kuu kahvatanud pale
Valvas vaikselt sängi kohal,
Kuni tõusev koidukuma
Virku jõudis äratama.
　　Kui ta teele kohendelles
Linnupetteks võttis leiba,
Kostis kõrgemalta kuuselt
Haraka laul tema kõrva,
Kes seal sulgi silitelles
Asja nõnda avaldeli:
"Kui sa teaksid, kange meesi,
Mõistaksid ära mõelda,
Ajudella arvatagi,
Mis sul suikudes sündinud,
Tooksid sa tüve meresta,
Ladvatüki saare laanest,
Valmistaksid vankeriksi,
Seaksid kokku sõiduriistaks,
Raiuks rahnud ratasteksi,
Teeksid teised telgedeksi;
Paneks ette punapaadi,
Hiirekarva hallikese,
Keske' elle kuldakõrvi,
Vahel' valged võigukesed,
Kuis on seadus kuningalle.
Tee on pikka tallajalle,
Maa on kauge kargajalle,
Lage laia luusijalle!
Sõbrad ootvad pikisilmi,
Igatsevad isekeskis:

Kuhu on jäänud kuningas?
Mis tal sammusid sidumas,
Mis tal käiki kütkendamas?
Sea sa sammud sõudevalle,
Jalakannad kargavalle!
Kulda saatvad sammukesed,
Hõbe jälgedel õnneksi.
Kes see kulda korjamaie,
Hõbedat maast võttemaie?
Vend saab siidi sammudesta,
Õde haljasta hõbedat,
Sugulased saavad kulda,
Aruleidu astmetesta.
　　Kui sa teaksid, kange meesi,
Mõistaksid ära mõelda,
Ajudella arvatagi,
Kuidas sammust kulda saada,
Kuidas hüppest hõbedada,
Siis sa sammud sirutaksid,
Lennates koju läheksid!
Sortsisõna sõlmitusel,
Unerohu uimastusel,
Kaetisrohu kammitsusel
Viibisid sa, vennikene,
Pikalisti puhkemaie,
Magasid seitse nädalat,
Enne kui unesta ärkasid.
Hommikul on õnnekudu,
Päeva keskel kuldakangas,
Õhtul hõbedane ilu,
Ööl ei õnne ilmumassa."
　　Haraklinnu avaldused,

Kirjukuue kuulutused
Kalevida kiirustasid;
Ladus selga lauakoorma,
Seadis sammud sõudsamasti
Metsateesid mõõtemaie,
Lagedaida lõhkumaie.
Kui ta käinud tüki teeda,
Tüki teeda, marga maada,
Kus ei kuskil kinnitusi
Ega sammul sidendusi,
Jõudis vastu Ilmajärvi.
Kaldal mõtles kangelane:
"Kas ma loigukese kohkel
Käiki lähen kõverdama,
Kallist aega kulutama?
Pääsin õnnelt Peipsist läbi,
Sõudsin üle Soome mere,
Mis siin viitu mudalombist?
Küllap pääsen kõntsa kütkest,
Veeren läbi virtsukese."
   Mõtteid nõnda mõlgutelles
Tõstis tema viibimata
Kaldast jalga üle järve,
Astus sammu, astus kaksi,
Hakkas kolmat astumaie,
Sealap kippus sügav vesi
Kaenlaid mehel kastemaie,
Kippus nina niisutama.
   Kalevite kange poega
Silmapilku seisatelles
Võõrast lugu vaatamaie,
Pahandusel pajatama:

"Toho! tondilaste loiku,
Musta vähi mudalompi!
Peipsi puutus p...se′ eni,
Kippus kastma kellukesta,
Lokutusi loputama;
Sina, häbemata sõge,
Kipud kaenlaid kastemaie,
Mehe kaela märjastama!"
   Pajatelles pööranekse
Tuldud jälile tagasi,
Kuni jõudis kuivikulle.
Kaldal käiki kinniteli,
Raputeli mudaräntsa,
Kõntsa pika koibadesta,
Siis aga jälle sammusida
Viru poole veeretama.
   Äge päikese palav
Südapäeva sünnitusel
Piinas mehel pihtasida,
Raugendeli keharammu;
Sammul siiski polnud seismist
Ega käigil kinnitusta:
Haraklinnu avaldused
Kodu poole kihutasid.
   Kui ta käinud tüki maada,
Mis siis käiki kütkendelles
Võõralikku juhtus vastu?
Vastu juhtus vanaeite,
Soolasortsi sugulane,
Mana targa vanamoori.
Eite istus pajupõõsas,
Laskis laulus laususõnu,

Vägevaida valu vastu,
Võimsaid ussiha vastu
Tuuleõhku lendamaie,
Miska valu vaigistada,
Nõelamista nõrgendada.
Kalevite kallis poega
Sammusida seisateli
Põõsa äärde puhkamaie,
Memme laulu märkamaie.
Vanaeite, sõnatarka,
Pajupõõsast pajatama:
"Mida karva, Leenakene?
Kuule, armas Leenakene,
Suure soo saksalane,
Paemurde prouakene,
Kulu kuldane emanda,
Ehk oskan sind ära arvata!
Sarapuukarva, sinikakarva,
Sisaliku silma karva,
Oidukarva, orasekarva,
Mäekarva, männikarva,
Sookarva, kanarbikarva,
Kirev sa, kivitagune,
Põõsa alta piigakene?
Võta valu vähendada,
Paistetusta painutada!
   Musta madu, mudakarva,
Kooljakarva tõugutigu!
Kas arvid puisse hammustada,
Pajukoorta ehk pureda,
Kui sa inimest ihkasid,
Nõrka looma nõelasid?

Paju alla ma paneksin,
Võsandikku võõrutaksin!
Tule viga vihtlemaie,
Haavasida arstimaie,
Hambaraigu ravitsema,
Puretamist parandama!
Küllap tunned hambaarmid,
Igemete ilapaigad,
Keele nälpamise kohad.
   Küll ma tunnen sinu tõugu,
Taotan sinu suguda,
Kust sind viidud, kust sind
   saadud,
Kust sind, kurja, korjatie,
Salalikku sigitati.
Küllap arvan su suguda,
Korjamise kodadasi:
Sul on sugu sõnnikusta,
Kärnaskonnade kohusta,
Kolgakonnade kudusta,
Hukkaläinud udusta,
Karja jälil kaste' esta.
Issand õhkas õhkudasa,
Vanaisa hingekesta,
Sest sai tigu tihassilma,
Vaglasilma vaarikusta.
Keele ostsid odaotsast,
Hambad tapperi terasta;
Kuub sul kukepuu-karvane,
Pea painupuu sarnane.
Sõmerakarva, savikarva,
Kanarbiku-, kulukarva,

Oleksid ehk ilmakarva,
Taeva-, pilve-, tähekarva,
Siiski tunnen sinu tõu,
Sina minu väest ei pääse!
Ole laia kivi alla,
Keerus puukännu alla,
Käharas ehk loogetie
Mööda mättaid mängimassa,
Kõnni põllupeenderailla,
Põõsapaksus, metsa vahel:
Sulane sina, ma isanda!
Leian sinu ligimailta,
Karistan sind kaugemalta,
Tolla-holla! pilla-villa!
Nüüd sa oled valu saanud.
Suusta sile, peasta villa,
Lõualuudki villadesta,
Villast viisi hammastagi,
Villakarv sul keelekene,
Villane sinu kübara,
Villast võetud üleüldse."
Kalevite kallis poega,
Kui ta salatarkust saanud,
Ussisõnu pähe õppind,
Tõttas teeda tallamaie,
Seadis jõudsalt sammusida
Viru poole veeretama.
Metsavarjul võttis meesi
Päevapalavat puhata.
Küljeaset kohendelles
Puistas metsa pilla-palla,
Murdis maha mändisida,

Katkus maha kuuskesida,
Tugevaida tammesida,
Pikemaida pihlakaida,
Laiemaida leppasida;
Ladus puida lademesse,
Kokku kõrgelt hunnikusse,
Langes ise lademelle
Leiba luusse laskemaie,
Kurnand keha karastama.
Sai ta puhu suikunud,
Päevapalavust puhanud,
Ladus selga lauakoorma,
Siis aga jälle sammumaie.
Käänas teelta kurakäele
Otse Endla järve äärde,
Sammus siis silmasihilla
Piki sooda edaspidi.

Punetelles päikene
Veniteli varjusida
Õhtu hõlmal pikenema.
Juba jõudis ehavilu
Koormakandjat karastama,
Kui ta kaugelt künka tagant
Suitsu juhtus silmamaie,
Mis kui kütiskõrvetuse,
Miiliaugu musta suitsu
Pilvepaksult üles paisus,
Taevast tahtis tumendada.
Sammusida sirutelles
Tõttas Kalev künka poole.
Ligemalle minnes leidis

Künkakese kõrval koopa;
Sealtap läikis tuleleeki,
Mis siin suitsu sünniteli.
Kindlalt ahelate kütkes
Rippus kaunis keedukatel
Suitsu keskel koopasuussa.
Paja ümber tulepaistel
Istusivad kükakili
Kolme meesta, tahmapalet,
Kes seal tulda kohendasid,
Vahtu võtsid leemepajalt.
Käigist väsind kangelane
Koopasuussa seisatelles
Mõtteid nõnda mõlgutama:
"Õnneks leian öömaja,
Parajada puhkepaika,
Sooja rooga õhtusöögiks,
Mis ju kaua pole maitsend."
Noored mehed tule ääres
Isekeskis irvitama,
Tulijada tunnistama,
Kes neil kehasta ja koormast
Üsna võõravääraline,
Imekomblik ilmumine.
Kalevite kange poega
Viskab lauakoorma maha,
Astub sammu ligemalle,
Siisap sõnu sahkamaie:
"Mida rooga, mehikesed,
Kattelassa keedetakse?
Peab teil pikki pidusida,
Saaja suuri ehk tulema?"

Mehed mõistsid, kostsid
vastu,
Pajatasid tulepaistelt:
"Katel keedab kallist rooga,
Keedab isa õhtusööki,
Tagurpäri-taadi toitu,
Vastuoksa-eide rooga,
Pööraspea-piigade putru,
Lustileenta langudelle.
Kui meil pidu peetanekse,
Suuri söömi tehtanekse,
Siisap tõuras tapetakse,
Suuri härga surmatakse;
Sada tuleb surmamaie,
Viissada veristama,
Tuhat meesta tappemaie.
Täna keemas kehva katel,
Keemas vaese mehe vara,
Pole muud kui põdrapoolik,
Vana kuldi küljekesed,
Karu maks ja kopsukesed,
Noore hundi neerurasva,
Vana karu kamarada,
Põhjas kotka pesamuna -
Sest saab Sarvik õhtuservet,
Vanamoori mokakastet,
Koer saab laket katlapõhjast,
Kassi kausi riismeida;
Pühkmed jäävad kokkadelle,
Jäävad osaks orjadelle.
Linapead on iseleival,
Neitsid noorukesed koogil,

Mis on teinud vanamoori,
Sortsitulel küpsetanud:
Sealt saab saia sõsaraile,
Närvatoitu neidudelle."
    Kalevipoeg pajatama:
"Toho, tondilaste kokad,
Solgileeme sobitajad!
Kes see hullemada kuulnud,
Imedamat unes näinud!
Kentsakamat leemekeetu
Ei võind sortsi sobitada,
Tuuslar ise toimetada!"
    Üks neist meestest mõistis
kohe,
Kavalasti kostis vastu:
"Meie katel keetanekse
Võõrast rooga valmistelles
Neljapäeval nõidadelle
Rammukosutavat rooga,
Keedab kehatugevusta
Targa tuuslar-taatidelle,
Sortsi poegadelle sööki;
Keedab vihavõttijada,
Kadeduse kergendajat,
Kurja silma kustutajat,
Keedab nooremate kasuks
Armumeele alustajat,
Südamete sütitajat."
    Kalevipoeg pajatama:
"Kui on katlal kümme keetu,
Pajal palju valmistusi,
Siis ei maksa õhtusööki

Tühjal kõhul oodatagi.
Juhatage, kulla vennad,
Kus te peremehe koda,
Tagurpäri-taadi tuba,
Vastuoksa-eide vari,
Pööraspea-piigade paika!
Karedamal kaunakesel
Vahest magus ivakene,
Koredamal koorukesel
Vahest sile sisukene."
    Pajahoidjad poisikesed
Pilkamisi pajatama:
"Kui sa astud kamberini,
Tallad teeda tubadeni,
Vaata enne, vennikene!
Aja siis silmad avali,
Et ei eksi jälgedelta,
Kaota käesta kodurada:
Libe hiirel lõksuminek,
Paha väljapääsemine."
    Kalev mõistis, kostis vastu:
"Meest ei jõua müürid hoida
Ega kaljud kammitseda!
Tugevus ei kaota teeda,
Rammul rohkesti radasid."
    Pajahoidjad poisikesed
Joonelt teeda juhatama:
"Käi sa otse koopakurku,
Vaata, seal leiad värava;
Kummardele selga küüru,
Lase alla libamisi
Pugedes urgastee põhja!

Veere sammul, vennikene,
Käsikaudu katsudelles,
Küllap leiad toaukse!"
   Kalevite kange poega
Hakkas rada rändamaie,
Tuisul teeda tallamaie,
Kõndis tüki küürakili,
Teise tüki käpakili.
   Pajahoidjad poisikesed
Isekeskis irvitama:
"Karu läks kassi pesasse,
Lõvi lingupaeladesse,
Kuhu naha kaotanekse!"
   Kalevite kange poega
Tõttas teeda tüdimata,
Ehk küll käiki küürakili,
Roomakili mehel raske;
Umbekitsas pime urgas
Tegi teele tõkkeida.
   Kaugelt hakkas tulekuma
Pimedasse paistemaie;
Silma võis nüüd selitelles
Jalga jälle juhatada.
Urgastee läks laiemaksi,
Kasvas ajult kõrgemaksi,
Kuni Kalevite poega
Püsti pääses kõndimaie.
   Kõrge koopa keske' ella
Lae küljes rippus lampi,
Valgustelles vaatajalle
Kõik, mis silma kukkunekse.

Tagaseina oli tehtud
Kaunis laia toauksi.
Uksepiida kõrval seisid
Kaksi ämbrit kõrvutie,
Mõlemates oma märga,
Isesugusta vedelat;
Üks oli valge, piimakarva,
Teine tõmmu, tõrvakarva.
   Toaukse tagant tungis
Vokikeste rattavurin,
Värtna veeremise virin,
Ketrajate kena helin,
Piigakeste lustilaulu.
Kalev sala kuulamaie.
   Piiga laul aga laksateli:
"Õekesed hellakesed,
Käharpeaga kaunikesed,
Linalakad linnukesed!
Igavuse ikkekene
Vaevab vaeseid voki taga
Kuldalõnga keerutelles,
Hõbeheideid venitelles.
Eks meid enne olnud hulka,
Eks meid paikus käinud parvi,
Eks meil olnud pidupõlvi,
Eks meil õitsend parem aega
Enne isa õue pealla,
Vanemate vainudella?
Eks me ehtind õhtu eella,
Plettind puna paeladesse,
Kuldakarva kirjadesse,
Läinud külakiige peale

183

Õhtulusti hõiskamaie?
    Seljas olid siidisärgid,
Kroogitud käiksed käessa,
Helmekorrad ümber kaela,
Suuri sõlgi rindadella,
Kuldasõrmuksed sõrmessa,
Poortidest pärjad peassa,
Kuldatressid pärgadella,
Siidirätikud kaelassa,
Siidisukad jalgadella.
Eks me enne tunnud õnne,
Eks me enne näinud ilu,
Rohkest' pidul rõõmusida!
    Nüüdap leina kaotab lusti,
Nüüdap kurbus võtab karva,
Puna neiu palgeilta.
Vangis võõra voli alla
Kanakesed kamberissa,
Tuvid üksi tubadessa,
Kus ei kaugelt kuulajaida,
Hüva õnne soovijaida,
Ega käimas kosilasi.
Igavuses hallitame,
Kurvastuses kolletame
Voki taga, vaesekesed!
Või ei vaata armukesta,
Teretada tuttavada,
Kätt ei anda kalli'ille!
    Tuleks kaugelt teinepooli,
Tuleks täkulla tantsides
Enne valget alla õue
Leinajaida lepitama,

Kurvastusi kahandama,
Pisaraida pillutama!
Tuleks päike-peiukene,
Piigasida päästemaie;
Tuleks kuu kui kosilane
Neiukesi naljatama,
Leinapõlvest lunastama,
Tuleks tähti-poisikene
Tuvikesi tahtemaie,
Vangist välja aitamaie;
Tuleks, kes ta ise tahes,
Tuleks üks tuulest tuisatud,
Tuleks vilets või vigane,
Kui aga oleks isane!"
    Kalevite kallis poega,
Kui oli kuulnud neiu lugu,
Püüdis ukse lahti päästa,
Tabast lahtie tõugata,
Piitadesta painutada.
Kaljuseina kindlusella
Seisis värav vankumata,
Uksepiidad paindumata.
    Kalevite kange poega
Püüdis häälta pettelikult
Madalamaks moonutada,
Peenemaksi painutada,
Hakkas laulu laskemaie,
Sõnasida seadimaie:
"Läksin lustil kõndimaie,
Mööda metsi hulkumaie,
Meeletuju tuulutama,
Murekoormat kergitama;

Talv oli läinud tänavast,
Nurmed alles noorusella.
Mis ma leidsin lepikusta,
Kogemata kaasikusta?
Laidsin neiud neljakesi
Madaraida kiskumassa,
Puujuuri puistamassa,
Turbaida tuhnimassa.
Pead valged, põsed punased,
Sitikmustad silmakulmud.
Ei ma julgend juurde minna,
Ei olnud südant sülle võtta.
Läksin koju leinatessa,
Ukse ette nutte' essa.
Taati minulta küsima,
Eite asja nõudemaie:
"Miks sa nutad, poega noori?
Miks sa kurdad kevadella?"
"Mis ma nutan, taadikene!
Mis ma kurdan, eidekene!
Läksin lustil kõndimaie,
Varaselta vaatamaie;
Mis seal leidsin lepikusta,
Kogemata kaasikusta?
Leidsin neiud neljakesi
Madaraida kiskumassa,
Puujuuri puistamassa,
Turbaida tuhnimassa,
Pead valged, põsed punased,
Sitikmustad silmakulmud.
Ei ma julgend juurde minna,
Ei olnud südant sülle võtta,

Läksin koju leinatessa."
Taati mõistis, kostis vastu:
"Ole vaita, poega noori!
Küll panen ammu püüdemaie,
Nooled pikad noppimaie."
Poega vastu pajatama:
"Oh mu armas taadikene!
See pole ammupüüdemine
Ega noolenoppimine;
See on kulla ostemine,
Hõbeda lunastamine,
Kallima kauba ostetava.
Küll lähen linnast tooma kaupa,
Poekambrist poortisida,
Leti tagant lintisida,
Seina pealta siidisida -
Seega petan neiukesed."
    Võtsin hoielda hobuda,
Ratsukesta ravitseda,
Kõrvikesta kosutada;
Siis panin ratsu rakke' esse,
Sametise sadulasse,
Hõbedase helmestesse,
Vaskiselga valjaisse;
Läksin kaugelt kosimaie,
Neiukesi otsimaie:
Veerin teie väravasse,
Tulin teie ukse taha."
    Neiu kuulis kamberissa,
Laulis vastu lõksutelles:
"Külapoiss mul, kulla venda,
Kaugelt tulnud kosilane!

185

Õnnetunnil oled tulnud
Piigakesta püüdemaie;
Peremees on kodunt läinud
Asjasida ajamaie,
Eite kooki küpsetamas,
Laste leiba vaalimassa,
Õde noorem hanekarjas
Lestajalgu lepitamas,
Teine kulda küürimassa,
Hõbeasju haljastamas;
Mina üksi, kurba lindu,
Leinaikkes lõokene,
Vokivärtnaid veeretamas,
Kuldalõnga ketramassa,
Hõbeheideid korrutamas.
Kuule, kallis külapoissi,
Petiskeelil peiukene!
Kasta oma käppasida
Ukse kõrval ämberisse,
Kussa märga tõmmut karva,
Tugevuse toetaja:
Siis su käpal kasvab võimu,
Raudarammu rusikalle,
Miska kaljuseinad murrad,
Lõhud raudased väravad,
Teraksesta tehtud tornid.
Kui peab kangus kahanema,
Liiga-rammu rammestama,
Võimus käesta võõrdumaie,
Kasta käsi teise ämbri,
Kussa märga piimakarva,
Tugevuse taltsutaja,

Kange väe kustutaja, -
Muidu tugev käsi murrab
Pihuks kõik, mis ette puutub."
Kalevite kange poega
Tõttas käsku täitemaie,
Kuidas piiga pajatanud,
Neitsi noori õpetanud.
Käppa kastes tundis kohe
Tugevusta tõusemaie,
Käes rammu kasvamaie.
Kui ta võttis uksest kinni,
Põrkas kõigi piitadega
Prantsatelles põrmandalle.
Kui ta üle lävepaku
Jalga tõstnud tubadesse,
Kanna pannud põrmandalle,
Kargas neitsi kohkudessa
Kärmeil kannul voki tagant,
Pistis tuulil putkamaie,
Lendas üle läve kambri.
Neitsikene noorukene
Kanget käppa karte' essa
Neitsipillil palumaie:
"Kallis kange mehe poega,
Tuulest tulnud peiukene!
Ära pista raudakäppa,
Näpukesta neitsikesse,
Enne kui võimu vähendad,
Enne kui kangust kahandad,
Nõiaväge nõrgendad.
Kasta käppa teise ämbri,
Kussa märga piimakarva,

Kange rammu kahandaja!"
Kalevite kallis poega
Pani naeruks pajatusta,
Noore neitsi kohkumista,
Mõtles ise omas meeles:
Ega käsi hellitelles
Kahju ei või kasvatada.
Neiukene noorukene
Pisarpillil palumaie:
"Ära veere, vennikene,
Ära astu ligemalle!
Määratuks sind Taara loonud,
Vanaisa valmistanud,
Tugevamaks nõidus teinud,
Sortsimärga sünnitanud.
Vist sa oled, kallis võõras,
Kuulus Kalevite poega,
Kangelaste kasvandikku,
Sulevite sugulane,
Alevite armas sõber?
Sellest, kui ma kodu kasvin,
Lilleke eide lepikus,
Orjavitsa alla õue,
Angervaksa aia ääres,
Kullerkuppu koppelissa,
Imelikke ilmutusi
Sadadena kuulda saanud,
Tuhandeilla enne tulnud."
Piigakese pärimised,
Sõbrasõnal soovimised
Jäävad joonelt vastamata.
Kalevite mõttekäigid

Teisel tuulel tuiskamassa,
Teisel luhal luusimassa.
Lävest üle astudessa,
Võõrast tuba vaadatessa
Oli kohe kogemata
Mõnusama mehe mõõga
Tagaseinassa silmanud.
Varnas rippus kallis vara,
Teises varnas mõõga kõrval
Väike pajuvitsakene,
Kolmandamas suvikübar,
Vana kaabulotikene.
Kalevite kange poega,
See ei kuulnud neiu kutsu
Ega vaatnud vitsakesta,
Pidand lugu kübarasta;
Mõtted käisid mõõga peale,
Soovisivad sõjariista.
Seda olid salasepad,
Maa-alused meisterid
Salakojas sünnitanud,
Varjupaigas valmistanud.
Kui ta mõttes mõõka mõõtnud,
Pärast nõnda pajatama:
"Siin on, mis ma unes nägin,
Magadessa ette mõistsin,
Arudel enne arvasin:
See'p see mõõka mulle tehtud,
Salakojas sünnitatud
Kadund mõõga kohatäitjaks,
Mis on Kääpasse maetud."
Piiga kambrist palumaie:

"Kuule, kulla vennikene!
Jäta mõõka võttemata,
Sõjariista Sarvikulle;
Võta pajuvitsakene,
Võta varjukaabukene:
Pajuvitsa päästab põrgust,
Kübar kurja kiusatusest.
Mõõga võid sa mõnusama
Sepal lasta sobitada,
Mõõka oskab meister teha,
Selli tarka sünnitada;
Aga kallist kaabukesta,
Pajuvitsa väetikesta
Või ei ilmas kuskil leida.
Kübaral on kümme väge,
Vitsal seitse saladusi,
Üheksa veel isevoli.
Soovimiste sõuendusel,
Tahtemiste täitemisel
Vitsakene väga vägev,
Kübar kangem abimeesi,
Targem asja toimetaja."
    Kalevite kange poega
Mõistis kohe, kostis vastu:
"Küllap jõuan soovimisi
Tahtemisel talitada
Ilma sortsikübarata,
Nõiavitsa aitamata.
Tuuslarite tuulesõidud,
Sortsilaste sünnitused,
Tühja-taadi tembutused
Saa ei meesta eksitama,

Kangelasta kütkendama;
Tugevus teede tegija,
Rammu radade rajaja."
    Neitsikene noorukene
Vaidlemista vaigistelles
Võttis kübara varnasta,
Võttis kätte kaabukese,
Mis ei vildist vanutatud,
Villast olnud valmistatud
Ega karvadest kogutud;
Kübar oli küüntelaastust,
Korjatud küünte kildudest
Targal kombel ise tehtud.
Piigakene pajatelles
Kübarada kiitemaie:
"See' p see kübar maksab kallis,
Maksab määratuma hinna,
Kallima kui kuningriigi,
Sest ei teista sarnalista
Suures ilmas pole saada,
Laias ilmas iial leida.
Mis sa soovimiste sõudel,
Igatsuste ihkamisel
Iial peaksid himustama:
Kaapu kohe kasvatamas,
Tahtemista täitemassa."
    Naljapärast pani neitsi
Kaabukese oma pähe,
Sõnul ise soovimaie:
"Kasva, kasva, kulla neiu!
Sirgu, sirgu, sinisilma!
Kasva Kalevi kõrguseks,

Sirgu sõbra suuruseksi!"
Silmanähes sirgus sõsar,
Kasvas küünra, kasvas kaksi,
Sirgus sülla, sirgus kaksi,
Kasvas Kalevi kõrguseks,
Sirgus sõbra suuruseksi.
Kalevite kallis poega
Neitsi naljamängi nähes,
Kiire' esti kasvamista,
Silmapilgul sirgumista,
Võttis kaabu neitsi peasta,
Pani endale päheje,
Siisap soovil sõnaldama:
"Vaju, vaju, vennikene!
Kärssu, kärssu, kange meesi!
Vaju sülda väiksemaksi,
Mõni sülda madalamaks,
Kärssu kokku kera kombel,
Sõsara noore sarnaseks!"
Kalev hakkas kahanema,
Vajus vaksa, vajus kaksi,
Kahanes veel mõne küünra,
Vajus piiga vääriliseks,
Sõsaralle sarnaliseks.
Neitsikene noorukene,
Küll sa võtsid kübarada,
Võtsid kaabu peiu peasta,
Panid endale päheje,
Sigitasid soovimisi,
Et sa saaksid endiseksi,
Loodud looma kohaseksi.
Silmapilgul vajus sõsar,

Kärssus kokku kullakene
Loodud looma radadelle.
Kalevite kallis poega
Neitsi nalja naeratama,
Pärast nõnda pajatama:
"Sinu pärast, sõsar noori,
Tahan täna titekeseks,
Pisukeseks poisiks jääda,
Tahan kui tammetõruke,
Kenakene kurnitappi
Väikselt põrandal veereda."
Soovituse sõudetäitjat,
Küüntest tehtud kübarada
Käest ei raatsind kaotada,
Mõtles aga omas meeles:
Kui tuleb tüli kogemata,
Veereb viletsuse vihma,
Rahesadu raskemada
Äkitselta ähvardama,
Küllap kübar kiireline
Kangemada kasvatamas,
Suuremada sünnitamas.
Pisukese poisi põlves
Pidas tema lustipidu,
Naljamängi neitsiga.
Kahekesi kallid lapsed
Tantsil tuba talla' avad,
Põrandalla pööritavad,
Kui oleks tuba toomingane,
Pähkelpuista tehtud põrand,
Pihlakasta uksepiidad,
Vahterasta vaheseinad,

Kui oleks kullassa kutsutud,
Hõbedas neid hõigatud
Laulusida lõksutama,
Mis ju meelest mitu läinud,
Mitu kenamat kadunud.
Neitsikene noorukene
Palus tuppa teise piiga,
Kes see kulda küürimassa,
Hõbedada haljastamas,
Vaski oli vaalimassa;
Kutsus õe kolmandama,
Kes see käinud hanekarjas
Lestajalgu lepitamas,
Kutsus õed kahekesi
Võõrast venda vaatamaie.
Piigakesed pajatama:
"Lukutagem köögiuksed,
Pangem ette pöörakesed,
Tabad kindlad ukse taha,
Et ei vanaeite pääse
Meie pidu pillamaie!"
Köögiuksed pandi kinni.
Eite kooki küpsetelles
Läind kui hiirekene lõksu,
Võind ei enam välja päästa
Lustipidu lühendama.
Kalevite kallis poega
Tegi nalja neidudelle,
Ajaviitust armsatelle,
Lubades neid lunastada,
Põrgupõlvest päästaneda:
"Küllap viin teid kolmekesi

Päikese paiste'elle,
Püüan teile peiukesi,
Kosilasi kasvatada,
Sugulastest soovitada;
Soovin ühe Suleville,
Annan teise Aleville,
Kolmanda kannupoisile.
Mina ise, noori meesi,
Kasupoisike, ei kosi,
Või ei väeti naista võtta:
Pean veel sülla sirgunema,
Paari vaksa paisumaie,
Tüki saama targemaksi,
Teise tüki taltsamaksi,
Enne kui võin välja minna
Kodukana kosimaie.
Nüüdap, kulli kõvernokka,
Lendan, kägu, lepikusse,
Lendan lustil luhtadelle
Õnnepidu otsimaie."
Mitmeida lustimänge
Võeti ajaviite'eksi:
Kulli puistas kanapoegi -
Kalev kulli, piigad kanad;
Sõidetie sõgesikku,
Hakati sõrmust otsima,
Naabrimängi naljapärast,
Peitusmängi pidamaie,
Mis ei laulik jõuaks laulda,
Keelil kõike kuulutada.
Meelest läinud laulud kenad,
Peast pulmapillikesed,

KOLMETEISTKÜMNES LUGU

Käest kuldsed kuulutused,
Meelest mõned magusamad.
    Kui kord lõpeb lustipäeva,
Õnneööde hõiskamine,
Kui saab noorus närtsimaie,
Puna palgeilt kahvatama,
Siis on lõpul lauluaega,
Kaotab kägu kukkumise,
Ööbik iluhüüdemise,
Lõokene lustitralli,
Neitsi noorta häälekese.
    Kui ei pika ilu peale
Peiupillil tantsidessa
Piigal tõuse pillikesta,
Kahetsuse kurvastusi,
Lustipidult leinamisi,
Siis võib pidu pajatelles
Luike lustikeelel laulda.

NELJATEISTKÜMNES LUGU

Allmaailma vaatlus, Esimene
võitlus Sarvikuga, Lahkumine

Oleks laulupoega noorem,
Oleks, mis ta enne olnud
Kevadises kaunis ilus,
Suvepiiri palistusel,
Siis ta laulaks pika päeva,
Laulaks läbi talveöögi,
Laulaks nalja ehk nädala,
Kukutelles poole kuuda
Kalevite kaunist mängi

Põrgupere piigadega,
Laulaks, et metsad müraksid,
Kaljud vastu kargeleksid.
    Aga laulik, õhtukukke,
Suvest lahkund luigekene,
Pöörab silmad igatsedes
Õnnepäeva hommikulle,
Noorepõlve nurmedelle,
Kus veel kenamadki kirjad,
Ilusamad õnnelilled
Rõõmuvaipa valmistasid;
Kus veel elu õrnal rinnal
Soemalt mõni sõbrasüda
Õnnelikult vastu õhkas;
Kus veel kevadisel murul
Külakiige kergitusel
Sõstrasilmad sõbralikult
Heldusella hiilgasivad - -
Millal saab lauliku kevade
Armul tagasi tulema?
    Tõuse, laulu koidukene,
Tõuse kui see päevatera
Minu vaimusilmadesse!
Paista muistsepõlve päevi
Hämarusest ärkamaie,
Pilvepaksust paistemaie!

    Kalevite kallil pojal
Ei sõit' ilu jõgepidi,
Mäng ei kullast mäge pidi;
Ilu oli pikalla öölla
Lustipidul lõppemata,

191

Mäng ei lasknd noorel mehel
Aega minna igavaksi
Ega nali neidudelle
Unesõba silmadelle.
"Oh, kui ööl' ei hirmutuseks
Päikest tuleks paistemaie!"
Nuttis juba mitu noorta
Kadund armu kahetsedes,
Kui ta salalõimesiidi
Kangasjalgel kujutie.
Vanaeite köögis vangis
Istus kui lõksus hiireke,
Kust ei võinud kasutütreid
Kalleid minna keelamaie.
Teisel päeval läksid piigad
Kaleviga kõndimaie,
Läksid maja näitamaie,
Varakambreid vaatamaie;
Palged alles punetasid
Neitsidel veel naljatusest,
Miska öö neil õnnemängil
Lustilikult mööda läinud.
Nemad läksid kiviuksest
Kõrge kivivõlvi alla,
Kõndisivad kivist teeda
Tüki maada veel edasi;
Seal tuli vastu rikas tuba.
Tuba oli rauast tehtud,
Seinanurgad teraksesta,
Raudauksed, raudaaknad,
Raudalaed ja raudpõrandad;
Raudaahi seisis nurgas,

Raudakeris ahjuotsal,
Raudakummi keriksella,
Raudasängi seina ääres,
Raudalaud keset põrandat,
Raudatoolid laua ümber,
Raudapingid ahju kõrval;
Rauast olid parred tehtud,
Parrevarred rauast taotud,
Raudakirstud igas nurgas,
Raudavara kirstudessa.
Vanem piiga pajatelles
Pani sõna sõudemaie:
"See on vana Sarvik-taadi
Töötuba sulastelle,
Orjapoiste varjupaika,
Teopoiste pärispaika:
Siin neid vaeseid vaevatakse,
Mitmel puhul piinatakse."
Nemad läksid raudauksest
Kõrge raudse võlvi alla,
Kõndisivad raudateeda
Tüki maada veel edasi;
Seal tuli vastu teine tuba.
Tuba oli vasest tehtud:
Seinad vasesta valatud,
Valgest vasest seinanurgad,
Punasesta seinapalgid,
Vasksed uksed, vasksed aknad,
Vasksed laed ja põrandad;
Vaskne ahi seisis nurgas,
Vaskne keris ahjuotsal,
Vaskne kummi keriksella,

192

Vaskne sängi seina ääres,
Vaskne laud keset põrandat,
Vasksed toolid laua ümber,
Vasksed pingid ahju kõrval;
Vasest olid parred tehtud,
Parrevarred vasest taotud,
Vasksed kirstud igas nurgas,
Vaskne vara kirstudessa.
  Vanem piiga pajatelles
Pani sõna sõudemaie:
"See on vana Sarvik-taadi
Tütarlaste töötuba,
Orjapiiga varjupaika,
Vaimutüdrukute nurka:
Siin neid vaeseid vaevatakse,
Mitmel puhul piinatakse."
  Nemad läksid vasksest uksest
Kõrge vaskse võlvi alla,
Kõndisivad vaskiteeda
Tüki maada veel edasi;
Seal tuli vastu kolmas tuba.
Tuba oli tehtud hõbedast:
Hõbedased toaseinad,
Nurgad hõbedast valatud,
Hõbeuksed, hõbeaknad,
Hõbelaed ja -põrandad;
Hõbeahi seisis nurgas,
Hõbekeris ahjuotsal,
Hõbekummi keriksella,
Hõbesängi seina ääres,
Hõbelaud keset põrandat,
Hõbetoolid laua ümber,

Hõbepingid ahju kõrval;
Hõbedasta tehtud parred,
Parrevarred hõbedasta,
Hõbekirstud igas nurgas,
Hõberaha kirstudessa.
  Teine piiga pajatelles
Pani sõna sõudemaie:
"See on vana Sarvik-taadi
Igapäevaline tuba,
Argipäeva asupaika,
Kehakarastuse kamber.
Siin ta puhkab igapäeva,
Peab hõlpsat põlvekesta."
  Nemad läksid hõbeuksest,
Kõrge hõbevõlvi alla,
Kõndisivad hõbeteeda
Tüki maada veel edasi;
Seal tuli vastu neljas tuba.
Tuba oli kullast tehtud:
Kullast olid toaseinad,
Nurgad kullasta valatud,
Kuldaukset, kuldaaknad,
Kuldalaed ja -põrandad;
Kuldaahi seisis nurgas,
Kuldakeris ahjuotsal,
Kuldakummi keriksella,
Kuldasängi seina ääres,
Kuldalaud keset põrandat,
Kuldatoolid laua ümber,
Kuldapingid ahju kõrval;
Kullast olid parred tehtud,
Parrevarred kullast taotud,

Kullasta kõik majariistad,
Kuldakirstud igas nurgas,
Kuldaraha kirstudessa.
    Teine piiga pajatelles
Pani sõna sõudemaie:
"See on vana Sarvik-taadi
Pidupäeva paigakene,
Lustipidamise tuba,
Kallis rõõmukambrikene.
Siin ta puhkab pidupäeval,
Maitseb magusamat põlve,
Õnnelikumada aega.
Siin ma eile pika päeva
Olin kulda küürimassa,
Pidukambrit pühkimassa."
    Nemad läksid kuldauksest,
Läbi kuldaväravasta
Kõrge kuldavõlvi alla,
Kõndisivad kuldateeda
Tüki maada veel edasi;
Seal tuli vastu viies tuba,
Kallis siidikambrikene.
Tuba oli siidist tehtud,
Siidinööril üles aetud,
Salasambailla toetud;
Siidist olid toaseinad,
Nurgad siidista sõlmitud,
Siidiuksed, siidiaknad,
Siidist laed ja põrandad,
Siidisängid seina ääres,
Siidipadjad sängidessa,
Siidikatted üle laua,

Siiditekid toolidella;
Siidiriided rippusivad
Ümberringi seina küljes,
Siidinöörid piki tuba
Nõtkusivad siidi alla,
Suured kirstud seisid nurgas,
Siidikangad kirstudessa.
    Kolmas piiga pajatelles
Pani sõna sõudemaie:
"See on neiu ehtetuba,
Noorte neitsikeste kamber.
Siin nad, hellad, ehitavad,
Piduriideid palmitavad,
Panevad sinisiidilista,
Punakarva poogalista,
Roomakarva loogelista,
Kui on siidiliste pidu,
Noorte neitsikeste päeva."
    Nemad läksid siidiuksest,
Läbi siidiväravasta
Kõrge siidivõlvi alla,
Kõndisivad siiditeeda
Tüki maada veel edasi;
Seal tuli vastu kuues tuba,
Kena sametkambrikene.
Tuba tehtud sametista,
Sametnööril üles seatud,
Salasambad alla toetud;
Sametista toaseinad,
Nurgad seotud sametista,
Sametuksed, sametaknad,
Sametist laed ja põrandad,

Sametsängid seina ääres,
Sametpadjad sängidessa,
Sametkatted laua üle,
Samettekid toolidella;
Suured sametised vaibad
Jooksivad piki põrandat,
Sametnöörid piki tuba
Nõtkusivad sametissa.
Suured kirstud seisid nurgas,
Sametkangad kirstudessa,
Teised sametkanga pakud
Seisid virnas kirstu kõrval.
 Kolmas piiga pajatelles
Pani sõna sõudemaie:
"See on neiu ehtetuba,
Noorte neitsikeste kamber.
Siin nad, noored, ehitavad,
Piduriideid palmitavad,
Panevad sinisametisse,
Poogalise punadesse,
Kui on sametlaste pidu,
Sametneitsikeste päeva."
 Nemad läksid sametuksest,
Läbi sametväravasta
Kõrge sametvõlvi alla,
Kõndisivad sametteeda
Tüki maada veel edasi;
Seal tuli vastu seitsmes tuba.
Tuba oli poordist tehtud,
Kenast poordist kambrikene,
Mis oli poordista punutud,
Poordipaelul üles pandud

Salasammaste toella.
Poordist olid toaseinad,
Nurgad poordista punutud,
Poordist uksed, poordist aknad,
Poordist laed ja põrandad,
Poordist sängid seina ääres,
Poordist padjad sängidessa,
Poordist katted laua üle,
Poordist tekid toolidella;
Poordist riided rippusivad
Ümberringi seina küljes,
Poordist nöörid piki tuba
Nõtkusivad poordi alla;
Suured kirstud seisid nurgas,
Poordipakud kirstudessa,
Kirstu kõrval seisid virnad
Kenamaida käiksekirju,
Teised virnad tanukirju,
Kolmandamad loogelisi.
 Kolmas piiga pajatelles
Pani sõna sõudemaie:
"See on neiu ehtetuba,
Noorte neitsikeste kamber.
Siin need noored ehitavad,
Päid poordile panevad,
Kui on poordilaste pidu,
Noorte neitsikeste päeva."
 Nemad läksid poordist
uksest,
Läbi poordiväravasta
Kõrge poordivõlvi alla,
Kõndisivad poorditeeda

Tüki maada veel edasi;
Siis nad pääsesivad õue,
Kus ei muru ega mulda.
Maa oli selgesta rahasta,
Tänavatee taalerista.
　Õues seisis seitse aita,
Seitse aita, sala tehtud.
Üks oli aita kivist tehtud,
Raudakivista rajatud,
Teine aita paesta tehtud,
Laiust paasist ehitatud,
Kolmas aita kanamunast
Imelikult ehitatud,
Neljas aita hanemunast
Salakombel kokku pandud,
Viies aita vikikivist,
Viilitud kivist ehitud,
Kuues aita kotkamunast
Imekombel ehitatud,
Seitsmes aita Siuru munast
Iseviisil üles seatud.
　Üks oli aita rukkeid täisi,
Teine aita kesvasida,
Kolmas aita kaeru täis,
Neljas täidetud nisuga,
Viies aita linnakseida,
Kuues keeduvilja-aita,
Seitsmes aita searasva,
Keedurasva pakil täisi.
　Tagaõues olid laudad,
Karjalojuste korterid;
Laudad olid luista tehtud,

Kontidesta kokku pandud.
　Kalevite kallis poega
Ei läind lautu vaatamaie,
Hakkas asja nõudemaie,
Piigadelta pärimaie,
Kes see kuulus Sarve-taati
Sugulta pidi olema.
　Vanem piiga peenikene
Mõistis kohe, kostis vastu:
"Kes teda isa sünnitanud,
Ema rinnal imetanud,
Kaitsedessa kaisus kannud,
Rüpessa ehk ravitsenud,
Suu juures suisutanud -
Sest ei ole meie kuulnud.
Kas teda karu poeginud,
Hunti metsas imetanud,
Karjamära mängitanud,
Kitse kätkis kiigutanud -
See kõik seisab sõba alla,
Varjul meile vaiba alla.
　Sarvikul on suured vallad,
Laialised valitsused,
Salasõite sadadena,
Tuulekäike tuhandeida,
Ega ole elav silma,
Kuskil sureliku kõrva
Kõiki tema teida teadnud,
Käikisida iial kuulnud.
Meie näeme minekuda,
Teame tema tulekuda,
Teekäik ala tundemata.

Sügavamal peab sisu
Õõnes maa sees olemaie:
Õõnestuses seitse ilma,
Seitse salakaarekesta.
Seal peab varjuliste valda,
Kujuliste külasida
Perekasti pesitama.
Surnud rahvasugusida
Vana Sarvik valitsemas,
Kuida Taara tarkusella
Maailma algamisel
Asju nõnda asutanud.
　　Voliliku kange käega
Valitseb Sarvik valdasid;
Varjulised saavad luba
Igal aastal hingeajal
Korra oma kodus käia
Omakseida vaatamassa,
Tuttavaida teretamas.
J õ u-õhtute pidudel
Lähvad vaimud lennuskille -
Põrgupiinast päästetuna -
Varjuriigi väravatest
Tuulekiirul kihutelles
Võõraks jäänud vainudelle,
Kus nad rõõmuradadella,
Ehk ka pisarate teedel
Elupõlves enne käinud.
Aga voliaja veerul,
Lõbunädalate lõpul
Peavad võõrsil käinud pojad
Tulist tagasi tulema

Varjuriigi valdadesse,
Igamees oma peresse."
　　Teine piiga pajatelles
Pani sõna sõudevalle:
"Sealtap vana Sarvik-taati
Teolisi terviteleb,
Abilisi ajab välja:
Sunnib korra sulaseida,
Teise korra tütarlapsi
Teopäevi tegemaie,
Kus nad vaesed raudakambris
Raskeid töösid toimetavad,
Vaskikambris valju tööda
Sarvikulle sigitavad.
Raudakeppi nuhtleb rampa,
Vaskne vitsa viibijada.
　　Siin on Sarvik-taadi kodu,
Päris puhkamise paika,
Kehakarastuse kamber,
Seljasirutuse sängi,
Kus ta vanaeide seltsis
Vahevahel viidab aega,
Puhkab mõne päevakese,
Kui ta väsind pikast käigist,
Rändamisest väga roidund.
Siisap eite Sarvikuda
Hõbekambri parte pealla
Videvikul vihtlemassa,
Aineid külgi haudumassa.
　　Pikematel pidupäevil,
Siis, kui suuremaida sööke,
Tuleb Sarvik sõpradega

Suurte sugulaste seltsis
Lustipidu pidamaie,
Õlle hullul hõiskamaie.
T ü h i on tal kälimeesi,
Põrgu l i t a tema tädi,
Valge mära vanaema.
　　Täna õhtul oodatakse
Sarvikut koju tulema,
Kel ei palju ole püsi,
Kui ta ülespoole kõnnib,
Kussa päeval paistab päike,
Kuuvalgus öösel kumab,
Tähesilmad teevad teeda.
Aga kui ta alla ilma
Varjulaste valdadesse
Tarvidust läeb toimetama,
Siis ta viibib mitu päeva,
Viibib nädalate viisi."
　　Kolmas piiga peenikene
Pani sõna sõudevalle:
"Kui sind, Kalevite poega,
Kogemata koju tulles
Sarvik-taat saaks silmamaie,
Siis sa satuks kohe surma.
Sest kes iial siia saanud,
Üle läve tõstnud jalga,
Pannud kanda põrmandalle,
See ei pääse surmasuusta,
Võõrdub kuu valguselta,
Päikese paistuselta.
　　Meie, õed õnnetumad,
Kaunid neitsid kolmekesi

Langesime lapsepõlves
Õnnetuse tuulehoolla,
Viletsuse vihmasaolla
Pärisorjaks Sarvikulle.
Kaugelta meid kannetie,
Tuhande versta tagant toodi
Laia ilma lagedalta,
Kena ilma keske' elta
Siia kurbaje külaje,
Pika piinade pereje.
Enne olid ilupäevad,
Kus me kuninglikus koplis
Kullerkupukujudena
Kolmekesi kasvasime;
Nüüdap peame, neitsikesed,
Pärisorja olemises
Raudakepi sunnitavad,
Peretaadi sõnakuuljad,
Pereeide käskujalad,
Töösida toimetama,
Mis meil' peale pandanekse.
　　Ehk tuleks tulista lunda,
Sajaks rauasta raheta,
Valaks vihma varda'asta:
Ikka peab ori olema,
Ikka mineja minema,
Kohe käima korraline,
Varsti käima vaenelapsi,
Enne koitu koovitaja,
Enne muida musta lindu,
Pärast päeva pääsukene.
　　Taara heldus kinkis meile

Närtsimata nooruspäevi,
Õnne kevadista iga,
Alalista palgepuna:
Seni kui tuppi solkimata,
Kaunakene kitkumata,
Iduke ivas veel eluta."
    Vanem piiga peenikene
Pani sõna sõudemaie:
"Mis see vaestel maksab noorus,
Õnne kevadine ilu,
Alapuna palgeilla,
Mõlkuv marjameelekene,
Katkemata kaunakene,
Kui ei armul haudujada,
Igatsusest päästijada!
Kes see kanu kosimaie,
Linde tuleks lunastama,
Lestajalga lepitama,
Varvasjalga vangist viima,
Masajalga meelitama?
Tuul ei tule teretama,
Õhku õrna hellitama
Vaeseid vangipandud lapsi."

    Kalevite kange poega
Pani sõnad sõudemaie:
"Neitsikesed noorukesed,
Käharpeaga kaunikesed,
Ärge kurtke kurval meelel,
Ärge kurtke, armsakesed!
Kurvastus teeb kahvatumaks,
Pisar pillab palgepuna.

Küllap päästan kullakesed,
Päästan linnud lingudesta,
Kanakesed kammitsasta,
Võtan väetid võrkudesta!
Küllap päästan kulla piigad
Vanaeide vangipaelust,
Sarve-taadi sidemetest,
Orjapõlve ormadesta,
Viin teid laia valge'elle,
Päikese paistuselle,
Kena kuu kuma alla,
Siravate tähte silma!
Ärge nutke, noorukesed,
Kurvastage, kullakesed!
Kalevite kangel pojal
Kasvab rammu küllaltigi!
Küllap võidan võidumängil
Sarve-taadi sulastega,
Vangistelen vanaeide,
Lunastelen lapsukesed!"
    Vanem piiga peenikene
Pani sõna sõudemaie:
"Kallis Kalevite poega,
Võidumeeste võsukene,
Kangelaste kasvandikku,
Tahad päästa tedrepoegi,
Kammitsasta kanakesi,
Lingupaelust linnukesi,
Siis pead võtma nõiavitsa,
Küüntelaastust kübarada,
Muidu sa ei suuda ennast,
Vähem meid veel vangist päästa!

Siin ei kesta sinu kangus
Ega välta mehe võimus,
Inimlikku vahvam vägi.
Sarvikul on sada selli,
Tuhat teenrit tundemata,
Arvamata abimehi,
Nägemata nõudeandjaid:
Tuuleabid tuuslarilta,
Sortsilaste soola-abid,
Nõiarohukeste abid,
Miska kangust köidetakse,
Miska võimu võrgutakse,
Rammu ära raugendakse."
Kalevite kange poega
Pani naeruks pajatusi,
Naljaks neiukeste kartust,
Seadis sõna sõudemaie,
Laulukesta lendamaie:
"Neitsikesed noorukesed,
Käharpeaga kaunikesed!
Oleksite õnnekombel
Meestepoege mängi näinud,
Vahvamate võitlemista,
Kangemate rammukatset,
Küllap te siis teaksite,
Palju mõnus mehepoega
Tülil jõuab toimetada.
Ei ma karda Sarvikuda,
Karda ei sellide sadada
Ega tondituhandeda!
Võimas käsi võidab väe;
Tugev võitis juba Tühja,

Surmas Soomes suured hulgad,
Saab ka võitma Sarvikuda."
Teine piiga peenikene
Pani sõna sõudemaie:
"Kallis Kalevite poega,
Kuninglikku kange meesi!
Kui sa palumiste vastu,
Õpetusest hoolimata
Kiusatuse kütkendusse
Ülemeelil tahad minna:
Sest ei tõusku meile süüdi,
Sest ei vaestel' vastutusta
Venna vere valamisest,
Ülekohtus hukkamisest!
Ühte pean veel ütlemaie,
Palvekeelil pajatama, -
Tee siis, meesi, mis sa tahad!
Kui sa tahad õnnekäigil
Põrgupaelust pääseneda,
Siis ma palun: tõtta, meesi!
Vii sa varbad viibimata
Teiste teede radadelle!
Sest kui Sarvik jõuab siia,
Kukub kinni koopauksi,
Läheb urkavärav lukku.
Seal ei ole pääsemista,
Lahtisaamist sulle loota.
Võta küüntelaastust kübar,
Soovi kojusaatemista,
Enne kui kaob õnneaega,
Lõpeb otsa lõbus põlvi!"
Kalevite kange poega

Pidas naeruks neiu pelgu,
Kodukana kohkumista:
Mõtles: "Mees küll maksab mehe,
Võit jääb siiski võimsamalle.
Langeb urgas lamaskille,
Küllap uurin uue urka,
Kaevan teise kaevandiku,
Kust ma pääsen kodu poole."
Nukral meelel neitsikesed,
Kui ei võinud venda päästa,
Armukesta avitada,
Salanõusid sünnitama,
Kuidas nemad kolmekesi
Kavaluse kütkendusel
Armukest saaks aitamaie.
Sängisambas valmis seisid
Sarvik-taadi salariistad,
Abimehed hädaajal:
Kaksi klaasi ühtekarva
Õllevärki märgadega,
Ühel mõõdul küll mõlemad
Poolikulta täide pandud.
Siiski märjad need sugulta,
Võimuselta üsna võõrad
Nii kui öö on päeva kohta:
Üks oli märga kümme härga,
Kes see võimu kasvataja;
Teine märga tuhat nälga,
Kes see võimu kahandaja.
Paremal käel sängisambas
Seisis rammusünnitaja,
Pahemal pool sängisambas

Seisis rammusuretaja.
Vanem õde vaheteli
Salamahti sängisambais
Klaasid teine teise kohta,
Pani rammu pahemalle,
Nõtrust paremalle poole:
Et kui Sarvik võimu võtab,
Nõrgendusta kohe neelab.
Teine õde võttis vitsa,
Mis see silla sünnitaja.
Kui nad nõnda kolmekesi
Salaasjad sünnitanud,
Kuuldi kaugelt müdinada,
Koopalae poolt kolinada.
Vanem piiga värisema,
Teine kohkel kahvatama,
Kolmas piiga peenikene
Pani sõnad sõudevalle:
"Kallis Kalevite poega!
Nüüdap, lõvi, oled lõksus,
Mesikäppa, näpistuses,
Vangivõrgus, vennikene!
Sarvik juba sõitemassa,
Kodu poole kihutamas!
Tallab juba urgasteeda,
Sammud kostvad koopasuusta,
Kannamüdin kõrge'elta.
Lahtipääsemist ei loota,
Pagupaika kuskilt leida!
Katsu tulu tugevusest,
Raudarammust abimeesta!"
Kui oleks hulka hobuseida

Kivisillal kihutamas,
Raskem raudavankri voori
Vaskiteedel veeremassa,
Kõuetaadi kärgatused
Maapinda põrutanud,
Nõnda Sarvik-taadi sammud
Koopakummi kõigutasid.
Kalevite kange poega
Seisis paigast põrkamata,
Seisis kui tammi marussa,
Kaldakaljud lainetessa,
Kivi rahesagarassa,
Kõva torni tuulehoossa.
Ukse taga undas sammu,
Liikus käiki ligemalle.
Juba rusik raksatelles
Piitasida põrutama,
Käsi kange kärgatelles
Ukse kipub hukkamaie,
Juba jalga üle läve
Astub toa põrmandalle;
Sealap sammu seisatama,
Võõrail silmil vahtimaie,
Kust see kulli kanadelle,
Hunti tulnud karja hulka?
Neitsid kartes kahvatama,
Kolmekesi kohkumaie.
Kalevite kange poega,
Kes veel väikelase kujul,
Soovikübara käessa,
Tagaseina seisanekse,
Näind ei suurem neidudesta,

Kukk ei kangem kanadesta.
Sarvik-taati sõnaldama,
Pilkelisti pajatama:
"Kes sind võrku, vennikene,
Lingu viinud, linnukene?
Mesikeelil meelitused
Petnud mõnda poisikesta.
Juba julgus julgematel,
Juba kangus kangematel
Kogemata murdnud kaela,
Hullul peal ju hukutanud.
Pääsmist siit ei päeva alla
Ega lootust lahti saada!"
Kalevite kange poega
Kostis vastu kavalasti:
"Tuul on tühi talitaja,
Maru mõistemata meesi!
Sõitlemine sõnadella,
Vaidlemine vihadella,
Lõualuie lõugutused,
See'p see muistne naiste sõda,
Kabedate kemplemine.
Lorist ei saa lepitajat,
Sõnast sõja suretajat,
Vandest viha vaigistajat.
Keel on kurjem kihutaja,
Sõnad riiusünnitajad.
Lähme välja lagedalle
Võidu peale võilemaie:
Kumb meist kumba kangusella
Võidumängil võitanekse?
Võitjalle veergu voli,

Kohus kätte kangemalle."
Sarvik-taati sõnaldama:
"Sündku sinu soovimine,
Mehemäng mul meelepärast!"
Siisap sammus sängisamba
Võimuklaasist võttemaie
Keharammu karastusta.
Arvas klaasi asukohal
Sängisambas seisevada.
Laskis kiirest' märga kurku,
Jätt' ei põhja piisakesta.
Kalevite kange poega
Pistis põue peavarju,
Küüntelaastust kaabukese.
Meelil ise mõtlemaie:
"Kui läeb kitsik kibedamaks,
Hakkab rammu raugenema,
Küll siis kaapu kasvatama,
Soovikübar sirgunema
Paneb kohe poisikese."
Kui siis saanud korra peale
Võitlemise valmistused,
Mindi kohe murudelle
Õue peale õnne katsma.
Sarvik-taati sõnaldama:
"Vanem piiga peenikene,
Käi sa kiiresti kambrisse!
Võta rauad raudakirstust,
Kahekordised kammitsad,
Miska võitja võidetava
Kannad köidab kammitsasse!"
Tütar noori täitis käsku,

Tegi taadi tahtemista.
Mehed muru mõõtemaie,
Sammul kohta seadimaie,
Piirasivad ümber piirded,
Panid vaiad veerte peale,
Et ei mingit segadusta,
Pettust pidand sündimaie.
Siis nad võtsid niuetesta
Kinni keha keske'elta,
Kangust nõnda katsumaie,
Kumb saaks kumba kukutama.
Ei seal olnud enne seda
Muisteaegsel mälestusel
Vägevamaid võitlemisi
Silmale veel sünnitatud.
Kui see meri maru sunnil,
Tuuletiiva tantsitusel
Laineid tuiskab lendamaie,
Kõikumaie, kerkimaie,
Tuulispaska tõstatelles
Katust kipub katkestama,
Nõnda kõikus maapinda,
Põrgu põrand vabisedes
Võitlejate võimu alla;
Põrgu seinad põrusivad,
Nurgakivid niksatasid,
Lagi kippus langemaie,
Katus kaela kukkumaie.
    Kaua vältas kahevahel
Kange meeste kemplemine,
Et ei targem võinud teada,
Kavalam ette kuulutada:

Kumb saab võidul kuningaksi,
Teisel kanda köitemaie?
Kui nad said pisut puhanud,
Üürikeselt tõmmand hinge,
Võttis Kalevite poega
Küüntelaastust kaabukese,
Sünniteli soovimisi:
Käskis keha kasvaneda,
Suurusella sirguneda,
Paksusella paisuneda.
    Kalevipoeg kasvamaie,
Suurusella sirgumaie,
Paksusella paisumaie,
Tõusis tugevamaks tammeks,
Kasvas kuuse kõrguseksi.
Siisap sasis Sarvik-taadi
Kehast kinni küünte väella,
Rabas korra raputelles,
Kiskus korra kergitelles,
Tõstis kui takutopsikest
Kümne sülla kõrguselle.
Sealt ta rabas Sarve-taati
Teritatud teiba kombel
Sambaks maha seisemaie.
Sarvik langes üle säärte,
Põrus tüki üle põlve,
Vajus ligi reitevahe
Kivikildude keskele,
Liivasõmera lingusse,
Et ei paigast võinud päästa.
    Kalevite kange poega
Kammitsaida kohendama,

Vangiraudu valmistama,
Miska vangistatud mehe
Koivad saaksid kütkendatud.
Varem veel kui vennikene,
Kallis Kalevite poega
Kammitsrauda köitemaie,
Ahelaida asutama,
Hakkas Sarvik silmanähes
Väiksemaksi vajumaie;
Vajus vaksa, vajus kaksi,
Vajus siis veel mitu vaksa,
Kahanes veel küünrakaupa,
Sulas siis kui rabasoosse
Põrmupõue peituselle
Ega jäänud enam jälge,
Maha mingit märgikesta
Kui üks väike loigukene
Sinist vetta suitsemaie.

    Kalevite kange poega
Pilkamisi pajatama:
"Kes see kuskil kentsakamat
Ilmas näinud imeasja?
Põrgulane pugend peitu,
Argapüksi paguurka,
Linnupoega lepikusse,
Rästas paksu rägastikku,
Sisalikku sambla sülle,
Kui nad kuskil kolinada
Kogemata kuulatanud.
Küllap leian teisel korral
Sarvik-taadi salaurkad,

Köidan kintsud kammitsasse,
Seon raudse sidemesse,
Et ei pääse põgenema,
Liikmeida liigutama.
Täna täidan tõotused,
Päästan põrgust piigakesed,
Vangipaelust väetikesed,
Viin nad võõra vainudelle
Päevasilma paiste alla,
Lustiliste luhtadelle
Kuuvalgel kasvamaie,
Tähtesilmil tõusemaie."
 Kalevite kange poega
Võttis mõõga varna otsast,
Pani puusa pandelilla;
Võttis koorma vanavara,
Kullakambrist mõned kotid,
Täitis mõne raetündri
Taalrid tühja kottidesse,
Puduraha penningida
Võis ehk kümne koti võrra;
A'as siis koorma õlgadelle,
Tõstis sülle titakesed,
Kodukanad kolmekesi,
Pani soovikaabu pähe,
Siisap nõnda pajatama:
"Sõua, kaapu, jõua, kaapu!
Sõua meida koopasuhu,
Kuhu jätsin lauakoorma!"
 Silmapilgu sünnitusel
Seisivad nad koopasuussa,
Kus see katel enne keenud.

Katel oli kokkadega
Koopasuusta kadunenud;
Mõned tuletunglakesed
Leel alles lõkendasid.
 Kalevite kallis poega
Puhus tule põlemaie,
Leegi jälle lõkendama,
Siisap paiskas soovikaabu
Lõkke'ella lõppemaie,
Tuhkadella tuiskamaie.
 Neiud noored nuttemaie,
Kolmekesi kahetsema:
"Miks sa, Kalev, kange meesi,
Hüva kübara hävitand?
Teist ei enam ilmas tehta,
Paremat põrgus ei punuta:
Surma läind nüüd soovimised,
Ilmaegu kõik igatsus!"
 Kalevite kange poega
Kavalasti kostemaie:
"Jätke nuttu, neiukesed,
Kaebamisi, kullakesed!
Nüüd ei ole leinaaega,
Kurtemise põlvekesta!
Suve siidirüüdidessa
Hiilgab laialine ilma,
Kukub kägu külapoissi,
Laulab lindu lepitajat,
Hirnub varssa võttijaida.
Kena päikese paiste
Vilgub teie silmadelta,
Läigib silmalaugudelta;

205

NELJATEISTKÜMNES LUGU

Metsa läigib lehtedessa,
Haljendades murupinda.
Neitsikesed, noorukesed,
Linapäised linnukesed!
Ehtige end riide' esse,
Pange punapaeladesse,
Sinivärvi siididesse,
Kuldatoime kuubedesse;
Küllap viin teid kosjateele,
Saadan saajaradadelle.
Kui põlevad poiste silmad
Teie ehteilu peale,
Teie palgepuna peale,
Küllap tuleb kosilane,
Külapoissi pettelikku
Teie siidiehte peale,
Kuldatoime kuue peale,
Tuleb palgepuna peale,
Sõlgisrinna paisu peale;
Küllap tuleb kange meesi,
Tuleb Sulevite poega,
Astub Alevite poega,
Sõidab kannul sugulane;
Küllap kangemeeste sõbrad,
Kalevite sugulased
Tulevad teid tabamaie,
Kullakesi kosimaie.
    Nüüd on lõpnud leinaaega,
Kurba kiusatusepõlvi,
Nüüd on rohkem rõõmuaega,
Pikalisem lustipidu."
    Siis ta ladus lauakoorma

Hõlpsalt jälle õlgadelle,
Pani rasked rahapungad,
Kullakotid, taalritaskud
Koorma peale kuhjadeksi,
Pani peale piigakesed
Ilusasti istumaie,
Kes kui õrrel kanakesed
Kaunil lustil kõõrutasid.
    Neiud võtnud, noorukesed,
Enne teeleminekuda
Sameti- ja siidikambrist
Kaunid riidekimbukesed;
Noorem piiga peenikene
Võtnud kaasa vitsakese,
Sillalooja sängiseinast.
    Kalevite kange poega,
Kes kõik koormad kandanekse,
Tõttas siiski tulitallul
Koduteeda kõndimaie.
    Lustilaulul linnukesed,
Kanad kolmi kõõrutasid:
"Lähme, linnud, lendamaie,
Lähme õnnel hõiskamaie!
Nüüdap suvi sõudemassa,
Iluaega ilmumassa,
Armuaega algamassa.
Läheb suvi sügiselle,
Nurmi kena närtsimaie,
Küll siis tuleb kaugelt külast,
Veereb poissi võõrast vallast,
Tuleb tuttavast talusta
Piigasida päästemaie,

206

Lapsi noori lepitama;
Kuhu õnne kandanekse,
Sinna sõsar viidanekse."

VIIETEISTKÜMNES LUGU

Tagaajajad, Raudoja nõianeitsi,
Olevipoeg ja linnaehitus,
Põrgupiigade saatus

Kui mind külad kuuleksivad,
Mõisad mõtteid mõistaksivad,
Vallad vastu võtaksivad,
Mis ma laulus lõksutelen, -
Siis ehk läheks mõni lapsi
Pappisida palumaie,
Mustikuubi kummardama,
Et nad heldest' võtaksivad
Laulukukke lunastada,
Vihavaenust vabastada.
Kullid tulid kiskumaie,
Kaarnad sulgi katkumaie,
Kirikuhakid kiusamaie,
Enne kui lapsi lagedalle,
Pojukene päevapaiste,
Väeti veeres vainiulle.
 Need on karjalapse laulud,
Teopoiste trallikesed,
Korrapiiga kõõrutused,
Vanaeide vokilaulud,
Targemate tahtemata,
Suuremate sundimata,
Kõrgemate käskimata!

Lapse lustid, lapse leinad,
Noore nurme nukukesed,
Kevadised ehakujud,
Videviku viitekesed.
 Kallis Kalevite poega!
Kui oleks teadnud, võinud teada,
Mis tuleb sammu segamaie
Ja su käiki kütkendama,
Ehk sa oleks enne sündi,
Enne emast ilmumista
Kartes juba läinud kaevu.
 Laulik, kui ta lusti luhal
Korra läinud kõndimaie,
Teelta ei enam tagane
Ega käikida kõverda.
Penid meest ei aja pakku,
Koerad rõõmukäigilt metsa!
Haugub Musti külamurult,
Krantsikene karjamaalta,
Tuksu külatänavasta:
Mees ei koeri meelitama,
Kadedaid ei kartemaie. -
 Läki laululuhtadelle,
Kalevite küngastelle,
Alevite aasadelle,
Sulevite soode peale,
Neiukeste nurmedelle
Ilulilli noppimaie!

 Kalevite kange poega
Saand ei sammu veel sadatki,
Tuhatki ei mööda teeda

Kodu poole kõndimaie,
Kui ju kiusajate karja
Kihuteli tema kannul
Sammusida sõlmimassa,
Kiiret käiki kütkendamas.
    Tühi-taati, see tulekse
Seitsmekümne selli seltsis
Kalevida kiusamaie;
Tahtis kälimehe tüli,
Sarve-taadi segadusta
Mehepojal ära maksta,
Tuhande võrra tasuda.
    Noorem piiga peenikene
Silmasida sirutelles
Vaenlasi vaatanekse,
Vitsakesta vibutama,
Ise nõnda häälitsema:
"Vibutele, nõiavitsa,
Sigitele soovimista!
Moonda see maa mereksi,
Luhad laialt laineteksi,
Võsukesed vetevooksi!
Ette silda sünnitele,
Taha vetta veeretele!
Silda ette sõudijalle,
Kullakoorma kandijalle;
Vetta taha vaenlastelle,
Sarvik-taadi sellidelle!"
    Kuidas piiga pajatanud,
Varsti nõiavitsa võimul
Lugu nõnda luuaksegi:
Lage lainetas merena,

Vetevooge veereteli,
Tuulekiigul kiiguteli.
Aga kindel silda kannab
Kuivi jalu Kalevida
Üle laiade lainete;
Sammu ette sündis silda,
Kanna taha kasvas vesi
Vahtu kõrgele visates,
Tühja poegi takistelles,
Kes kui kanad kõrgelt õrrelt
Merekaldalt kahju nägid,
Kuidas kullikene küüsis
Värvukese poja viinud;
Kulli siiski kinnitada,
Tiibadesta takistada
Mehikeste nõu ei näinud.
    Sarvik-taadi sellikesed
Võõrast lugu vaatamaie,
Isekeskis imestama:
Kustap meri murudelle,
Lained tulnud lagedalle?
    Vana Tühi küsimaie:
"Kalevipoeg, kulla venda,
Kas sa viisid kodukanad,
Tedrekesed meie toasta,
Kasulapsed kamberista?"
    Kalev mõistis, kostis vastu,
Pilkamisi pajateli:
"Vistap viisin, vennikene,
Kogemata kodukanad,
Tedrekesed teie toasta,
Kasulapsed kamberista;

Viisin neiud valge′ elle,
Kudruskaelad kosjateele,
Peiuratsu radadelle."
    Tühi teist kord′ küsima:
"Kalevipoeg, kulla venda,
Kas sa võitsid kälimehe
Võidumängil vainiulla,
Torkasid teda teibana
Sõmerliiva seisemaie,
Sügavasse sõmerliiva?"
    Kalevipoeg kostis vastu,
Pilkamisi pajateli:
"Küllap võitsin kälimehe
Võidumängil vainiulla,
Torkasin teda teibana,
Kust, kui kontisid ei murdnud,
Süüd ei mulle sündinegu!"
    Tühi jälle küsimaie,
Pikemalta pärimaie:
"Kalevipoeg, kulla venda,
Kas sa koogiküpsetaja
Vanaeide vangistasid,
Lukutasid hiirelõksul
Leivakasti lebamaie?"
    Kalevite poega kostis,
Pilkamisi pajateli:
"Vistap panin, vennikene,
Koogikese küpsetaja
Vanaeide vangikirstu,
Lukutasin hiirelõksu
Leivakastie lebama,
Ummuksesse undamaie,

Kus, kui kirp ei äratanud,
Memmekene praegu magab."
    Tühi-taati küsimaie,
Asja otsust ajamaie:
"Kalevipoeg, kulla venda,
Kas ehk võtsid mõõga varnast,
Salamahti sõjasaha,
Riisusid Sarviku raua?"
    Kalev mõistis, kostis vastu,
Pilkamisi pajateli:
"Vistap võtsin, vennikene,
Võtsin mõõgakese varnast,
Sõjariista sängiseinast,
Riisusin Sarviku raua.
Varn ei kanna vaenuriista,
Sängisein ei sõjasahka!
Mõõk on loodud mehe oma,
Mees ei maksa mõõga väeta
Ega mõõkagi meheta."
    Tühi jälle küsimaie,
Pikemalta pärimaie:
"Kalevipoeg, kulla venda,
Kas võtsid kälime′e kübara,
Käppasid ka soovikaabu
Sängi tagant seina pealta?"
    Kalevite poega kostis,
Pilkamisi pajateli:
"Küllap võtsin, vennikene,
Võtsin kälime′ e kübara,
Käppasin ehk soovikaabu
Sängi tagant seina pealta.
Ei seda kaapu enam kanta

Põrguliste poege peassa:
Ju see kaapu kõrbenudki,
Soovikübar söeks põlenud,
Tuisanud juba tuhaksi."
  Tühi-taati küsimaie,
Pikemalta pärimaie:
"Kalevipoeg, kulla venda,
Kas sa käisid kullakambris
Vana vara võttemassa,
Taalerida tabamassa,
Puduraha puistamassa,
Vana vaske varastamas?"
  Kalevite poega kostis,
Pilkamisi pajateli:
"Küllap käisin, vennikene,
Kogemata kullakambris
Vana vara vaatamassa,
Taalerida tabamassa,
Kullariismeid korjamassa;
Ei ma puutund puduraha,
Ei ma hävitand hõbedat
Ega vaske varastanud.
Võtsin kotitäied kulda,
Paari tündrit taalerida.
Koristasin väikse koorma,
Kirstust kümne hobu võrra,
Kahekümne kabu osa;
Võtsin koorma vana vara,
Kuue vaka võrra kulda."
  Tühi jälle küsimaie,
Asja otsust ajamaie:
"Kalevipoeg, kulla venda,

Kas sa võtsid nõiavitsa,
Vargsi sillavalmistaja?"
  Kalevite poega kostis,
Pilkamisi pajateli:
"Vistap võttis, vennikene,
Nõiavitsa neiukene,
Sõstrasilm sillategija.
Võim ei lähe vitsa võtma,
Ramm ei raagu varastama."
  Tühi-taati küsimaie,
Pikemalta pärimaie:
"Kalevipoeg, kulla venda,
Kas sa kanadelle kurja,
Masajalgadelle mõnda
Kahjulikku kasvatanud,
Süüdelikku sünnitanud?"
  Kalev mõistis, kostis vastu,
Pilkamisi pajateli:
"Vistap vastan, vennikene,
Kõnelen ehk teisel korral,
Mis ma kambris kanadelle,
Masajalgel mängidessa
Öösel õnneks olen annud,
Salamahti sobitanud."
  Tühi viimaks küsimaie,
Asjalugu ajamaie:
"Kalevipoeg, kulla venda,
Kas sa tahad teisel korral
Tüli tulla talitama?"
  Kalev mõistis, kostis vastu
Pilkamisi pajatelles:
"Kes võib teada, vennikene,

Kuidas lugu veel lähekse,
Kuidas tuuli tuiskanekse.
Kui mul puudub kopikaida,
Ehk siis tulen teisel korral
Kullakambrit koristama,
Taalrikirstu tühjendama,
Talitan ehk vanad tülid
Ühes uute võlgadega."
Siisap tormas Tühja-taati
Seitsmekümne selli seltsis
Kodu poole punumaie,
Kui oleks taskus tulekübe,
Parmu püksis pakitamas.

Kui ma kiuste piigateelta,
Neiu noorte radadelta
Kalevite sammud käänan
Teise talu tallermaale,
Teise põllu peenardelle,
Teise raatmaa radadelle,
Siis pean andeks palumaie:
Tükk on jutust läinud tuulde,
Teine vete veeretatud.

Päevakese viimne paiste
Punateli puielatvu
Kullakarva läikimaie,
Enne kui ta eha rüppe
Küünlakese kustuteli.

Kalevite kangel pojal
Täna palju talitusi,
Palju meelepahandusi
Juba mitmel puhul olnud,

Sellepärast koorem selga
Mehel rohkem muljunudki,
Pihasooni pigistanud.
Videvikul viskas koorma,
Lauad maha lagedalle,
Kullakotid künka äärde,
Istus maha muru peale
Pisukesti puhkamaie,
Võttis leiba, kastis keelta
Kurnand keha karastuseks.
Sängikese seadmisega
Väsind mees ei aega viitnud,
Heitis maha muru peale,
Padjaks kivi pea alla;
Tahtis puhu puhkaneda,
Seljasooni sirutada,
Püüdis mõtterasket peada
Kastevilus kergendada.
Sõnumid, mis täna saanud,
Kuulutused olid kurjad:
Alevipoja avaldused
Tunnistanud lugu tõeksi,
Kuidas tema nõiakütkes,
Sortsilase sidemetes
Seitse nädalat suikunud,
Mäletamata maganud.
Seni oli raske sõda,
Vereahne vaenuvanker
Virus viletsusevaeva,
Alutaga hädaohtu,
Surma rasket sünnitanud.
Kuus oli kurbi kuulutusi,

Seitse viletsaid sõnumeid,
Mis nüüd mehel mõtteida
Murul raskelt muljusivad;
Võind ei uni vangistelles
Tükil ajal silmatera
Vaiba alla varjutada.
Viimaks võitis ööde vilu,
Karastava kastekülma
Magamisel mehe mõtted.
Veel ei olnud väsimusel
Kaua Kalevite poega
Selga murul sirutanud,
Kui ju külge kastes märga
Puusadesse puutunekse.
Juba niude niisutaja
Kõrgemalle kasvanekse,
Kippus kaela kastemaie,
Pea külge puutumaie,
Ega osand esiotsa
Raske une rammestusel
Magaja sest märku saada,
Kas see küljekastemine
Unenäo või tõe tegu.
Seda teavad seletada,
Targemini tähendada,
Kes on asja ise katsund:
Kuidas uinu alustusel
Unenäo ilmutused
Tõekirja tumendavad;
Sügavama une sülest
Öösel hõlpsam ärkamine
Kui sest esimesest unest.

Kalevite kange poega,
Mees ei mõistnud sooja märga,
Kurakülje kastijada
Mitte meelel mõistatada,
Unepaelust pääseneda.
Juba laiad lainekesed
Hädaohtu ähvardelles
Kippusivad meesta katma,
Sest et sooja märja sooned
Kõrgemalle kasvanesid.
Õnneks pääses unepaelust
Mehepoega märkamaie,
Enne veel kui vetevood
Teda läinud lämmatama.
Unekammitsasta kistes,
Silmasida selitelles
Hakkas tema ümberkaudu
Võõralikku vaatamaie:
Kustap läte lagedalle
Suure oja sünnitanud?
Silmasihil nägi sõber
Veesilmuse värava,
Kust see läte kukkudessa
Sooja oja sünnitanud.
Üks neist nõianeitsikestest,
Tuuletuuslari tütardest,
Oli künkal kükitelles
Sooja märga sünnitanud,
Miska murul magajada
Hullult püüdis uputada.
Kalevite kange poega
Ajab keha istukille,

Võõritsilmi vaatamaie,
Kust see oja kasvanekse,
Soe allik sündinekse.
Nõianeitsi nalja nähes
Kange meesi mõtlemaie:
Kui ma lätte kiilutaksin,
Soonekesed sõlmitaksin,
Väravada vangistaksin!
Õnnelikul juhtumisel
Puutus kivist peapadi
Kangel mehel käe alla.
Sõrmil kivi sasidessa
Sihtis silmapilgukese,
Viskas kivi vihisedes
Sihti mööda sõudemaie.
Kuhu kivi kukkunekse?
Kivi kukkus õnnekohta,
Sõlmeks ette silmukselle,
Et ei vesiväravasta
Lained pääsend lagedalle.
Nõiataadi tütar noori
Kibedusest kiljatama,
Hädas appi hüüdemaie:
"Tulge, targad taadikesed,
Arstid, tulge aitamaie!"
Aga ei siin arstiabi
Ega tuuslarite tarkus
Võinud viga vähendada.
Pikalisel piinatusel
Pidi neitsi närtsimaie.
Siiski ojasünnitaja,
Vangistatud vesiväravad

Praegu asja avaldelles
Mälestusemärki annab.
Mustast kivi tagant mulgust
Siginevad vetesooned,
R a u d a o j a sünnitajad,
Kuhu Kalev kivi kiiluks
Visand vesiväravasse.
Kalevite kallis poega,
Kui sai oja kiilutanud,
Siruteli väsind selga
Künka äärde kuivikulle,
Heitis uuest' undamaie,
Kus ei enam kiusajaida
Rahu tulnud rikkumaie.
Kui ta keha karastelles
Viibind juba valge' eni,
Kirgas Looja kukekene,
Kõõruteli koidukana
Väsind meesta virgumaie.

Unepaelust pääsedessa
Võttis leiba vennikene
Keharammu karastuseks;
Siisap koormat seadidessa
Ladus virna laualasu,
Viskas peale varanduse,
Kaugelt toodud kullakotid,
Taalerite taskukesed,
Tõstis koorma kukla peale,
Õnnesaagi õlgadelle,
Hakkas koju kõndimaie,
Sammusida sirutama.

Ega kodu enam kaugel,
Talu enam metsa taga,
Pesapaik ei linnul peidus.
Tuul ju toonud tervisida,
Õhud õnnesoovitusi
Lesetalu lepikusta,
Kus ei peremeesta kodu.
Võõras võis ehk väravassa
Üksisilmi ootaneda.
Seitsme penikoorma sammud
Kadusivad kiireil kannul,
Veeresivad varba alla.
Polnud mehel pikemalta
Kusagil ei kinnitusta
Ega sammul sidemeida.
Kui ta talu tänavasse,
Veeres vainu väravasse,
Õnnelikult alla õue:
Mis seal sammu sidudessa
Käiki hakkas kinnitama,
Virgul aega viitemaie?
Kaugelt tulnud külaline,
Võõras meesi astus vastu.
Tereteli lakki tõstes,
Seadis sõnad sõudemaie,
Jutu kohe joone peale:
"Kustap, Kalevite poega,
Kustap ostsid lauakoorma,
Lunastasid linnalauad?
Kus need tüved kasvanesid,
Ladvad laial' lahutasid?
Teha võiks neist tornisida,

Kantsisida kasvatada,
Varjupaika valmistada,
Kindlust sõja kimbutusel."
Kalevipoeg mõistis kohe,
Kostis vastu kavalasti:
"Kus need kasvud enne kasvand,
Võsukesed enne venind,
Idud enne idanenud,
Seemneivad enne seisnud,
Sinna sigis suuri salu,
Paisus paksu metsakene,
Kasvas kena kuusemetsa,
Tõusis tugev tammemetsa,
Mitme kohta männimetsa.
Kirves raius kõrge metsa,
Tapper tabas tammemetsa,
Müras maha männimetsa,
Kaoteli kuusemetsa;
Saagi saagis vooge sõudel,
Lõhkus palgid laudadeksi,
Kiskus paksud kildudeksi,
Sealtap leidsin linnalauad,
Kandsin koju koormakese.
Torni neist ei tehtanegi,
Tornid tehakse teraksest;
Kantsi neist ei kasvatata,
Kantsid tehakse kividest."
Külaline kostemaie:
"Luba mulle, kulla venda,
Luba laudu laenuseksi,
Kui ei kaubal taha müüa,
Hinna eesta anda häida!

Mina meister linnalooja,
Kindla koha kasvataja,
Tugeva torni tegija.
Käisin kaugel kõndimassa,
Läbi ilma luusimassa,
Käisin kolmes kuningriigis,
Nelja neitsi nurmedella,
Viie võõra väljadella.
Tulin hilja Taara mäelta,
Pika ilu pidudelta,
Kuhu Kalevite poega
Pikisilmi oodatie."
 Pikemalta pajatelles,
Viisakasti juttu vestes
Tutvunesid mehed targad,
Sõbrustasid sellikesed.
Kalevite poega kuulis,
Kuidas õnnelikul korral,
Jumalate juhatusel
Ilmakuulus linnalooja,
Kindla koha kasvataja,
Tugeva torni tegija
Olevipoeg, hoonetarka,
Teda tulnud teretama,
Võõrsil venda vaatamaie.
 Saivad mehed sõbrustanud,
Siisap kaupa sobitama,
Kindlamasti kinnitama,
Et ei hiljem tõuseks tüli,
Vaenulikke vaheasju.
Olevipoeg, hoonetarka,
Tõotanud linna teha,

Ilusasti ehitada,
Kindlaks kohaks kasvatada,
Varjupaigaks valmistada.
Kalev pidi kive kandma,
Lisaks tooma laudasida,
Parajaida palkisida,
Tugevaida tammesida,
Mõnusamaid mändisida,
Kõrgemaida kuuskesida
Linna tuluks laanest tooma,
Pealegi veel maksma palka,
Töövaeva taalerilla,
Kullal kätte tasumaie,
Pudutööda penningilla,
Teista hõbelutikailla.
 Kui siis Olev õnne pärast
Kolme päeva pidand paastu
Ilma eineivakesta,
Uku kivil ohverdanud,
Koidupiirdel kummardanud,
Ehavalgel abivaimud
Targa tööle toimetanud,
Siis ta pani laastukesed
Kahte kohta hunnikusse,
Andis algamise andeid
Juhtivaile jumalaile,
Taevalistest tarkadelle,
Et nad sipelgate sugust
Tunnistähte ilmsi tooksid:
Kuhu paika elukohad,
Kuhu lojustele laudad
Sündsamalt võiks seadineda,

Õnnelikult ehitada.
   Olevipoeg, hoonetarka,
Laastuleiu juhatusel
Hakkas linna alustama,
Kindlat kohta rajatama,
Palke alla panemaie,
Kivisida kohendama,
Nurkasida nöörimaie,
Tugesida toimetama,
Sambaid püsti seadimaie.
   Mõistke, mõistke, mehed
noored,
Teatage, naised targad,
Arvake, poisid avarad,
Mis seal müüri tehtanekse,
Seinasida säetakse
Viru kuuskede vilulla,
Lääne leppade vahella,
Harju haabade keskella!
Sinna loodi lustilinna,
Kasvatati kindlat kohta,
Kaevati kivikelderid
Varjupaigaks vanadelle,
Tehti kenad elutoad,
Kallid kaubakamberid,
Vikitie viisilisti,
Tasutie targalisti.
Viis oli kirvest vikkimassa,
Sada saagi saagimassa,
Tuhat tapperit tasumas.
   Kalev kandis koormakaupa
Linna tarbeks laudasida

Pikal teel Peipsi tagant,
Kandis kokku tarbepuida,
Tüvikuida tuhandeida
Vana Taara tammikusta,
Kandis kive kaugemalta,
Merekaldalt kaljusida,
Munakive murumaalta,
Murdis paasi maapõhjast.
   Jättageme sellikesed
Uhket linna ehitama,
Varjupaika valmistama,
Kust saab koda kuningalle,
Peavarju vanemalle,
Kustap Kalev kange käega
Valda suurta valitsema,
Targalisti toimetama,
Sõjakära sulgemaie,
Vaenuviha vaigistama,
Rahva õnne õilmestama,
Kasupõlve kasvatama!

   Veeretagem lauluvärtnad,
Kuldalõnga korrutused,
Hõbeheide keerutused
Teisel joonel jooksemaie!
Läki neitsi nurmedelle,
Käharpeade koppelisse
Lugusida luurimaie,
Saladusi silmamaie!
   Põrgust toodud piigakesed,
Kenad neiud kolmekesi,
Annud Kalevite poega

Alevite varju alla,
Kalli sõbra kaitsuselle,
Kui ta kurba lugu kuulnud,
Magamise pikkust mõistnud,
Mis tal aega viivitanud.
Kalevipoeg pajateli:
"Võta, armas vennikene,
Kodukanad kasvamaie!
Pane pardid pesadelle
Mehepoegi meelitama:
Küll ehk juhtub kosilane
Koidu eella teile käima,
Viru poissi võttemaie,
Harju poissi ahvatama,
Lääne poissi lunastama!"
Alevite armas poega
Nagu kukekene korvis
Kosis kohe kolmandama
Neitsi noore enda naiseks,
Kes kui hernekaunakene,
Oakene õitses õuel.
Sulevipoeg, sugulane,
Valitses vanema piiga
Õhtuõnneks enesele.
Kolmas õde, keskemine,
Põrgupiiga peenikene,
Kes ei leidnud armukaissu,
Pidi lesena leinama.
Kui siis seltsissa sõsarad,
Isekeskis imelapsed
Kolmekesi kõndimaie
Tammiku vahel tulevad,

Sarapuumetsa sammuvad,
Teineteiselta küsima,
Noorik noorikulta nõudma:
"Kuidas, sõsar, sinu elu
Armukaisu hellituses?"
Küsimisel' kostetie:
"Ilus, sõsar, minu elu,
Kena armukese kaisus!
Haigelt õhtul heidetakse,
Tervelt tõustakse ülesse;
Haigus langes alla sängi,
Tõbi põhku puistatie.
Ilus, sõsar, minu elu,
Kuldasängis suikumine,
Kuldapadjus puhkamine!
Kuldaroog mul kaussidessa,
Kuldajook mul kannudessa,
Kuldakäik mul põrmandalla!"
Teine õde tunnistama,
Sõsar nõnda sõnaldama:
"Ilus, sõsar, minu elu,
Kena armukese kaisus!
Siidilla mind viidi sängi,
Siidil tõusen sängistagi,
Siidil sängi seademine,
Siidil padja panemine!
Ilus, sõsar, minu elu,
Kena minu käekäiki:
Kullaksi mind kutsutakse,
Hõbedaks mind hõigatakse!
Laulaksin küll laiemalta,
Meelest läinud mitu lugu,

Keelest mitu kaotasin.
Peast läks mitu pillikesta,
Käest mitu kandlelugu."
    Kolmas sõsar pisarkulmul
Saand ei sõna sahkamaie.
Nutupillil kõndis neidu
Teiste järel tammikusta.
Kes see kurbust kustutama,
Leina tuleb lepitama?
    Alutaga elas tarka,
Laialt teatud tuuletarka,
Kellelt rahvas karjakaupa
Tarkust käisid tabamassa,
Ohus abi otsimassa.
See' p see neitsikese nuttu,
Leina tahtis lõpetada.
    Tuuslar oli toa teinud,
Elumaja ehitanud
Keset laia lagendikku.
Targa tare tammest tehtud,
Nurgakivid põhja kiirust
Nõialaual looditatud,
Soome soolal sortsitatud.
Nõgimustad nõianöörid
Tegid nurgad nurgeliseks,
Tegid viilud vikeliseks,
Painutasid seinapalgid
Parajasti paarimaie.
Pedajast on aluspakud,
Kuusetüvest küüruspakud,
Uksepiidad pihlakasta,
Lävelauad Lääne lepast,

Lävepakud paaksapuusta,
Parred sirgesta pärnasta,
Vihtelauad vahterasta,
Toalagi toomingasta,
Sarapuusta on sarikad,
Kadakasta katusridvad,
Kirjust kasest katuslauad,
Olvipennid õunapuusta,
Teised pennid peenest puusta,
Kuusmanist kukepennid,
Talapuud olid jalakasta,
Toapõrmand põlvesavist,
Kaetisrohu raagudesta
Sammudega sõtkutatud,
Tuulest tükkie valatud.
    Põhjast tulid pobisejad,
Läänemetsast lausunaised,
Tuulissaarest tuuseldajad,
Soomesta soolapuhujad.
    Tuuslar ise, tuuletarka,
Kui ta kaugel kõndinekse,
Laialt ümber luusinekse,
Nägi imeneitsikesi,
Kes kui kanad kõrgel õrrel
Kalevite lauakoormal,
Kullakoormal istusivad,
Laululusti kõõrutasid.
Varju alta vahtidessa,
Salamahti silmatessa
Nägi, kuidas imelapsi
Hiljem anti Aleville
Kasvandikuks kasvamaie;

Nägi kena neidusida,
Imelapsi isekeskis
Naljatelles nurmedella
Päevapaistel mängimassa,
Noorel lustil lõõritamas;
Nägi kena neidusida,
Imelapsi isekeskis
Õhtu ilul vainiulla
Kergeid jalgu kergitamas,
Kiigesõudel kiljatelles
Õnnelugu hõiskamassa;
Nägi kena neidusida
Kuude valgel kolmekesi
Unekaisus uinumassa,
Siidisängil suikumassa;
Nägi kena neidusida,
Imelapsi isekeskis
Kaste piirdel koidu ajal
Punapalgeid pesemassa,
Siidihiukseid silitelles
Kuldakammil kammimassa. -
Ei olnud julgust juurde minna
Ega südant sülle võtta.
Katsus aga kiustekaupa
Piigasida kinni püüda,
Luusis sala nende jälil
Ööd ja päevad ühtepuhku.
    Kui nüüd kahel kosilased,
Kanged peiud olid käinud,
Istus õhtuhämarusel
Leskipäine piigakene,
Istus üksi ukse eessa,

Vaatas kuuvalgusella
Leinakuube lepikusta,
Kurbuskuube kaasikusta!
Vaatas närtsind lehekesi
Kuldseid kuubi kudumassa,
Miska suve sammudelle
Sügisesta sõelutakse.
    Kui nüüd kullad kahekesi
Kaasa seltsis läksid koju,
Igal kullal kuldakaissu,
Igal armsal armukene:
Polnud keskemisel piigal
Kuldakaasat kaitsemassa,
Armukest ei haudumassa.
Kuhu pidi kanakene,
Parti üksik parve ääres
Pea õhtulla panema:
Kivi juurde, kännu juurde,
Kalju külma kaisutusse,
Pae pessa, pedaka juurde,
Lepa sirge'e süleje,
Kase kalli kaendelaie,
Haava halli hõlma alla,
Kadaka kasuka varju,
Soesaba sõba alla?
Kellel' kurtma kurvad meeled,
Kellel' haiged haletsema,
Kellel' vihad veeretama,
Muretujud tunnistama?
    Tuuslar mõtles, tuuletarka:
"Õnnetund on mulle tulnud,
Armu mulle osaks antud!"

Kargas paksust põõsastikust
Kui see kulli kanadelle,
Võttis neiu varga volil,
Kulliküüsil käte peale,
Sulges kinni piiga suuda,
Et ei vaene kiljatama,
Appi saand ei hüüdemaie.
Tuuslar tõttas kodu poole,
Tahtis saaki varju taha,
Lapse viia luku taha,
Püüda seal siis piigakesta
Mesikeelil meelitada,
Lahkelikult lepitada,
Armupalveil ahvatada.
Kui nüüd kanged kälimehed
Noorikute nuttemisest,
Sõstrasilma pisaratest
Sündind asja aru saanud,
Kuidas kana kulliküüsil
Viidud võõra välja peale,
Hani teise allikalle,
Parti teise parve äärde,
Luike teiste lainetelle,
Saatsid kohe sõbrakese,
Kergel jalal kannupoisi
Neitsi jälgi otsimaie.
    Linnukeelte läkitusel
Oli kolmandamal õhtul
Noormees neitsi jälgi näinud.
Käänas kiirest' kodu poole
Sõpradelle sõnaldama.
    Sulevipoeg sõitis sõtta,

Alevipoeg vaenuteele,
Sõbrad surmaradadelle;
Läksid piigat päästemaie,
Kana kullilt kiskumaie,
Varga küüsist vallandama.
Hädaohu ähvardusel
Tegi tuuslar, tuuletarka,
Sortsisõna sünnitusel
Laia järve lainetama
Varjuks vaenulaste vastu.
Imelugu ilmumine
Tegi tüli tulijaile:
Lootsikut ei olnud leida,
Paati saada parajada,
Miska üle lainte minna.
    Alevipoeg, armas venda,
Kes see kodunt õnnekorral
Võtnud nõiavitsakese
Sõjateele saatijaksi,
Vitsakesta vibutama,
Ise soovil pajatama:
"Silda ette sünnitele,
Silda ette sammujalle!"
Silmapilgul sündis silda
Penikoorma pikkusella.
    Sõitsid mehed üle silla,
Kanged mehed kahekesi
Tuisates tuuslari talusse;
Lõhkusivad ukselukud,
Puistasid piidad puruksi,
Tapsivad siis tuuletarga,
Päästsid vangist piigakese,

Panid tuuslari talule
Tulekuke katukselle.
Tuhaksi läinud talusta
Jäänd ei enam jälgesida
Muud kui rajakivi müürid.
Kes see juhtub õnnekorral
Suveööl seal astumaie,
Küll see kuuleb kaebamisi,
Leinamise lugusida,
Miska tuuslar, tuuletarka,
Hävituse äpardusta,
Kena koja kadumista
Ohkab tuulehoogudelle.

Olevipoeg, hoonetarka,
Kosind hiljem kolmandama
Kasvandiku kodukanaks,
Keda kanged kälimehed
Varga volist olid päästnud.
Nõnda olid neitsid noored,
Põrgust pääsend piigakesed
Hüva õnne juhatusel,
Sugulaste soovitusel
Kange meeste kaasaks saanud;
Olid poegi rohkel rüpel,
Sugu kuulsat sünnitanud:
Kellest vanapõlve kõned
Sada sala sahkanevad,
Tuhat tükki tunnistavad.

KUUETEISTKÜMNES LUGU

"Lennuki" ehitus ja merereisi
algus, Teekond maailma otsa,
Lapumaa ja Varrak, lapu tark

Kalevite kange poega
Mõtteida mõlgutelles
Alustanud arvamisi
Tarkusteeda toimetada,
Suure ilma otsa sõita,
Põhja piiri purjetada,
Kus ei enne oldud käidud,
Teed ei iial ette tehtud,
Aga kuhu taevakummi
Maa külge kinnitatud.
Laskis laulu ladusasti,
Sõnasida sõudemaie:
"Kui ma lähen ratsul käima,
Hallil lasen alla õue
Salateeda sõitemaie,
Targa teeda tallamaie,
Lasen läbi lagediku,
Läbi paksu põõsastiku,
Murran üle mägedesta,
Kargan kuristiku kaudu,
Sammun tüki samblasooda,
Kõnnin teise kuivistikku,
Kolmandama kanarbikku,
Neljandama nõmmesida,
Siisap saaksin sihis sinna -
Järved mul ei sõlmiks sammu,
Kui ei meri meesta keelaks.

221

Kuule, kotkas, kaunis lindu,
Talita mind tiibadella
Üle vete veeremaie,
Üle lainte lendamaie,
Seni kui ma ilma serva
Käsilla saan katsumaie,
Sõrmilla saan sorkimaie,
Kuhu taeva kõrge katus
Räästa maha rajatanud,
Sinisiidil seinakesed
Aluspalke paigutanud,
Kuhu kuu- ja päevakandja,
Pilvede ülalpidaja
Oma kanda kinnitanud,
Varbaid maha vajutanud!"
    Kui ta teademata teida
Tahtis minna tallamaie,
Suisa peaga sammumaie,
Kuhu enne ükski käiki,
Rada polnud rajatanud,
Tõstis häälta tarka lindu,
Kaaren sõnad krooksuteli:
"Kus sa silmad sinivetta,
Laialisi laineida,
Kae, kas kaldal kõrkjaida,
Võhumõõku vete ääres;
Parem jalg seal põrutagu
Kanget kanda vastu kallast, -
Siis saab maa sull' salasuuda,
Varjul hoitud väravada
Laialt lahti tegemaie,
Kust saab ilma otsa kätte."

Kalevite poega kostis:
"Eks ma ole õnnekaupa
Enne seda sada korda
Peipsi järvest pelgamata,
Võrtsu järvest vankumata,
Kaiu järvest kartemata,
Läänemerest langemata
Koormaga ju läbi käinud;
Eks ma tunne nende teida,
Pikkusmõõdul piirisida,
Laintelangu laiusida,
Salapeidul sügavusi,
Ahti poja haudasida?
    Peipsi järv mul puusast
saadik,
Võrtsjärv mulle võödest saadik,
Musta järv mul maost saadik,
Kaiu järv mul kaelast saadik,
Lääne lõualuudest saadik,
Suur meri suudest saadik.
Ilmjärv jäi mul ainuüksi
Keskipaigast katsumata,
Hauakohtelt arvamata,
Sügavusel süldamata,
Salapaigul sammumata."
    Meelemõtteid mõlgutelles,
Salasoove sünnitelles
Pani Kalevite poega
Laulusõnad lendamaie:
"Kui mina kiuste võtan käiki,
Sunnin sammud sõudemaie,
Varbad virgalt veeremaie,

Siisap sõuan Soome poole,
Paadi otsa põhja poole,
Vankri juhil vaarumaie;
Küllap leian Kaljumaalta,
Soomemaalta sugulasi,
Turjamaalta tuttavaida,
Saarest vanu sõprasida,
Kes mind teele kohendavad,
Jälgedelle juhatavad."

   Siisap sahkas Oleville:
"Võta, Olev, vennikene,
Linnameister, mõistetarka,
Võta kirves nüüd kädeje,
Raiu maha rajatammi,
Tõuka maha suuri tammi,
Pilluta latva pilvesta,
Kukuta tüvi kännulta;
Võta tammi tarbepuuksi,
Mis see meie õue alla
Kõrge kalda küürusella
Isa enne istutanud,
Ema enne kasvatanud;
Mis seal merekalda pealta,
Laialisti liivikulta
Kõrget latva kõiguteleb,
Laiu oksi lahuteleb,
Et ei päeval paiste mahti,
Kuul ei kumamise mahti,
Tähtel siramise mahti,
Pilvedel ei piiske mahti!
   Kukutele, kulla venda,

Tõuka maha kõrge tammi,
Pane päike paistemaie,
Kuu jälle kumamaie,
Pilved piisku pillutama,
Lunda laialt lahutama!
   Tee sa tamme tüvikusta
Tugevamad tarbelaevad
Salateede sõudemiseks,
Targa teede toimetuseks;
Tammeladvast sõjalaevad,
Keske'elta kaubalaevad,
Otsapakust orjalaevad,
Laastudesta lastelaevad,
Nurkadesta neitsilaevad!
   Mis on jäänud, jäta jälle,
Jäta jätmed raiskamata:
Jätmetest saab Järva linna,
Riismetest saab Riia linna,
Laastudest saab Lääne linna,
Varjukohta Virumaale,
Harjusse redusepaika,
Põltsamaale peidupaika!
   Mis jääb üle, jäta jälle,
Jäta jätmed raiskamata,
Jäta riismed rikkumata,
Kõhetumad korjamata:
Riismetest saab rahukoda,
Vaestelaste varjutuba,
Leskedelle leinakamber,
Kurbadelle kurtmiskamber;
Sealt saab Viru vihmavarju,
Talurahvas tuulevarju.

Mis jääb üle, jäta jälle,
Jäta jätmed raiskamata,
Jäta riismed rikkumata,
Kõhetumad korjamata:
Et sealt vaesed leidvad varju,
Lesed leinamise paika;
Kellel tuul on teinud toa,
Vesi palke veeretanud,
Rahe katust kallutanud,
Udu teinud uued uksed,
Lumi vikkind valged seinad.
    Mis jääb üle, jäta jälle,
Jäta raod raiskamata,
Oksad uhked hukkamata:
Oksadest saab orjakambri,
Raagest vaestel' rõõmukambri,
Neitsidelle naljakambri,
Lustituba lastelegi!"
    Olev oskas, kostis vastu,
Laulis aga ladusasti:
"Küll mina teaksin, mis ma
teeksin,
Teaksin, teeksin, vennikene,
Kui oleks meesta meie maalta,
Tugevada teadevalla,
Kes see tamme raiuks maha."
    Kaaren kuulis kuuse otsas,
Tarka lindu tähendama:
"Minge meesta otsimaie,
Tugevamat tabamaie,
Võimsat kaugelt kuulamaie,
Kes see tõukaks tamme maha,

Kukutaks tüve kännulta."
Mindi meesta otsimaie,
Tugevamat tabamaie,
Kes see raiuks rajatamme,
Tõukaks maha suure tamme,
Pillutaks ladva pilvesta.
Toodi mehi Turjamaalta,
Sõnatarku Soomemaalta.
Targad mehed tähendama,
Sõnatargad seletama:
"Kallis Kalevite poega,
Kangemeeste kasvandikku!
Kui sa tahad tõesti minna
Ilma otsa otsimaie,
Kuhu Vanataadi käsi
Taeva servad sõlmitanud,
Maaga kokku kinnitanud,
Laia ääre langutanud,
Pööra põhja piiridelle,
Kääna Põhjanaela kohta,
Vana Vankri valgusella!
    Tõukad sina seda teeda,
Rändad põhjaradadelle,
Siis ei püsi puine paati,
Tammetüvest tehtud laeva.
Virmaliste vägev voli
Vehklemisi välgutelles
Paneks paadi põlemaie,
Laevakese lõkendama;
Seal peab laeva rauast soetud,
Paati karrasta painutud,
Teraksesta saama tehtud,

Vanast vasesta valatud."
　Kalevite kange poega
Laskis teha kena laeva,
Uhke lodja ehitada,
Mis ei puusta painutatud
Ega luusta ehitatud
Ega vasesta valatud,
Teraksest ei olnud tehtud.
　Kalevipoeg, kange meesi,
Laskis lodja valmistada,
Laeva teha hõbedasta,
Kallimasta hõbekarrast,
Õhukestest hõbelaudest.
Laevalagi hõbedasta,
Hõbekarrast laeva põrand,
Laevamastid hõbedasta,
Hõbekeedest laevaköied.
"L e n n u k" pandi laeval'
nimeks,
Et ta lendes lõhkus laineid.
　Siisap käskis kuldse kuue
Eneselle kehakatteks,
Käskis laevameestelegi
Tublid riided toimetada:
Hõbekarrast ülemaile,
Rauakarrast rahva'alle,
Vasksest karrast vanemaile,
Teraksesta tarkadelle,
Sest et ilma otsa ligi
Põhjanaela piiridella
Virmaliste vehklemine,
Tulilaste tuiskamine

Rauda ei saaks rikkumaie,
Karrast kuube kulutama.

　Kui siis käsku annetie
Kallist laeva koormatada,
Moona viia meeste võrra,
Rohkest' vara rahva tarvis,
Käskis Kalevite poega
Sõna viia sõpradelle,
Kalli kasuvendadelle,
Teadusida tarkadelle,
Keda kaasa kutsutie,
Abimeesteks arvatie.
　Seal ju laulsid ilmatargad,
Ilmatargad, maakavalad
Õnnelaulu hõisatelles,
Et neid kaasa kutsutie,
Abimeesteks arvatie.
Aga kes jäid kutsumata,
Kurba laulu kuulutasid:
　"Meie, kullad, kuulasime,
Meie, vaesed, vaatasime,
Kas meid kaasa kutsutakse.
Ei meid hulka hõigatudki
Ega kaasa kaevatudki;
Sundi viidi Suleville,
Armast kutsu Aleville,
Kästi tulla kannupoissi
Teedekäiki toimetama."
　Kalevite kange poega
Laskis tulla laevamehi,
Teiste seltsi sõjamehi,

Kolmandama kasumehi,
Perepoegi peenikesi.
    Tarkasid veel tahetie,
Sõnamehi sunnitie,
Tuuletarku tarvitati,
Manatarku meelitati
Uku kivil ohverdama,
Teele õnne toimetama.
    Kui siis laeva enne koitu,
Paadikene enne päeva,
"Lennuk" lausa valge eella
Vesiteel läks veeremaie,
Lainte kiigul lendamaie,
Keeritati kübaraida,
Lasti laulu ladusasti:
"Peast ma keeritan kübara,
Alta keeritelen laeva;
Sõidan teeda triibulista,
Veeren võõrast vesirada,
Mis ei marjavarrelista,
Hõbelõnga loogelista,
Kuldalõnga keerulista."
    Laeva seati lainetelle,
Seati nokal Soome poole,
Põhjapiiri pööruselle,
Vastu Vana Vankerida.
    Kalevite kange poega
Istus ise ülemaksi
Targa tüürimehe kõrva,
Sundis sõbrad sõudemaie,
Poisikesed purjetama,
Sellid köisi seadimaie,

Kablukesi kohendama.
    Kui siis laeva lustilikult
Lainte kiigul lendamassa,
Hakkas Kalevite poega
Lustilugu lahutama:
"Kehitelen kübarada
Peasta päeva pealikulle,
Kes see litrid lainetelle
Kuldakirja külvanekse,
Et kui laeva lõhub laineid,
Kuldapeenar kerkinekse,
Hõbevagu vahtunekse.
Kehitelen kübarada,
Kummardelles kuude poole,
Teretelles tähtesida,
Kes need kangust kasvatavad,
Teeda meile tähendavad.
    Lähme lugu laulemaie,
Vanu sõnu valmistama,
Jõgesida jälgimaie,
Meresida mängimaie,
Kaljusida kündemaie,
Suuri saari sahkamaie,
Mereääri äigamaie,
Kaldaalust koristama,
Kuhu kulda külvatie,
Hõbedada istutati,
Taara tarkust tipitie.
    Ükskord, ükskord ilmus
ilma,
Ilmus ilma ilusana!
Ükskord, ükskord tehti taevas,

Tehti taevas targalisti,
Tähtedega täpilisti,
Pilvedega pilulisti."
   Siisap laulis pikka lugu
Algusilma ilmumisest,
Kuidas kuule kooti koda,
Pesa tehti päikeselle.
   "Lennuk" oli laintekiigul
Mõnda päeva purjetanud,
Päeval päikese juhilla,
Öösel tähte õiendusel.
Paati veeres põhja poole,
Ilma otsa ligemalle;
Kaasavõetud keeletarka
Seadis tüürilt laeva sõitu;
See'p see mõistis kõiki sõnu,
Kõiki keelekõlksumisi,
Teadis kuuldud linnukeeled,
Teadis elajate hääled
Targa viisil tähendada.
   Soome sortsilaste sunnil
Möllasivad tuulemarud
Vihas vetta vahutama;
Pilvepime peitis päeva,
Peitis uttu päikese,
Kattis kinni taevatähed
Üleüldsalt udusompu,
Kastekarva kuubedesse,
Et ei teadnud tüürimeesi
Ega kippar laeva käiki.
   Keeletarka küsimaie

Lindudelt, mis lainetelta
Leidis laeva ligemalta.
   Kui ta otsust kätte saanud,
Laskis laulu lõksatelles:
"Veljed noored, vennikesed,
Kallid kangelaste pojad,
Läki võõrast vaatamaie,
Soomest sala sahkamaie,
Nurmedelta noppimaie,
Kanarbikust katkumaie,
Merepõhjast pühkimaie,
Lainte alta laastamaie,
Kivikildest kergitama,
Mägedesta kangutama,
Mis nad sala varjutavad,
Kallimada kuulutavad!
   Nurmeilud nuttelevad,
Kanarbikud kaebelevad,
Kaljurünkad karjatavad,
Mereurkad ohkelevad,
Laintekiigud leinelevad,
Kus nad kallist enne kuulnud,
Muistesõnu enne mõistnud."
   Lainte kiigul kerkis laeva,
Kerkis vahel kõrge' elle,
Kippus vahel kukkumaie,
Lainte alla langemaie,
Et ei teadnud tüürimeesi
Ega kippar laeva käiki.
   Päike läinud salapeidul
Õhtu hõlma puhkamaie,
Ööde pime ümberringi

Kattis Kalevite laeva.
Seitse ööd ja seitse päeva
Vankus laeva väsimata
Tuulemaru tuisatusel
Laintel kui üks laglekene;
Siisap väsind Soome sortsid
Puhumisel puhkamaie.
Päike pääses paistemaie,
Laia ilma valgustama;
Viimaks hakkas vete veerult
Kallas kaugelt kasvamaie,
Kõrgemaksi kerkimaie.
Keeletarka kuulutama:
"Võõras rand mul, vennikesed."
Kalevite kange poega,
Kui said kalda ligemalle,
Kargas laevalt lainetesse
Usinasti ujumaie,
Kalda poole kiirustama;
Siis ta vedas sõprasida
Laevas köitel kalda' asse.
See ei olnud Soome serva
Ega tuttav Turja randa,
Ei ka enne käidud kohta.
Keeletarka küsimaie:
Kuidas randa kutsutakse?
Linnukesed lõõritasid,
Pääsukesed pajatasid,
Vana vares vastanekse:
"See on lahja Lapu randa,
Kehvaliste kaldakene."

"Lennuk" aeti lahe sisse,
Hõbepaati parve äärde,
Kinnitati kividella,
Vangistati vaiadella,
Et ei paigast pääseneksi
Lainetelle lendamaie.
Kalevite kallis poega
Kutsus juhiks keeletarga,
Sundis seltsiks sõprasida
Võõrast kohta vaatamaie.
Nemad käisid neljakesi
Tüki teeda, marga maada,
Mööda nõmme nõtkutelles,
Mätastikku mütatelles,
Mööda laia lagendikku,
Sammusivad samblasooda,
Kõndisivad kanarbikku
Mööda raatmaa radasida:
Kas ehk kuskil kogemata
Talu silma tõuseneksi.
Mis seal vastu veerenekse,
Silma ette sirgunekse?
Tõusis silma üksik talu,
Peidust väike perekene.
Ukse eessa istus neidu,
Murupingil piigakene,
Kedervarrel keerutelles
Lõuendisi lõngakesi;
Näpud ketra keeritasid,
Suu aga seadis sõnasida,
Laskis lustil laulukesta:
"Oli üksi naine noori,

Lüpsis lehmad koidu eella,
Lüpsis lehmad lepikussa,
Kurnas piima kamberie;
Siis aga karja saatemaie.
Saatis karja kaasikusse,
Lehmad alla lepikusse,
Vasikad põõsa varjule.
Mis ta leidis karjateelta?
Leidis kana karjateelta,
Väikse kuke vainiulta;
Kana siblis siidisida,
Kukke kuldanarmaida.
Noorik kana püüdemaie,
Kukekesta kiusamaie;
Kukke lendas üle metsa,
Üle laia lagendiku,
Kanake sai naise kätte,
Kanti rüpessa koduje.
Särgi rüpes kantud kana,
Põues toodud pojukene
Viidi viljakamberie,
Seati salve serva peale
Kasukanaks kasvamaie,
Vaka alla vajumaie.
Kasvas kana katte alla,
Paisus peidul pojukene,
Kasvas kuu, kasvas kaksi,
Kasvas kortli kolmat kuuda,
Nädala veel neljat kuuda,
Peale paari päevakesta.
Noorik aita vaatamaie:
Mis sest kasukanast kasvab,

Peidus pojukesest paisub?
Kanast kasvas neitsikene,
Kena kuningate tütar.
Käisid neitsil kosilased,
Piigal palju peiukesi,
Viied, kuued viinakruusid,
Seitsesada sõnumida;
Üks oli kuu, teine päeva,
Kolmas - "
- - "Kalevite poega,
Pikil koivil peiukene!"
Pajatas Kalevipoega
Üle läve astudessa.
Piiga kohkel põgenema,
Hädas appi hüüdemaie.
Tütre pillil tõttas taati
Võõralista vaatamaie,
Mis siin kisa kasvatanud.
Kalevite kallis poega,
Kui oli taati teretanud,
Lapu targaks tunnistanud,
Kohe otsust küsimaie:
"Kukutele, võõras kägu,
Laula, laula, linnukene,
Vasta mulle, kulla venda,
Kust see käiki kohemalta,
Sihil ilma otsa sõuab,
Et ei teisi teeradasid,
Hõbelõngal loogelista,
Kuldalõngal keerulista
Ette tuleks eksitama,
Käigil sammu kinnitama!

Juhata mind joonelt sinna,
Kuhu taevakummikene
Alla serva kinnitanud,
Sinisiidil seinakesi
Lagedalle langutanud,
Kuhu kuu kustunekse,
Päike läheb puhkamaie,
Kui nad seatud vahikorda
Ööl ja päeval lõpetanud!
    Kaaren kodus kuuluteli,
Tarka lindu andis teada:
"Kui sa silmad sinivetta,
Laialisi laineida,
Kae, kas kaldal kõrkjaida,
Võhumõõku vete ääres,
Parem jalg seal põrutagu
Kanget kanda vastu kallast:
Siis saab maa sull' salasuuda,
Varjul hoitud väravada
Laialt lahti tegemaie,
Kust saab ilma otsa kätte."
Juhata mind sinna serva
Kõrkjakalda kihutama!"
    Tarka kuulis, kostis vastu:
"Siit ei tõuse teida sulle,
Rändamise radasida
Kusagilta ilma otsa;
Merella ei ole määra,
Lainetelle lõpetusta
Seal, kus Vanaisa tarka
Taeva katust kallutanud,
Räästa maha rajatanud,

Sinisiidil seinakesi
Lagedalle langutanud.
Kes need enne sel on käinud
Tühja tuulta tallamassa,
Saivad Sädemete saarel
Suurest julgusesta surma.
Kodukaarna kuulutused
Tähendavad põrguteeda,
Vanapoisi väravada.
Kui sa käiki kodumaale,
Sõber, soovid toimetada,
Luban sulle lusti pärast
Teedejuhiks kaasa tulla."
    Kalevite poega kostis:
"Koju jõuan juhtimata
Tuldud teeda tuttavada.
Võta vaevaks, vennikene,
Vii mind võõra vainudelle,
Ilma otsa ukse ette,
Vanataadi väravasse!"
    Lapu tarka küsimaie:
"Mis mull' palgaks paisatakse,
Veovaevaks visatakse?"
    Kalevite poega kostis:
"Mis sa soovid, sõbrakene,
Küsid hinda, kullakene,
Peab sull' palgaks paisatama,
Veovaevaks visatama.
Võta pooli varandusta,
Küsi kulda kümme kotti,
Hüva hulka hõbedada!
Vii mind aga, vennikene,

Ilma otsa uke ette,
Vanataadi väravasse!
Mere sügavusemõõdud,
Põrgu piirid pikkusella -
Neida tunnen nööri mööda;
Suure ilma otsaseinad
Tänini veel teademata,
Käsilla mul katsumata."
Lapu tarka laulis vastu:
"Lisa peale lusti pärast,
Pane palgaks peale hinna,
Mis sul kodu kütke'essa
Seina küljes seisenekse!"
Kalevite kallim poega
Tõoteli kõike täita,
Külamehel' kütkendatud
Ahelate-arvulise
Meeleheaks veel peale panna.
Lapu tarka laulemaie,
V a r r a k nõnda vastamaie:
"Sündku sinu soovimine,
Mingu täide tahtemine.
Sest ei tõusku mulle süüda,
Võõral mingit vastamista,
Kui sa kogemata kurja,
Hädaohtu, äpardusta
Teedekäigist peaksid tundma;
Süü jääb üksi sundijalle,
Vastus nõu võttijalle."

Lapuline võeti laeva,
Viidi Varrak tüürimaie,

Laevasõitu seadimaie.
Lainte kiigul langedessa,
Tuuletiivul tuisatessa
Lõhkus Kalevite laeva
Vahus veele vagusida,
Mitu ööd ja mitu päeva
Põhja poole purjetelles.
Laeva juhtus laintelangul
Kogemata neelukohta,
Võind ei aerud avitada
Ega purjed välja päästa
Kallist laeva vete kurgust;
Neelu kippus neelamaie
Koormat koormakandijaga.
Lapu tarka võttis tündri,
Võttis Varrak vaadikese,
Kattis punakaleviga
Väljaspoolse vaadikere,
Punus punapaelasida
Vitsa viisil vaadi ümber.
Köitis teda kütkedega
Laeva külge rippumaie,
Et kui kala silmaks sööki,
Varmalt tuleks võttemaie.
Veesta tuli valaskala
Punast sööki püüdemaie;
Ahmas suhu vaadikese,
Pistis ise punumaie,
Vedas laeva neelust välja,
Päästis paadi põrgusuusta,
Allilma ukse eesta,
Vana vaenu väravasta,

Kuhu mitu enne kukkund,
Hädas mõni äpardanud.
Lainte kiigul langedessa,
Tuuletiivul tuisatessa
Lõhkus Kalevite laeva
Vahus veele vagusida,
Mitu ööd ja mitu päeva
Põhja poole purjetelles.
 Kalevite kange poega
Seadis sõnad sõudemaie,
Laskis laulu lõksutelles:
"Nõu ei viska meesi nurka,
Pane mõtteid parte peale;
Äparduste ähvardusi
Laulusõnad lepitamas,
Targad sõnad talitsemas."

Laeva oli lainte lennul,
Vetevooge veeretusel
Palju aega purjetanud
Põhja piiri pöörusella,
Sealap Sädemete saare
Tulisambad tõusemaie,
Suitsupilved paisumaie.
 Kalevipoeg kippumaie
Sädemesaart silmamaie;
Varrak vastu vaidlemaie,
Koledat teed keelamaie.
Sulevipoeg sõnaldama:
 "Laske minda minemaie
Tuliteeda tallamaie,
Suitsulista sammumaie,

Kuhu, kes seal enne käinud,
Nõrgematest palju nõrkend,
Väetid läinud viletsusse!"
 Aeti laeva lainetelta
Sädemete saare serva,
Kus see mägi mängis tulda,
Teine suitsu sünniteli,
Kolmas keetis kuuma vetta;
Suland kive sügavusest
Orgu saatsid ojadena.
 Sulev sammus suitsu juhil,
Tallas tule tähendusel
Põrgu lee ligemalle,
Imelikku ilmumista
Salalikult silmamaie.
 Tulekivi kildusida
Sadas suitsus sagedasti,
Tuiskas aga tuhkadessa
Lumehange lagedalle,
Rohkest' raatmaa radadelle.
 Raudakuube raksatelles
Kippusivad kivitunglad
Sulevida surmamaie.
 Õnnetusest hoolimata
Kõndis kangelase poega
Põrgu leeaugu poole,
Kuni kuubi kõrvetelles
Keha kippus küpsetama,
Ripsmekarvad läksid krimpsu,
Kõrbe hiuksed, kulmukarvad.
 Sulevipoeg pajatama:
 "Kurat võtku tuleküngast,

KUUETEISTKÜMNES LUGU

Kust ei kasu kellelegi!
Kodu võiks ta rehekütjaks,
Saunameestel küljesoojaks
Mitmes kohas mõnus olla,
Kus üks süld ehk pere kohta
Armu poolest annetakse.
Praegu pole mul paremat:
Pistan piibu põlemaie."
Siisap sammu sulgemaie,
Tuliteelta taganema.
Vaevalt pääses laeva peale
Haigeid külgi arstimaie,
Põlend viga parandama.
Kalevipoeg küsimaie:
"Kas ehk nägid kannupoissi,
Kes sul jälil jooksenekse?"
Sulevipoeg salgamaie;
Teised kadund kannupoissi
Ühel suul hüüdemaie.
Vaata, ilus valge lindu
Laskis maha laeva peale;
Keeletarka kuulamaie,
Kas ehk kadund kannupoissi
Sulgiline silmanenud.
Valge lindu vastamaie:
"Teisel pool jäämägesida,
Lumelisi lagedaida
Kenam kevadine kohta,
Soojem ala suve paika;
Mullas munad keedetakse,
Liivas liha küpsetakse:
Sinna poissi eksinenud

Näkineitsi meelitusel,
Ühtepuhkust iluaega
Õnnelikult elamaie.
Minge teele, mehed targad,
Kannupoiss ei tule kaasa!"

Mehed jõudsid sinna maale,
Kus need kuked sõivad kulda,
Kuked kulda, kanad karda,
Haned haljasta hõbedat,
Vareksed vana vaskeda,
Pesilinnud penningida,
Targad linnud taalerida,
Kus need kasvud kasvasivad,
Kapsad kuuse kõrguseni.
    Kalevite kange poega
Sulaseida sundimaie,
Alamaida ajamaie
Võõrast kohta vaatamaie;
Käskis minna keeletarka
Salasõnu seletama,
Linde tarkust lunastama,
Heitis ise laeva peale
Suleviga suikumaie,
Päeva paistel puhkamaie;
Andis käsu Aleville
Vahikorral valvel olla.
    Keeletarka kõndimaie,
Sulastega sammumaie
Tüki teeda, marga maada,
Kus ei kuulda linnulaulu
Ega leida loomakesi.

KUUETEISTKÜMNES LUGU

Päike juba veeres looja,
Langes merelainetesse.
Käigist väsind vennikesed
Sirutasid selilie
Põõsa varju puhkamaie.
Teise päeva palistusel
Ärateli enne koitu
Magajaida mehepoegi
Tugevama tütar noori,
Kes see tulnud kapsaaeda
Lehmadelle lehtesida
Kapsa küljest kitkumaie.
Tütar noori võttis mehed,
Pani poisid põlle rüppe,
Kandis neid süles koduje.
Isa kodus küsimaie:
"Mis sa toonud, tütar noori,
Mis sa korjand kapsastesta?"
Piiga põlle raputelles
Puistas mehed põrmandalle:
"Tähendele, taadikene,
Mis ma naljamängitusel
Kapsaaiast koristasin,
Kus nad, kirbud, kuuekesi,
Kastevilul kohmetanud,
Kapsapea all põõnutasid!"
Taati tarka tunnistama
Mõistatusel mehikesi:
"Kes see kõnnib kõrta mööda,
Astub aiaääri mööda,
Piirab pilliroogu mööda?"
Keeletarka kostemaie:

"Mesilane, linnukene,
See'p see kõnnib kõrta mööda,
Astub aiaääri mööda,
Piirab pilliroogu mööda."
Tarka taati tunnistama
Mõistatusel mehikesi:
"Mis sealta jõesta jooneb,
Katsub külakaevudesta,
Kivikildude keskelta?"
Keeletarka kostemaie:
"Vikerkaar jooneb jõesta,
Katsub külakaevudesta,
Kivikildude keskelta."
Hiiglatarka tunnistama:
"Mõistke, mõistke, mehikesed,
Mis tuleb ammudes arusta,
Singudes sinisalusta?"
Keeletarka kostemaie:
"Vihm tuleb ammudes arusta,
Singudes sinisalusta."
Sellest tundis Hiiglatarka
Mõistelikke mehepoegi.
"Pane, piiga, põllerüppe,
Vii nad jälle viibimata
Sinna, kus nad enne seisnud;
Need on pealtmaa naiste pojad,
Kes need käivad tarka teeda,
Õpetusi otsimassa."
Tütar käsku täitenekse:
Kandis võõrad kuuekesi,
Kust neid põlle koristanud.
Keeletarka mõistis kõne,

234

Hakkas piigat palumaie:
"Vii meid, neitsi, naljapärast
Kanna merekalda' alle!"
Tütar palveid täite' essa
Kandis mehed kalda'alle.
  Nii kui suitsupilve sammas
Taevakummilt ripakille
Pikkerpillil liikunekse,
Tulda taevast puistanekse,
Tuli Hiigla tütar noori
Lennus sammul laeva poole,
Kärinaga merekalda;
Puistas põllest mehepojad
Hõbelaeva serva peale.
Piiga lõõtsuv hingepuhin
Puhus laeva lainetelle
Penikoorma kauguselle.
Imelugu ilmumine
Pani kõiki kohkumaie.
Kalevite kange poega
Pilvepiigat pilkamaie:
"Ole terve, tütarlapsi!
Pesid silmad palumata,
Küllap ise kuivatelles
Pühin piisad palgeilta."
  Kalevipoeg andis käsu
Laevapurjed lahutada,
Tahtis kohe kaugemalle
Põhja poole purjetada;
Ehk küll külma väga käre,
Jää seal kattis jälgesida,
Kõrge jää küngastesta

Lõikas "Lennuk" lustilikult
Purjetelles põhjateeda.
Vaata! virmaliste vaimud
Taeva alla taplusessa
Hõbeoda välgutelles,
Kuldakilpi kõigutelles
Paistsid laeva punetama.
Juba kadus meestel julgus,
Poistel püksid püülimassa.
Aga Kalevite poega
Tulist nalja naerateli:
"Laske virmaliste vehid,
Hõbeoda välgatused,
Kuldakilbi kõigutused
Tulekaarta meile teha,
Kust me valge kumendusel
Kaugemalle näeme käiki!
Kuu ei tahtnud kaasa tulla,
Päike läinud ammu peitu;
Armuanniks pannud Uku
Virmalised vehklemaie."
  Viimaks veeres võõras randa,
Tõusis rahvas tundemata
Meie sõpradelle silma;
Poistel poolelt koera kehad,
Pikad penisabad taga,
Tempudesta tondilased,
Näosta nii kui inimesed.
  Penisabalised sellid
Kurjast' vastu kiusamaie,
Tulijaida tonkimaie,
Et ei keegi kallastelle

Saanud laevast sammumaie.
　　Kalevite kange poega
Kargas laevast kalda'alle
Penilasi pillutama,
Vaenulasi virutama;
Surmas neida sadadena,
Tappis teisi tuhandeida.
　　Õnnekombel leidis hobu,
Tugevama täkukese,
Kargas kõrvi laudijalle
Sõjateeda sõitemaie,
Penilasi puistamaie.
　　Võõras väike mehikene
Vaenuköita kinnitama
Ristiks ratsu sammudelle.
Hüva hobu hüpateli
Vaenuköita kohkudessa,
Komisteli kogemata,
Langes laia lagedalle
Surnult maha samblasoosse.
　　Kalevipoeg kahetselles
Hüva hoosta ohkamaie,
Võrgutajat vandumaie,
Sidujada sajatama.
Siisap võttis suisapäisa,
Tõmbas maasta tüvikuda
Tugevamast tammepuusta,
Miska sooda sahkamaie,
Kuivikuida kündemaie,
Et ei põhja põllukesed
Kasusid peaks kasvatama,
Viljaivi valmistama.

　　Sealtmaa tarka sõitlemaie,
Künnimeesta keelamaie:
"Miks sa vihas, vennikene,
Kurjas lähed kündemaie,
Meie maada moondamaie,
Samblasooksi sajatama,
Kust ei kallist karjamaada
Ega lastel leivamaada?"
　　Kalevipoeg kostemaie:
"Vaenuköis mul võtnud hobu,
Suretanud sõidujala,
Enne kui ma tarka teeda
Õnnelikult lõpetanud."
　　Tarka taati tähendama:
"Kuidas võid sa, kulla venda,
Tarkusteeda toimetada,
Kui sa rahvad raske käega,
Nõuandjad nurmedelta
Eesta ära hävitanud?"
　　Kalevipoeg kahetsema
Vihastuse vandumista,
Miska surmand sigidused
Põhja põllupeenderalta.
Hüüdis hädas Uku poole:
"Anna kasvu kaladelle,
Sigi Soome silkudelle,
Ülerohkust hüljestelle,
Sulgislinnu sugudelle!
Lase puida lainetelta
Vetel kalda veeretada,
Et nad tulevpõlve tuluks
Kasu saaksid külvamaie!"

Tarka mõistis, kostis vastu:
"Sõber, et sa õnne soovid,
Tahan sulle tõelikult
Hüva nõu ja otsust anda,
Kuidas teed saad kaugemalle."
Kalevite poega kostis:
"Kaaren kodus kuulutanud,
Tarka lindu annud teada:
"Kus sa silmad sinivetta,
Laialisi laineida,
Kalda veeres kõrkijaida,
Võhumõõku vete ääres,
Seal saab varjul hoitud värav
Ilma otsa sulle näitma."
Tarka taati kostis vastu:
"Kaarnalind on kuulutelles
Pettust sulle pajatanud.
Kui sa silmad sinivetta,
Laialisi laineida,
Kalda veeres kõrkijaida,
Võhumõõku vete ääres,
Sealtap leiad salasuuda,
Varjul hoitud väravada,
Mis sind põrgu pettenekse,
Surmasuhu sundinekse."
Kalevite kallis poega
Kodu poole kippumaie,
Sõpradelle sõnaldelles
Laskis laulu ladusasti:
"Lähme, lähme, lustivennad,
Käime, käime, kullakesed!
Lähme jälle lõuna alla,

Käime kiirest' kodu poole,
Kus meid tundvad kodukoerad,
Tuttavamad teretavad!"
Varrak kohe küsimaie:
"Vennike, kes veovaeva,
Palka mull' saab paiskamaie,
Kui sa kodu poole käänad?"
Kalevite poega kostis:
"Kõik peab sulle keelamata
Palgahinnaks paisatama,
Kuidas kaupa sobitime.
Sa ei ole eksind sammult,
Teelt ma ise taganesin."
Läksid mehed laeva peale
Kodu poole purjetama.
Laintekiigul langedessa,
Tuuletiivul tuisatessa
Lõhkus Kalevite laeva
Vahus veele vagusida.
Paati veeres Viru poole,
Laeva lustil lõuna alla.
Kalevite kallim poega
Seadis sõnad sõudevalle:
"Ei või tarkust enam tulla,
Mõistust olla meestellagi,
Kui on loodud loomadella.
Tühi tee meil läinud tuulde,
Ilma ots jäi otsimata,
Kätella jäi katsumata.
Laske "Lennuk" Lalli alla,
Lindanisa lahe peale,
Kuhu Olev teinud hooned,

Kõrged tornid kasvatanud!"
    Keeletarka kostemaie:
"Kes see pärast seda käiki
Tahab minna tallamaie,
Ilma otsa otsimaie,
Toimetagu targemalta
Enne käiki asjad käima:
Pangu andeid kivi peale
Õnneandjale Ukule,
Viigu värsket vahtidelle,
Ohverdusi hoidjatelle,
Lepitusi lindudelle!"
    Kalevipoeg koste'essa
Laulis vastu ladusasti:
"Tulles tõuseb suurem tarkus,
Mis ei minnes mehikesel.
Tuisa tõtsin tühja teeda,
Tuulelista tallamaie,
Läksin lustil lainetelle,
Tahtsin taeva tagaseina
Käsil minna katsumaie,
Ilma otsa otsidelles
Sõrmedella sorkimaie.
    Ärgu tehku teised mehed,
Tehku teised naisepojad,
Mis ma tühja olen teinud
Kallist aega kulutelles;
Lootsin kasu kasvamaie,
Pidin kahju kahetsema.
Ei olnud isa õnnistamas,
Eite armul hellitamas,
Sõsaraid ei soovitamas;

Külma kalmu keske'elta,
Sõmerliivade sülesta
Ei saand taati tõusemaie,
Eite armu andemaie.
    Kahetsusta, kullad vennad,
Käigist ei või kasvaneda!
Ülemaks kui hõbevara,
Kallimaks kui kullakoormad
Tuleb tarkus tunnistada;
Eks me leidnud eksiteelta,
Valevainu radadelta
Tõelikke tunnistähti,
Et ei suurel ilmal otsa,
Taara tarkusel ei rada
Kusagille kinnitatud,
Tõkkeida pole tehtud.
    Mis ma muidu võõralt
maalta
Kasulikku olen künnud,
Salalista sahkanenud,
Sellest saab elu otsani
Mehel meeles mõtlemista.
    Kellel Looja õnneks loonud,
Põue ise peitu pannud,
Vaimu võimel vägevamaks,
Tarkusella terasemaks,
Keharammul kangemaksi
Teiste üle lasknud tõusta,
Veerenegu võõramaale
Suurt maailma silmamaie,
Taara tarkust tunnistama,
Jumalikke imeasju

Valvsail silmil vaatamaie!
Aga teised, äbarikud,
Nõdremate naiste pojad,
Jäägu koju kasvamaie,
Oma kopli õitsemaie!"
    Lasti "Lennuk" Lalli alla,
Lindanisa lahe peale,
Kuhu Olev teinud hooned,
Kasvatanud kõrged tornid.
Paati aeti parve äärde,
Laeva kalda ligidalle.
    Mehed läksid murudelle,
Veeresivad vainiulle,
Astusivad alla õue.
Lindu laulis lepikusta,
Kägu kuldakuusikusta:
"Omal maal õitseb õnni,
Kodus kasvab kasu parem!
Kodus tundvad õuekoerad,
Tuleb tuttav teretama,
Sugulane soovimaie;
Paistab lahkelt päikene,
Paistvad taevatähekesed."

SEITSMETEISTKÜMNES LUGU

Sõjaratsu sõit, Assamalla lahing,
Juhtumised põrgukatla juures,
Murueide tütarde tants

Õnnerikas põlvekene
Õitses Eesti radadella,

Rahukätki kiiguteli
Lahedasti lapsukesi
Emalikus heldes kaisus
Seitse suve segamata,
Seitse talve taotamata.
    Olev oli, linnatarka,
Kindlad kantsid kasvatanud,
Kaevandikud kohendanud,
Nurgil tornid toetanud,
Ilulinna ehitanud
Kalevi kalmukünkale,
Isa sängi iluduseks,
Helde memme mälestuseks.
    Rahvast nähti rohke'esti,
Peresida pesakasti
Varjupaika veeremaie,
Kes kui kanad kulli kihul
Peidupaika pugesivad
Sõjasurma silma eesta,
Häda ähvarduse eesta.
Kalevite kallis poega,
Kogund rahvasta kaedes,
Hüüdis: "Linn peab L i n d a n i s
a k s
Memme mälestuseks jääma,
Sest eks koht ei toida lapsi
Rohkesti kui emarinda."
    Alevite armas poega
Laskis teise linnakese
Harjumaale asutada,
Keset sooda kasvatada,
Laanemetsa lagedikku;

Sulevipoeg, sugulane,
Asuteli Alutaha
Kolmandama kindla koha
Varjupaigaks vaenu vastu.

Pikka rahulikku põlve,
Õilmerikast õnneaega
Kippus sõda kurnamaie,
Vaenuvanker vaotamaie.
Viru randa veerenekse
Sõjalasi sadasida,
Tappejaida tuhandeida,
Piinajaida pilvedena,
Keda kaugelt toonud tuuled,
Vetevood veeretanud.
Kiire käsu kandijaida
Lendes sammul Lindanissa
Kuningalle kuulutama,
Et ju sõda sõudemassa,
Vaenuvanker veeremassa:
"Tule, tugev, tappemaie,
Kange, vaenlast kihutama!"
Kalevite poega kargas
Sõjaratsu sadulasse,
Tõttas tuule tuhinalla
Virgult Viru radadelle
Sõjakära kustutama,
Vaenuviha vaigistama.
Võttis kaasa võidumehi,
Kannupoisiks kangemaida;
Viisikümmenda Virusta,
Kuusikümmend Kuressaarest,

Seitsekümmend Soomemaalta,
Sada teisi saarelasi.
Kalevite kallis hobu
Rahadessa raksateli,
Kuldadessa kõlksateli:
Hõbepäitsed paistsid peasta,
Kuldakangid valjastesta,
Taalervööd saba taganta,
Kudruskeed ümber keha.
Mõõk andis märki sõjamehest,
Kannusrauda kange'esta,
Kuldakilpi kuningasta.
Kes see kange mehe poega
Sõtta nägi sõitevada,
Vaenuteeda tallavada,
Pidi tõesti tunnistama:
"See' p see poissi paistab palju,
See' p see meesi maksab kallist!
Hobu alla hõbedane,
Kuningas seljas kullasta.
Mees puhub tule meresse,
Lõõtsub lõkkeid lainetesse,
Leeke lumehangedesse.
Toa teeb tuule tiiva peale,
Kambri vikerkaare peale,
Parred pilvepaisudesse,
Sängid raherankadesse!
Istub ise päeva peale,
Toetab kukla kuu küüru,
Tähe vastu teise külje;
Ohkab tuulesse hobuse,
Raiub kasteheinast kabjad,

Pistab piibelehest silmad,
Kõrkjatest teeb kõrvakesed.
Kus ta liigutab hobusta,
Sinna linna liiguteleb;
Kus ta keeritab hobusta,
Sinna kingu kehiteleb;
Kus ta mängitab hobusta,
Sinna mäe mängiteleb,
Kõrgendiku kasvateleb.
Sõidab Soome silda mööda
Raksatelles rahateeda;
Harju paest põrand paugub,
Viru tee aga väriseb.
Hobu alla kui see ahju,
Täkku alla kui see tähti,
Ise pealla kui see päeva,
Ehana ehitud riides,
Kübar peassa kuldakirja,
Lindid pealla päevakirja,
Vöö tal vööl hõbekarrast,
Kuldakannus kandadessa.
Kus ta läheb, taevas läigib,
Kus ta kõnnib, taevas kõigub.
Kõik on sood sini-ilulla,
Arud õitsvad lilledessa.
Ööbik hüüab toomingasta,
Kägu kaugelt kuusikusta,
Rästas paksust rägastikust,
Laululinnud lepikusta!
    Viru neiud vaatasivad,
Pilusilmil Järva piigad,
Lääne neiud nuttelesid,

Harju armsad ohkelesid:
"Oleks see meesi meie jaoksi!
Oleks kallis meie kaasa,
Oleks see peigu meie päralt:
Me seisaks suve söömata,
Aasta ilma eine'eta,
Talve tangu maitsemata!
Me söödaks ta sealihalla,
Kasvataks kanamunalla,
Võiaks võiviilakailla,
Paneks padjule magama,
Siidisängi suikumaie,
Sametisse puhkamaie."

    Kallis Kalevite poega
Sõjateeda sõite' essa
Jättis jälgi murudella,
Kabjatähti kaljudelle.
Oleks meelta murudella,
Keelekesta kividella,
Paemurrul pajatusta,
Kaljuseinal sõnasida:
Küllap mitukümmend kohta,
Mitu tuhat tunnissuuda
Sõeluksivad sõnumida,
Tuulaksivad teadusida
Kalevite poja käigist,
Sõjateele sõitemisest.
    Viru laiadel väljadel
Seisid seltsis sõjalased,
Vereahned vennikesed
Parves kui see linnupere,

Suurem sipelgate pesa
Päikese paiste' ella,
Teised läinud teisi teida,
Läinud laialt laastamaie,
Külasida kurnamaie,
Peresida piinamaie,
Rahva vara riisumaie,
Tugevamaid tappemaie.
Sulevipoeg sõudis sõtta,
Alevipoeg ajas vaenu,
Ajas vaenu veere peale,
Olevipoeg otsa peale.
Kalevipoeg, kange meesi,
Sõitis hobu sadulassa
Karates sõja keske'elle,
Paksemasse vaenupaika.
Laskis hobu hüpatella,
Kõrvikese kargaella
Kangemate kaela peale,
Mõistis mõõka möllamisel
Mõrtsukana mängitada,
Tulirauda tuiskamisel
Surma kombel sirutada.
Keset sõda keeritelles
Puistas Kalev meeste päida
Nii kui lehti lepikussa,
Kolletanud kaasikussa,
Lõhkus puruks liikmeida,
Sääreluida sadadena,
Käeluida koormatena,
Turjaluida tuhandeida,
Küljeluida kümme tuhat.

Virnas katsid surnud välja,
Kehad kuhjas künkaida,
Mitmes kohas kasvid mäeksi
Surnurünkad sambelilla;
A s s a m a l l a s hangusivad
Kümme tuhat kooljakeha.
Kalevite kallis hobu
Ujus vaenu vereojas,
Kõhust saadik kontidessa.
Küljest lahutatud käsi
Magas nii kui raagu maassa,
Sõjameeste sõrmesida
Nii kui roogu rabadessa,
Kõrrekesi lõikusväljal.
Mitte poleks vaenumeestest
Ühteainust elus pääsend,
Piinast saanud põgenema,
Kui poleks õnnetuse kütke
Kalevida kammitsenud,
Surmateele teinud tõkkeid.
Kui ta ratsul kihutelles,
Tulisammul tuisatessa
Püüdis pakkupagejaida,
Redupaika rändajaida
Valju käega virutada,
Kargas hobu hüpatelles
Mäest mäkke, künkast künka;
Sammu pikaks sirutelles
Kukkus keskele mägede,
Sattus sala-rabasoosse
Kalevite kallis kõrbi;
Magu lõhkes mätastikku,

Jalad soo sisse vajusid,
Kabjad kõntsaje kadusid.
Kalevite kange poega
Hobu hukku ohatelles
Pahal tujul pajatama:
"Saagu, saagu, ma sajatan,
Saagu sa rabaks raipenema,
Porisooksi pendimaie,
Märjaks virtsuks mädanema,
Soosapiks sündimaie,
Kasteks kärnakonnadelle,
Maitseks vihamadudelle!"
Kalevite kange poega,
Kui ei jõudnud kimbutada
Pakkupagejate parve,
Kutsus vennad vaenuväljalt,
Seltsilased surmateelta:
"Tulge, sõbrad, surmatöölta,
Vereväljalt, vennikesed!
Lähme liikmeid puhkamaie,
Väsind keha karastama!"
Kaarnad olid karjakaupa,
Hundid metsast hulgalisti
Vaenuverda haisutanud,
Tulid osa otsimaie,
Surmast saaki saamaie.
Seal siis mehed sõjasaaki,
Vaenulaste varandusta
Isekeskis jagamaie:
Suurem palk sai pealikulle,
Kallim vara vanemalle,
Kulda anti kuningalle,

Hõberaha ülemaile,
Vaskiraha väetimaile,
Penningida poisteväele.
Kalevite kange poega
Seadis sõnad sõudemaie,
Kuidas kaaren kuulutanud,
Tarka lindu annud tähte:
"Võtke, sõbrad, vennikesed,
Tänapäevsest taplemisest,
Mõõga verisest möllusest
Tulevpäevil' ettetähte!
Mehed olgu nii kui müüri,
Seisku nii kui raudaseina,
Teraksesta tehtud tornid,
Seisku vahvast' sõjasõidul
Tammemetsa tugevusel,
Kaljurünka kindlusella
Varjuks vaenu tungi vastu,
Kui tuleb tapper tabamaie,
Vaenulane võttemaie, -
Siis ei ole karta sõda,
Karta võõra võitlemista,
Kurjemate kiusamista.
Meie maa, see jäägu mõrsjaks,
Priipõlve pärijaksi!
Kangem saagu kuningaksi,
Vahvam teiste vanemaksi!
Võimus jäägu ü h e voliks,
Ü h e kätte kuningriiki,
Muidu hulgalisil meelil
Tuulest tüli tõusemisi!"
Siisap sundis sõjamehi,

243

Valitsetud väehulka
Kodu poole kõndimaie,
Võidusõnumida viima,
Küladelle kuulutama.
Sammus ise sõpradega,
Kalli kasuvendadega
Üle laia lagediku,
Läbi suurte samblasoode.

Päevaveeru palistusel
Jõudsid kangelaste pojad
Laia laane ligidalle,
Kus ei oldud enne käidud,
Radasida rajatatud.
Kalevite kange poega
Tuisalt teeda tegemaie,
Rada teistel' rajatama.
Kus nad käisid neljakesi
Läbi laiast laanemetsast,
Sinna sündis suurem sihti,
Sinna tehti tänavada.

Kaugemalle kõndidessa
Tõusis suitsu silmadesse,
Mis kui küla kütissuitsu,
Metsast miiliaugu suitsu
Taeva poole tõusenekse.
Ligemalle lähenedes
Kerkis tulekübemeida,
Paistis leeki latvadesse,
Kuldas kuuse kübaraida,
Puneteli pedajaida.
Kanged mehed kiirustasid

Suitsu juhil sammusida,
Tuletähtel teedekäiki,
Kuni kuristiku koopas
Leidsid pikasaba pesa.
Polnud pesas poegasida,
Kriimu eide kutsikaida.
Kes see istus koopasuussa
Kriimul koduhoidijaksi?
    Vanamoori, kortsus palgeil,
Istus koopas koduhoidjaks,
Tulda paja alla tehes,
Vahtu pealta võtte'essa,
Kulbil vahel katsudessa,
Kuidas keetu maitsenekse.
    Alevite armas poega
Asja otsust ajamaie,
Keetijalta küsimaie:
"Mis sa keedad, kullakene?
Mis sul pajas paisumassa,
Katlas kallist kerkimassa?"
    Vanaeite kostis vastu,
Laulis vastu lahke'esti:
"Keedan kehva kõhtudelle
Lahja leeme lakkekesta,
Paisutelen kapsapäida
Pehmitelles poegadelle,
Räitan roaksi eneselle."
    Sulevipoeg pajatama:
"Viska peale võõra võrra,
Pane meie osa peale
Leemepajal' lisanduseks,
Kes me käinud kauget maada,

244

Teinud täna ränka tööda,
Kannatanud tühjal kõhul
Näljahamba näpistusta!
Mine, eite, magamaie,
Põõsa alla puhkamaie!
Küllap meie kordamisi
Keedukatelt kohendame,
Lehvitame lõkkekesta
Paja alla põlemaie,
Koristame kuivi raage,
Kokku kuuseoksakesi."
　　Vanamoori mõistis kohe,
Kostis vastu kavalasti:
"Kui ma sõuan soovimisi,
Täidan teie tahtemisi,
Sest ei sündku mulle süüda,
Laiemalta laimamista;
Süü jääb üksi soovijalle,
Laimu lubaküsijalle.
　　Kuulge, kulla külalised,
Olge valvsad, vennikesed!
Võiks ehk kutsumata võõras,
Palumata poisikene
Kogemata teeda käies
Keedust tulla katsumaie,
Märga katlast maitsemaie.
Valvsail silmil, vennikesed,
Vaadake, et võõras varas
Pada ei saaks pühkimaie,
Katlapõhja kuivatama, -
Muidu peate, pojukesed,
Tühja kõhtu kannatama."

Kanged mehed kolmekesi
Lubasivad lusti pärast
Kordamööda katelt hoida,
Valvsail silmil vahiks olla.
Kalevite kallim poega,
Kavalam kui kaimukesed,
Saand ei sõna sõlmimaie,
Lubadusi liimimaie.
　　Vanaeite, kortsus palgeil,
Puges kohe põõsastikku,
Soesängi suikumaie.
　　Kalevite kange poega
Pööras keha tulepaistel
Väsimusta venitama,
Seljasooni sirutama.
Sulevipoeg, sugulane,
Käänas maha külitie
Põõsa varju põõnutama.
Olevipoeg, hoonetarka,
Kõrge torni kasvataja,
Langes maha lamaskille
Puusaluida painutama.
　　Alevite armas poega,
Kes see võtnud vahikorra,
Istus ärksalt tule ääres
Langemata laugudella,
Lehvitelles lõket alla,
Kohendelles tukke kokku,
Korjas raage rohkemasti
Lõkke' elle lisanduseks.
　　Pisukese aja pärast
Korrutati kolmel keerul

Unelõnga lepikussa;
Vanaeite, kortsus palgeil,
Ketras neljandama keeru
Lõngadelle lisanduseks.
     Alevipoeg üksipäini
Istus ärksalt tule ääres,
Valvsail silmil vahiks olles,
Lehvitelles lõkkeida,
Puhutelles põlemaie.
     Peitelikust murupinnast
Astus välja argsel käigil,
Salaliku sammudella
Härjapõlvelase poega,
Kolme vaksa kõrgukene,
Kaelas kuldakellukene,
Sarvekesed kõrva taga,
Kitsehabe alla lõua.
     Härjapõlvelase poega
Tipsas tule ligemalle,
Seadis sõnad sõudemaie,
Palvekeelil pajatama:
"Anna luba, armas venda,
Maitseda mul leememärga,
Kapsakeedust katsudella!"
     Alevipoeg mõistis kohe,
Pajateli pilkamisi:
"Kui sa, kõhetu, ei kukuks,
Upuks, kärbes, kulbi põhja,
Siis ma täidaks soovimista,
Lubaks sulle leemekesta."
     Härjapõlvelase poega
Mõistis kohe, kostis vastu:

"Küllap servan paja servast
Kulbitagi kana võrra,
Kui saan lahket lubadusta."
     Kargas aga kõpsatille
Lipsti! paja serva peale
Leemekesta lakkumaie.
Siisap selli sirgumaie,
Poisikene paisumaie:
Kerkis kuuse kõrguseni,
Paisus ligi pilvedeni,
Sirgus seitsekümmend sülda,
Paisus peale paari vaksa;
Kadus siis kui kastekene
Päikese paistusella
Sinisuitsul silma eesta.
     Alevite armas poega
Varsti pada vaatamaie:
Pada oli kui pühitud,
Katel välja koristatud.
     Armas Alevite poega
Kandis vetta kattelasse,
Kapsapäida paja täiteks.
Naeris: teen ehk teistel' nalja.
Äratelles Olevida
Keedupada kaitsemaie,
Puges ise põõsa alla
Väsimusta venitama.
     Pisukese aja pärast
Korrutati kolmel keerul
Unelõnga lepikussa;
Vanaeite, kortsus palgeil,
Ketras neljandama keeru

Lõngadelle lisanduseks.
Olevipoeg üksipäini
Istus ärksalt tule ääres,
Valvsail silmil pidas vahti,
Lehvitelles lõkkeida,
Puhutelles põlemaie.
Peitelikust murupinnast
Astus välja argsel käigil,
Salamahti sammudella
Härjapõlvelase poega,
Kolme vaksa kõrgukene,
Kaelas kuldakellukene,
Sarvekesed kõrva taga,
Kitsehabe alla lõua.
Härjapõlvelase poega
Tipsas tule ligemalle,
Seadis sõnad sõudemaie,
Palvekeelil palumaie:
"Anna luba, armas venda,
Maitseneda leememärga,
Kapsakeedust katsuella!"
Olevipoeg mõistis kohe,
Pajateli pilkamisi:
"Kui ei karda kaela murda,
Sääski, üle kulbiserva
Kuristikku kukkudessa,
Siis ma täidaks soovimista,
Lubaks sulle leemekesta."
Härjapõlvelase poega
Mõistis kohe, kostis vastu:
"Küllap servan paja servast
Kulbitagi kuke võrra,

Kui saan lahket lubadusta."
Kargas aga kõpsatille
Lipsti! paja serva peale
Leemekesta lakkumaie.
Siisap selli sirgumaie,
Poisikene paisumaie:
Kerkis kuuse kõrguseni,
Paisus ligi pilvedeni,
Sirgus seitsekümmend sülda,
Paisus peale paari vaksa,
Kadus siis kui kastekene
Päikese paistusella
Sinisuitsul silma eesta.
Olevipoeg, hoonetarka,
Varsti pada vaatamaie:
Pada oli kui pühitud,
Katel välja koristatud.
Olevipoeg, hoonetarka,
Kandis vetta kattelasse,
Kapsapäida paja täiteks,
Jättis naerdes teistel' nalja.
Ärateli Sulevida
Keedupada kaitsemaie,
Puges ise põõsa alla
Väsimusta venitama.
Pisukese aja pärast
Korrutati kolmel keerul
Unelõnga lepikussa;
Vanaeite, kortsus palgeil,
Ketras neljandama keeru
Lõngadelle lisanduseks.
Sulevipoeg üksipäini

Istus ärksalt tule ääres,
Valvsail silmil vahiks olles,
Lehvitelles lõkkeida,
Puhutelles põlemaie.
    Peitelikust murupinnast
Astus välja argsel käigil,
Salalike sammudega
Härjapõlvelase poega,
Kolme vaksa kõrgukene,
Kaelas kuldakellukene,
Sarvekesed kõrva taga,
Kitsehabe alla lõua.
    Härjapõlvelase poega
Tipsas tule ligemalle,
Seadis sõnad sõudemaie,
Palvekeelil pajatama:
"Anna luba, armas venda,
Maitseneda leememärga,
Kapsakeedust katsudella!"
    Sulevipoeg mõistis palve,
Pajateli pilkamisi:
"Kui sa, poiss, ei kulbi põhja
Langeks leemelainetesse,
Siis ma täidaks soovimista,
Lubaks sulle leemekesta."
    Härjapõlvelase poega
Mõistis kohe, kostis vastu:
"Küllap servan paja servast
Kulbitagi kassi võrra,
Kui saan lahket lubadusta."
    Kargas aga kõpsatille
Lipsti! paja serva peale

Leemekesta lakkumaie.
Siisap selli sirgumaie,
Poisikene paisumaie:
Kerkis kuuse kõrguseni,
Paisus ligi pilvedeni,
Sirgus seitsekümmend sülda,
Paisus peale paari vaksa,
Kadus siis kui kastekene
Päikese paistusella
Sinisuitsul silma eesta.
    Sulevipoeg, vennikene,
Varsti pada vaatamaie:
Pada oli kui pühitud,
Katel välja koristatud.
    Sulevipoeg, sugulane,
Kandis vetta kattelasse,
Kapsapäida paja täiteks,
Jättis nalja teistel' naerda.
    Ärateli Kalevida
Keedupada kaitsemaie,
Puges ise põõsa alla
Väsimusta venitama.
    Pisukese aja pärast
Korrutati kolmel keerul
Unelõnga lepikussa;
Vanaeite, kortsus palgeil,
Ketras neljandama keeru
Lõngadelle lisanduseks.
    Kalevipoeg üksipäini
Istus ärksalt tule ääres,
Valvsail silmil vahiks olles;
Murdis maha mändisida,

Tõukas maha tammesida,
Katkus maha kuuskesida,
Pani puida paja alla
Puhutelles põlemaie.
    Peitelikust murupinnast
Astus välja argsel käigil,
Salaliku sammudella
Härjapõlvelase poega,
Kolme vaksa kõrgukene,
Kaelas kuldakellukene,
Sarvekesed kõrva taga,
Kitsehabe alla lõua.
    Härjapõlvelase poega
Tipsas tule ligemalle,
Pani sõnad sõudemaie,
Palvekeelil pajatama:
"Anna luba, armas venda,
Maitseneda leememärga,
Kapsakeedust katsudella!"
    Kalevite kaval poega
Mõistis kohe, kostis vastu:
"Mis sa mulle, mehikene,
Pandiksi saad panemaie,
Kingituseks kinnitama,
Kui ma sulle soovi järgi
Leemekest pean lubamaie?
Luba pandiks lapse asja -
Kuldakellukene kaelast!
Muidu ärk'vad meie mehed,
Virgub unest vanaeite,
Enne kui leem laua peale,
Kapsad saavad kaussidesse."

    Härjapõlvelase poega
Mesikeelil meelitama:
"Kallis kange mehe poega!
Ära võta väikelasel
Kaelast kuldakellukesta!
Koidu eella kodunt tulles
Sidus sala eidekene
Ilma taadi teademata,
Vennakeste vaatamata
Kuldakellukese kaela,
Et kui väeti võõral väljal,
Poega eksiks põõsastikku,
Kellukene kuulutelles
Aru annaks otsijalle,
Tähte tagaajajalle."
    Kalevite kallis poega
Kostis vastu kavalasti:
"Seniks, kui sa söögikesta,
Mehike, läed maitsemaie,
Pane pandiks kellukene,
Et kui oled kõhtu täitnud,
Tänuta ei lähe teele;
Pärast panen pandikella,
Köidan ise sulle kaela,
Miska minnes eidekene
Hellasti sind ehitanud."
    Härjapõlvelase poega
Köitis kaelast kellukese,
Andis aruasjakese
Pandiks Kalevipojale.
    Kalevite kange poega,
Kui oli saanud kellukese,

Sirutelles oma sõrme
Krõpsti! väikse kulmu peale,
Laksas lopsu otsaette.
Riksa-raksa raginaga,
Kui oleks Kõue kärgatamas,
Äikene ähvardamas,
Vajus väike vennikene
Mürinaga murupinda,
Et ei teeda ega tähte
Tema jälgi tunnistanud.
Sinisuitsu siginekse,
Kuhu väike kadunekse.
Kanged mehed kolmekesi
Ärkasivad tule ääres,
Virgus unest vanaeite
Veidrat lugu vaatamaie;
Tulid kohe tunnistama,
Mis siin seadust vastu sündind.
Vanaeite vaatanekse,
Mõistis kohe mõistatuse,
Mis siin sündind vastu seadust.
Küll ta tundis kellukese,
Sarvik-taadi salariista,
Mis see rammu rohkendeleb,
Kangust mehel kasvateleb.
Vanaeite, kortsus palgeil,
Laskis laulus lõksatille
Sõnasida sõudevalle:
"Eks ma olnud enne noori,
Eks ma kõps'tes tõstnud kanda,
Tõstnud kanda kõrge'elle?
Sada korda sõitsin saajas,

Tuhat korda tantsiteeda,
Hüva jalga hüpitelles,
Kerget jalga keeritelles.
Põlesivad poiste silmad
Minu palgepuna peale,
Sõstrasilma pilgu peale,
Sinilise siidi peale,
Punalise paela peale.
Kalevipoeg pakkus kätta,
Sulev tahtis anda suuda;
Lausa lõin Kalevipoega,
Suisa lõin Sulevipoega!
Kui ei enne murdnud kaela,
Venitanud käsivarta,
Nikastanud niuetesta,
Käänatanud jalakanda,
Ei siis murra munakene,
Kääna kaela kanakene
Täna kõps'tes karatessa."
    Nõnda laulu lõksatelles
Kargas vanaeidekene
Kõrgelt alla kuristikku,
Sinna, kuhu sinisuitsu
Kolmevaksaline kukkund,
Lapsukene enne langend.
    Kange meeste kasvandikud
Eide tantsi imestelles
Neljakesi naeremaie.
    Sööma vahel sõnaldasid,
Kuidas neilla käsi käinud
Vahikorral valvamisel,
Kuidas väike vennikene

Keedukatla koristanud,
Siisap selli sirgumaie,
Poisikene paisumaie
Pilkes ligi pilvedeni.
Kalevipoeg pajatama:
"Heitkem, vennad, enne koitu
Puhukeseks puhkamaie,
Kehasida karastama!
Kui saan selga sirutanud,
Pihaluida painutanud,
Siis ehk võtan teista teeda
Õnnekombel hommikulla.
Teie minge oma teele,
Käige, vennad, kodu poole
Naisukesi naljatama,
Lapsukesi lustitama!"
Siisap mehed sirutasid
Tulepaistel puhkamaie,
Leiba luusse laskemaie.

Tulid ligi teised langud,
Teised võõrad vaatamaie,
Murueide tütred noored
Kastekeeril kõpsatelles
Murudelle mängimaie.
"Õekesed, hellakesed!
Lähme lustil kiikumaie
Kasteheina kõrre peale,
Angervaksa varre peale,
Kurekatla põhja peale!
Juba laulsid õhtukuked,
Häälitsesid ehakanad

Vanaisa vainiulta,
Taara tamme oksa pealta.
Mis seal magab muru pealla?
Murul magab neli meesta.
Ehitagem hellad vennad,
Päevapunal poisikesed,
Teeme meestel' udumütsid,
Kastekeerust kuuekesed.
Õekesed, hellakesed!
Lähme unda õmblemaie,
Nägusida näitamaie:
Koome kujud koidu eella,
Lõksutame lustikirjad
Kalevipoja päheje!
Tehkem tüki tõekirja,
Valekirjad vahedelle,
Petiskirjad piludelle!
Laskem mehel magadessa
Õnneaegu õitseneda,
Kuulda kulla käo kukku,
Hõbedase linnu häälta!
Kas see kägu kukub kurba,
Linnukene laulab leina?
Kurbus jäägu kuusikusse,
Leinamised lepikusse!
Kallis kange mehe poega,
Kui sa lähed teedekäiki,
Surmateeda sõitemaie,
Ehi hobu helme'esse,
Ratsukene rahadesse,
Pane pähe kuldapäitsed,
Pane hõbepannaldesse,

Pane siidipaeladesse;
Seo siidi hobu silmad,
Hõbekarda ratsu kabjad,
Pane lakka punapaela,
Tukakene taalerisse,
Saba seo sa sametisse!
Kalevipoeg, poisikene,
Tahad minna taevateeda,
Ära tähissa tukista,
Ära kuule komistele,
Ära puutu päikesesse!
Jäta päike paistemaie,
Kuu kuma andemaie,
Tähed teeda näitamaie!
Kalevipoeg, poisikene!
Tahad minna põrguteeda,
Ära hukka põrgu uksi,
Värista põrgu väravaid!
Jäta seisma põrgu seinad,
Jäta uksed hukkamata,
Väravad väristamata,
Seinad paigal' seisemaie!
Lähed sõtta sõitemaie,
Vaenuteeda veeremaie;
Jäta nõdrad nottimata,
Poisikesed puutumata,
Laste isad langemata!
Siis ei leski leinamaie,
Piiga silmi pisaraisse,
Vaeseidlapsi valu sisse."
Laulis lindu lepikusta,
Kukkus kägu kuusikusta,

Haldjatütar haavikusta,
Kõõruteli kodukana.
Murueide tütred noored
Lustipidu lõpetama;
Kargasivad kõrre pealta,
Angervaksa varre pealta,
Kurekatla põhja pealta
Kohkel koju minemaie;
Juba eite tõstis häälta,
Juba kuri kutsumassa:
"Tulge, piigad peenikesed!
Tulge tööda toimetama,
Siidisida sidumaie,
Punapaelu punumaie,
Juba laulsid Looja kuked,
Laulsid Uku ukse pealta,
Vanaisa väravalta.
Õekesed, hellakesed!
Käigem kiiresti koduje;
Otsas meie õnneaasta,
Lõpetatud lustipidu!"

KAHEKSATEISTKÜMNES LUGU

Teine teekond allmaailma, Lahing
põrgulistega, Kahevõitlus
Sarvikuga

Põhjakotkas, kurja lindu,
Laena tiibu laulikulle!
Sõudeid sõnaseadijalle
Kergituseks kandelille!

Miska tuule tuisatusel,
Marumängi möllamisel
Kalevite põrguskäiki,
Salateede sõudemista
Tõelikult tähendelen;
Enne kui mul meelemaalid,
Kuuldud sõnasünnitused
Kastepilvisse kaovad,
Varjurüppe varisevad.

Vanemuine, laulutarka,
Lase kuldalõngakesi,
Hõbedasi heidekesi
Pajataja poolidelle,
Kuulutaja keradelle,
Miska sõna mängitelles
Siledamaks siidiks sõlmin,
Kuldakirjal kangaks koon!

Endla, piiga peenikene,
Laena täna laulikulle
Valgustavat võrgukesta,
Seletavat silmarätti,
Miska põrgu mälestused
Ilusamaks ilmuksivad,
Elavamaks ärkaksivad!

Ööde pilved palistavad
Uduvõrku valgusväljad,
Kui sa jala allailma
Põrgu piiridelle paned,
Kus ei päeval paista päike,
Kuu ei anna öösel kuma,
Täht ei tule teretama,
Virmalised valgust andma.

Koidu piirilt läikiv päike
Palistelles pilvedelle
Puneteli palgeida;
Linnukeeled lepikusta
Tõttasivad trallitama,
Lustilugu lõõritama,
Kägu kukkus kaasikusta,
Pesilindu põõsastikust:
"Virgu, virgu, vennikene!"

Päevatõusul tõstis peada
Kallis Kalevite poega,
Ajas keha istukille,
Kargas püsti kandadelle,
Suges hiukseid sõrmedella,
Hurjutelles unda metsa;
Võttis mõne kulbi võrra
Leemepajast linnupetet
Kange keha karastuseks.

Seltsimehed suikusivad
Kolmekesi koiduunda,
Venitasid väsimusta,
Õhtust valvamise vaeva.

Kalevipoeg vaatamaie,
Sündind lugu silmamaie,
Kuhu öösel kellakandja
Vennikene oli vajund.

Seal, kus eile sinisuitsul
Härjapõlvelase pilve
Taeva näinud tõusevada,
Silmas täna sinivetta,
Laialisi laineida

253

Lagedalle lahutatud,
Nägi kaldal kõrkjaida,
Võhumõõku vete ääres.
Kalevipoeg pajatama:
"Kogemata leian koha,
Pääsen põrgu piiridelle,
Kust see tarka teadis teeda
Allailma juhatada."
Parem jalga põruteli
Rasket kanda raksatille, -
Siisap sügavuse uksed,
Varjul hoietud väravad
Lahtiseksi lõhkesivad.
Kalevite kange poega
Prao servalt sihtimaie
Kuristiku koopa'asse,
Kas ehk kuskilt käidavada
Jalarada leidunekse?
Paksud pilved pimestasid
Suitsul silma vaatamise
Koopakurku koledasti.
Palav auru tõusis põhjast,
Suits ja nõgi mehe silma,
Kes see küürus kõndinekse
Vanapoisi vaenuteeda.
Kalevite kange poega
Suitsu silmist puhutelles
Pahal tujul pajatama:
"Toho, toho, tahmalane!
Kas sa tahad, teedeäärne,
Suitsus silmi sõgestada?"
Kaaren laulis kuuseladvast,

Tarka lindu tähendeli:
"Kõlistele kellukesta,
Kuulutele kuldakeelta!"
Kalevite kange poega
Mõistis, täitis kaarna käsku,
Targa linnu tähendusta;
Võttis kätte kellukese,
Hakkas kohe helistama.
Kes see ime ilmumista
Naljakamat enne näinud!
Kuldakellukese kõlin
Puistas paksud suitsupilved
Silmapilgul põgenema.
Usinam kui paksem udu
Päikese paistusella
Laialisti langenekse,
Sulas Sarvik-taadi suitsu.
Kalevite kange poega
Seadis sammu sõudemaie,
Rasket teeda rändamaie;
Suure mehe sammudella
Kaugus kiiresti kadunes.
Veidi aega paistis valgus
Päikese paistuselta
Kuristiku koopa'asse,
Pärast kattis kotispime,
Võrguteli ööde voli
Kalevite poja käiki,
Kus ta pidi käsikatsel,
Sõrmejuhil sammumaie.
Kas siin koitu kerkinekse
Lõunaaega alustelles,

Ehk kas igav ööde pime
Kogu päeva kestenekse,
Sest ei saanud vaat'ja silma
Tõelikku tunnistähte.
	Hiirekene hüüdemaie,
Pimedusest pajatama:
"Kõlistele kellukesta,
Kuulutele kuldakeelta!"
	Kalevite kange poega
Mõistis, täitis hiire käsku,
Võttis kätte kellukese,
Hakkas kohe helistama.
	Kes see ime ilmumista
Naljakamat enne näinud!
Kuldakellukese kõlin
Puistas ära pimeduse.
Nii kui kattev öödekuubi,
Varju laia vaibakene
Uue päeva palistusel
Kiirest' ära kadunekse,
Vajus pimedusevari.
	Kalevite kange poega
Seadis sammud sõudemaie,
Rasket teeda rändamaie;
Suure mehe sammudella
Kaugus kiiresti kadunes.
	Võõrastavalt paistis valgus,
Mis ei olnud päevapaiste
Ega loodud kuude kuma,
Mis see leinal lepikusse,
Kahvatanud kaasikusse
Ööde vilul valatakse.

	Vaata imevõrkusida,
Õmbeliku heidekesi,
Mis siin teele olid tehtud
Peenemasta poordikarrast,
Hõbekarra heidekestest
Sajakordselt kokku seotud,
Tuhatkordselt kokku kootud.
	Kalevite kange poega
Kütkeida katkendama,
Võrku maha varistama.
Mida rammukamalt meesi
Köiekesi katkendamas,
Seda rohkemalta sigis,
Seda kangemalta kasvas
Tuhat teisi tõkkeida,
Kümme tuhat kinnitusta,
Et ei sammu sidumata
Kangelane võinud käia.
Võimus kippus väsimaie,
Tugevus ju tüdimaie.
	Kallis Kalevite poega
Asja ise arvamaie:
"Enne, meesi, murdsin seinad,
Kangutasin kaljukünkad,
Raksasin raudahelad;
Nüüd ei jaksa naljaheideid,
Tühist teelta toimetada."
	Kärnakonna krooksumaie,
Targalikult tähendama:
"Kõlistele kellukesta,
Kuulutele kuldakeelta!"
	Kalevite kange poega

255

Mõistis, täitis konna käsku;
Võttis kätte kellukese,
Hakkas kohe helistama.
   Kes see ime ilmumista
Naljakamat enne näinud!
Kuldakellukese kõlin
Varisteli võrgukesed,
Lõhkus nõianöörikesed
Silmapilgul silma eesta.
   Kalevite kange poega
Seadis sammud sõudemaie,
Rasket teeda rändamaie;
Suure mehe sammudella
Kaugus kiiresti kadunes.
   Kalevite kange poega
Jõudis jõe kalda' alle,
Mis ei olnud mitte laia,
Silmanähes mitte sügav;
Laius võis ehk paari vaksa
Üle sammu ulatada.
   Kalev tahtis kartemata
Kaldast kalda astuneda,
Tahtis sammu tuisatille
Panna teise kalda peale.
Aga kallas sammust kaugem,
Varbad vette viskanekse,
Kanda kõntsa kinnitie.
   Kalevite kange poega
Katsus sammu sada korda,
Tõstis jalga tuhat korda,
Siiski mees ei saanud sammu,
Jalakanda kalda peale.

Ehk küll kallas käega katsu,
Siiski mees ei mätastelle
Võinud minna muru peale.
   Kalevipoeg puhkamaie,
Meeles nõnda mõtlemaie:
"Pääsin enne Peipsist läbi
Koormat kandes kergemasti
Kui siin virtsasoonekesest."
   Vähki hakkas viskamaie,
Kõntsast targalt kõnelema:
"Kõlistele kellukesta,
Kuulutele kuldakeelta!"
   Kalevite kange poega
Mõistis, täitis vähi käsku;
Võttis kätte kellukese,
Hakkas kohe helistama.
   Kes see ime ilmumista
Naljakamat enne näinud!
Kuldakellukese kõlin
Kandis jala kalda peale,
Sammu kuiva sõmeralle.
Silmapilgul kadus jõgi,
Valgus vesi, kadus kallas.
   Kalevite kange poega
Seadis sammud sõudemaie,
Rasket teeda rändamaie;
Suure mehe sammudella
Kaugus kiiresti kadunes;
Jalg käis mööda põrguteeda,
Sammu astus altailma.
   Aja mõõdul polnud arvu,
Polnud päeval piirikesi,

Sest et sügavuse sülle
Päike saa ei paistemaie,
Kuu ei valgust kumamaie,
Täht ei aega tunnistama:
Kas siin koitu kasvamassa
Ehk kas eha helendamas,
Pettelikku paistekene,
Valelikku valgekene
Ühel viisil vältanekse.
Kas siin udu kudund kuube,
Kaste pilvi paisutanud,
Vihmakene teinud varju
Kalevipoja käigile?
Ei siin kudund udu kuube,
Paisutanud kaste pilvi,
Teinud vihmakene varju
Kange mehe käigi ette.
Pihulaste perekonnad,
Väikse sääsekese karjad
Kipuvad teed kattemaie,
Mehe silma segamaie.
Kalevite kange poega
Puistab eesta pihulasi,
Surmab sääski tuhandena,
Poeb parvekestest läbi,
Mõtleb: "Ükskord tuleb otsa!"
Kõnnib meesi kiiremasti,
Sõuab sammu sagedamast.
Mida kiirem mehe kõndi,
Seda paksem paisub parvi;
Mida sagedam tal sammu,
Seda rohkem sigib roistu.

Juba katvad suured karjad
Kalevi kõrvakuulemeid,
Sadadena langeb silmi,
Tuiskab suhu tuhandeida,
Sõelub ninasõõrmetesse.
Kalevite kallis poega
Võimul juba väsimaie,
Tühjal tööl tüdinema,
Puhukeseks puhkamaie,
Meeles ise mõtlemaie:
"Vaenulasi jõudsin võita,
Põrgulasi pillutada;
Aga pihulasepesa
Kipub elu kurnamaie,
Võimust mehelt võttemaie."
Sirtsu mättalt sõnaldama,
Targalikult tähendama:
"Kõlistele kellukesta,
Kuulutele kuldakeelta!"
Kalevite kallis poega
Mõistis, täitis sirtsu käsku:
Võttis kätte kellukese,
Hakkas kohe helistama.
Kes see ime ilmumista
Naljakamat enne näinud!
Kuldakellukese kõlin
Puistas pihulaste parved,
Kaotas väiksed sääsekarjad
Kui oleks tuulde tuisatud.
Kalevite kallis poega
Istus maha muru peale
Puhukeseks puhkamaie,

Väsind võimu karastama;
Hakkas asju arvamaie,
Meeles nõnda mõtlemaie;
Viimaks pea vaevamisel
Õnnelikult leidis otsust:
"Saagu mis ehk sündimaie,
Tüli ette tulemaie,
Kallist abikellukesta
Tahan pihus ma pidada.
Veereb viletsuse võrku,
Kiusatuse kütkendusi
Kogemata kaela peale,
Siisap abi silmapilgul,
Tulus tugi igal tunnil."
Siis ta köitis kellukese
Sõlmil väikse sõrme külge,
Võttis toitu toetuseks,
Kurnand keha karastuseks,
Laskis pisut leiba luusse,
Tunnikeseks tukkunekse.
Kalevite kange poega
Seadis sammud sõudemaie,
Rasket teeda rändamaie;
Suure mehe sammudella
Kaugus kiiresti kadunes.
Meesi tallas põrguteeda,
Sammu astus allailma.
Põrgulase poisikesed,
Sarviku-taadi sulased,
Kuulsid Kalevite käiki,
Mehe sammumüdinada,
Läksid sala luurimaie,

Võõralikku vaatamaie:
Mis siin rahu rikkumaie,
Kahju kipub kasvatama?
Kui nad Kalevite poega
Saanud kaugelt silmamaie,
Tõttasivad tuulekiirul -
Kui oleks tuli tasku'ussa,
Parmu põues pakitamas -
Käsku koju kuulutama:
"Kalevipoeg, kange meesi,
Ruttab rahu rikkumaie,
Sõjakära sünnitama!"
Sarvik-taati sõnaldama:
"Saatke meie sõjameestest
Tugevamad tulist teele
Vaenulasta virutama,
Kalevipoega karistama!"
Kalevite kange poega
Seadis sammud sõudemaie,
Rasket teeda rändamaie;
Suure mehe sammudella
Kaugus kiiresti kadunes.
Kukke laulis kauge'elta,
Koerte haukumise kärin
Kostis Kaleville kõrva,
Kui ta astus altailma
Tundemata teederada.

Enne veel kui põrgupere
Tulijalle tõusis silma,
Jõudis vastu laia jõgi,
Kus ei vetevoolamista

Lätte rind ei lisamassa
Ega pilvi paisutamas.
Jõgi voolas sulatõrva,
Oja vaikuda valasi;
Põlevailta laineilta
Lehviteli tulist lõhna
Sinisuitsul silmadesse.
　Üle jõe jooksis silda,
Teraksesta tehtud tänav:
Põhi rauast rajatatud,
Teraksesta tehtud tulbad.
Raske raua radadelle,
Teraksesta tehtud teele
Pandi paremaida mehi
Vaenlast vastu võttemaie,
Kus see kuri kiuselikult
Põrgut kippus pillutama.
　Põrgulase poisikesed
Kogusivad karjakaupa
Peremehe käsu peale
Vaenuväljal võitlemaie.
Seltsi seisis keset silda,
Teine seltsi silla taga,
Kolmas kari kalda ääres,
Neljas natuke kaugemal.
　Kalevite kange poega
Sõjamehi silmatessa
Kinniteli kiiret käiki,
Pilkamisel pajatama:
"Kas sa näed, mis konnakarja
Silla pealla seisenekse!"
　Siisap sammul sagamaie,

Tõmbas mõõga tupe seesta,
Astus sammu, astus paari
Pikkamisi silla poole,
Seadis sõnad sõudemaie:
"Tõtke koju, kollilased,
Põgenege, põrgukoerad!
Enne, kui teid äiman korra,
Murran maha mätastelle
Nokakatkeks kaarnatelle,
Hüvaks roaks huntidelle!"
　Põrgupoisid pajatama:
"Ära hõiska hoopelikult
Enne õhtut päeva õnne!
Koidul laulja kiidukukke
Ehk saab õhtul ohkamaie."
　Kalevite kange poega
Pilkamisest puutumata
Astus sammu, astus paari
Ligemalle silla poole
Vaenumehi vaatamaie.
　Ammukütid kalda ääres
Seadvad vibud vinnaskille,
Laskvad nooled lendamaie,
Tulisasti tuiskamaie;
Lingulaskjad läkitavad
Kivisida kiirustelles
Sadadena sõitemaie,
Võõra vastu veeremaie,
Püüdvad Kalevite poega
Teelta pakku pillutada.
Otsamehed odadega,
Nuiamehed nuiadega,

Teised taga tapritega
Tungisivad taplusesse,
Vaenlast vastu virutama.
     Kalevite kange poega,
See ei kartnud sõjalaste,
Põrgupoege pakitusi:
Seisis kui see raudaseina,
Tugev tammi tuule seessa,
Kalju marumurde vastu.
Siisap sundis servitie
Raudatera tantsimaie,
Mõõgakese mängimaie!
Hakkas vaenlast virutama,
Kiusajaida kolkimaie,
Vihamehi vemmeldama,
Põrgupoegi pillutama.
     Kuhu korra keeritelles
Viharauda viskanekse,
Sinna surma sünniteli;
Kuhu vopsu kukuteli,
Tuiskas mehi tosinalla
Muru peale magamaie;
Kuhu salvas sagedamast,
Sinna langes sadasida
Surma sülle sellikesi.
     Uued sõjameeste hulgad
Astusivad asemelle
Kahju jälgi kattemaie,
Tühje paiku täitemaie.
Sarvik-taadi sunnitusel
Pidid poisid minemaie.
     Sest ei viga võidumehel,

Sest ei kahju Kaleville,
Kes see kui see raudaseina,
Tugev tammi tuuletuisul,
Kindel kalju marumurdel
Vaenlast vastu võttemassa.
     Kui ta aga kange käega
Mõõga pani mängimaie,
Rauatera tantsimaie,
Siis ei olnud surmal suiku,
Verel hangumise aega.
Kus ei olnud raudakulmu,
Teraksesta tehtud päida
Ega kardseid kaelasooni,
Seal ei antud meestel armu,
Poistel puhkamise püsi;
Põrgupoisikesed pidid
Raudasillal raugemaie.
     Sarvik-taati sunnib teisi
Surmateele sammumaie,
Käsib minna kangemaida
Kalevipoega karistama,
Vaenumeesta vemmeldama;
Pakub palka poistelegi,
Verehinda võitijalle:
Kes see Kalevite poja -
Olgu kas ehk elusalta
Ehk kas surma suikunulta -
Tema kätte viimaks tooksi.
     Arulised ammukütid,
Osavamad odamehed
Seltsis sõtta sunnitie,
Taplusesse toimetati

Kalevipoega kiusamaie.
Silda vankus väe alla,
Kõikus raske koorma alla:
Sest et sammud sadadena,
Jalatallad tuhandena
Raudasilda raskendamas,
Aluspalke painutamas.
  Kalevite kange poega
Kuldakellukese abil
Võimusel veel väsimata,
Põrgu poegasid ei pelga.
Seisab ootes silla otsas,
Kanda sillal, teine kaldal,
Seisab kui see raudaseina,
Tugev tammi tuuletuisul,
Kindel kalju marumurdel
Langemata lainte vastu.
  Kalevite kange käsi,
Mõnus mõõka möllamisel
Niidab maha nurjatumaid,
Kargutab kui kasteheina,
Roogu raatmaa radadelle,
Kõrkjaid jõekallastelle
Kaarekaupa kolletama.
Mõõka murrab mässatessa,
Sureteleb sadasida,
Kuldakellukese helin
Tõukab maha tuhandeida
Surma sülle suikumaie.
Kui need kolletanud lehed
Sügisesel tuulesõidul
Ladvult maha langenevad,

Oksilt laiali lendavad,
Nõnda peavad põrgupojad,
Sarvik-taadi sõjalased
Kooljasängi kolletama.
Kes veel jalul kõndisivad,
Katsusivad kande kiirust
Paguurka põgenedes.
  Sarvik-taadil tuli taga,
Kibe kihutaja kotis
Paneb püksid püülimaie.
Siisap katsub sõjamehi,
Põgenejaid poisikesi
Kokku jällegi koguda;
Võtab toeksi vanemaida,
Vahvamaida varjuseinaks
Kodumaja kaitsemaie;
Teeb teele tõkkeida,
Risu ette radadelle,
Viskab vainuväravasse
Raskemaida kivirahne,
Paneb kaljupakkusida
Vastuseinaks väravalle,
Teisi toeksi tänavalle,
Et ei Kalevite poega
Põrgu õue peale pääseks.
  Kui ta teeda takistanud,
Käigikohti kinnitanud,
Valitses siis vahvamatest
Sada selli sõdimaie,
Kes need kangemad kui karud,
Sortsisaunas karastatud,
Nõiavihtel võimustatud.

KAHEKSATEISTKÜMNES LUGU

Kalevite kange poega -
Väsimusest võitemata -
Seisab kui see raudaseina,
Tugev tammi tuuletuisul,
Kindel kalju marumurdel
Langemata lainte vastu.
Siisap poisse sugemaie,
Põrgupoegi pillutama;
Puistab neid kui pihulasi
Ega jäta ainukesta,
Kes see käsku kannaks koju,
Kurja läheks kuulutama.
   Surma vaikses varjukaisus
Sõjalased suikunevad,
Põrgupojad põõnutavad.
Kalevite kange poega
Istub silla serva peale
Puhukeseks puhkamaie,
Vaenuhigi vaigistama.

   Kalevite kange poega
Hakkas peale puhkamista
Surnuid sillalt koristama,
Mis ta mässamisel maha
Põrmuks oli pillutanud;
Puistas neid siis põrgusillalt
Laialt lõhnalainetesse,
Viskas virnad luhtadelle,
Künkakesed jõekalda,
Suuremaida jõesuhu
Mälestuseks mädanema.
   Siisap sammud sõudemaie,

Varbad jälle veeremaie.
   Raske sammu rändamisel
Raudasilda raksateli,
Aluspalgid paukusivad,
Küljepalgid kõikusivad.
Kalev kõndis üle silla
Vaksa kõrgelt verist teeda,
Pääses teise kalda peale,
Kõndis kaldalt kaugemalle
Rada mööda rutatessa
Vastu vainuväravada,
Kuhu Sarvik teinud tõkkeid,
Valmistanud vastuseina
Kaljupaku kindlusella.
   Kalevite kange poega
Paneb põrutelles paugu
Vastu vainuväravada;
Prantsab paugu, prantsab teise,
Prantsab kolmandagi paugu
Vastu põrguväravada, -
Puruks lendsid sambapakud,
Toed tuulde tuiskasivad,
Killud läksid kauge'elle.
   Jalakannal koristeleb
Tehtud tõkkeid tee pealta,
Risud eesta radadelta;
Tungib mööda tänavada
Suisa sammul üle õue
Otsekohe ukse ette.
Raksab korra rusikaga,
Paneb paugu ukse pihta.
Puistab uksepiitadega,

Sangad tükis sagaraga
Ühel vopsul jalge ette.
  Kalevite kange poega
Laseb sammu üle läve,
Paneb jala põrmandalle.
Nurgakivid nõtkatasid,
Toaseinad tuikusivad,
Kambriseinad kõikusivad,
Katusvarred vankusivad,
Lagi kippus lõhkemaie.
Eestoas istus eidekene,
Kahvatanud naise vari,
Mis kui Linda leinapõlves,
Kolletanud eide kuju
Poja silma paistanekse.
Eite istus voki taga,
Tallas ratast tuulekiirul
Ketra ümber keerutama;
Sorkis koonlast sõrmedella
Heidekesi värtna kurku,
Lihitelles lõngadeksi
Kuldalinu, hõbevillu,
Kastis sõrmi kausikesse
Paremal pool vokisambas,
Kus see kallis elumärga,
Vägev võimuvesi seisis.
Pahemal pool vokisambas
Seisis teine kausikene,
Seal see närtsimise märga,
Võimuse kinnivõttija:
Kes sest võtab keelekastet,
Närtsib kohe nõtrusella.

  Varjueite heldel silmal
Tähendeleb poja teeda
Paremal käel kausi poole.
  Kalevite kallis poega
Oskab eide õpetusta
Sõnumata seletada:
Võtab kätte kuldakausi,
Rüüpab tugevusemärga
Kange keha karastuseks.
Siisap võtab kaljukive,
Viskab raske vurinaga
Salakambri seina vastu.
Sestap põrus maapõhja,
Valges vahus kerkis meri!
Säde tõusis sügavusest
Kalevite poja silma,
Kambriseinad katkesivad
Puruks maha põrmandalle.
  Sarvik-taadi memmekene
Istus kambriseina taga,
Kanda tallas kangasjalgu,
Näpud niisi nikutasid
Lõuendida lõksutelles,
Põrgukangast paugutelles.
  Eidekese osav silma
Nägi kuldakellukesta
Kalevite poja sõrmes,
Seadis sõnad sõudemaie:
"Näe, mis kena naljakella
Sõbral läigib sõrme küljes!
Anna arvu-asjakene,
Kingi mulle kellukene!

Köidaksin ta kassi kaela
Hirmutuseks hiiredelle,
Naljatuseks nirkidelle."
   Kalevipoeg mõistis kohe,
Kostis vastu kavalasti:
"Enne, kui me kellakaupa
Pikemalta pajatame,
Kõnele mul, kulla eite,
Kõõrutele, kodukana,
Kas on kodu peretaati,
Kukekene kamberissa.
Meil on mõnda meesteasja,
Tükki tühja talitada,
Mis ei mõista memmekene
Ega puutu piigadesse."
   Vanaeite kostis vastu:
"Kodunt lennand perekukke,
Toonaeile taadikene.
Vist ei jõua varemini
Kodu poole kõndimaie
Kui ehk homme õhtu'ulla,
Ülehomme hommikulla.
Viibid seni, vennikene,
Sõbralikult seltsiks mulle,
Valmistaksin võõraspidu,
Keedaks kallimada keedust.
Katsu enne keelekastet,
Maitse meie mõdumärga!
Kangasjalul seisab kruusi
Pahemal pool kõige parem."
   Kalevite kange poega
Teadis kruusi tähendusta,

Mis see närtsimise märga,
Võimuse kinnivõttija;
Sellepärast sõnaldama:
"Ole terve, eidekene!
Janu mul ei ole juua."
   Siisap hakkas silmamaie,
Võõrast paika vaatamaie,
Kas ehk salauksekesta,
Varjulista väravada
Kuskilt silma kukkunekse.
   Seal ta nägi tagaseinas
Varjul väikse uksekese,
Läks siis sammu ligemalle,
Pistis pihu piida külge,
Sõrmed uksesagarasse,
Tahtis linki takistada.
   Enne veel kui näpud linki
Kalevipojal puutusid,
Kargas uksi kärinaga
Laksatelles ise lahti.
   Ukse tagant urka'asta
Tulid tuuletuhinaga
Sarvik-taadi sõjalaste
Tugevamad tapluselle,
Keda kuri enne kogund,
Varjajaksi valitsenud.
   Kes see juhtund jahikorral
Sündimista silmamaie,
Kuidas koerakeste karja
Mesikäppa kimbutavad,
Vana venda väsitavad,
Vihatujul vintsutavad,

Kuidas pikad koerahambad
Palupoega puretavad?
Tõmmu poega istub paigal,
Istub künkal kükakili,
Kaitseb oma kellukesi,
Vahevahel vanguteleb
Laikäpp käppa laksatades
Krantsikeste kukkelasse.
Kuhu käppa kukuteli,
Vopsukesta viskanekse,
Kaob kiirest' koerukene,
Vajub, väeti, vingumata
Surma kaissu suikumaie.
Kes see seda mängi silmand,
Naljakada korra näinud,
Teab ehk asja arvaneda,
Tegu ise tähendada:
Kuidas Kalev põrgukoeri
Enda kallalt kihutanud.

Kalevite kange poega
Kuhu matsu kukutanud,
Vopsukese vajutanud,
Teista seal ei olnud tarvis.
Matsu mattis mehe maha,
Vopsu tegi surmavarju,
Vaigisteli vaenumehe.

Natukese nalja pärast
Olid meestel tossud õrrel,
Kolmekümne koolja kehad
Põrmandalle kõik puistatud.
Sarvik-taati tagaseinast
Hädapüsil hüüdemaie:

"Pea kinni, poisikene!
Kui sa, jamps, ei oska nalja,
Teeme tüli tõelikuks;
Sest ei tõusku mulle süüda,
Mitte verevastamista!
Varas oled, vennikene,
Oled röövel riisumaie,
Kes sa võõra vara käppad,
Teise taskud tühjendeled!
Varas oled, vargaks jääd sa,
Röövliks, rahva riisujaksi!
Ehk kas püüad valeks panna,
Vargatöösid vabandada?
Kas sa pole kiskjail küüsil
Minu vara varastanud?
Kas sa viimati ei viinud
Kalli soovikaabukese,
Varastanud nõiavitsa,
Kannud kanad kamberista,
Tedrekesed meie toasta?
Kas sa pole pikil küüsil
Kiskund minu kullakirstud,
Hõbedased hävitanud?
Minu mõnusambi mõõka
Pihus praegu paistelekse!
Kelle kuldakellukene
Sinu sõrmes sätendab?
Kas sa, koer, ei ole kiskja,
Võid ehk vargust vabandada?"
        Kalevipoeg mõistis kohe,
Kostis vastu kavalasti:
"Mis sa mullust mulle meelde,

Toonamullust tuled tooma?
Suure suu sõdimised,
Laia lõuge lõugutused
Peeti vanast' naiste viisiks.
Laste tülilepitajaks.
Tuli meestel tülitsusel
Kõverusi kohendada,
Seal ei olnud sõnasolki,
Lõualuie lõksutusi:
Kangus pidi rammukatsel
Vaidlemista vahendama.
Miks sa, vedel, läksid metsa,
Murupõhja pagu-urka
Enne võitlemise võitu?
Õhtuhõlmal tulid, õõnes,
Metsas mehi narrimaie,
Härjapõlvelase kujul
Keedupada kiusamaie.
Astu välja ahju tagant,
Käi sa kohe kamberista!
Lähme välja lagedalle
Viimatista võidumängi
Õigel kombel lõpetama!
Sellepärast seadsin sammud
Põrguteele tallamaie,
Läksin kodunt kõndimaie.
Et meil õigus ühetasa,
Kangus kaaluks ühevõrra,
Tahan mõõga pista tuppe,
Võtta käesta kellukese."
    Sedaviisi sõnaldelles
Päästis kellukese paelust,

Pistis tasku puhkamaie,
Tõukas mõõga tupe sisse.
    Sarvik-taati argsel sammul
Tuli kambrist kahvatanud,
Lumivalge üle läve.
Ehmatusest eidepoja
Meelemõistus mähkmetessa,
Et ei enam tunnud teeda
Ega teadnud, mis ta tegi.
Mehikene mõtles märga
Võimukarastavat võtta
Keharammu kinnituseks;
Aga käsi kogemata
Ehmatusel eksiteele
Läinud teise kruusi külge,
Kus see rammuraugendaja,
Närtsimisemärga oli,
Mis teeb aru harvemaksi,
Peidab meele mehe peasta.
    Kalevite kange poega
Asjalugu arvamaie,
Kallas kohe teise kruusi
Kuivetanud kurgu kasteks.
Vägev võimustusemärga,
Keharammu karastaja,
Lehvitas kui tuleleeki
Elulained lõkendama.
    Jäägu võitlemise järku
Teise laulu lõksatuseks,
Teise värtna veeretuseks,
Sest et täna sillasõda
Kalevite põrguskäigil

Ketrust küllalt kulutanud,
Vokivärtnaid väsitanud.

ÜHEKSATEISTKÜMNES LUGU

Sarvik-taadi aheldus, Õnneaeg,
Pidu ja Kalevi tarkusraamat,
Sõjateated

Vanapõlve piiridelle
Varisenud võitlemiste
Järeljäänud jälgesida
Paksemalt kui meie päevil;
Siiski Kalevite käigilt
Paistab kui päike heledam
Kõigist kuulsam rammukatse,
Võimsam võitlemise mängi
Põrgu peremehe talust.
Mets ja mägi märkasivad,
Kaljukünkad kuulasivad,
Sood ja rabad saivad sõna,
Vetelained läkitusi:
Sest et maapind müdinaga,
Meri vahtus valendades
Tugevat tööd tunnistasid.

Vainiulle valmistati
Õue alla paras paika
Rammukatsumise kohaks.
Vanal viisil võetie
Kämmaldega niudeist kinni,
Võeti püksivärvelista

Kümne küüne kangusega
Kehavõimu katsumiseks.
Veri valgus küünte alla,
Sinipaisul sõrmedesse.
Ehk küll võimuvõttev vesi,
Närtsitava kruusi märga
Kurjal rammu kurnanekse,
Võimust väga väsiteleb,
Kalevite kangel pojal
Kahekordne kanguskaste
Kehavõimu karastanud,
Siiski vältas võitlemine,
Meeste võidumängimine
Seitse päeva seisemata,
Seitse ööda lõppemata,
Enne kui nad selget otsust
Võitlemise võidul saivad.
   Sarvik-taat küll salamahti
Katsus kiusamise kombel
Põiki jalgel pillutada
Kallist Kalevite poega,
Kes kui tugev tammetüvik,
Raskem raudakivi rahnu
Kohalta ei komistanud.
   Kordamisi kergitasid
Teineteista tõusemaie,
Rabasivad raksatelles
Müta-mäta! maha jälle,
Mis kui Kõue kärgatused
Põldusida põrutasid,
Kaljusida kõigutasid,
Vetta tõstsid vahutama.

ÜHEKSATEISTKÜMNES LUGU

Kalevite kaval poega
Oskas hoida end osavalt,
Suutis siuna pealta sõrmi,
Angerjana alta sõrmi
Põrgulase pihust päästa,
Kookus jalal kohe kanda
Toeks vastu valmistada;
Siiski kippus kange võimus,
Rammu viimaks raugenema.
Eide vari valvsail silmil
Nägi poja nõrkemista,
Võttis kätte vokikoonla,
Keeriteli kümme korda
Üle pea ümberpööri,
Paiskas prantsti! põrmandalle
Eeskujuks Kaleville.
Kalevite kange poega
Mõistis eide mõtteida
Targalikult tähendada,
Sasis kinni säärtepaelust,
Sarviku põlvevärvelist,
Tõstis teda tuulekiirul
Koonla kombel kõrge'elle,
Keeriteli kümme korda
Taadikest kui takutopsu,
Viskas võimurohke väega
Matsti! maha muru peale;
Pani põlved rinna peale,
Kamaluga kõrist kinni,
Kippus taati kägistama.
Võttis vöö niude ümbert,
Miska kurja köitemaie.

Siisap vedas vaenumehe
Kütkes raudakamberie,
Köitis teda kammitsrauda,
Pani ahelate paelu
Käed ja jalad kütkendusse,
Köitis kolmandama kütke
Rõngastpidi kaela külge,
Neljandama niuetesse;
Kinniteli kütke otsad
Kaljuseina seisemaie;
Veereteli vainult kivi
Saunasuuruse uksele,
Kuhu külge kaelakütked
Sidemella sõlmitie,
Raudakrambil kinnitati,
Et ei Sarvik toasta sammu,
Kanda saanud kamberista.
    Kalevite kange poega
Pühkis higi palgeilta,
Pilkamisi pajatelles:
"Ära lase, leinalindu,
Kammitsjalgel kukekene,
Aega minna igavaksi
Vangipõlves valvatessa!
Kaeba kurbust kaljudelle,
Meelehaigust metsadelle,
Raskust kivirahnudelle,
Viletsusi virnadelle!
Saada soovid rabasoosse,
Ohkamised ohakaisse,
Kaebamised kadastikku!
Võlg meil tasa, vennikene,

268

Kõverused kohendatud;
Õnn on teinud õigusotsa,
Annud võitu võimsamalle."
Sarvik-taati sõnaldama:
"Kui oleks teadnud, võinud teada,
Ettearvus ära mõista,
Tagaarvus tähendella,
Unenäossa iial näha,
Mis nüüd mulle põlveks pandi,
Viletsuseks visatie,
Ei ma oleks kodukambrist
Ahju tagant mitte astund,
Sammudella sinu jälgi
Lagedalle luusimaie,
Väljadella vaatamaie.
Kalevite kallis poega,
Võidul vägev vennikene!
Ära hõiska enne õhtut,
Kiida varem päeva käiki,
Kuni päike puhkamaie
Videvikul läinud veeru!
Õnnemunal õrna koori,
Visam süda viletsusel;
Õhtu eel võib õnnetusi
Kuus veel tulla kimbatusi.
Heida armu, armas venda,
Kustuta süüd kullalla,
Varja hõbeda varjulla!" -
Kui ei kange võtnud kuulda,
Sarvik-taati sajatama,
Kurjel sõnul kukutama.
Kalevite kallis poega

Laskis sammud lustilisti
Taadi taaleritubaje,
Kullavaranduse-kambri,
Kus see kulda kirstudessa,
Hõbe salves hunnikussa
Salapeidul seisemassa.
Hakkas kulda kühveldama,
Hõbedada hävitelles
Kottidesse kogumaie.
Täitis koti, täitis kaksi,
Täitis koti kolmandama,
Naljapärast neljandama.
Kui ta viiet võttemassa,
Hüüdis hiiri augusuulta:
"Ära võta, vennikene,
Hullul meelel üleliia!
Tee on pikka tallajalle,
Koorem raske kandijalle."
Kalevite poega mõistis,
Viskas viiendama koti
Tühjalt tündri serva peale,
Köitis teised kaksikuti,
Sidus suud suude vastu,
Et neid hõlpsalt õlgadella
Kukkelasse tõstes kanda.
Kullakotid polnud suured
Ega väga väiksedki,
Võis ehk kolme tündri võrra,
Kuue riia vaka võrra
Koormat igas kotis olla.
Kalevite kange poega
Pani ühe kotipaari

269

Paremalle õla peale,
Teise paari pahemalle
Pihtasida pigistama;
Siisap koju kõndimaie,
Sammusida sirutama.
Raudasilda raksateli,
Aluspalgid paukusivad,
Nurgakivid nõtkusivad
Kalevite kulda kandes.
Põrgupere vanaeite
Ahju tagant haugutama,
Leepajalt lõugutama,
Suurel suul sajatama:
"Saagu, saagu, ma sajatan!
Saagu sa teele surema,
Lagedalle lämbumaie,
Lepikusse lõppemaie,
Kaasikusse katkemaie,
Ahju taha hangumaie,
Tee äärde tarretama,
Põõsa taha pendimaie,
Metsamurdu mädanema,
Aasadelle hapnemaie,
Rägastikku raipenema,
Samblasoosse sammeldama!
Saagu su keha söödaksi,
Hüvaks roaks huntidelle,
Nokakatkeks kaarnatelle,
Metsapoegil' puretuseks!"
Kalevite kange poega
Sajatustest sattumata
Rändas aga rasket teeda

Sammudella sõude' essa,
Ehk küll kullakoorem kukalt,
Raha õlga raskendeli.
Kui ta juba tüki käinud,
Ajand allailma teeda
Valgusilma veere poole,
Siisap puhuks puhkamaie,
Tülpind keha karastama.
Kas ta tunni tukkunekse
Ehk kas päeva puhkanekse,
Sest ei saanud meesi märku
Ega tunnistusetähte.
Viletsuse viivitusi
Ega kiuste kammitsusi
Polnud Kalevite pojal
Põrguteedel takistajaks.
Vaheajal hakkas valgus
Pealtailmast paistemaie,
Hakkas ööda lõpetama,
Pimedusta pillutama.
Kalevite kange poega
Ähkis kullakoorma alla,
Palav puneteli palgeid,
Ajas hiukseid higistama,
Ihu üldsalt auramaie.
Kuivand keele kipitusel
Lõõtsus meesi tulist lõhna.
Alevite armas poega,
Kes ei raatsind koju minna,
Istus auguserval üksi,
Kuristiku koopasuussa,
Seal, kust Kalev julgel sammul

Allailma oli läinud.
Alev ootas armuhoolel,
Ootas hommikul ja õhtul,
Valvsail silmil ööde vilul;
Aeg läks aasta igavuseks
Mehel meelemõtte'essa,
Sest kas sõber ehk ju surma
Viletsuses võinud leida.
　Ühel õhtul, päeva veerul,
Kostis nii kui kauge'elta
Kange mehe käigimüdin
Alevi kõrvakuulmesse;
Maapõhjast tõusis parin,
Sügavusest sammumine.
　Alev asju arvamaie,
Mööda kuuldud kobinada
Sügavusse silmamaie,
Kas ehk Kalevite käiki,
Tõusemista kuskilt tunda.
　Videvik ju viinud ööda
Kaste kaissu karastama,
Seal vast Kalev astub sammu
Selle ilma serva peale,
Viskab maha kullakotid,
Hõbedakotid õlalta,
Langeb ise lagedalle
Seljasooni sirutama,
Väsind keha venitama.
　Alevite armas poega
Virgult vetta vedamaie
Karastavaks keelekasteks
Kalli vara kandijalle.

　Kalevipoeg küsimaie:
"Avaldele, armas venda,
Kas ma kaua olen käinud,
Varjuriigis aega viitnud?"
　Alevite armas poega
Asjalugu avaldama,
Kuidas nädalat ehk kolme
Käiki aega kulutanud.
　Kalevipoeg pajatama:
"Sest ei teadnud, võinud teada
Elav inimesehingi,
Mõtteleda meelekene,
Agaram ei arvaneda.
Seal ei seisa arusambaid,
Tunnistähti taeva'assa,
Miska päeva mõõdetakse,
Ööde pikkust arvatakse.
Põrgu päev ei näita päikest,
Öö ei kuuda kumendamas
Ega tähte taeva küljes.
Lepikus ei leita lindu,
Kägu kuskil kuulutamas,
Murulta ei udukuube
Ega kaunist kastemärga,
Miska öö ja päeva piirded
Vaatajalle vahet teeksid."
　Siisap sahkas pikemalta,
Kuidas käsi põrgus käinud,
Viiekordsed viivitused,
Kuuekordsed kammitsused
Käiki temal kinnitanud,
Viimaks võitlemise võidul

Sarvik saanud sidemesse,
Kindla ahelate kütke.
   Alev oli tapnud härja,
Suretanud metsasõnni,
Mis ei olnud ikkes käinud,
Seitsmel suvel sahka näinud,
Kümnel aastal künnud maada.
Enne härga iga aasta
Pidudeksi püüetie,
Õue alla aetie,
Taheti minna tappemaie,
Suurta härga surmamaie,
Võimsa hinge võttemaie.
Tuhat meest oli turjassagi,
Sada meest oli sarvessagi,
Kümme härja kelladessa,
Seitsekümmend härja sabas.
Ei olnud meesta meie maalta,
Tugevamat teisest kohast,
Kes oleks pähe koputanud,
Härga oleks uimastanud,
Suure sõnni suretanud.
   Alevite armas poega,
See'p see tappis suure härja.
Kargas härja kaela peale,
Sasis kinni sarvedesta, -
Siis aga kirves kopsimaie,
Tapper pähe tagumaie,
Nuga kurku kutistama;
Sada vaati valgus verda,
Tuhat tündrit tõusis liha. -
   Kanged mehed kahekesi

Õhtuosa võttemaie,
Kehasida karastama;
Kalevite kange poega
Vaotas vatsa rebevalle,
Kõhu kuhjal kerkimaie,
Heitis maha muru peale
Leiba luusse laskemaie.
   Alevite poega noori
Istus kullakottidelle,
Hõbedaste hõlma peale
Varandusta valvamaie,
Et ei röövel riisumaie,
Varas tuleks võttemaie,
Pikil sõrmil puutumaie.
   Kalevite kange poega
Puhkas põrgu pahandusta,
Võitlemise väsimusta,
Rahakoorma rammestusta, -
Puhkas öö ja puhkas päeva,
Uinu süles teise päeva,
Kolmanda keskhommikuni.
Penikoorma kostis norin,
Kostis hingamise kõrin,
Mis kui hobukabja müdin,
Sõjasõitu üle silla
Murupinda muljuteli,
Puid ja põõsaid põruteli.
   Kolmandama päeva keskel
Tõttasivad mehed teele;
Alevite armas poega
Võttis ühe koti kukla,
Kolm jäi koormaks Kaleville.

272

Kalevite kallis poega,
Kes see pärast põrguskäiki
Mõnda hüva meie maale
Kasulikuks kasvatanud,
Elas ise Lindanisas
Seltsis oma sõpradega.
Olev oli, linnatarka,
Kolm veel linna ehitanud:
Ühe linna lõuna alla,
Teise linna tõusu vastu,
Kolmandama koidu alla,
Kust sai varju vanadelle,
Rahupaika raukadelle.
Kalevite kallis poega
Kulutanud koti kulda
Kolme linna asutuseks,
Kolm veel varjul kamberissa
Teiste tööde toimetuseks.
Sõbrad seltsis sahkamaie,
Kalevipoega palumaie:
"Võta kruusid, vennikene,
Pane kihlad kottidesse,
Meelitused märssidesse,
Mine Kungla kosimaie,
Noorikuda nõudemaie!
Kunglas kasvab kodukanu,
Neitsikesi neljakesi;
Läki lindu püüdemaie,
Koppelista korjamaie,
Lepikusta lingutama!
Kungla neitsid koovad kangast,
Teevad kullast toimelista,

Koovad hõbelõngalista,
Silitavad siidilista,
Punuvad punapoogelist."
Kalevite poega mõistis,
Pilgelisti pajatama:
"Läki linna tegemaie,
Vallisida valamaie,
Kosjakambrit ehitama,
Siidisängi seadimaie!
Teeme linna lillekestest,
Teeme tornid toomingasta,
Vallid ümber vahterasta,
Teeme toad tammetõrust,
Kanamunasta kamberid,
Et, kui käivad kauge'elta,
Võõrad jääksid vahtimaie,
Mõistelikud mõtlemaie,
Targad lugu tunnistama:
Kellel' Kalev teinud linna,
Kellele vallid valanud?
Kalev teinud lustilinna,
Kasvatanud kosjakambri,
Valand kullast voodikese,
Sidund siidist sängikese.
Peaksite sisse pugema,
Nalja seestpoolta nägema:
Seest on siidilla seotud,
Ääred aetud hõbedasta,
Servad tehtud sametista,
Kolme kulla keerdudesta,
Pealt on löödud pähkelista,
Alt on õunalla istutud,

Vahelt välgub visnapuida,
Keskelt kena kivisida.
Võtke hoielda hobuda,
Ravitseda ratsukesta,
Sööta sadulakandijat,
Kõrbi ruuna kosutada!
Viige enne muid murule,
Enne koitu koppelisse,
Enne aega allikalle,
Enne päeva põllu äärde;
Söötke ratsut salamahti,
Andke vakka valge eella,
Külimittu koidikulla,
Kaksi keskihommikulla,
Laia vakka lõune'ella!
Söötke kuu, söötke kaksi,
Söötke tükki kolmat kuuda,
Nädala ehk neljat kuuda, -
Siis aga ratsu rakke'esse,
Halli aisade vahele!
Küll siis sõidan kosjateele,
Rühin neitsiradadelle,
Kudruskaelte kamberie,
Tanupeade tubadesse.
Kaste heidab kasukalle,
Udu uue kuue peale,
Vihmapisar vammukselle,
Rahetera rätikulle:
Küll siis Kalev läheb kosja
Noorta naista võttemaie."

Kalevite kallis poega

Istus seltsis sõpradega,
Lustihelin tõusis laualt,
Naljakära kamberista.
Keeritelles käisid kannud,
Mõdukannud meeste käessa,
Õnnel mehed hõiskasivad.
Pillutasid põrmandalle
Valgutades valget vahtu
Anniks hoonehoidijaile,
Võimsa majavarjajaile.
Värsket leenta viidanekse
Uku kivile kingiksi.
Laulik istus laua taga,
Kandlelööja teiste keskel,
Laskis laulu lendamaie:
"Viis oli vana vainiulla,
Kuus oli kuldseid kuusikussa,
Seitse samblas saladusi,
Kaheksa kanarbikussa -
Sealtap sõlmisin sõnuda,
Korjasin ma kuulutusi,
Hõbedasi ilmutusi:
Siuru-lindu, Taara tütar,
Siuru-lindu, sinisiiba,
Siidinarmas sulgedega,
Sündis isa sundimata,
Kasvas ema haudumata,
Sõsarate soovimata,
Veljekeste vastumeelta.
Ei olnud linnul pesakesta,
Pääsupojal haudepaika
Udusulgi uuendada,

Verisulgi valmistada.
Aga Uku asuteli,
Vanaisa valmisteli
Tütterelle tuuletiivad,
Tuuletiivad, pilveviivad,
Miska lapsi liugunekse,
Kauge'elle kandanekse.
Siuru-lindu, Taara tütar,
Siuru-lindu, sinisiiba,
Lendas palju, liugles palju,
Lendas, liugles lõuna alla,
Pööras põiki põhja poole,
Lendas üle kolme ilma.
Üks oli ilma neitsikeste,
Teine kasvul käharpeade,
Kolmas koogalaste kodu,
Koogalaste korjuspaika.
Siuru-lindu, sirgesiiba,
Siidisiibuda sirutas,
Lendas, liugles päeva alla,
Päeva linna lähedalle,
Kuu kumeda kojani,
Väikse vaskse väravani.
Siuru-lindu, sirgesiiba,
Siidisiibuda sirutas,
Lendas palju, liugles palju,
Käänas õhtulla koduje.
Isa tütterelt küsima:
"Kus sa liuglend lenneldessa,
Kus sa käisid kauge' ella,
Mis sa nägid, nugissilma?"
Siuru mõistis, kostis vastu,

Kostis vastu kohkumata:
"Kus ma liueldes libisin,
Sinna jätsin litterida;
Kus ma käiessa keerutin,
Sinna sadas siidisulgi;
Kus ma siibu saputasin,
Sabast sulgi satutasin.
Mis mul nägi nugissilma,
Sest on seitse jutustada,
Kaheksa mul kõneleda.
Kaua käisin Kõukse teeda,
Vikerkaare vihmateeda,
Mööda rasket raheteeda;
Kaua käisin kahtepäini,
Libisesin lihtepäini,
Kuni leidsin kolme ilma:
Üks oli ilma neitsikeste,
Teine kasvul käharpeade,
Kolmas koogalaste kodu,
Koogalaste korjuspaika,
Kus need kenad kasvasivad,
Siidilised sirgusivad."
"Mis sa kuulid, kuulutele,
Mis sa nägid, näita' ele!"
"Mis ma kuulin, kulla taati,
Mis ma nägin, isakene?
Kuulin neide naljatusi,
Naljatusi, kurvastusi,
Käharpeade pilgatusi,
Koogalaste kiljatusi:
Miks need neiud naljatlikud,
Käharpeaga kasvandikud

275

Aina üksinda elavad,
Haudujata igatsevad,
Küsiteldi kõigis kohtes.
Kas ei taadil tähepoega,
Tähepoega ehk ka teista,
Kes läeks neidu päästemaie,
Käharpäida kuulamaie?"
    Taara mõistis, kohe kostis:
"Lenda, tütar, liugle, tütar!
Lenda, tütar, lõuna' alle,
Liugle libas lääne poole,
Läänest põigiti põhjaje,
Libise Uku ukse ette,
Lääne eide läve alla,
Põhja eide peenderaile:
Küsitele kosilasi,
Palu piiga päästijaida!""

    Kalevite kuulus poega
Istus seltsis sõpradega.
Lustihelin tõusis laualt,
Naljakära kamberista,
Keeritelles käisid kannud,
Mõdukannud meeste käessa,
Õnnel mehed hõiskasivad.
    Alevipoeg, poisikene,
Laskis laulu lendamaie:
"Kastkem kurku, kullakesed!
Vahtu majavarjajaile!
Jooge mõdu, noored mehed,
Kõristage kannukesi,
Et ei piiska põhja jääksi,

Kastemärga kannudesse!
Viskan vitsad välja peale,
Lauad laial' lepikusse,
Käepidemed pihlakasse.
Kuhu vitsad need visati,
Sinna sündisid suured saared;
Kuhu lauad lahutasin,
Sinna tõusid targad tammed;
Kuhu pidemed puistasin,
Sinna pilved paigutasin;
Kuhu märga kukkus maha,
Sinna meri mängimaie,
Lained laialt läikimaie.
    Mis seal meres kasvanekse?
Meres kasvas kaksi puuda:
Üks oli õnnel õunapuuke,
Teine tarka tammekene.
Oksad täisi oravaida,
Lehed laululindusida,
Keskel kotkad pesitamas.
Jõgi jooksis alta juure,
Kalad käisid alta kalda,
Siiad suured, seljad mustad,
Lõhed laiad, laugud otsas.
Naised seisvad naljatelles,
Seisvad sääreni meressa,
Linapead lainetessa,
Käharpead kalakudussa.
Mis need piigad püüdelevad,
Mis need kallid saivad kalu?
Kala püüdis püüdijaida,
Lõhekala lapsukesi,

Vesi aga võttis venna,
Lained lapse lämmatasid.
  Mina venda otsimaie,
Eite nuttis noorukesta;
Läksin lausa lainetesse,
Kaelani kalakudusse,
Sügavasse haudadesse.
Mis ma leidsin lainetesta?
Leidsin mõõga ma meresta,
Läikja raua lainetesta.
Mina mõõka võttemaie,
Õde kaldalt hüüdemaie:
"Tule koju, vennakene,
Tule kiiresti koduje!
Isa surmasängi pealla,
Ema hinge heitemassa,
Venda juba vaakumassa,
Õde tõsteti õlgile,
Pandi piiga põrmandalle."
Mina nuttessa minema,
Kiirelt koju kõndimaie.
"Oh sa virtsik, valelikku,
Kahelisti keelekandja!
Isa istub keset tuba,
Õllekannu taadil käessa;
Ema niidab siidilammast,
Kuldakäärid tal käessa;
Õde sõtkub sepikuda,
Hõbesõrmuksed sõrmessa;
Vend aga kesa kündemassa,
Küüdud härjad ikke'essa.
Küütu künnab, selga nõtkub,

Valli veab, pea väriseb.
Küütu künnab killingida,
Valli veab vana rahada,
Tõstab aga taalerida.
Külimit saab killingida,
Vakk mulle vana rahada,
Tündritäis taalerida.""
  Kalevite kuulus poega
Istus seltsis sõpradega,
Lustihelin tõusis laualt,
Naljakärin kamberista,
Keeritelles käisid kannud,
Mõdukannud meeste käessa,
Õnnel mehed hõiskasivad.
  Sulevipoeg, poisikene,
Laskis laulu lendamaie:
"Humal uhke põõsa otsas,
Käbi kena kända'assa,
Kui ta kasvab kõrgutie,
Veab vääti venitades
Ümber tapu teiba'alle.
Olgem noped, noored mehed,
Teda võtma teiba'asta,
Kobaraida korjamaie!
Pangem parsil' kuivamaie,
Reheseina seisemaie,
Sealt ta kerkib kattelasse,
Tükib kohe tünderisse,
Poeb õllepoolikusse;
Pöörab meele meeste peasta,
Poole meele naiste peasta,
Tüssab ise tütarlapsi.

277

ÜHEKSATEISTKÜMNES LUGU

Kui mu armas kõndimassa,
Veli kosja sõitemassa,
Läks ta üle lagediku,
Käis ta läbi kanarbiku;
Tuli vastu neli neidu,
Neli kena käharpeada.
Kosilane küsimaie:
"Miks te, noored, nurme pealla
Kodunt kaugel kõndimassa?"
Neiud mõistsid, kostsid vastu,
Piigad nõnda pajatasid:
"Lähme linna, linnukesed,
Alevisse, armukesed,
Turu peale, tuvikesed,
Uulitsalle, hullukesed!
Pidul korrapoisikesed
Piigasida pilkamaie,
Külas käivad kurjad keeled,
Vallas palju valelikke,
Needap lapsi laimamaie,
Tuvikesi teotamaie."
　　Mina piigasid püüdema,
Lapsukesi lingutama:
"Näita nägu, neitsikene,
Punapalge palistusi!"
Piigad kiirest' punumaie,
Lendsid üle lagediku
Kiirel sammul küla poole.
Mina sammul sagamaie,
Jõudsail kannul jooksemaie,
Väravasta vaatamaie,
Läbi seina luurimaie:

Masajalad magasivad - -
Kui ma seda nalja näinud,
Kohe süda kohmetama,
Talvekülmal tarretama.
"Humal uhke põõsa otsas,
Käbi kena kända'assa,
Ära poe piigade pähe!
Neitsile ei tee sa nalja,
Pikast ilust tõuseb pilli."
　　Kalevite kuulus poega
Istus seltsis sõpradega,
Lustihelin tõusis laualt,
Naljakärin kamberista,
Keeritelles käisid kannud,
Mõdukannud meeste käessa,
Õnnel mehed hõiskasivad
Ega võinud ette teada,
Mõttessa ei ära mõista,
Agaral peal arvatagi,
Mis neil nalja jälgedelle
Õnnetust võiks hommikulla
Koidu eella kasvaneda.
　　Juba käimas kiired käsud,
Sõjasõnum sõitemassa,
Juba ratsud rakendatud,
Kõrvid karunahkadessa
Lindanisa poole lendvad
Kuningalle kuulutama
Sõja raskeid sõnumida.
　　Pihkva piirilt tõttas poissi,
Teine Läti lagedalta,
Teiselt poolt Taara tammikut

278

Kurvastusta kuulutama,
Sõjalugu sõnaldama.
Lätti tulnud laevadega
Rahekombel raudamehi,
Peipsi tagant teine parvi
Vene laia väljadelta,
Pohlakate piiri poolta,
Kes see vara kiskumaie,
Rahupõlve pillutama,
Lõbupidu lõpetama.
Kihutage, käskujalad,
Kurvad sõnumid kukkarus,
Vanema käsud vammukses!
Kalevite kuulus poega
Istus seltsis sõpradega
Käratelles kamberissa,
Laskis aga lõksatelles
Lustilaulu lendamaie:
"Joogem, joogem, vennikesed!
Maitsegem mõdu magusat,
Hullakeme humalassa,
Hõisakem õllekannuga,
Pidu pikka peekeriga!
Kõristagem kannukesi,
Vahtu maha visatessa
Pillutagem põrmandalle,
Siis saab õnne õitsemaie,
Armsam aega algamaie!
    Viskan vitsad visnapuusse,
Kannukaaned kaasikusse,
Lauad laotan lepikusse,
Põhjad põllule põrutan.

Homme ise otsimaie,
Valge eella vaatamaie:
Mis need vitsad visnapuussa,
Kannukaaned kaasikussa,
Lauad laial' lepikussa,
Põhjalauad põllu peale
Enne koitu kasvatanud,
Ööde vilul õilmeldanud?
Vitsust kasvas lapsevibu,
Kannukaanest külakiike,
Laudadest said laululauad,
Põhjast pajatuse-pingid.
Külaneiud, kullakesed,
Kudruskaelad kiikumaie,
Lustilugu laulemaie;
Laulid lained lainetama,
Laevad laineil kiikumaie.
    Läksid laeva laskemaie,
Lainetesse laulemaie,
Panid paatrid paju peale,
Helmed heinakaare peale,
Keed pika kivi peale,
Lindid laia liiva peale,
Sõrmuksed sõmera peale.
Tuli haugi alta vetta,
Pääsulindu pealta vetta,
Mustaselga muda seesta;
Pärisid paatrid pajulta,
Helmed heinakaare pealta,
Keed pikalta kivilta,
Lindid laia liivikulta,
Sõrmuksed sõmera pealta.

Neiud appi hüüdemaie,
Pikil keelil palumaie:
"Tule appi, Harju poissi!
Tule päästma, Pärnu poissi!"
Aga ei kuulnud Harju poissi
Ega kuulnud Pärnu poissi.
Appi astus kaljupoissi,
Rootsi kandle kõlistaja:
"Miks te, neitsid, nuttelete,
Kullakesed, kaebelete?"
"Läksime laeva laskema,
Mere peale mängimaie,
Lainetesse laulemaie;
Panime paatrid pajule,
Helmed heinakaare peale,
Keed pika kivi peale,
Lindid laia liivikulle,
Sõrmuksed sõmera peale.
Tuli haugi alta vetta,
Pääsulindu pealta vetta,
Selga musta muda seesta;
Päris paatrid pajudelta,
Lindid laia liivikulta,
Sõrmuksed sõmera pealta."
Seal aga kostis kaljupoissi,
Rootsi kandle kõlksutaja:
"Ärge nutke, neiukesed,
Kurvastage, kullakesed!
Küllap vargad vangistame,
Röövlid rauda rakendame."
Hakkas kannelt kõlistama,
Kandlekeeli käristama,

Laululugu laskemaie. -
Meri kohkus kuulamaie,
Pilved pikalt vaatamaie,
Haugi tuli alta vetta,
Pääsu tuli pealta vetta,
Mustselg tõusis mudasta;
Tõivad ehte'ed tagasi,
Andsid jälle piigadelle.
Kaljupoiss kätta pakkuma,
Piigat noorta palumaie:
"Tule, tui, mulle omaksi!
Meil on igapäev pühapäev,
Pidud piki aasta'ada."
"Ei või tulla, kaljupoissi,
Ei või tulla, vennikene!
Meil on kodu kosijaida.
Las' läeb suvi, küll sügise
Külakoerad haukumaie,
Raudakäpad kõndimaie,
Viinamärssisid vedama.
Aituma abi eesta,
Tänu heateo eesta!
Saa ei sulle suuremada.""
  Kui nii Kalevite poega
Õnnepidul hõisatessa
Lustilisti laskis tralli,
Astus tuppa Lapu tarka;
Pajatelles põlvesida
Kalevipojal paitama:
"Uku andku hüva õnne,
Taevas tarkada aruda
Sulle ja su sõpradelle!

Kus suur ilu sinu kojas,
Lustid laialt liikumassa,
Luba mulle lahkudessa
Rõõmsalt minna rändamaie,
Koduteeda kõndimaie!
Kolikambreid koristelles,
Nurki läbi nuuskidessa
Kulutelin kaua aega,
Kuni kogemata õnnel
Toonaeile leidsin tornis
Kivikoja kummi alta
Ahelasse pandud anni,
Kütkendatud kingituse.
Anna luba oma võtta,
Teele homme tõttaneda!"
Kalevipoeg kostemaie:
"Pole paelutatud pulli
Teadeval mul luku taga,
Kütkendatud kutsikada,
Vangistatud varandusta
Ega orja ahelates.
Tunnistele, mis sa tornis
Kivikoja kummi alta
Arulista oled leidnud?"
Varrak mõistis, kostis vastu:
"Leidsin kirjalehekesi,
Raudakaanel raamatuda
Kindla ahelate kütkes.
Anna luba aruasja,
Vana kirja kaasa võtta!"
Kange Kalevite poega,
Kes see kütkendatud kirjast

Midagi ei mäletanud
Ega teadnud tähendada,
Kuhu vana Kalev tarka
Pika elu pärandusest
Tululikke tarkusida
Palju lasknud üles panna,
Kus sees käsud kinnitatud,
Õigust selgest' õpetatud,
Kuningalle kuulutatud,
Alamaile avaldatud.
Kallim veel kui kuld ja hõbe
Seisis kütkendatud kirjas
Vanaaegne vaba põli,
Meie meestepoege priius,
Kehvemate kaunim vara.
Kallist vara tahtis Varrak
Oma maale õnneks viia.
  Lustipidu pohmelusel
Kalevipoeg pajatama:
"Võta kirjad, vana Varrak,
Talveööde ajaviiteks
Lambivalgel lugemiseks!
Võid ehk mõnda võõrikuida,
Tühja jutu tükikesi
Lehtedesta üles leida."
  Sulevipoeg sõitlemaie,
Olevipoeg palumaie:
"Lase läbi katsudella,
Enne kui sa annad oma!
Kes see kotis seakaupa
Sõgedast' saab sobitama?
Ega vanataati tarka

Kirja oleks kütkendanud,
Luku taha lasknud panna,
Kui ei kasu sellest kasvaks,
Tululikku mitte tõuseks."
    Kalevite kallis poega,
Sõbra keelust hoolimata
Laulis aga lustilikult:
"Kui ka kallist seisaks kirjas,
Teademata tululikku,
Tõotust mees peab tasumaie.
Sarvest härga, sõnast meesta!
Õpeteleb muistne sõna."
Käskis kütkendatud kirjad
Varrakulle välja anda.
    Kolme ahelate kütkes,
Kolmel lukul kinnitatud
Seisid saladusekirjad.
Võtmeid võind ei ükski leida,
Miska roostetanud rõngaid
Lukutabast lahutada.
Varrak teadis küll, kus võtmed,
Aga tark ei annud teada.
    Kalevipoeg käskimaie:
"Murdke maha müüriseinad,
Kiskuge sealt kaljukivi
Tükis kõigi kütketega,
Miska seinad sõlmitatud."
    Kangutati raske kivi
Raamatuga tükis müürist,
Veeretati vankerille;
Pandi ikkes härjapaari
Varakoorma vedajaksi.

Saadeti siis sadamasse,
Lasti pandi laeva peale,
Kuhu enne kullakotid
Varrak-taati lasknud viia.
    Käsukandjad kihutasid
Sõites juba üle silla,
Lendes linna väravaisse;
Sillapalgid paukunekse,
Linnavärav värisema.
    Kalevipoeg küsimaie:
"Kes see sillal sõite'essa
Sillapalke pauguteli,
Väravada väristeli?"
    Käsukandjad kutsutie
Kalevipoja kamberi,
Kus nad kohe kuulutama:
"Juba sõda sõudemassa,
Vaenuvanker veeremassa,
Lipulood liugumassa,
Odaokkad orjamassa,
Tapriterad taotamassa.
Rannast tulnud raudamehi,
Parvel põrgupoegasida
Rahupõlve rikkumaie,
Meie maada muljumaie.
Vanad raugad värisevad,
Naised nurgassa nutavad,
Pisarassa seisvad piigad,
Lapseemad leinatessa."
    Kalevipoeg küsimaie:
"Mis siis teevad noored mehed?

ÜHEKSATEISTKÜMNES LUGU

Kas ei kangeid kasvamassa,
Tugevamaid tõusemassa
Varjajaksi vanadelle,
Rahuandjaks raukadelle?"
    Käsukandjad kuulutama:
"Norgus seisvad meie noored,
Mure kurnab mehikesi,
Mõõk ei mõista rauda murda,
Kirves terast killutada."
    Kalevipoeg pajatama:
"Võtke rooga, vennikesed,
Kastke kurku, kullakesed,
Väsind keha karastuseks!"
    Viidi siis mehed magama,
Pandi padjule puhkama,
Siidisängi suikumaie,
Udusängi uinumaie.
    Kalevite kallis poega
Saand ei unda silmadelle,
Katet mitte kulmu alla.
Läks siis välja vainiulle
Tusameelta tuulutama,
Kurba tuju kustutama.
Kõndis isa kalmu peale,
Istus haua ääre peale.
    Aga haual ei avaldust,
Kalmukünkal ei kuulutust.
Vingel lained veeresivad,
Ohkel tõusis tuulehoogu,
Kurba näitas kastekuube,
Pisarpilul pilvesilma.
    Vaimuvarjud vankudessa

Tõusid tuulta tallamaie. -
Kalevite kange poega
Kõndis kurvana koduje.

KAHEKÜMNES LUGU

Valmistumine sõjaks, Lahingud,
Raudmeeste saadikud, Kalevipoja
surm, Põrgu väravas

Ööilm varjab vaarikuida,
Udukuube ümberkaudu
Katab kahvatusekarva
Kuldse küngaste kujusid;
Merelained murretakse
Kurvastuse krookeliseks,
Päikese palgeida
Peidab udupilve paksu.
Vihistab kas vihmahoogu,
Raske rahe raksatelles
Põualise põllu peale?
Kas ehk Kalevite kilpi
Kaljudella kõlisteli,
Ehk kas vereraske vaenu
Surma juba sünnitamas?
    Laula, laula, linnukeeli,
Häälitsele, hõbenokka,
Kuldakägu, kuulutele:
Mis seal kurba külvatie,
Surmalista sünnitati!
    Sügav, vaikne surmaorgu,
Vereahne vaenuväli
Korjab tuhandete kehad

283

Põrmu põue puhkamaie,
Muru kaissu magamaie.
   Kalevite kallis poega,
Kas sa õhtu hõlmadelta
Tulid täna tunnistama
Viimse viletsuse vermeid?
Sõudsid, sõber, sõnaldama,
Ajakätkist avaldama
Lõpetuse lugusida?
Sind ei võitnud vaenuvägi,
Saand ei sõda suretada; -
Kurvastuse kütkendused
Võtsid enneaegu võimu,
Soome sepa sajatused,
Omad õnnetumad sõnad
Mõtlematult mõõga kohta
Saivad sulle surmajaksi.

   Kui oli kuulnud sõjakäsku
Kalevite kange poega,
Võind ei enam viibineda
Pikemalta pidudella;
Saatis ratsul saadikuida
Sõjamehi sundimaie,
Kangemaida kiirustama
Vaenu vastu valmistama.
Enne kui ta tõttas teele,
Aleville avaldama,
Suleville sõnaldama:
"Ei jää kulda kamberissa,
Hõbe kirstukaane alla
Vaenus vargal võttemata,

Röövlikäpal riisumata;
Viigem vara varjuurka,
Põrmupõue peitevasse,
Kust ei varas käppamaie
Ega röövel riisumaie!
Paistab parem päikene,
Õitseb jälle õnneaega,
Võtame vara vangista,
Kullakoormad künka alta."
   Siisap hauda sõmerasse
Salamahti sünnitama,
Kolmekesi kaevamaie,
Kuhu kulda kukutati,
Hõbedada heidetie.
   Öö salahõlma varjul
Kalevipoeg pajatama:
"Muru põue, mulla alla,
Sõmerliiva selge' esse,
Savisesse sügavasse
Matan maruka magusa,
Kukutan kullase kübara,
Langetan lahingu liivitsa,
Sõjasõled sõlmitatud,
Võitlemise võidu vara,
Hõbehelmed eide ehtest,
Kaelarahad raske'emad,
Vanad ristid, rublatükid,
Kannarahad, rõngastaalrid,
Puduraha peenikese
Isaisadelt päritud,
Kaugelt korjatud kopikad.
   Kolm olgu musta verevenda

Valge karvata koguni,
Kolme eluda kägista:
Musta kukke, muruharja,
Musta kassi ehk kutsikas,
Kolmas aga musta mulla alta -
Musta mutti, mis silmita!
Tõuseb täheks jaanituli:
Tuldanegu naudikene!
Tuleb meesi kolme musta
Verevägeda valama:
Tõusku katel kolme jalga,
Kämmel küüraksi pealegi!
Kuulgu sõnade kilinat,
Taara tarkuse tabada!
Kui on mehel ema eksind,
Solkinud võõra ehk sugulla:
Siis ärgu saagu sajatatud
Vana naudi ta näpusse!
Naud jääb näitsiku pojale,
Puhta lapsele pärida."

Siisap suulla sõmerasse
Salasõnu sahkamaie,
Kindlamaida kuulutama,
Mis ei muile mõtte'esse,
Astu iialgi arusse
Kui sel õnnekasvandikul,
Kellel palgaks paisatakse,
Aruõnneks arvatakse
Kullakatlaid kergitada,
Salavara maasta võtta.

See' p see mees veel
sündimata,

Õnnelapsi ilmumata,
Kes see Kalevite kulda,
Hõbehaljast õnnesaaki
Künkasta saaks korjamaie,
Peiduurkast pärimaie.

Kui siis koitu kerkidessa
Puneteli taeva palge,
Võttis Kalev vaenumõõga,
Võttis oda okkalise,
Kilbi kätte kamberista,
Talutas hobu tallista,
Sõjaratsu sõime eesta.
Pani Alevite poja
Kannul kilpi kandemaie;
Seadis suule sõjasarve,
Hakkas sarveda ajama,
Kaugelt rahvast kutsumaie,
Sõjamehi sundimaie
Vaenuteele valmistama.

"Tutu-lutu, tutu-lutu!"
Hüüdis Kalevite sarvi.
Mägi märkas, metsa ärkas,
Tuulehoog jäi tukkumaie,
Merekohin mõtlemaie
Kalevite kutsumisel;
Kohkel vastu kostelesid,
Käsuhäälta kasvatasid.
Rahvas kuulis Viru rannas,
Järva, Harju radadella,
Lääne laia luhtadella,
Pärnu pärnade vahella,
Alutaga kuuldi häälta,

Kuuldi kutsu Tartu rajal.
    "Tutu-lutu, tutu-lutu!"
Hüüdis Kalevite sarvi.
    Mägi märkas, metsa ärkas,
Tuulehoog jäi tukkumaie,
Merekohin mõtlemaie
Kalevite kutsumisel;
Kohkel vastu kostelesid,
Käsuhäälta kasvatelles
Kaugemalle kandelesid.
Rahvas rühkis sõjalasi
Surmateele saatemaie,
Vaenuteele valmistama.
Veli vihtles ahju pealla,
Ema vaalis valget särki,
Isa ehiteli hoosta,
Onu seadis sadulada,
Küla küüris kannukseida,
Teine ihus mõõgatera
Tahukivil teravaksi,
Õde nuttis õue pealla,
Teine õde põrmandalla,
Tagakambris kallikene.
    "Tutu-lutu, tutu-lutu!"
Hüüdis Kalevite sarvi.
Mägi märkas, metsa ärkas,
Tuulehoog jäi tukkumaie,
Merekohin mõtlemaie,
Kaljud kohkel kuulamaie
Kalevite kutsumisel;
Kohkel vastu kostelesid,
Käsuhäälta kasvatelles

Kaugemalle kandelesid.
Sarvehüüdja hääli helkis
Kaugel Viru radadella,
Kostis Järva-, Harjumaale,
Lääne laia luhtadelle,
Pärnu pärnade vahele;
Hääli helkis Alutaha,
Tungis taha Tartu raja,
Piki Pihkva piirideni.
Tõttes tulid sõjamehed
Kiirul lipukandja kannul
Sõjateeda tallamaie,
Vereteeda veeremaie.
    Käsukandjad kihutasid
Ümberkaudu maada mööda
Kõhelejaid kiirustama.
Õde venda õpetama:
"Ehitelen hella venda,
Ehitelen, õpetelen,
Minu hella veljekene!
Kui sa sõidad surmateele,
Lähed vaenuvälja peale,
Ära sa ajagu eele,
Ära sa jäägu järele!
Esimesed helbitakse,
Tagumised tapetakse;
Keerita keset sõdada
Ligi lipukandijate,
Keskmised koju tulevad!"
    Naine nurgas nuttemaie,
Kaasakene kamberista:
"Kes mind armul haudumaie,

286

Kaisus tuleb kullatama:
Lepast ei saa lepitajat,
Vahtrast valuvõttijada,
Kasest kullal kaisutab."
      "Tutu-lutu, tutu-lutu!"
Hüüdis Kalevite sarvi;
Mägi märkas, metsa ärkas,
Tuulehoog jäi tukkumaie,
Merekohin mõtlemaie,
Kaljud kohkel kuulamaie
Kalevite kutsumisel;
Kohkel vastu kostelesid,
Käsuhäälta kasvatelles
Kaugemalle kandelesid.
Sõjamehed kiirel sõidul
Lendsid mööda lagedaida
Kalevi kutse kannule
Surmateeda sõudemaie.
      Kalevite kange poega
Sõitis sõjaratsu seljas
Tulist Taara hiie poole,
Kuhu väge kogutie;
Laskis tutu-lutu lugu
Sõjasarvest helkimaie,
Et ei vägi eksiks teelta,
Mehed metsa ei läheksi.
      Tarka lindu tammikusta
Kaleville kuulutama:
"Ihu mõõka ilusasti,
Teritele enne tääki,
Pinni piigiotsakesta,
Kui sa mehi murdemaie,

Tugevaida tappemaie
Lähed lausa lahingusse!"
      Kalevite poega mõistis
Targa linnu tahtemista,
Tõttas tahku tabamaie,
Pinni sepalt palumaie,
Miska mõõka ihumaie,
Tääki hakkas teritama,
Piigiotsa pinnimaie.
      Emajõe kalda äärde
Kogusivad sõjakarjad
Kalevite käsu peale;
Sulevipoeg tuli sinna
Suure seltsi sõpradega,
Olevipoeg omastega;
Sinna tuli tugevaida,
Kogus kokku kangemaida
Viissada Virumaalta,
Kuussada Kuressaarest,
Seitsesada Soomestagi.
      Kalev hakkas arvamaie,
Lagedalla lugemaie
Sõjameeste seltsisida,
Mustakuueliste kogu.
      Viiendama õhtu vilu
Praegu päeva palistamas,
Kui neid viimseid viibijaida,
Kõhelejaid sinna kogus.
      Kalevite kange poega
Laskis leeri lagedalle
Sõjamehed seadaneda,
Andis päeva puhkamiseks,

Teise teele talituseks.
Kolmandamal enne koitu,
Vara enne valge' eda
Ruttas vägi rändamaie,
Sõjateeda sõitemaie.
Taara mäelta võeti teeda
Keskihommiku keerule.

Juba teise päeva piiril
Pääses sõda põlemaie,
Mässamine möllamaie
Raudariides rüütlitega,
Keda laevad kaugelt kannud,
Vetelained viletsuseks
Meie maale mängitanud.
Kalevite kange poega
Puistas ligi poole päeva
Väsimata võimusega
Raudameeste ridasida.
Hobu lõppes hommikulla,
Rauges kallis ratsukene
Raudalaste ropsitusel.
Nõdremaida nõrkes, närtsis
Surmasängi sadadena;
Raudalaste rasked raksud
Sünnitelid kurja surma,
Kuhu kukla kukkusivad,
Pealaele langesivad.
Vaenukirves, vereriista,
Tappelikult tabadessa
Puutus Suleville puusa -
Liha luuni lõikanekse.

Venda langes lagedalle,
Meesi maha muru peale,
Veri jõena voolamaie,
Kippus elu kustutama.
Sõnatarka tõttas sinna
Verevoli võttemaie,
Valusida vaigistama:
"Vereke, vereke, ega sa vesi,
Vereke, vereke, elulla mesi,
Kus sa lähed lätte'elta,
Kaod kaevu kalda'alta?
Kinnita sooni kiviksi,
Tarreta veri tammeksi,
Kivisoone kitsikusse
Tarreta, Taara, vereke!"
Kui ei veri kuulnud käsku,
Puusasoon ei võtnud palvet,
Sigiteli sõnatarka
Salasõnu sõudemaie,
Sünniteli rauasõnu
Vägevamaid vastuseksi,
Vaotas sõrme soone vastu,
Pani ümber punalõnga,
Puhus õhku haava peale,
Miska vere vaigisteli.
Sõnatarka keetis salvi,
Arurohtu haava peale
Üheksasta rohusoosta,
Mis ta ise salamahti
Ööde vilul, kuude valgel
Kanarbikusta kitkunud,
Nõmme pealta oli noppind,

Kuusikusta koristanud;
Pani salvi haava peale,
Valuvõtjat vermetelle,
Sõlmis haavad sõlmedesse,
Mähkis nartsumähkmetesse.
  Kalevite kange poega
Puistas, pillas raudamehi
Lademesse lagedalle,
Viskas vaenlast vankumaie,
Pärast pakku põgenema.
  Surnukaared katsid nurme
Nii kui heina niidumaada,
Rahe raatmaa radasida;
Vereloigud lagedada
Kui see veerend vihmavesi
Põualista kuivand põldu.
Surnupäida sadasida,
Liikmetükke tuhandeida!
  Mõrtsuklikku sõjamässu,
Päikese äge palav
Kurnas Kalevite keha,
Väsiteli võidumeesta;
Kangeks jäänud keelekene
Kuivas kinni kurgu külge.
Pika janu piinatusel
Läks ta sõjalagedalta
Järvekaldal keelta kastma.
  Kui ta kehakarastuseks,
Kange janu kustutuseks
Lainetesta keelelaket
Kõhtu oli kõristanud,
Jäänd ei põhja piisakesta,

Muud kui üsna musta muda.
  Muru alla maetie
Järve ümber järjestikku
Kahvatanud meeste kehad,
Sõjas surnud sõbrakesed,
Et kui vihma veeretused,
Salalätte lisandused
Laineida lahutanud
Kuivendatud koha peale,
Sõbrad vaimud sõnaldelles
Vetevooge veeretusel
Keskööl võiksid aega viita.
  Paari päeva puhkasivad
Võidumehed väsimusta,
Arstisivad haavasida,
Muisutasid muljutusi;
Terved tegid mõõgateri,
Tapperrauda teravaksi,
Pinnisivad piikisida,
Nikerdasid noolesida.
  Kolmandama päeva koidul
Pandi pambud pihtadelle,
Sõjariistad meeste selga,
Siisap jälle sammumaie,
Vereteeda veeremaie,
Kalevite poja kannul,
Kes see kilbikandijaga
Teistel teeda tähendeli.
  Püha jõe piiridelle,
Võhandulle jõudis vägi.
Kalev kive kandemaie,
Metsast puida murdemaie,

Tugevamaid tammesida,
Paremaida pedakaida;
Olev silda seadimaie,
Parve viisil paigutama.
Sõda sõitis üle silla;
Paukusivad aluspalgid,
Nõtkusivad nurgakivid.
Perekaida pohlakaida,
Tappejaida tatarlasi,
Lipuhulka leedukaida
Kuuljakeeled kuulutanud
Pihkva piirilta tulemas.
Sõda pääses sõudemaie,
Vaenuvanker veeremaie.
Kalevite kange poega
Vaenulasi vemmeldama,
Pohlakaida puistamaie,
Tatarlasi tabamaie!
Mõõka möllas, mehepoegi
Niites maha nõmme peale,
Paiskas pohlakate päida
Nii kui marju marjamaale,
Pähkelida põõsa alla,
Rahet raatmaa radadelle.
Kooljakehad katvad maada
Kolme küünra kõrguseni,
Veri veereb virna alta
Viie vaksani sügava.
    Teisel päeval tongitie
Tapatantsil tatarlasi.
Kalevite kange poega
Viruteli vaenuväge

Sadadena suikumaie;
Mõõka möllas mõrtsukana
Mehepoegi muru peale.
    Sõda sõitis seitse päeva
Kordamisi kohast kohta,
Väehulka vähendelles
Puistas mõnda pealikuda
Kalevilta künka alla.
Sulevipoeg leidis surma,
Närtsis nurmel noorusella.
    Kalevite kange poega
Koristeli riismed kokku,
Viis neid Vene väe vastu
Tapatantsi tallamaie;
Andis sundi Aleville
Esimesi helbitada,
Keskimisi kergitada.
    Alevite armas poega
Tuiskas tuuletuhinalla
Sõbra sundi sünnitama,
Vaenumehi varistama.
Mõrtsukase mõõga möllul,
Pika piigi pistemisel,
Vihase vikati valulla,
Tapja tapperite tantsil
Langes palju lagedalle,
Närtsiskeli nurme peale.
Veri värvis kanarbikku,
Puneteli põõsaida.
    Kalevite kange poega
Käskis sõda kinnitada,
Verist vaenu vaigistada,

Seni, kui ta surnud sõpru
Jõuaks matta mulla alla.
Sulevite poja sängiks
Kasvatati kõrge küngas,
Paigutati potikene
Künka otsa kividega,
Kuhu põlend tuhapõrmu
Mälestuseks maetie.
Ehk küll Kalevite poega
Teisel päeval tatarlasi,
Venelasi virutamas,
Siiski langes sõbraseltsist
Palju maha eesti poegi;
Kes veel jäivad, kihutasid
Pelges pakku põgenema.
Olevipoeg Aleviga,
Kalevipoeg ise kolmas,
Seisivad kui raudaseina,
Kaljukünkad kohkumata,
Tammemetsa tugevusel
Vaenulaste väe vastas
Õnnetuma päeva õhtul.
Päikese peituv pale
Videviku viludusel
Saatis sõja suikumaie,
Verist tööda vaikinema.
Kangelased kolmekesi
Läksid üle lagediku
Loigukesta luurimaie,
Kust nad keelekarastusta
Lainetest saaks laenamaie.
Orus oli väike järvi

Küngaskõrge kallastega;
Lained ehal läikisivad
Taevakumal meeste teella.
Kangelased käisid kaldalt
Janu järvest jahutamas.
Alevite armas poega,
Kaela kaldalt kõverdelles,
Vääratelles väsind jalga,
Langes alla lainetesse,
Sattus kohe sügavasse.
Teised appi tõttasivad,
Aga ei saand sõbrakesta
Enam surmasuusta päästa.
Kandsid kangeks läinud keha
Kalda' alle kuiva peale,
Kuhu künka kasvatasid
Sõbral' suikumise sängiks.
Päikese paistusella
Õnnesilmal üksi nähtav
Läigib läbi lainetesta
Kangelase raudakübar,
Kolmetahuline mõõka,
Mis jäid järve mälestuseks
Alevida avaldama.

Viimsed vaenu viletsused,
Sugulaste raske surma
Kurvastasid Kalevida,
Et ei päeval püsipaika,
Ööl ei leidnud enam õnne,
Koit ei kurbust kustutanud,
Videvik ei võtnud vaeva.

291

Muretuju muljutused
Koormasivad Kalevida.
　　Seal ta sõnal sõudemaie,
Oleville avaldama:
"Õnneaja õilmekesed,
Lustipäeva lillekesed
Lahkusivad luhtadelta,
Närtsisivad nurmedelta,
Kadusivad karjamaalta,
Varisesid vainiulta,
Tuiskasivad toomingasta,
Puistasivad visnapuusta,
Langesivad lepikusta
Keset kevadista ilu,
Keset kesa kündemista,
Enne suve sündimista,
Pika päeva paistemista.
Sestap kägu kukub kurba,
Lindu leski laulab leina,
Ööbik hüüab läinud õnne.
　　Noorel nurmel närtsind
tammi,
Kevadella kuivand kaski,
Lehtis metsas leheaher
Seisan, leski sõpradesta,
Vaeseks jäänud vendadesta
Kurvastuse kütkendusel.
Lustipäevad lahkusivad,
Õnneajad õhtu′ ulla.
　　Võta, Olev, vennikene,
Võta valitsuse voli,
Kuninglikud kõrgendused,

Võta Virus varjamine,
Harjus hoolas hoidemine
Enda kaitsevasse kätte,
Lase lendes Lindanissa,
Kalevite kodupaika,
Katsu linna kantsisida
Tugevamaks toimetada,
Kraavisida kaevandella
Vahvaks vaenulaste vastu,
Varjupaigaks vanadelle,
Raudaseinaks raukadelle,
Leinakojaks leskedelle,
Nutunurgaks neidudelle,
Pisarkambriks piigadelle,
Kes need kurvastuse kütkes
Lesena sõpru leinavad,
Kahetsevad kaasakesi,
Sõjas surnuid silmaveella:
Lõpe ei läte alta lauge,
Pealta palge ei pisarad.
　　Ära pean mina minema,
Lindu, leinal lahkumaie,
Luike, teiste lainetelle,
Kotkas, teiste kaljudelle,
Parti, roogu pugemaie.
Poen ehk põõsa paksustikku
Vaiksemaie varjuorgu,
Leinakase lehtedesse
Läinud aega leinamaie,
Valusamat vaigistama,
Õnnetusi unustama.
　　Valitse sa Viru valda,

Rahupõlves rahvakesta,
Armukäella alamaida,
Ole ülem õnneline,
Õnneliku kui ma ise!" -
    Kalevite kallis poega
Lahkunekse leinadessa;
Jättis nurmed nuttemaie,
Luhad laialt leinamaie.
Paguurka põgenedes
Otsis üksikuda kohta
Laialise laane keskel,
Kuhu käijatel ei käiki
Ega tulijatel tungi
Rahu tulla rikkumaie,
Mõtteid murelt eksitama.

    Kalevite kallis poega,
Kui ta kurvastuse kütkes
Mitu päeva mööda metsa
Kõndind maada künkelikku,
Sammund palju samblasooda,
Läinud läbi liivikuida,
Juhtus õnne juhatusel,
Salasoovikute sõudel
K o i v a j õ e kalda kohta
Peidupaika leidemaie,
Kuhu kuuskede varjulla,
Pedajate peitusella
Korjukesta kohendeli;
Kuhu vihma veeretusel,
Palavuse pakitusel,
Marutuule möllamisel

Vintsund keha küljekille
Puhuks pani puhkamaie.
    Sealap, võõrdund vaatja
silmist,
Elas Kalevite poega
Vaese mehe viisiliselt,
Elas päevad piinatuses,
Õnnetuse raskeid öida;
Silmad valvel, varjamata,
Laud alla langemata,
Ega võtnud mitmel päeval
Suhu söögi-einekesta.
Elas tuule toetusel,
Päevapaiste paisutusel,
Vihmukese vihtlemisel.
    Hakkas nälga näpistama,
Võttis kätte õngevitsa,
Vähi söödavardakese,
Miska kalu kütkendama,
Vähipoegi vangistama.
    Rannast tulnud raudalased
Kolmekesi kõndidessa
Juhtusivad õnne juhil
Koiva jõe kallastelle,
Kuhu Kalevite poega
Varjupaika valmistanud.
Võõrad mehed meelitama
Kalevida kavalasti:
"Kallis Kalevite poega,
Virust võõrdund valitseja,
Sõbrustele meie seltsi!
Kangus seisab sinu käessa,

Võimuvoli sinu väessa;
Tarkus meie taskutessa,
Mõistusrikkus meie kotis.
Kui me käksime ühessa,
Vennaikkes atra veaksi,
Ei või ükski vaen meid võita,
Sõda iial suretada.
Anna valitsuse võimus
Kavalama kaitse alla!"
Kalevite kange poega
Kena kõnet kuulatessa
Pööras silmad jõe poole,
Laskis laud lainetelle,
Selga petislaste poole -
Ega sahand sõnakesta.
Veepinnalt veersid paisteks
Selgest' Kalevite silma
Kaldal kõnelejate kujud,
Kui nad mõõgad mõrtsukana
Salanõude sünnitusel
Tuppedesta tõmbasivad,
Miska meesta mõrtsukana
Tagantselja tahtsid tappa.
Kalevite kange poega
Pettust nähes pajatama:
"Mõõka alles on müümata,
Terav rauda tegemata,
Käsi alles kasvamata,
Sõrmeliikmed sündimata,
Miska minulista meesta
Veristelles vigastakse.
Põrgu pärijate pojad,

Tagap...elised tapjad!"
Sahatessa kohe sasis
Võltsiliku võõrakese
Käsipidi kübarasta,
Keeriteli tuulekiirul
Ringis ümber raudalasta
Kui üht takukoonlakesta!
Kohin tõusis tuuleõhku,
Kui oleks kuri põhjakotkas,
Koleda öö sulgiskarja
Tuuletiibu tallamassa.
Kalevipoeg rabas kätte,
Paiskas maha põrgupoja
Poolil rinnul mulla põhja.
Siisap sasis teise sõbra
Käsipidi kaeluksesta,
Keeriteli tuulekiirul
Ringis ümber raudalasta
Kui üht takukoonlakesta!
Kohin tõusis tuuleõhku,
Mühin laia laanemetsa,
Kui oleks maru möllamassa,
Tuulispaska tuiskamassa,
Kõrgeid kuuski kõigutamas,
Pedajaida painutamas,
Tammesida tantsitamas.
Kalevipoeg rabas kätte,
Paiskas maha põrgupoja
Poolest palgest mulla põhja.
Siisap kolmandamal koeral
Käsipidi kukkelasta,
Keeriteli tuulekiirul

Ringis ümber raudalasta
Kui üht takukoonlakesta.
Kohin tõusis tuuleõhku,
Mühin laia laanemetsa,
Vuhin vetevoogudesse,
Pragin piki pilvedesse:
Kui oleks sõitmas raudasillal
Vaskiratastega vankril
Pikker-taati põrutelles,
Äike äge ähvardamas.
Kalevipoeg rabas kätte,
Paiskas maha põrgupoja,
Mattis hoopis mulla alla;
Mulk jäi üksi muru peale
Kolmandamast kuulutama.

Teisel korral tuli targem
Petiskeelil poisikene
Kalevipoega kiusamaie,
Keda rannast raudalased
Saatnud kaupa sobitama.
Kui ta kavaluse kombel
Pikemalta pajatanud,
Mesikeelil meelitanud,
Kostis Kalevite poega:
"Mis me aega, mehikene,
Venitelles peame viitma?
Kõht mul hakkab kutistelles
Tühidusta tunnistama;
Käi sa jõekalda'alle,
Võta välja vähivarras,
Vaata, poiss, kas vähkisida

Sõrgel palju sööda küljes!
Kui saan kõhu kinnitanud,
Tahan sulle targemalta
Asjaotsust avaldada."
Raskel sammul raudalane
Kõndis jõekalda'alle
Vähisaaki vaatamaie,
Varrast välja võttemaie.
Kes see kuulnud kentsakamat,
Näinud enne naljakamat,
Kui siin silma sirgunekse?
Kalev oli kange käega
Tõmmand tükis tüvikuga
Pedajapuist pikema,
Pannud selle söödapideks,
Vähivardakeseks vette.
Rammetumal raudalasel
Polnud jõudu pedajada
Lainetesta liigutada,
Vähem varrast välja võtta.
Kalev ise kõndimaie
Viibimista vaatamaie,
Mis seal sõbral sammusida
Kogemata kütkendamas.
Kui ta astund kalda' alle,
Kergiteli ühe käega
Vähivarda veterüpest,
Tõstab ladva lainetesta
Kolme koorma kõrguseni.
Vaata, mis seal vardas vangub!
Vardas vangub vana hobu,
Ripub terve ratsuraiska,

Nahk aga seljast nülitud.
Kalevite kange poega
Pilkusella pajatama:
"Mine koju, vennikene!
Käi sa kiirest' kuulutama,
Mis sa märganud mehesta,
Tunnistand ta tugevusest!
Murult leiad teised märgid,
Teised tähtsad tunnistajad
Kalevipoja kangusest,
Toona tehtud kätetöösta:
Ühe uputin rinnuni,
Teise paigutin palgeni,
Kolmas kukkus üle kulmu,
Kuhu kaevand kaevandiku
Matuspaiga mälestuseks.
Olen võimusel vägevam,
Kehakangusel tugevam,
Pikkusel teist palju pikem;
Teod ei kõlba teenijaksi
Ega suurus sulaseksi
Ega pikkus päiliseksi,
Võimus võõra voli alla.
Ennemini elan üksi
Kehva mehikese kombel,
Kui et sulgun sunni alla,
Võõra voliduse alla.
Kalevite kanget kaela
Saa ei kütke kinnitada,
Orjaike ormandada."

Salasaadikute sõidud,
Külaliste tuulekäigid,
Tühjateede tallamised
Pahandid Kalevipoega.
Murekoorma muljutusel
Läks ta laande luusimaie,
Tusatuju tuulutama,
Kus ei kanda enne käinud,
Varbad enne olnud veerend.
Kui ta tuska tuulutelles
Kõndind päeva, kõndind kaksi,
Kõndind kolmandama päeva
Luusil mööda laanesida,
Sealap sammud sattusivad
Peipsi järve piiridelle,
Kus tal jalad õnnekäigil
Sagedasti enne sammund,
Ehk küll kohta kurval' silmal'
Võõra' ana täna vaatas.
Kaugemalle kõndidessa
Puutus Kalevite poega
Kääpa jõe kallastelle,
Kuhu enne Pihkva käigil,
Õnneaja õitsemisel
Varastatud verevenna,
Mõõga lausunud magama:
Karistajaks kandijalle,
Viletsuseks viijale.
    Kallis Kalevite poega,
Ei sa võinud ette teada,
Tarkusella tähendada,
Unenäossa ette näha,

Magadessa mõtteleda:
Kuidas mõõgal' antud käsku
Soome sepa sajatusel,
Valmistaja vande tõttu
Sull' saab surma sigitama,
Verist palka valmistama.
Eks sa helkind lustikäigil,
Laulnud lausa lainetesse,
Vannutanud vetevoodi,
Sajatanud sügavasse:
"Kui aga juhtub kõndidessa
Jalakanda pistma jõkke,
Kes sind e n n e i s e k a n n u d:
Siisap, mõõka, sõbrakene,
Murra jalad tal mõlemad!"
Nõnda antud kurja käsku
Sundis mõõka kätte maksma
Peipsi soolasortsijalle,
Kes see mõõga s i i a kannud,
Vargakäpil viinud vette.
Aga mõõga arvamista
Sepa vanne segatanud.
Kui nüüd Kalevite poega
Jalakanda pistnud jõkke,
Mõõka kohe mõtlemaie,
Arus nõnda arvamaie:
Kas ei e n n e i s e k a n n u d
Meesi ole mõõgakesta?
Kas ei kohus karistada?
Sajatuse sunnitusel
Murdis mõõka mõrtsukana
Kaleville kintsudesse,

Lõikas maha labajalad,
Pureteli põlvedeni.
Kalevite kange poega
Surmavalu sunnitusel
Kibedasti kiljatama,
Hädas appi hüüdemaie;
Roomas käpil kalda äärde,
Langes maha lagedalle,
Veri valgus välja peale.
Ehk küll jõkke jäänud jalad
Põlvist saadik puudusivad,
Kattis Kalevise keha
Vaka osa verist maada.
Kalevise kiljatused,
Hädas appi hüüdemised,
Valusurma vingumised
Paisusivad pilvedesse,
Kerkisivad kõrgemalle,
Tõusenesid taeva'asse
Kõrge isa kamberisse.
Kalevipoja kiljatus,
Valupiinas vingumine
Kostab ikka kustumata,
Vältab ala vaikimata
Eesti pere poegadelle,
Eesti talu tüttereile!
Saab veel aastasadasida
Sündind kahju sõnaldama,
Kuni kattev murukaissu
Viimsel laulja võsukesel,
Kuldanokal linnukesel,
Surmas suu saab sulgemaie.

Taevalikud tutvad tulid
Vennikesta vaatamaie,
Tulid valu vaigistama,
Kibedusta kustutama,
Panid rohtu haava peale,
Valuvõtjat vermetelle.
Siiski sigis haavast surma,
Veri võitis vennikese,
Närtsiteli mehe noore.
Kalev kemples surmakütkes,
Vaakus hinge valusasti;
Veri tarretanud väljal
Pani koha punetama.
Keha juba külm ja kange,
Vaikis verevoolamine,
Süda tuksul seisateli,
Siiski Kalevise silmad
Sirasivad selge' esti
Taevataadi tubadesse,
Vanaisa kamberisse.
    Põrmu paelust pääsend
vaimu
Lendas lustil linnu kombel
Pikil tiivul pilvedesse,
Tõusis üles taeva' asse.
    Taevas tehti terve keha
Varjuks Kalevise vaimul',
Miska võidumeeste mängil,
Pikerlaste lustipidul
Õnnepäevil hõisatelles
Magusamat põlve maitses,
Põrmupõlve vaevast puhkas.

Tema istus tulepaistel
Taara kangelaste keskel,
Kuulas käsipõsekilla
Laulikute lugusida,
Miska tema tegusida,
Jumekaida juhtumisi,
Ilmas ilmund imesida
Tulepaistel pajatati,
Kuldakeelil kuulutati.
    Vanaisa, isetarka,
Küllap kandis murekoormat,
Kui ta pead ei pähitselle
Mõnel ööl võinud panna,
Mõtteida mõlgutelles:
Mis ta kangele mehele
Taevas tööksi tõsteneksi,
Ametiksi arvaneksi?
    Poega oli põrmupõlves,
Eluilmas enne koolu
Suuri töida sünnitanud,
Vägevaida valmistanud,
Vaenlasi vaenul võitnud,
Põrgutaati paelutanud:
Võind ei võimsat vedelema,
Tugevamat jätta tööta
Laiskel taeva luusimaie.
    Vanaisa, isetarka,
Kutsus perepoegi kokku
Salanõusid sünnitama,
Targemaida toimetama.
Taara taevalised targad

Istusivad isekeskis
Salakambri seina taga
Nõudenõtkutuse nurgas,
Pidasivad paari päeva,
Paari ööda puhkamata
Salanõu ja sõnaldasid,
Kuidas Kalevite poega
Taevas tööle toimetada.
Taara taevalised targad
Mõtlesivad ühel meelel
Seltsis viimaks seaduseksi:
Kalevite kanget poega
Põrgu vahipoisiks panna
Alta-ilma hoidemaie,
Väravaida vahtimaie,
Sarvikuda sõitlemaie,
Et ei selli sidemesta,
Kuri pääseks kütketesta.
Hangund kehast lahkund
vaimu,
Taeva tõusnud tuvikesta
Sunnitie sedamaida
Külma kehasse kõndima,
Asupaika astumaie.
Kalevite külma keha
Tõusis jälle toibumaie
Peast saadik põlvedeni,
Aga jõkke jäänud jalgu,
Küljest katkend kintsusida
Võind ei jumalate vägi,
Taara tarkus terveks teha,
Keha külge kinnitada.

Kalevite poega pandi
Ratsul valge hobu selga,
Saadetie salateedel
Põrguriigi piiridelle
Väravada valvamaie,
Sarvikuda sõitlemaie,
Et ei selli sidemesta,
Kuri pääseks kütketesta.
Kui siis Kalevite poega
Veeres kaljuväravasse,
Alla-ilma ukse ette,
Hüüetie ülevalta:
"Raksa kaljut rusikaga!"
Raske käega rabadessa
Lõi ta kalju lõhkemaie, -
Aga käpp jäi kalju kütke,
Rusik kinni kivirahnu.
Sealap istub hobu seljas
Praegu Kalevite poega,
Käsi kütkes kalju küljes,
Valvab vahil väravada,
Kaitseb kütkes teise kütkeid.
Põrgulastest püüetakse
Kahel otsal põlend piirul
Ahelaida habrastada,
Kütkeida katkendella.
Jõuluajal lähvad lülid
Peene hiuksekarva paksuks;
Kui aga hüüab koidukukke
Vanaisa väravalta
Jõulupüha tulekuda,
Lähvad ahelate lülid

Järsku jälle jämedamaks.
      Kalevipoeg püüab kätta
Vahetevahel vägevasti
Kaljuseinast lahti kista,
Raputab ja raksateleb
Maapõhja müdisema,
Künkaida kõikumaie,
Mere valgelt vahutama;
M a n a käsi hoiab meesta,
Et ei vahti väravasta,
Kaitsev poega põrgust pääseks.
      Aga ükskord algab aega,
Kus kõik piirud kahel otsal
Lausa lähvad lõkendama;
Lausa tuleleeki lõikab
Käe kaljukammitsasta -
Küll siis Kalev jõuab koju
Oma lastel' õnne tooma,
Eesti põlve uueks looma.

Printed in Great Britain
by Amazon

42036857R10172